LES ADVERSAIRES

DU MÊME AUTEUR :

Chez Robert Laffont :

Le Droit de tuer
La Firme
L'Affaire Pélican
Le Client
L'Héritage de la haine (Le Couloir de la mort)
L'Idéaliste
Le Maître du jeu
L'Associé
La Loi du plus faible
Le Testament
L'Engrenage
La Dernière Récolte
Pas de Noël cette année
L'Héritage
La Transaction
Le Dernier Match
Le Dernier Juré
Le Clandestin
L'Accusé
La Revanche
Le Contrat
L'Infiltré
Chroniques de Ford County
La Confession
Les Partenaires
Calico Joe
Le Manipulateur

Chez Lattès :

L'Allée du sycomore
L'Ombre de Gray Mountain
L'Insoumis
L'Informateur
Le Cas Fitzgerald
Les Imposteurs
La Sentence
Les Oubliés
Le Cas Nelson Kerr
La Chance d'une vie
Le Droit au pardon
Son nom sur la liste
Le Réseau

Chez Oh ! Éditions / XO :

Théodore Boone : Enfant et justicier
Théodore Boone : L'Enlèvement

Chez XO Éditions :

Théodore Boone : Coupable ?
Théodore Boone : La Menace

www.editions-jclattes.fr

John Grisham

LES ADVERSAIRES

Roman

Traduit de l'anglais (États-Unis)
par Dominique Defert

JC Lattès

Titre de l'édition originale :
SPARRING PARTNERS
publiée par Doubleday,
une division de Penguin Random
House LLC, New York

Ce récit est une œuvre de fiction. Les noms, personnages, lieux et événements sont le fruit de l'imagination de l'auteur ou sont employés de manière fictive. Toute ressemblance avec des personnes réelles, vivantes ou non, des événements ou des lieux, est entièrement fortuite.

Maquette de couverture : Le Petit Atelier
Photo © Elisabeth Ansley / Trevillion Images

ISBN : 978-2-7096-7374-7

Première édition octobre 2024.

Sommaire

LE RETOUR

1.

Par un lundi maussade et venteux de février, le ciel s'assombrissait, annonçant une nouvelle dépression. Il n'y avait pas d'audiences au palais de justice. Le téléphone ne sonnait pas. Les petits délinquants et autres clients potentiels vaquaient à leurs affaires et engager un avocat ne faisait pas partie de leurs préoccupations du moment. Quand d'aventure quelqu'un appelait, c'était un citoyen lambda qui avait trop dépensé pendant les fêtes et s'inquiétait de voir ses cartes bancaires bloquées. Auquel cas, la personne était aussitôt envoyée chez un collègue, de l'autre côté de la place ou au diable vauvert.

Jake était à son bureau à l'étage, noyé sous la paperasse qu'il avait négligée depuis des semaines, voire des mois. Puisqu'il n'avait pas de séances au tribunal ces temps-ci, c'était le moment de rattraper le travail en retard et de boucler de vieux dossiers – des litiges improbables que tout avocat accepte pour des raisons obscures et qui, un an plus tard, sont autant de boulets dont il veut se débarrasser. Exercer dans une petite ville, en particulier sa ville natale, avait de bons côtés. Tout le monde le connaissait, ce qui représentait un vrai plus pour les affaires. Se faire apprécier de la population, soigner sa réputation s'avérait important. Quand un habitant avait un souci, il fallait être la personne à qui on s'adressait en priorité. Malheureusement, il s'agissait souvent d'affaires sans intérêt – d'un point de vue juridique comme financier – et c'était là le revers de la médaille. Mais comment refuser ? Le bouche-à-oreille était crucial. Un avocat qui n'aidait pas un ami ne faisait pas long feu ici.

Ses pensées moroses furent interrompues par Alicia, sa secrétaire à mi-temps, qui l'appelait sur sa ligne.

— Jake, des gens aimeraient vous voir. Un couple.

Un couple voulant rompre les liens du mariage ? Encore un divorce qui n'allait rien lui rapporter ! Il consulta son planning, sachant très bien qu'il n'avait rien de prévu.

— Ils ont rendez-vous ? s'enquit-il afin de rappeler à sa secrétaire qu'il ne fallait pas le déranger à la moindre demande.

— Non. Mais ils sont très gentils et assurent que c'est très urgent. Ils insistent, ils disent que ça ne prendra que quelques minutes.

Jake détestait être bousculé dans son propre cabinet. Un jour normal, il n'aurait pas cédé et les aurait renvoyés.

— Ils vous paraissent comment ? Fauchés ?

C'était toujours le cas !

— Non. Je dirais plutôt friqués.

Friqués ? Dans le comté de Ford ? C'était curieux.

— Ils vivent à Memphis, poursuivit Alicia. Ils sont juste de passage, mais encore une fois ils disent que c'est très important.

— Qu'est-ce qu'ils veulent ?

— Aucune idée.

Ce ne devait pas être un divorce s'ils habitaient Memphis. Il passa en revue les autres options : le testament de la grand-mère, l'héritage d'un lopin de terre, ou alors le fiston arrêté pour drogue à Ole Miss. Puisque Jake cherchait une bonne excuse pour mettre un terme à sa corvée du jour, et que sa curiosité était éveillée, il demanda :

— Vous leur avez dit que je suis en pleine négociation avec dix avocats ?

— Non.

— Ou qu'on m'attend à la cour fédérale d'Oxford ?

— Non.

— Que je suis déjà en rendez-vous ?

— Non. Il est évident que le cabinet est désert et que le téléphone ne sonne pas.

— Où êtes-vous précisément ?

— Dans la cuisine. On peut donc parler tranquilles.

— C'est bon. C'est bon. Faites du café et installez-les dans la salle de réunion. J'arrive dans dix minutes.

2.

Ils étaient tous les deux bronzés. À l'évidence, ils revenaient d'un endroit ensoleillé. Personne à Clanton n'avait un teint aussi hâlé en février. Autre détail notable : la coiffure de la femme, une coupe savante mi-courte, avec de délicates touches de gris, manifestement coûteuse. La veste en tweed de l'homme paraissait de belle facture. Le couple était bien habillé, tiré à quatre épingles – on était loin des visiteurs habituels.

Ils se serrèrent la main et Jake nota leurs noms. Gene et Kathy Roupp, de Memphis. La petite cinquantaine, affables, avec des sourires confiants qui dévoilaient une dentition parfaite. Jake les imaginait sur un parcours de golf en Floride, coulant des jours heureux dans leur résidence de luxe, avec gardiens et grilles de protection.

— Que puis-je faire pour vous ? s'enquit-il.

Gene lui lança à nouveau un grand sourire et commença :

— Pour tout vous dire, nous ne venons pas en tant que clients, j'en suis désolé.

Jake ne montra pas sa déception et haussa les épaules d'un air débonnaire. *Aucune importance. Les avocats ont du temps à perdre, c'est bien connu !* Il allait leur donner dix minutes, le temps de boire leur café, et dehors.

— Nous venons de passer un mois au Costa Rica, l'une de nos destinations favorites. Vous y êtes déjà allé ?

— Non. Mais on m'en a dit le plus grand bien.

On ne lui avait rien dit du tout, seulement que répondre d'autre ? Jamais il n'avouerait qu'il n'avait quitté les États-Unis qu'une seule fois en trente-huit ans. Partir en vacances à l'étranger n'était pas dans ses moyens.

— On adore ce pays, c'est le paradis. Des plages magnifiques, des montagnes, des forêts tropicales, une cuisine délicieuse. On a beaucoup d'amis qui ont une maison là-bas – et c'est pas cher du tout. Les gens sont charmants, instruits, et presque tous parlent anglais.

Jake détestait ce genre de conversation, d'autant plus qu'il n'était allé nulle part. Les médecins étaient les pires, toujours à se vanter de connaître les meilleurs hôtels, les meilleurs spas.

Kathy en rajouta une couche.

— Le golf est incroyable, les parcours sont tous plus fabuleux les uns que les autres.

Jake ne jouait pas au golf. Mais tous les médecins et notables du coin adhéraient au Clanton Country Club.

Sans se départir de son sourire, il hocha la tête, attendant que les Roupp entrent dans le vif du sujet. La femme sortit de son sac une boîte de café.

— C'est un petit cadeau pour vous. C'est du San Pedro Select, notre café favori. Il est incroyable. On le fait venir par palette !

Par politesse, Jake prit le paquet en métal brillant. Pour ses honoraires, on le payait souvent en pastèques, gibier, bois de chauffage, réparations gratuites pour sa voiture, et autres services ou biens en nature. Son meilleur ami, Harry Rex Vonner, avait un jour reçu en paiement une tondeuse à gazon et l'engin avait rendu l'âme peu après. Un autre avocat, qui avait cessé son activité, avait accepté des gratifications sexuelles de la part d'une cliente dont il assurait le divorce. Mécontente du jugement final, elle avait alors porté plainte contre lui pour « prestation insatisfaisante ».

Pour l'heure, Jake observait la boîte et tentait de déchiffrer ce qui était écrit en espagnol. Le couple n'avait pas touché aux tasses. Peut-être qu'en fins connaisseurs, ils considéraient que son café était du jus de chaussettes ?

Gene reprit :

— Bref, il y a deux semaines, nous séjournions dans notre éco-hôtel favori dans les montagnes, au cœur de la forêt, un endroit incroyable avec juste trente bungalows.

Combien de fois allaient-ils dire « incroyable » ?

— Nous prenions le petit-déjeuner en terrasse en regardant les singes-araignées et les perruches, quand un serveur s'est arrêté à notre table pour nous resservir du café. Il était très amical et...

— Oh oui, les gens sont très amicaux là-bas, renchérit Kathy. Et ils adorent les Américains.

Comme s'ils avaient le choix !

Gene acquiesça à la remarque de son épouse et poursuivit son récit :

— On a discuté un peu avec lui. Il nous a dit qu'il s'appelait Jason, qu'il était originaire de Floride et qu'il vivait au Costa Rica depuis vingt ans. On l'a revu au déjeuner. On a parlé plusieurs fois avec lui et on s'est lié d'amitié. La veille de notre départ, il nous a proposé de prendre une coupe de champagne dans un petit bar au milieu des arbres. Il n'était pas de service et nous a offert les consommations. Le coucher de soleil, le ciel sur les montagnes, tout était incroyable et l'ambiance était joyeuse. Puis, d'un coup, il est devenu sérieux.

Gene se tut et regarda Kathy, qui ne demandait qu'à prendre le relais.

— Il avait quelque chose à nous dire... un secret. Il ne s'appelait pas Jason, et n'avait jamais vécu en Floride. Il nous a présenté ses excuses pour nous avoir caché la vérité. En réalité, son nom est Mack Stafford et il vient de Clanton, dans le Mississippi.

Jake tenta de rester de marbre mais la surprise était énorme. Malgré lui, sa bouche s'ouvrit toute grande, ses yeux s'écarquillèrent.

— Vous savez donc qui est Mack Stafford, lâcha Gene en voyant sa réaction.

Jake poussa un long soupir. Que dire ?

— Oh oui.

— Il dit que vous êtes de vieux amis, ajouta Gene.

Jake était encore sous le choc.

— Je suis heureux qu'il soit en vie, bredouilla-t-il.

— Vous le connaissiez donc bien ?

— Et pas qu'un peu !

3.

Trois ans plus tôt, Clanton avait appris, horrifié, que Mack Stafford avait craqué. Il s'était déclaré en faillite, avait divorcé et abandonné femme et enfants en pleine nuit. L'affaire avait alimenté les ragots en ville pendant des semaines, et toutes sortes de rumeurs avaient couru. Quand les esprits se furent apaisés, la population avait découvert que lesdites rumeurs étaient vraies – pour une fois.

Mack exerçait depuis dix-sept ans dans son cabinet de l'autre côté de la place, et Jake le connaissait bien. C'était un bon avocat, avec une bonne réputation. Comme la plupart de ses confrères, il prenait toutes les affaires qui se présentaient, et malgré tout, il avait du mal à boucler les fins de mois. Son épouse, Lisa, était proviseure adjointe au lycée de Clanton et disposait d'un salaire stable. Son père était le propriétaire de l'unique cimenterie du comté, ce qui plaçait sa famille un cran ou deux au-dessus du reste de la population locale, sans pour autant atteindre le prestige des médecins. Lisa était sympathique mais un peu snob, si bien que Jake et Carla ne fréquentaient guère le couple.

Après son départ, Mack s'était volatilisé. Certains affirmaient qu'il avait emporté de l'argent qui n'était pas vraiment le sien. Lisa avait déjà tout récupéré dans le divorce avant sa disparition, malheureusement aussi les dettes, si bien qu'il ne restait quasiment rien. Mack avait donné ses dossiers et ses clients à Harry Rex et l'avait payé pour le surplus de travail – en liquide, avait confié Harry Rex à Jake. Mack avait également laissé de l'argent pour Lisa et ses deux filles.

Sa disparition entretenait les supputations les plus folles : Mack avait fait quelque chose de mal ; il avait volé des clients. Les avocats géraient souvent leur argent, ne serait-ce que durant de brèves périodes, et leur vider les poches était le meilleur moyen de se faire radier du barreau. Il y avait pléthore de cas célèbres où certains avaient succombé à la tentation, pillé des fonds entiers, des comptes de tutelle, des dépôts pour dommages et intérêts. Ils passaient un temps sous les radars, mais tous, tôt ou tard, se faisaient prendre et se retrouvaient en prison.

Pourtant Mack avait échappé aux autorités. Il s'était littéralement évanoui dans la nature. Régulièrement, quand Jake prenait une bière avec Harry Rex, il lui demandait s'il avait des nouvelles de Mack. Celui-ci répondait invariablement : « Non, aucune. » Et avec ce silence, la légende de Mack grandissait. Il avait réussi l'évasion parfaite. L'avocat laissait derrière lui une épouse, une carrière, et devait couler des jours heureux au soleil, sur une plage paradisiaque, en sirotant du rhum. C'était du moins ce que se racontaient ses confrères toujours coincés à Clanton.

4.

— On a l'impression qu'il a commis un acte répréhensible, reprit Kathy, mais il ne nous en a jamais parlé. C'est vrai, quelqu'un comme lui, passant ses journées dans un endroit exotique, vivant sous un faux nom… il a forcément un passé trouble. Enfin encore une fois, il n'a donné aucun détail.

— Quand nous sommes rentrés, poursuivit Gene, on a un peu creusé et trouvé deux articles dans des journaux du coin, mais cela restait très général : son divorce, sa faillite, le fait qu'il ait pris la poudre d'escampette.

— Alors on aimerait savoir, monsieur Brigance, demanda Kathy. Mack a fait quelque chose de grave ? Il se cache, c'est ça ?

Jake ne risquait pas de révéler quoi que ce soit – sûrement pas à deux aimables inconnus qu'il ne reverrait jamais. Et en vérité, il n'était même pas certain que Mack ait commis un acte illégal. Il éluda la question.

— Ça m'étonnerait. Il n'est pas interdit de divorcer et de déménager.

Sa réponse ne dupa personne. Un ange passa. Puis Gene se pencha vers Jake.

— A-t-on eu tort de lui parler ?

— Bien sûr que non.

— On ne peut pas nous accuser de complicité ou quelque chose de ce style ?

— Aucun risque. Détendez-vous.

Les Roupp poussèrent un soupir.

— La grande question est : qu'est-ce qui vous amène ?

Ils échangèrent un petit sourire entendu et Kathy plongea de nouveau la main dans son sac. Elle en sortit une enveloppe kraft format A5, sans adresse ni timbre. Jake la prit d'un air soupçonneux. Le rabat était collé, renforcé par du scotch et des agrafes.

— Mack nous a demandé de passer vous dire bonjour, expliqua Gene. Et de vous remettre ceci. On ne sait pas ce qu'il y a dedans.

Kathy s'inquiéta à nouveau.

— On ne risque vraiment rien ? On ne va pas être poursuivis en justice ?

— Aucun risque. Personne n'en saura rien.

— Mack affirme qu'on peut vous faire confiance.

— C'est la vérité.

Jake cacha malgré tout son inquiétude.

Gene lui tendit un bout de papier.

— Voici notre numéro de téléphone à Memphis. Mack demande que vous nous appeliez dans un jour ou deux, pour nous dire « Oui » ou « Non ». Juste ça.

— Entendu.

Jake récupéra la feuille et la posa à côté de l'enveloppe et de la boîte de café. Kathy porta finalement sa tasse à ses lèvres. Elle n'eut pas de mimique de dégoût.

Les Roupp avaient accompli leur mission et avaient hâte de s'en aller. Jake leur assura que cet échange resterait strictement confidentiel et qu'il ne parlerait à personne de leur entretien. Il les raccompagna à la porte et les regarda partir dans une BMW flambant neuve.

Puis il retourna dans la salle de réunion et ouvrit l'enveloppe.

5.

La lettre était dactylographiée sur une simple feuille de papier, pliée en trois, où était glissée une autre enveloppe plus petite.

Il était écrit :

Bonjour Jake,

Tu viens de rencontrer mes deux nouveaux amis, Gene et Kathy Roupp, de Memphis. Des gens très bien. Je vais entrer tout de suite dans le vif du sujet. Il faut qu'on se parle, ici, au Costa Rica. Je veux rentrer au pays, mais je ne suis pas sûr que ce soit possible. J'ai besoin de ton aide. J'aimerais que toi et Carla preniez de petites vacances pour venir me rendre visite, le mois prochain, pendant les congés de printemps. Je suppose que Carla est toujours enseignante et que les vacances scolaires tombent la deuxième semaine de mars. Je vais vous réserver six nuits au Terra Lodge, un magnifique hôtel éco-responsable dans les montagnes. Vous allez adorer l'endroit. J'ai joint 1 800 dollars en liquide, ce qui doit couvrir largement l'aller-retour de Memphis à San José. Une fois que vous serez à l'aéroport, une voiture vous attendra. Le trajet jusqu'au Terra Lodge dure trois heures et les paysages sont somptueux. Chambre, repas, visites touristiques, tout est pour moi. Ce sera un séjour de rêve. Une fois que tu seras là-bas, je me débrouillerai pour te trouver et te raconterai tout. La discrétion est devenue chez moi une seconde nature. Je te promets que personne ne saura que nous nous sommes vus. Moins vous en direz sur ce voyage, mieux ce sera. Tu sais à quel point les gens aiment parler dans cette ville.

Je t'en prie, Jake, fais ça pour moi. Tu ne le regretteras pas, ne serait-ce que pour profiter de vacances inoubliables.

Lisa ne va pas bien. Tu peux en parler à Harry Rex, mais que cette grande gueule jure de garder le secret !

Crois-moi, je ne ferai rien qui puisse te mettre dans l'embarras.

Réfléchis à ma proposition. Dans quelques jours, appelle Gene et dis-lui « Oui » ou « Non ».

J'ai besoin de ton aide.

Mack

La petite enveloppe contenait une brochure du Terra Lodge.

6.

Les lundis matin, l'endroit le plus animé en ville était incontestablement le cabinet d'Harry Rex Vonner. Il était connu dans tout le comté pour être redoutable dans les affaires de divorce, et les clientes ayant de quoi payer ses services se pressaient à sa porte pour l'envoyer écharper leur ennemi juré. Et après le week-end, il y avait foule chez Vonner, pour toutes sortes de raisons : violences du samedi soir, disputes conjugales, voire un repas dominical ayant dégénéré avec la belle-famille. Pour les couples en conflit, deux jours de confinement à la maison étaient autant de bombes à retardement qui souvent explosaient. Le lundi matin, des épouses en mode guerrières venaient trouver Harry Rex. À midi, le cabinet était en ébullition, les téléphones sonnaient dans tous les sens, les clientes, anciennes comme nouvelles, débarquaient sans rendez-vous. Les secrétaires, au bord de la crise de nerfs, tentaient de maintenir un semblant d'ordre dans cette cohue tandis qu'Harry Rex passait de pièce en pièce en aboyant sur tout le monde, ou bien se cachait dans son bureau loin de la mêlée. Excédé, il lui arrivait souvent de sortir de son bunker pour mettre quelqu'un dehors – cliente ou employée.

Tous obéissaient, on savait le patron imprévisible. Une réputation totalement méritée. Quelques années plus tôt, une secrétaire terrorisée était entrée dans son bureau pour lui annoncer qu'un mari mécontent arrivait avec un fusil pour tuer tout le monde. Harry Rex avait ouvert son armoire où il gardait une impressionnante collection d'armes et avait choisi sa préférée, un Browning calibre 12. Quand le mari colérique s'était garé avec son pick-up à côté du palais de justice et s'était dirigé vers le cabinet, Harry Rex était sorti sur le trottoir et avait tiré deux fois en l'air. Le type était remonté dans son véhicule et était reparti sans demander son reste. Les détonations avaient retenti comme deux coups de canon sur la place. Les bureaux et les boutiques s'étaient vidés, les gens étaient sortis pour voir ce qui se passait. Quelqu'un avait appelé la police. Le temps que le shérif Ozzie Walls arrive, une foule s'était agglutinée sur la pelouse du palais, à distance respectable du cabinet Vonner. Tirer sur la voie publique était un délit, certes, mais dans une région où le deuxième amendement était sacré et où il y avait deux armes à feu dans chaque véhicule, le contrevenant était rarement verbalisé. Harry Rex plaida l'autodéfense tout en annonçant qu'il ne viserait pas le ciel la prochaine fois !

Le lundi en fin d'après-midi, Jake traversa la place, s'engagea dans une ruelle pour éviter le chaos devant le cabinet Vonner, et entra par l'entrée de service. Harry Rex était dans son bureau, avachi sur son siège dans son costume toujours défraîchi, la cravate défaite, la chemise maculée de traces de nourriture et les cheveux en bataille. Ce qui ne l'empêcha pas d'accueillir Jake avec un grand sourire.

— Qu'est-ce que tu veux ?

— Boire une bière avec mon vieux pote.

C'était leur code pour *Il faut qu'on parle, tout de suite, et c'est top secret.* Harry Rex ferma les yeux et poussa un soupir.

— Qu'est-ce qui se passe ?

— Il s'agit de Mack. Mack Stafford.

Harry Rex soupira de plus belle et lui lança un regard appuyé.

— Retrouve-moi au Riviera à 20 heures.

Une fois de retour à la maison, Jake embrassa Carla qui mettait un poulet au four et préparait le dîner. Voyant qu'il la dérangeait, il monta à l'étage et trouva Hanna occupée à faire ses devoirs. Il bifurqua alors vers la chambre du petit Luke, qui jouait tranquillement sous son lit. De retour dans la cuisine, il demanda à sa femme de s'asseoir et lui tendit la lettre. Tout en lisant, elle secouait la tête et se mit à se tapoter le bout des dents avec ses ongles vernis, une vieille habitude qui pouvait dire beaucoup de choses.

— Quel salopard !

— Moi, j'ai toujours bien aimé Mack.

— Il a abandonné sa femme et ses enfants. Il est parti avec l'argent de ses clients, non ?

— C'est une légende urbaine. Il a disparu depuis trois ans, mais il n'a pas *stricto sensu* abandonné sa famille. Ils ont divorcé. Lisa est malade, à ce qu'il paraît ?

— Jake ! Elle a un cancer du sein depuis un an ! Tu as oublié ?

— Faut croire. Beaucoup de gens ont un cancer. Et on n'a jamais tellement apprécié Lisa, je te rappelle.

— C'est vrai. (Carla se mit à relire la lettre.) Surveille les pommes de terre, s'il te plaît.

Jake s'approcha du faitout et remua avec une spatule. Il se servit un verre d'eau et revint à la table.

— Pourquoi s'adresse-t-il à toi ? C'était pas Harry Rex son avocat ?

— Certes. Et je suppose qu'il l'est toujours. Connaissant Harry Rex et sa phobie de l'avion, Mack s'est sûrement dit qu'il ne fera jamais le voyage. Ça ne pose pas de problème d'aller là-bas. Ça n'a rien d'illégal.

— Même pas en rêve.

— Pourquoi ? Tout est payé. Et c'est un super-hôtel dans les montagnes.

— C'est non.

— Allez, Carla. On n'a pas pris de vacances depuis des années.

— Pas du genre où on prend l'avion pour partir loin.

— C'est exactement ce que je dis. C'est une chance unique.

— Non.

— Mais pourquoi ? Le pauvre gars a besoin d'aide. Il a envie de rentrer au pays et, va savoir, peut-être qu'il veut faire les choses bien pour sa famille ? Il n'y a pas de mal à se rendre là-bas et à le rencontrer. Mack est un chic type.

— Il a abandonné ses deux filles.

— C'est vrai. C'est terrible. Mais peut-être qu'il veut faire amende honorable ? Laissons-lui une chance.

— Il est recherché par les autorités ?

— Je ne sais pas. Je vois Harry Rex tout à l'heure et je vais lui tirer les vers du nez. Il paraît que Mack a pris un paquet de fric et s'est fait la belle, mais je n'ai pas entendu parler de poursuites, ni de rien de ce genre. Il s'est déclaré en faillite, il a divorcé et a disparu. La plupart des avocats en ville l'enviaient. Pas moi, bien sûr, chérie.

— Si tu le dis ! Je me souviens très bien. On n'a parlé que de ça pendant des mois.

Jake posa devant elle le dépliant du Terra Lodge.

7.

Le Riviera était un petit motel de style années 1950, à la périphérie de Clanton. Deux rangées de chambres minuscules, louables à l'heure disait-on, et un bar miteux où avocats, banquiers et affairistes se retrouvaient pour discuter de sujets délicats. Jake n'était pas venu depuis des années. Il eut droit à quelques regards à son arrivée. Il lança un sourire au serveur, commanda deux pressions et s'installa à une table à côté du jukebox. Il but une des deux bières pendant le quart d'heure qui suivit. Harry était toujours en retard, en particulier pour les rendez-vous avec ses amis. Le faire venir dans un bar était toutefois aisé. C'était plutôt d'en sortir qui était compliqué. Avec sa troisième femme, la situation était tendue et il préférait éviter de rentrer chez lui.

Il débarqua à 20 h 20 et en passant, il parla à trois personnes à une table. À croire qu'il connaissait réellement tout le monde dans le comté !

Il se laissa tomber sur la banquette en face de Jake, attrapa sa chope et en vida la moitié. Ce n'était évidemment pas sa première bière de la soirée. Au bureau, son réfrigérateur était plein de Bud Light et il en ouvrait toujours une après son dernier rendez-vous de la journée.

— Alors on veut me voler mes clients, c'est ça ? lança-t-il.

— Ça m'étonnerait que Mack cherche un nouvel avocat.

— Dis-moi ce que tu sais.

— Il a quitté la ville depuis trois ans. Tu as eu des nouvelles depuis ?

— Non. La dernière fois que je lui ai parlé, il était dans mon bureau en train de signer les papiers du divorce. Il lui laissait tout, plus cinquante mille dollars. C'était dans l'accord. Nash, l'avocat de son ex, m'a dit plus tard que le couple n'avait pas d'argent, qu'ils étaient carrément fauchés. Il avait parlé à Freda, son ancienne secrétaire. Elle ne savait pas comment il avait eu ce fric, Mack n'arrivait déjà pas à payer ses factures.

— Et donc ? D'où vient cet argent ?

— Tout doux. Laisse-moi souffler. (Il but une autre gorgée.) Cette bière est tiède ! Ça fait combien de temps qu'elle traîne là ?

— Je l'ai commandée il y a vingt minutes, quand je suis arrivé, à l'heure, moi. Alors, oui, elle a eu le temps de se réchauffer.

Harry Rex s'extirpa de son siège et se rendit au bar pour commander deux autres pressions. Il les posa sur la table et se réinstalla.

— Comme ça, il t'a contacté ?

— Exact.

Jake lui narra la visite de Gene et Kathy Roupp, puis il lui tendit la lettre de Mack. Harry la lut lentement.

— Lisa a un cancer du sein, précisa-t-il en arrêtant sa lecture. Nash me l'a dit il y a des mois. Tu es au courant ?

— Pour une fois, oui.

D'ordinaire, c'était Harry Rex qui lui apprenait tous les ragots.

— Pourquoi c'est pas *à moi* qu'il offre ces vacances de rêve ? grogna-t-il après avoir refermé la lettre et bu une lampée de bière.

— Peut-être à cause de ton aviophobie ?

— Sans compter que je ne veux pas me retrouver coincé avec Millie pendant une semaine ! Tu as accepté ?

— Carla ne veut pas, mais je la ferai changer d'avis. Il n'y a pas de mal à y aller, non ?

— Je ne vois pas où serait le problème. Mack n'est pas un détenu en cavale.

— Enfin, si je ne m'abuse, un truc chiffonnait le procureur. Il a quand même convoqué le grand jury.

— C'est vrai. Les choses auraient pu mal tourner quand le proc s'est mis à fouiner. Le FBI est même passé me voir. Deux fois !

— Tu ne me l'as jamais dit.

— Mon petit Jake, tu ignores beaucoup de choses.

— Alors ? D'où vient l'argent ?

— Aucune idée. Juré craché. Mack était toujours ric-rac, son cabinet périclitait et sa femme lui coûtait un bras.

— Mais il t'a payé.

— Je me fais toujours payer. Oui, Mack m'a versé cinq mille en liquide. Je n'ai pas posé de questions.

— Et le tribunal l'a déclaré en faillite personnelle ?

— Exact. Je m'en suis occupé. Il n'y avait pas grand-chose à récupérer, et bien sûr aucun argent nulle part. Le pauvre gars n'avait même pas de quoi se payer un pot de chambre – du moins officiellement. Et Lisa avait tout récupéré dans le divorce. La banque a saisi le cabinet. Et un mois après son départ, le FBI est venu fureter, mais ils n'ont rien trouvé.

— Qu'est-ce qu'ils cherchaient ?

— Ils ne le savaient pas eux-mêmes ! Ils n'avaient rien, personne n'avait porté plainte. Le bruit courait que Mack s'était enfui avec de l'argent volé, sauf qu'il n'y avait aucun témoin. J'ai l'impression que les fédéraux faisaient le service minimum, juste pour se couvrir.

— Il n'y a donc eu aucune inculpation, aucun mandat d'arrêt ? Personne ne le recherche ?

— Pas à ma connaissance qui, comme tu le sais, est immense. En même temps, cela ne veut pas dire qu'il est tiré d'affaire. Aucun danger côté divorce. La pauvre femme n'en a plus pour longtemps. Mais si Mack a caché du fric, alors sa déclaration de faillite risque de poser problème. Il peut toujours faire l'objet d'une enquête pour ça.

— Qui pourrait enquêter ?

— Exactement ! Qui chercherait la petite bête ? Tout le monde s'en fiche. Ses dettes ont été effacées. Alors comme ça, il veut revenir au pays ? C'est dingue. (Il désigna son verre vide.) Vas-y, paye ta tournée.

Jake alla chercher deux autres bières et revint à la table. Il but une gorgée et s'esclaffa :

— Toi aussi, tu as eu envie de te faire la malle comme Mack, n'est-ce pas ? Partir, tout plaquer et te la couler douce sur une plage des tropiques.

— Des milliers de fois, c'est vrai. Pas plus tard que la semaine dernière !

— On l'a tous envié, même si je ne me vois pas quitter Carla et les enfants.

— C'est parce que tu as une gentille femme. Moi, c'est une autre histoire.

— D'où cette question : pourquoi Mack veut-il revenir ?

— C'est là que tu interviens, Jake. Il faut que tu le rencontres. Accepte ces vacances de rêve, quitte ce trou paumé pour une semaine. Va prendre du bon temps.

— C'est sans risques, tu es sûr ?

— Absolument ! Personne ne te surveille. Prends l'oseille, achète-toi deux allers-retours, et emmène Carla dans les montagnes du Costa Rica. J'aimerais bien être à ta place !

— Je t'enverrai une carte postale.

8.

Aucune carte postale n'aurait pu restituer le charme du magnifique Terra Lodge, accroché à flanc de montagne, trois cents mètres au-dessus de l'océan Pacifique. Dans leur chaise longue à côté de la piscine, Jake et Carla, un cocktail à la main, ne se lassaient pas de la vue. Quelle chance ils avaient ! Pas un nuage dans le ciel azur au-dessus d'eux, et un soleil qui réchauffait leur corps jusqu'au plus profond.

Il brouillassait quand ils avaient décollé de Memphis. Pourquoi quelqu'un voudrait-il quitter ce paradis sur terre ? se demandait Jake.

Lorsqu'ils s'étaient présentés à la réception, on les avait conduits à leur bungalow, l'un des trente que comptait le lodge – trois pièces, un toit en chaume, une douche extérieure, une petite piscine privative et des climatiseurs partout, le tout niché au milieu de jardins tropicaux. Ricardo, leur concierge attitré et nouveau grand ami, était aux petits soins pour eux. À en croire l'écriteau fixé à la porte de la salle de bains, la suite coûtait six cents dollars la nuit.

— Mack doit avoir les moyens ici.

— Cet endroit est superbe, renchérit Carla en admirant l'immense baignoire où l'on pouvait tenir à trois.

Ses réticences à l'égard de ce séjour tous frais payés s'étaient envolées à la seconde où elle avait vu l'océan.

Ricardo les avait conduits à la piscine, leur avait apporté leurs boissons et annoncé que le dîner serait servi à 19 heures, à leur table réservée, avec une vue spectaculaire sur le coucher de soleil. Après leur premier verre, Jake sauta dans la piscine à débordement et s'accouda au rebord, savourant l'eau salée, tiède à souhait, bouche bée devant le bleu scintillant du Pacifique.

Pour leur lune de miel onze ans plus tôt, ils n'avaient pu s'offrir qu'un séjour bas de gamme aux Antilles, le premier et seul voyage à l'étranger pour Jake. Les parents de Carla, un peu plus fortunés, avaient pu payer à leur fille un mois en Europe avec un groupe d'étudiants. Mais rien de comparable à ce qu'ils découvraient ici.

En fin de journée, les autres clients de l'hôtel (uniquement des adultes) descendirent à la piscine pour admirer le magnifique coucher de soleil. Le dîner était servi dans un patio. Au menu : langouste grillée pêchée du jour et légumes bio provenant du potager au bout de la rue. Après le repas, les Brigance allèrent prendre un verre au Sky Lounge, et sous le ciel étoilé, ils dansèrent au son d'un orchestre local.

Ils firent la grasse matinée le lendemain matin et faillirent manquer le bateau qui devait les emmener en excursion, avec au programme ballet des baleines dans la baie, petit-déjeuner, déjeuner et cocktails. Ils passèrent la journée au soleil, à la recherche des grands cétacés. Le capitaine leur présenta ses excuses, parce qu'ils n'avaient vu que des dauphins.

Le soir au lit, épuisée et ravie, Carla aborda enfin le sujet.

— Aucun signe de Mack ?

— Non. Pas encore. Mais j'ai l'impression qu'il n'est pas loin.

Le lendemain matin, c'était le jour de la balade à cheval. Ce n'était pas le moyen de locomotion préféré de Jake, mais le groupe était enthousiaste et le guide un bateleur né. En chemin, il leur racontait des anecdotes amusantes, leur montrait les oiseaux exotiques, les singes-araignées, les fleurs qu'on ne trouvait qu'ici. Ils firent halte près de sources chaudes, de jolies cascades, et eurent droit, au bord d'un volcan, à un délicieux repas avec trois plats et du vin à volonté. Là-haut, à mille mètres d'altitude, la vue sur l'océan Pacifique était à couper le souffle.

Le quatrième jour, ce fut rafting le matin et tyrolienne l'après-midi, avec un pique-nique – fruits tropicaux et punch planteur. Le soir, alors qu'ils avaient pris leur douche et s'étaient habillés pour dîner, le téléphone sonna. Jake alla décrocher en marchant en canard, l'entrejambe encore douloureux après six heures passées en selle la veille.

C'était Mack ! Ils l'avaient presque oublié !

— Bonjour, Jake. Ça me fait plaisir d'entendre ta voix.

— Pareil !

Jake fit un signe de tête à Carla qui, avec un sourire entendu, partit dans la salle de bains.

— J'espère que vous passez un bon moment.

— Oh oui ! Merci pour l'invitation. C'est effectivement pas mal pour une semaine.

— Pas mal du tout. Je me disais que vous ne seriez pas contre une journée tranquille demain, alors j'ai réservé pour Carla une journée au spa, avec tous les soins. Elle va adorer. On pourrait se retrouver toi et moi pour déjeuner ?

— Faut que je regarde mon planning. Mais je dois pouvoir te trouver un trou.

— Parfait. Comment est la cuisine ?

— Délicieuse. C'est aussi bon que chez Claude. D'ailleurs, son poisson la semaine dernière était extra.

— Je me souviens bien de lui. Comment va-t-il ?

— Il n'a pas changé. Clanton reste Clanton, tu sais.

— J'en suis certain. À l'entrée du lodge, il y a un chemin avec un panneau « Barillo Trail ». Tu vas monter sur un petit kilomètre dans la forêt jusqu'au Kura Grill. Toutes les tables sont en terrasse, avec une belle vue. J'ai réservé pour 13 heures.

— J'y serai.

— Mieux vaut que l'on se voie sans Carla. Elle ne m'en tiendra pas rigueur, n'est-ce pas ?

— Pas du tout.

— Elle ne va pas s'ennuyer au spa.

— J'en suis sûr.

— Parfait. J'ai hâte de te revoir, Jake.

— Moi aussi.

9.

Mack n'avait pas mentionné que le Barillo Trail était en pente raide. Au bout de quelques minutes, Jake ahanait comme s'il gravissait une montagne – ce qui était finalement le cas. Le kilomètre parut en faire dix. Il dut s'arrêter à deux reprises pour reprendre son souffle. À trente-huit ans, il était dans une forme déplorable. Une honte ! Qu'il était loin le temps où il enchaînait les longueurs de terrain au football. Cela datait au moins du lycée !

Au restaurant, il ne vit aucun véhicule. Juste quelques vélos. Il était en nage lorsqu'il arriva sur la terrasse. Mack l'attendait à une table sous un parasol coloré. Ils se serrèrent la main et s'installèrent.

— Tu parais en forme, déclara Mack.

Il avait perdu son accent du Mississippi.

— Toi aussi.

Pour tout dire, Jake ne l'aurait pas reconnu dans la rue. Mack avait désormais quarante-cinq ans, des cheveux poivre et sel beaucoup plus longs qu'autrefois et une barbe grise. Avec ses lunettes à monture d'écaille, il ressemblait à un professeur d'université encore bien fait de sa personne. Il avait maigri, aussi.

— Merci pour le voyage et ton hospitalité, annonça Jake. Cet endroit est fabuleux.

— C'est la première fois que tu visites le Costa Rica ?

— Oui. Et pas la dernière, j'espère.

— Tu peux revenir ici quand tu veux. Tu es le bienvenu.

— C'est toi le proprio ?

— Exact. L'un des trois. Le tourisme est un secteur porteur ici. On a acheté il y a un an.

— Tu vis ici ?

— Plus ou moins.

Une réponse évasive. Il y en aurait d'autres. Jake n'insista pas.

— Comment va la famille ? s'enquit Mack.

— Au mieux. Carla enseigne toujours. Hanna est en CE2, elle grandit vite. Luke a un an.

— Luke ?

— Nous avons adopté. C'est une longue histoire[1].

— La mienne aussi.

— Je n'en doute pas.

— Mes filles me manquent.

Un serveur apparut pour prendre la commande. Jake était ouvert à tout, il fut cependant soulagé d'entendre Mack répondre :

— Juste de l'eau.

Jake acquiesça.

— C'est quoi ton nom ici ? demanda-t-il une fois que l'employé les eut servis.

— J'en ai plusieurs, mais ici c'est Marco.

Jake but une gorgée, attendant qu'il en dise davantage.

— Très bien, Marco. Et ta couverture ?

---

1. Voir *Le Droit au pardon. (Toutes les notes sont du traducteur.)*

— Je suis brésilien, d'origine allemande. C'est pour ça que je ne ressemble pas à un natif. Du Sud du Brésil, précisément. Il y a plein d'Allemands là-bas. Je fais des affaires en Amérique centrale. Je bouge pas mal.

— C'est quoi le patronyme sur ton passeport ?

— Ça dépend quel passeport !

Jake esquissa un sourire, but une autre gorgée.

— Mack, je ne vais pas te tirer les vers du nez. Dis-moi ce que je dois savoir. Ça me suffira.

— Parfait. Il s'est passé beaucoup de choses depuis trois ans, et pour la plupart, ça ne te concerne pas.

— Très bien.

— Tu as parlé à Harry Rex ?

— Bien entendu. Je lui ai montré ta lettre. Il est dans la boucle.

— Comment va ce gros plein de soupe ?

— Pareil. Mais je crois qu'il a maigri.

— Un exploit ! Bon, on parlera de lui plus tard.

Le serveur revint. Mack commanda des salades de crevettes. Quand il eut disparu, Mack se pencha vers Jake :

— Je suis parti en pleine nuit, comme tu le sais, et j'ai quitté le pays. Je me suis d'abord arrêté au Belize où j'ai vécu pendant un an. J'aimais bien l'endroit. J'ai passé trois mois à boire – bien trop –, à draguer et à farnienter sur la plage. Puis ça m'a lassé. Je me suis mis à la pêche au leurre, bananes de mer, pompaneaux, tarpons. Je suis devenu guide de pêche et vraiment, c'était agréable. Je faisais toujours attention, je surveillais les touristes, les clients à l'hôtel, les pêcheurs, s'ils venaient de chez moi. C'est fou ce qu'on peut apprendre quand on sait écouter. Dès que j'entendais une pointe d'accent du Sud, mes voyants passaient au rouge. Je vérifiais les registres pour connaître les nouveaux arrivants et je me tenais loin de tous ceux qui débarquaient du Mississippi. Il n'y en avait pas beaucoup. La plupart de mes clients étaient originaires de la côte est. Je me sentais relativement en sécurité. Je me suis laissé pousser la barbe, j'ai perdu dix kilos, j'y suis allé fort côté bronzage, et je portais toujours un chapeau ou une casquette.

— Et tu as perdu ton accent.

— Oui, ça a été le plus dur. Je me suis entraîné. J'ai beaucoup parlé tout seul, pour un tas de raisons, et je m'entraîne toujours. Bref, à un moment, j'ai eu une frayeur et j'ai décidé de quitter le Belize.

— Que s'est-il passé ?

— Un soir, des gars dînaient au lodge, des vieux. Ils occupaient un bungalow à côté du mien, ils discutaient de pêche et s'amusaient bien. Tous arrivaient du Vieux Sud. Et j'en ai reconnu un, un juge de Biloxi. Harold Massey. Tu le connais ?

— Non, mais j'ai déjà entendu son nom. C'est un petit État.

— Oh oui, bien trop petit. J'étais au bar – en train de draguer une fille –, pas très loin du patio où ils étaient attablés. Nos regards se sont croisés, avec le juge. Évidemment, tous les avocats et magistrats du Mississippi ont eu vent de mon histoire. Massey s'est levé de table pour aller aux toilettes. Il m'a observé bien trop longtemps en passant à côté de moi. Je suis resté calme, mais à l'intérieur de moi, c'était la panique totale. Alors j'ai quitté la ville, je me suis enfui du pays et j'ai atterri au Panama. J'y suis resté quelques mois. Crois-moi Jake, être en cavale, ça n'a rien de drôle !

— Comment tu as su que Lisa était malade ?

Mack esquissa un sourire, haussa les épaules et se recula sur sa chaise.

— J'ai une taupe chez nous, un vieil ami du lycée qui a épousé une fille de Clanton. Et comme tu sais, les ragots, c'est le sport local.

— Harry Rex m'a juré qu'il n'avait eu aucun contact avec toi.

— C'est vrai. Si on me recherche, c'est lui qu'ils surveilleront en premier. Je préfère rester prudent. Je n'ai contacté personne qui puisse présenter un risque. Personne jusqu'à maintenant.

— Qui voudrait te retrouver ?

— C'est justement pour ça que je t'ai fait venir. Je veux rentrer à la maison, mais sans risquer d'être arrêté.

Les salades arrivèrent, des crevettes assaisonnées sur un lit de feuilles vertes, le tout servi dans de grandes assiettes en bambou. Ils mangèrent un moment en silence.

— Pourquoi m'avoir contacté, moi ? s'enquit Jake au bout d'un moment.

— Parce que je te fais confiance. Ce qui n'est pas le cas des autres du barreau. Combien il y a d'avocats à Clanton aujourd'hui ?

— Je ne sais pas. Trente, quarante, peut-être plus. Ça tourne beaucoup. À l'inverse des autres petites villes du Mississippi, Clanton n'est pas moribonde. Ce n'est pas l'opulence, mais elle résiste.

— Il y en avait près de cinquante de mon temps. Autrement dit, bien trop pour gagner sa vie. Et je me méfiais d'eux. Il y avait juste toi et Harry Rex que je sentais bien.

— Parce qu'on est la crème de la crème !

— Lucien est toujours en vie ?

— Oh oui ! Je le vois tout le temps.

— Je déteste ce vieux salopard.

— Tu n'es pas le seul.

Alors que le serveur remplissait leur verre, ils rirent de bon cœur aux dépens de l'ancien patron de Jake.

— Ce sera quoi ma mission ?

— Pas grand-chose. Juste que toi et Harry Rex vous assuriez que personne ne m'attend là-bas. Il paraît qu'il y a eu une enquête.

— On s'est renseignés depuis qu'on a reçu ta lettre. Le grand jury a été convoqué pour étudier ton « affaire », bien que le terme soit exagéré. Mais ils n'ont rien retenu contre toi. Aucune inculpation. Un mois plus tard, le FBI s'est pointé et a commencé à fouiner. Ils sont venus voir Harry Rex, puis ils sont repartis. Et plus rien depuis deux ans.

— Le FBI ? répéta Mack en fronçant les sourcils.

— Ils ont épluché le dossier du divorce. Les cinquante mille dollars pour Lisa les ont fait sourciller. Personne ne savait d'où venait l'argent. D'après la rumeur, tu aurais volé du fric et tu serais parti avec.

Jake mangea un peu de salade. C'était le parfait moment pour que Mack lui donne des détails, pourtant il ne saisit pas la perche.

— Et selon Harry Rex, le FBI ne reviendra plus ? demanda-t-il.

— A priori. Il ne s'inquiète pas vraiment, mais ta déclaration de faillite le chiffonne. Si tu avais de l'argent planqué quelque part et que tu ne l'as pas déclaré aux autorités, alors c'est un cas de fraude manifeste.

Mack se désintéressa de son assiette.

— Et pour le divorce ?

— C'est réglé depuis longtemps. Harry Rex ne pense pas que Lisa va repartir en guerre. Pas dans son état. Mais si tu lui as caché des biens, ça peut poser un problème. Marco, c'est moi qui fais la conversation et…

— Je t'écoute, Jake. Très attentivement. Depuis mon départ, je n'arrête pas de me demander quelles traces j'ai pu laisser. Pas une journée ne passe sans que ça me travaille. J'envisage tous les scénarios où quelqu'un pourrait chercher à me retrouver.

— Harry Rex est persuadé qu'il n'y a personne.

— Et toi ? Qu'est-ce que tu me conseilles ?

— Donner des conseils, c'est précisément mon travail, Mack, mais je ne suis pas ton avocat. Je ne suis pas dans la partie, alors ce serait bien si je pouvais en savoir plus. Je relaierai les infos à Harry Rex, de façon confidentielle, bien sûr.

Mack repoussa son assiette et croisa les doigts. Il lança un regard circulaire autour de lui, veillant à paraître parfaitement détendu.

— J'avais quatre affaires, commença-t-il à voix basse. Quatre dossiers, tous des bûcherons blessés par le même modèle de tronçonneuse. L'un a perdu un œil, l'autre sa main gauche, l'autre plusieurs doigts, et le dernier – un chanceux – s'est fait juste une grosse entaille au front. Au début, je me suis dit que le système de sécurité de la tronçonneuse était défaillant. L'affaire, qui semblait prometteuse, s'est terminée en eau de boudin. Alors je l'ai joué au bluff et j'ai proposé au fabricant un accord à l'amiable, mais ils n'ont pas mordu à l'hameçon. Au fil du temps, je me suis désintéressé du litige et les dossiers sont restés dans un coin à prendre la poussière. Tu as connu ça. Les mois passent, les années. Et un beau jour, je reçois le coup de fil miraculeux d'un gros cabinet de New York,

Durban & Lang. Leur client, une boîte suisse, voulait clore l'affaire pour passer à autre chose. Cent mille par victime, plus cent mille pour les frais d'avocat. Un demi-million, juste comme ça ! Un rêve devenu réalité. Puisque je n'avais jamais déposé plainte officiellement, il n'y avait aucune trace, sauf à mon cabinet et à New York. La tentation était grande, l'occasion magnifique. Mon mariage prenait l'eau depuis longtemps. Tous les astres étaient alignés. C'était le moment ou jamais. Je prenais l'argent, divorçais et abandonnais le droit pour de bon. J'allais laisser ma vie sinistre derrière moi, prendre un nouveau départ.

Jake avait mangé la moitié de sa salade et repoussa à son tour son assiette. Le serveur vint débarrasser.

— Il me faut un verre, annonça Mack. Une bière ?

— Parfait.

— Tu as goûté l'Imperial, la marque nationale ?

— Bien sûr ! Je te suis.

Mack commanda deux pressions et contempla l'océan par-delà la vallée. Jake attendit que les boissons arrivent. Il but une gorgée, essuya la mousse sur ses lèvres et demanda :

— Et tes quatre clients, que sont-ils devenus ?

Mack sortit de ses rêveries, contempla sa chope et avala une lampée.

— L'un est mort, l'autre a disparu de la circulation. Les deux restants étaient ravis d'empocher vingt-cinq mille dollars en liquide contre la promesse de tenir leur langue. J'ai signé les papiers et leur ai remis l'argent.

— Mais leurs signatures doivent être certifiées conformes.

— Je m'en suis occupé. Tu te souviens de Freda, mon ancienne secrétaire ?

— Évidemment.

— Je l'ai virée et c'est son nom que j'ai mis sur les papiers, et j'ai imité sa signature pour la certification. Pour les deux premiers clients, le mort et le disparu, j'ai aussi imité leur signature. Personne ne l'a su. De toute façon, les avocats de New York s'en fichaient. Tout ce qu'ils voulaient, c'était avoir l'accord signé et clore l'affaire.

— Tu n'as pas peur ? On risque de voir que c'est un faux.

— Jake, je m'inquiète pour tout. Quand tu fais un truc illégal et que tu es en fuite, tu surveilles toujours tes arrières.

— Je comprends. Le pactole est en gros de quatre cent mille.

— Exact.

— Impressionnant.

— C'est quoi les plus gros honoraires que tu aies touchés, Jake ?

— Mille dollars pour Carl Lee Hailey[1].

— Ton jour de gloire.

— Seth Hubbard, ça te dit quelque chose ?

— Oui. Un gros propriétaire terrien. Des exploitations forestières, des scieries, des usines[2].

— C'est bien lui. Il est mort. Et son testament a défrayé la chronique. J'assurais la succession, et j'ai perçu cent mille.

— En dix ans de métier, mon plus gros chèque a été de vingt mille dollars pour un accident de la route. Et d'un coup, j'avais vingt fois plus. Un véritable trésor. Je n'ai pas pu résister.

— Tu as des regrets ?

— Des tas. Seuls les lâches s'enfuient. J'ai mal agi, sur toute la ligne. J'aurais dû rester à Clanton, gérer mieux le divorce et être présent pour mes filles. J'ai abandonné aussi ma mère. Je ne l'ai pas vue depuis trois ans.

— C'est quoi ton programme ?

— J'aimerais voir Lisa et lui présenter mes excuses. Ça ne servira sans doute à rien, mais je veux tenter le coup. Et renouer ma relation avec Margot et Helen. Elles ont maintenant dix-sept et seize ans, et vont se retrouver orphelines. Toi et Harry Rex, vous pouvez m'aider. Je ne vous demande pas de vous impliquer, juste d'être à l'écoute de ce qui se dit. Si on est certains qu'il n'y a pas eu d'inculpation, ni aucune à venir, s'il n'y a aucun mandat d'arrêt lancé contre moi, alors je reviendrai discrètement au pays. Je ne séjournerai pas à Clanton, ce serait bien trop pénible. J'irai sans doute me cacher à Memphis, de l'autre côté de la frontière avec le

1. Voir *Le Droit de tuer/Non coupable.*
2. Voir *L'Allée du sycomore.*

Mississippi. Et au moindre problème, je mets les voiles. Je ne veux pas aller en prison, Jake. En aucun cas.

— Tôt ou tard, on saura que tu es revenu, Mack. Si tu t'avises de mettre un pied dans le comté, on te reconnaîtra, et le lendemain, toute la population sera au courant.

— C'est vrai, mais ils ne me verront pas. Je viendrai la nuit. Les deux clients qui ont reçu chacun vingt-cinq mille sont Odell Grove et Jerrol Baker. Demande à Harry de les surveiller. Baker était sous meth quand il a signé l'accord. Il est peut-être mort à l'heure qu'il est, ou de nouveau en prison. Je ne crois pas que ces deux-là nous poseront des soucis.

— Et les deux autres ?

— Doug Jumper est mort. Quant à Travis Johnson, il a quitté la région depuis des années.

Jake termina sa bière et se laissa aller au fond de son siège.

— Et tout ça est prévu pour quand ? Tu as un planning ?

— Aucun. Toi et Harry Rex, vous vous renseignez pendant une semaine ou deux. Si la voie est libre, alors je monterai. Je te passerai un coup de fil pour te prévenir de mon arrivée.

— Et si on trouve que c'est trop chaud ?

— Envoie-moi une lettre ici, au lodge, adressée à Marco Larman.

— Ça frise la complicité pour aide ou assistance, comme tu le sais.

— Mais ce n'est pas le cas. Jake, c'est toi qui décides. Si tu ne le sens pas, ne le fais pas. Je ne veux vraiment pas que tu aies des problèmes.

— Je te crois.

— Combien de gens sont au courant de ta petite virée au Costa Rica ?

— Harry Rex et mes parents. Ils gardent Hanna et Luke. On ne l'a dit à personne d'autre. On a juste annoncé qu'on serait absents quelques jours. Rien de plus.

— Parfait. Continue comme ça. Ça me rassure que tu sois là.

— Et merci pour le séjour. On ne risque pas de l'oublier.

— On remet ça quand tu veux. Et c'est moi qui invite.

10.

Après une journée à se faire masser et dorloter, Carla était prête à affronter une excursion en pleine nature. Ils quittèrent l'hôtel à l'aube, à vélo, sans guide, et s'enfoncèrent dans la jungle par des chemins parfaitement balisés et damés. Ils s'arrêtèrent à des belvédères, prirent plein de photos, le plus souvent avec une vue sur l'océan en contrebas, et burent un délicieux jus de mangue devant une grotte. Après deux heures d'expédition, ils n'en pouvaient plus. Hors d'haleine, alors qu'ils venaient enfin de trouver un endroit où se désaltérer, ils tombèrent sur Olga et Luther, les Suédois qui occupaient le bungalow voisin. Les Brigance les voyaient rarement, car le couple était toujours par monts et par vaux, à parcourir les collines à pied ou à bicyclette, à faire du kayak dans des torrents en furie. Ils avaient bien trente ans de plus que Jake et Carla, étaient minces, musclés, et dans une condition physique optimale. Ils ne mangeaient que des fruits et des légumes, ne buvaient pas d'alcool. Ils avaient dormi deux nuits dans une hutte perchée au sommet d'un arbre et avaient dû monter eux-mêmes matelas, vêtements, nourriture et eau. Ils se voyaient comme des globe-trotteurs éco-compatibles et se vantaient d'avoir sillonné toute la planète. Carla et Jake les enviaient. Bien que septuagénaires, ils paraissaient partis pour vivre encore trente ans !

Les Suédois remontèrent prestement sur leur vélo et repartirent à grands coups de pédales.

— Il me faut une bière, déclara Jake affalé sous un parasol. Les gens parfaits me fichent le bourdon !

— Contente-toi d'un jus de fruit. Et parle-moi plutôt de ta conversation avec Mack.

— Je t'ai tout raconté. Son projet est assez vague. Il a le mal du pays, il veut voir sa mère et ses gosses.

— Ça, tu me l'as dit.

— Tu crois que Lisa acceptera ?

— Je ne suis pas devin. Enfin si elle était en bonne santé, c'est sûr qu'elle l'enverrait paître. Et qu'est-ce qu'il va raconter à Margot et Helen ?

— Coucou, les filles ! Papa est rentré. Je vous ai manqué ?

— Ça risque d'être sanglant, répliqua-t-elle. Allez, à cheval cow-boy ! Comment vont tes fesses ?

— La selle de ce vélo est une torture, pire que celle d'hier.

— Arrête de chouiner !

Ils atteignirent une crête – ou peut-être pas. En tout cas, ils étaient quelque part en altitude, en plein dans les nuages. À bout de forces, Jake jeta l'éponge. Ils firent alors demi-tour et redescendirent dans la vallée. Ils arrivèrent au lodge pour un déjeuner tardif et passèrent le reste de l'après-midi à la piscine, à siroter des boissons fraîches apportées par Ricardo.

Puis ce fut leur dernier dîner, dans le patio comme les précédents, avec la piscine turquoise, le soleil couchant flamboyant, autour de gens bronzés et en pleine forme.

Leur semaine au paradis était terminée. Ils s'endormirent, bercés par le bourdonnement des pales des ventilateurs et les appels des aras dans les frondaisons.

Ricardo les réveilla à 6 heures, à l'heure dite, et leur apporta un panier-repas pour le voyage. Il chargea leurs bagages dans le van qui les attendait devant les portes.

— Je vais payer à la réception, indiqua Jake.

— Inutile, monsieur Jake, répondit Ricardo. C'est réglé.

— Et les repas, les boissons ?

— Tout a été payé.

C'était effectivement ce qui était prévu, mais Jake voulait se montrer courtois. Il donna un gros pourboire à Ricardo, et les Brigance prirent la route vers San José.

11.

Deux mois s'écoulèrent sans nouvelles de Mack. Harry Rex retrouva Odell Grove, et, sans surprise, il n'avait pas changé d'activité. Avec ses deux fils, il avait une entreprise de bûcheronnage à l'extrémité ouest du comté de Ford. Il possédait deux hectares de bois et vivait dans un mobile home avec son épouse, quasiment en autarcie. Ses fils avaient leur propre mobile home, juste au bout de la rue. Quant à Jerrol Baker, il purgeait dix ans de prison pour trafic de drogue. Feignant de se renseigner pour une affaire de détournement de fonds, Harry Rex contacta le FBI où on lui répondit que l'agent qui avait enquêté après la disparition de Mack avait été muté à Pittsburgh. Un autre agent accepta de chercher dans les dossiers en cours et indiqua à Harry Rex qu'aucune enquête n'était ouverte concernant J. McKinley Stafford, à Clanton.

De son côté, Jake avait déjeuné chez Claude avec le shérif Ozzie Walls et avait orienté la conversation vers Mack. Au dire d'Ozzie, personne n'avait de nouvelles et il n'y avait aucun mandat de recherche. Avec surprise, Jake découvrit que le shérif ne croyait pas aux rumeurs. Il n'imaginait pas Mack spolier ses clients.

Carla enseignait en CE2, et la directrice de l'école était amie avec Lisa Stafford. Pendant dix ans, Lisa avait été proviseure adjointe du lycée. Elle était en congé maladie aujourd'hui, et son état ne s'améliorait pas. À la fin de l'année scolaire, en mai dernier, ses collègues avaient organisé une fête en son honneur dans la salle des professeurs. Elle était pâle et amaigrie, et portait un foulard sur sa tête pour cacher son crâne chauve. Personne ne pensait la voir reprendre son poste à la rentrée de septembre.

Au fil des jours, Jake et Harry Rex parlèrent de moins en moins de Mack. Ils ne correspondaient pas avec lui, car il n'y avait rien de particulier à lui révéler. Et en privé, ils s'accordaient à dire qu'il valait mieux que Mack reste au Costa Rica. Son retour dans le Mississippi allait leur compliquer l'existence, et celle de l'intéressé aussi. De toute évidence, personne n'était sur sa piste, mais sa présence pouvait déclencher des événements qui risquaient d'échapper à leur contrôle.

Et les ennuis commencèrent justement vers midi, le jeudi, quand Alicia l'appela sur sa ligne.

— J'ai un certain Marco Larman au téléphone. Il dit que vous attendez son appel. Je ne le connais ni d'Ève ni d'Adam celui-là !

— C'est bon. Je le prends.

Jake déglutit en regardant fixement le voyant lumineux qui clignotait sur son téléphone. *Allez, haut les cœurs !* Il enfonça le bouton.

— Jake Brigance à l'appareil.

— Monsieur Brigance, ici Marco Larman, répondit Mack d'un ton formel, comme s'il craignait d'être sur écoute.

— Bonjour, Marco. Que puis-je pour vous ?

— Peut-être pourrions-nous boire un verre avec M. Vonner à Oxford ?

La rencontre était fixée au lendemain après-midi. Jake ne se donna pas la peine de consulter son agenda, sachant pertinemment qu'il n'avait rien. Aux beaux jours, la justice à Clanton s'arrêtait les vendredis après le déjeuner. Harry Rex ne serait pas au tribunal, puisqu'il n'y aurait plus aucun juge à cent kilomètres à la ronde. Et s'il avait des rendez-vous, il les annulerait sans vergogne. Cette réunion clandestine l'intriguerait trop.

— Entendu. Où et quand ?

— Disons vers 17 heures ? Au bar du Ramada Inn.

— Très bien. Vous êtes donc de retour au Mississippi ?

— On en reparlera demain.

Et Marco Larman coupa la communication.

12.

Jake insista pour conduire. Principalement pour deux raisons : Harry Rex était un danger au volant, aussi furieux et incontrôlable qu'au tribunal. Il roulait trop vite, ou trop lentement, ignorait le code de la route, insultait tout le monde. Et on était vendredi après-midi, il avait déjà éclusé quelques Bud Light. Jake refusa donc la canette que lui proposa Harry Rex et se déclara ravi de jouer le chauffeur.

— Pour être honnête, c'est plutôt rigolo, lança Jake dès qu'ils eurent quitté la ville. Ça ne nous arrive pas tous les jours.

— Ce gars est stupide, répondit Harry Rex avec son cigare éteint rivé au coin de sa bouche. Il a mis les voiles en beauté, personne ne sait où il est passé et il revient au pays ! Où un tas d'emmerdes l'attendent. Et qu'est-ce qu'il va faire pour vivre ? Ouvrir un nouveau cabinet ?

— Je ne pense pas qu'il compte rester ici. Il a parlé de Memphis. En tout cas, ce sera hors du Mississippi.

— Ben voyons ! Comme si ça allait le protéger !

— A priori personne ne le cherche.

— D'accord, mais on ne sait jamais. La belle-famille peut péter un plomb.

— Ce sont de braves gens. Ils s'inquiètent plus de la santé de Lisa que du passé de Mack.

— Peut-être.

— Je ne vois pas ce qu'ils pourraient faire contre lui.

— En attendant, ils ne le portent pas dans leur cœur. Et ils vont se retrouver avec deux ados sur les bras. Ça ne faisait certainement pas partie de leurs projets. Tout ça parce que le gendre a pris l'oseille et s'est tiré. À leur place, je l'aurais mauvaise, non ?

— Sans doute.

— Arrête-toi au Skidmore. Il me faut une bière.

— Tu en as déjà une dans les mains.

— Oui, mais elle est tiède.

— T'en as bu combien aujourd'hui ?

— On dirait ma femme !

— Ne commence pas !

Ils se chamaillèrent pendant une heure jusqu'à ce qu'Oxford soit en vue. Jake se gara sur le parking du Ramada Inn à exactement 16 h 55. Il connaissait le bar depuis ses années d'université, même s'il n'y avait pas remis les pieds. Les étudiants étaient rentrés chez eux et la salle était déserte. Ils commandèrent des bières et s'installèrent à une table tranquille. Un quart d'heure passa. Aucun signe de Mack.

— Il doit être resté à l'heure des îles, grommela Harry Rex – comme s'il était lui-même la ponctualité incarnée.

Il alluma son cigare et souffla un nuage de fumée vers le plafond. Mack apparut enfin, sortant de nulle part. Ils se serrèrent la main, comme de vieux amis. Mack tint à s'asseoir en face de la porte. Harry Rex leva les yeux au ciel, Jake ne fit aucun commentaire. Une fois leur chope en main, les railleries commencèrent – corpulence, coupe de cheveux, barbe, vêtements, tout y passa... Harry Rex était étonné par la métamorphose de Mack – le bronzage des tropiques, le bouc poivre et sel, les cheveux longs, les lunettes de soleil fantaisie (une paire différente, d'ailleurs, de celle que « Marco » portait au Costa Rica). En revanche, Mack n'était pas surpris par l'apparence d'Harry Rex. Au fond rien ne changeait, en tout cas pas en mieux. L'ambiance était joyeuse, les rires accompagnés de belles lampées de bière. Puis Jake redevint sérieux.

— Comment tu es entré dans le pays ?

— Légalement ! Avec un passeport.

— Jake m'a dit que tu étais désormais citoyen brésilien, intervint Harry Rex.

— C'est vrai. Et aussi panaméen, même si mon espagnol n'est pas au top. Et mon passeport américain doit encore être valide. Mais je ne voulais pas courir de risque.

— Alors comme ça, on peut s'acheter une nationalité ? s'enquit Jake, ne cachant pas sa surprise. C'est aussi simple que ça ?

— Tout dépend dans quel pays tu te trouves et de l'argent que tu as. Et effectivement, ce n'est pas si difficile.

Ils restèrent songeurs un moment. Il y avait tant de questions, tant de trous dans l'histoire. Seul Mack avait toutes les cartes en main.

— Tu le sens comment de revenir ici ? demanda Harry Rex. Des inquiétudes ?

— Je suis entré au Mississipi il y a deux jours. Je suis allé en voiture à Greenwood voir ma mère. Puis je suis reparti aussitôt.

Et pour aller où ? se demanda Jake.

Mais Mack n'en dit pas davantage. À l'évidence, il ne voulait pas leur révéler où il habitait. Pas encore.

— Donc tu te penses en sécurité ?

— Je ne suis pas inquiet. Je devrais ? Il n'y a aucune enquête ouverte, n'est-ce pas ? Personne ne me recherche.

Harry Rex souffla sa bouffée de cigare.

— On ne peut rien garantir, tu le comprends bien ? Mais oui, il semble qu'il n'y ait pas de chiens à tes trousses.

— Il n'y a rien eu de nouveau depuis deux mois quand je t'ai vu là-bas, ajouta Jake. Impossible cependant d'être absolument catégorique.

— Bien sûr. Rien n'est jamais sans risques.

— Qu'est-ce que tu veux exactement ? insista Harry Rex.

— Voir mes filles. Je pense que Lisa n'acceptera pas de m'adresser la parole, mais ce n'est pas grave. C'est réciproque. En revanche, elle est très proche des filles, et si elle meurt, ça va être difficile pour les petites. Je n'aurais jamais dû les abandonner.

— Tu veux récupérer la garde ? s'étonna Jake.

— Non. En tout cas, pas tant que Lisa est en vie. Va savoir, il peut y avoir un miracle. Elle pourrait s'en sortir. Mais si elle meurt… je ne suis pas certain que les filles aient envie de vivre chez leurs grands-parents. Les pauvres !

— Ça ne signifie pas qu'elles voudront rester avec toi ! lança Harry Rex.

— Et d'ailleurs, renchérit Jake avec un petit rire, tu te vois élever deux ados ?

— Chaque emmerde en son temps, les gars. D'abord, je vais essayer de voir Lisa, juste pour lui dire bonjour. Puis tâcher de parler aux filles. Pour leur proposer un nouveau départ. Je sais que ça ne va pas être facile, ça va être douloureux et très bizarre. Mais il faut bien commencer quelque part. Et il y a l'aspect financier à prendre en compte. L'université, c'est bientôt et ça coûte bonbon.

Ils gardèrent le silence. Harry Rex ralluma son cigare et souffla un autre nuage épais vers le plafond. Jake but une gorgée de bière, ne sachant où menait cette conversation.

— Jake, articula finalement Mack, j'aimerais que tu contactes ma famille et que tu leur dises que je suis revenu. Et que je voudrais voir Lisa.

— Pourquoi moi ?

— C'est toi ou Harry Rex, et tu es plus doué pour gérer les affaires délicates.

Harry Rex acquiesça sans réserve. Il n'avait aucune envie de négocier avec Lisa et ses parents.

— OK. Je t'écoute, répondit Jake.

— Le meilleur moyen, c'est d'appeler d'abord Dean Pettigrew, le beau-frère de Lisa. Il m'a dans le nez depuis le début, il y a eu plein de bisbilles, mais l'eau a coulé sous les ponts.

— Espérons-le, grogna Harry Rex.

— Oui. Croisons les doigts. Dean n'est pas buté, ce n'est pas un mauvais gars. Je voudrais que tu lui annonces mon retour et que tu lui expliques que j'aimerais parler à Lisa.

Harry Rex fronça les sourcils.

— Pour quoi faire ? Qu'est-ce qui va se passer une fois que tu lui auras dit bonjour ? Tu vas à l'abattoir !

— C'est mon problème. Pas le tien.

Harry Rex but sa bière, essuya sa grosse moustache pleine de mousse.

— Tu n'es pas mon avocat, Jake, reprit Mack. Juste un ami. Et le clan des Bunning n'a rien contre toi – ce qui n'est pas le cas d'Harry Rex ou de moi. Pour eux, on est la lie de l'humanité.

Harry Rex haussa les épaules. Il en avait entendu d'autres. Cela faisait partie du métier.

— Et où aurait lieu cette rencontre avec Lisa ? s'enquit Jake.

— Je ne sais pas. Ses médecins ont peut-être donné des instructions pour ses déplacements. Dean saura tout ça. Appelle-le, et nous verrons où ça nous mène. Je sais, les gars, je vous demande un truc pas agréable.

— C'est rien de le dire ! railla Harry Rex.

— La famille va me poser des tas de questions, poursuivit Jake. Du genre : où tu habites ? Est-ce que tu vas revenir ? Pourquoi tu es parti ? Combien d'argent tu as pris ? Tu ne peux pas débarquer comme ça et lancer : « Coucou tout le monde, me voilà de retour ! »

Mack hocha la tête et but une rasade de bière. Il surveillait la porte d'entrée. Une habitude, pourtant il n'y avait personne.

— J'habite ici et là. Des hôtels, des motels. Je n'ai pas d'adresse fixe, et je n'ai rien prévu pour la suite. En tout cas, je ne vivrai pas dans le comté, rassurez-vous, et je ne chercherai pas à entrer en contact avec Lisa et les petites sans l'accord des Bunning. Je te le promets, Jake.

— Si tu le dis.

— Ça va jaser à mort, intervint Harry Rex. Les commères vont s'en donner à cœur joie. Tu en as conscience ?

— Oui. Je connais Clanton. Les ragots n'arrêtent pas, même quand il ne se passe rien. Je suis sûr que les mauvaises langues se sont lâchées dès que je suis parti.

Jake et Harry Rex esquissèrent un sourire entendu.

— Un matin, commença Jake en riant, on était à la cour de la chancellerie avec le juge Atlee, le jour des audiences des plaintes, pour le grand défilé devant Son Honneur. Le vieux Stanley Renfrow de Smithfield s'est levé de sa chaise et a demandé : « Monsieur le juge, j'ai en cours une affaire de divorce avec M. Stafford, mais il ne répond pas au téléphone. Il paraît qu'il a quitté la ville, c'est vrai ? Quelqu'un peut me dire où je peux le joindre ? » On s'est tous regardés en souriant. Atlee a répondu : « Monsieur Renfrow, je pense qu'il est inutile de l'appeler. Il semble que M. Stafford ait plié bagage. On ne l'a pas vu depuis des semaines. »

« Et mon divorce ? »

« Je suppute que M. Vonner a tous ses anciens dossiers. »

« Très bien, je le contacterai. Votre Honneur, vous savez comment on s'y prend pour tout plaquer comme ça ? »

« Non, c'est une première. »

« Il y a trente ans, j'aurais dû faire pareil ! Mais pas un ne m'a indiqué la marche à suivre ! » On a tous ri aux éclats, poursuivit Jake, puis les pronostics sont allés bon train. Où pouvais-tu être ? Personne n'avait la moindre piste.

— Stanley le bègue ! précisa Mack. Je le connaissais bien. En voilà un qui ne me manque pas.

— Qui t'a manqué ? s'enquit Jake.

— Juste vous deux. Personne d'autre.

— Tu m'étonnes ! ricana Harry Rex. Il a fallu pas moins de dix avocats pour faire le boulot que tu abattais.

— C'est gentil, je ne me fais pourtant pas d'illusions. Quelques personnes m'ont peut-être regretté, mais aucun de mes clients, ça c'est sûr !

— Il y a eu des rumeurs, continua Jake. Puis elles se sont éteintes, faute de carburant. Seulement si on te revoit, elles vont repartir de plus belle.

— Me voir ? Ça n'arrivera pas. Du moins ce ne sera pas de mon fait. J'ai passé la première année au Belize et je suis quasiment certain qu'on ne m'a pas reconnu. Ça a été chaud une fois, mais ce n'était pas quelqu'un du coin.

— Tu es allé où ensuite ? demanda Harry Rex.

Mack esquissa un sourire, but une gorgée de bière et contempla la salle aux lumières tamisées.

— Je vous raconterai tout ça plus tard, les gars. Dans le détail.

13.

Le Dr Dean Pettigrew était l'un des rares chirurgiens orthopédistes de Clanton. Vingt ans plus tôt, il avait épousé Stephanie Bunning, une jolie étudiante rencontrée à Ole Miss. Elle venait d'une grande famille de Clanton et voulait vivre là-bas. Lui, il était de Tupelo, à une heure de route ; ce n'était donc pas trop loin des siens. Pettigrew avait travaillé dur et prospéré ; le couple et leurs deux fils vivaient avec le gratin de la ville, dans une maison d'architecte luxueuse aux abords du quatorzième trou du country club. Tous les médecins habitaient là, juste derrière les grilles du parcours.

Après son dix-huit trous comme tous les samedis matin, alors que Dean rentrait chez lui avec sa voiturette de golf, Stephanie lui annonça que Jake Brigance l'avait appelé. Autant qu'il s'en souvienne, Jake n'avait jamais téléphoné à la maison. Lui et Stephanie connaissaient bien Jake et Carla mais ils n'étaient pas proches. En tant que médecin, sa première pensée fut que Jake, puisqu'il était avocat, voulait lui parler d'une plainte pour erreur médicale. Puis il chassa cette idée de son esprit. Jake était un chic type, pas du genre à poursuivre des médecins en justice, du moins pas ceux de la ville.

Pettigrew s'installa dans un fauteuil du salon et décrocha son téléphone. Après quelques politesses d'usage, Jake entra dans le vif du sujet.

— J'ai vu Mack Stafford hier. Il est revenu.

Pettigrew faillit lâcher le combiné. Il resta bouche bée une seconde ou deux.

— D'accord, articula-t-il finalement. On pensait qu'il était parti pour de bon.

— Oui, c'est une surprise pour nous aussi. Je ne suis pas son avocat. Juste un ami. Et je passe ce coup de fil uniquement parce qu'il me l'a demandé, pour lui rendre service.

— Je comprends bien. Qu'est-ce qu'il veut ?

— Voir Lisa.

— C'est une blague !

— C'est la vérité, Dean. Et je ne suis que le porteur du message.

Stephanie écoutait la conversation. Elle s'approcha et s'assit à côté de son mari.

— Je ne pense pas que Lisa veuille le revoir.

— Je m'en doute.

— Il sait qu'elle est très malade ?

— Oui. Et ne me demandez pas comment il est au courant.

— Où était-il tout ce temps ?

— Quelque part sur le continent. Plus au sud.

— Je ne sais que dire.

Stephanie, à côté de Dean, secouait la tête, horrifiée.

— Je peux vous demander comment va Lisa ? s'enquit Jake après un long silence.

Pettigrew poussa un long soupir.

— Pas bien, Jake. Pas bien du tout. La dernière chimio n'a pas fait effet. Que dire d'autre ? Et le retour de Mack ne va rien arranger.

— C'est sûr. Dean, j'ai transmis le message. Pour le reste, c'est à vous d'en parler avec Lisa.

— Qu'est-ce que Mack lui veut ?

— Je l'ignore. Juste voir Lisa et peut-être ensuite ses filles.

— Ça va réveiller toutes les rancœurs.

— Je sais.

— Je doute que Lisa accepte, et je suis certain qu'elle va vouloir protéger ses filles.

— On ne saurait le lui reprocher.

Il y eut un autre silence, puis Pettigrew ajouta :

— Lisa et les petites viennent dîner à la maison ce soir. Je vais devoir annoncer la nouvelle à toute la famille.

— Je suis désolé de vous mettre dans cette situation.

— Vous n'y êtes pour rien, Jake.

Plus tard dans l'après-midi, Lisa arriva avec ses enfants, Margot et Helen. Trop affaiblie, elle ne pouvait plus conduire. Margot, l'aînée, âgée de dix-sept ans, était ravie de prendre le volant. Avec Helen, elles enfilèrent des bikinis et sautèrent dans la piscine. Leurs deux cousins, les fils Pettigrew, étaient partis à Oxford, au stade de baseball, voir jouer Ole Miss.

Lisa s'installa sous l'auvent, à l'ombre, en dessous du gros ventilateur qui tournait lentement. Stephanie lui apporta de la limonade et s'assit à côté de sa sœur. Dean prit un siège et observa les filles sauter sur le plongeoir. Margot n'avait qu'un an de plus qu'Helen, mais leur différence était saisissante. Margot était mature, parfaitement formée et pouvait passer pour une jeune femme de vingt ans. Son bikini se réduisait d'ailleurs à quelques bouts de tissu, bien trop fins au goût de son oncle, et le maillot serait déclaré « totalement inconvenant » par les grands-parents Bunning qui allaient arriver tout à l'heure. Margot se fichait de leur avis, bien sûr, et prenait ces derniers temps un malin plaisir à les choquer. Helen, la benjamine, était plus discrète, voire timide. Elle avait encore le corps maigrichon d'une enfant de douze ans. Comme leur mère, les filles avaient été meurtries par le départ de Mack, par sa disparition soudaine. Il avait abandonné tout le monde. La famille avait été humiliée.

Depuis le début de l'année, au fil des traitements inefficaces contre un cancer particulièrement agressif, les Bunning avaient commencé à évoquer l'avenir des filles. Il n'y avait que deux options, et aucune n'enchantait personne : soit elles habiteraient chez les grands-parents, soit dans la grande maison de l'oncle Pettigrew. En réalité, personne ne voulait des deux ados, en particulier de Margot. Mais dans l'un ou l'autre cas, elles auraient un toit, et du soutien.

Existait-il une troisième possibilité ? Mack voulait-il récupérer ses enfants après la mort de leur mère ? Dean en doutait fortement. Mack s'était sauvé. Comment pouvait-il espérer revenir à Clanton et redevenir leur père ?

— Lisa, il faut que je te parle avant que tes parents arrivent, commença Dean. J'ai eu un appel de Jake Brigance tout à l'heure. Il est en contact avec Mack. Il est de retour.

Malgré son état de santé, Lisa lâcha avec aigreur :

— Quel salopard !

— C'est pire que ça. Il veut te voir, et les filles aussi.

Elle marqua un temps d'arrêt, saisie ; ses yeux, enfoncés dans leurs orbites par la maladie, doublèrent de taille.

— Quoi ?

— Tu m'as très bien entendu.

— Depuis quand est-il revenu ?

— Je ne sais pas. Je ne pense pas qu'il soit en ville, mais il est dans le coin, c'est sûr. Je n'ai pas les détails.

— On ne peut pas l'arrêter ?

— On n'a pas parlé de ça. Pas encore.

Elle posa son verre sur la table basse, ferma les yeux et prit une longue inspiration. Elle faisait pitié à voir. Dean et Stephanie avaient mal pour elle. Lisa se savait mourante, et voilà qu'elle devait assumer ça en plus. Les dix dernières années avaient été un enfer. Son mariage qui tombait en miettes à cause d'un époux qui travaillait tout le temps et ne gagnait rien. Sans compter ses excès avec l'alcool. Puis sa disparition soudaine. On racontait qu'il était parti avec l'argent de ses clients, un tas d'argent ! Des mois, des années sans nouvelles. Elle avait dû se rendre à l'évidence : ce lâche ne reviendrait pas. C'était à cause de lui qu'elle avait eu son cancer. L'humiliation, la pression d'élever deux ados toute seule, c'était sacrément toxique ! Elle avait trop pleuré, avait appris à refouler ses émotions, mais ses larmes coulèrent. Elle s'essuya les joues, renifla un bon coup et serra les lèvres.

Elle rouvrit les yeux, lança un sourire à sa sœur, puis regarda Dean.

— Je suppose que Jake va rappeler pour avoir une réponse ?

— C'est certain.

— La réponse est « non ». Je n'ai rien à lui dire. Le divorce était pratiquement bouclé quand il est parti. Heureusement, il a été prononcé. Je ne veux plus revoir son visage ou entendre sa voix. Et s'il veut entrer en contact avec les filles, ou s'il s'approche d'elles, j'appelle la police et lui colle un procès.

Dean esquissa un sourire.

— C'est très clair.

14.

Le lundi matin, à 5 heures précises, comme tous les jours, Jake sortit du lit et se rendit à la cuisine pour lancer le café. Il se doucha, s'habilla et alla chercher dans l'allée les journaux de Memphis, Tupelo et Jackson. Installé à la table avec sa première tasse de la journée, il lut les éditions du matin. À 5 h 45, il remonta dans la chambre, donna une petite tape sur les fesses de Carla, déposa un baiser sur sa joue, lui chuchota qu'il l'aimait, et s'éclipsa. Elle enfouit sa tête sous l'oreiller, se disant une fois encore qu'il était fou de se lever si tôt. Jake alla faire un bisou à Hanna et Luke et quitta la maison. Sept minutes plus tard, il arriva sur la grande place de Clanton et se gara devant son bar préféré. Il était 6 heures. Dell riait avec un groupe de fermiers et envoyait paître une table d'ouvriers qui s'impatientaient. Il était le seul à être en costume-cravate. Il trouva sa chaise libre à sa table habituelle, où l'attendait Andy Furr, un mécanicien du garage Chevrolet. Dell lui tapota le haut du crâne, lui donna un coup de hanche avec son postérieur opulent et lui servit du café.

— Tu es au courant que Mack Stafford est de retour en ville ? lança Marshall Prather, un adjoint du shérif.

La vitesse de propagation des potins était sidérante. Il décida de jouer l'innocent, pour savoir ce qui se disait en ville.

— Non ? Pas possible ?

— Je t'assure ! Il paraît qu'on l'a vu et qu'il veut se raccommoder avec son ex.

L'un des fermiers intervint :

— T'étais pas son avocat, Jake ?

— Pas du tout. Aux dernières nouvelles, c'était Harry Rex. Qui a vu Mack ?

— On sait pas, répondit Prather. Ils en ont parlé à l'église baptiste hier.

— Les baptistes ? C'est que ça doit être vrai.

— Il n'est pas recherché par les flics ? demanda Andy.

— Aucune idée.

— Marshall, tu sais quelque chose là-dessus ?

— Non, mais je vais me renseigner.

— Il paraît qu'il s'est taillé avec un tas d'oseille, insista Andy.

— C'est ce qu'on raconte, répondit Jake.

Derrière son comptoir, Dell lança :

— Les ragots sont interdits dans l'établissement ! Tout ce qui se dit ici est vrai.

Cette remarque souleva quelques rires. Le Coffee Shop était le point de départ de toutes les rumeurs, c'était bien connu. Elles se répandaient si vite que dans l'heure elles faisaient le tour de la place et revenaient à leur point de départ passablement déformées. Toute cette discussion amusait Jake, parce qu'en vérité personne n'avait vu Mack. À l'évidence, les Bunning, des piliers de la Première église baptiste, s'étaient empressés de raconter que Mack avait repris contact. Cela avait émoustillé l'assemblée et, comme une traînée de poudre, les cancans s'étaient colportés du catéchisme à la messe. Jake imaginait la centaine de coups de fil qui s'étaient ensuivis. Et quelqu'un – une personne qui ne serait jamais identifiée –, pour épicer l'histoire, avait déclaré qu'il avait vu Mack.

Évidemment, le lundi midi, la rumeur aurait inondé la ville, et des gens – toujours anonymes – prétendraient avoir parlé avec Mack.

Un fermier ayant été poursuivi par Mack des années plus tôt se mêla à la conversation. Celle-ci dévia naturellement vers les procès et les avocats qui attaquaient les honnêtes gens pour rien. Il fallait d'urgence en finir avec ces dommages et intérêts qu'ils réclamaient à tout bout de champ ! Jake resta stoïque et mangea son petit-déjeuner.

Heureusement, les clients revinrent à un sujet bien plus brûlant : la météo. Le cas de Mack fut oublié, du moins pour le moment.

15.

À 10 heures précises, Herman Bunning passa les portes du cabinet Sullivan et annonça à la réception qu'il avait rendez-vous. On lui proposa de s'asseoir mais il refusa. Il ne comptait pas attendre. Il avait appelé son avocat la veille et ils s'étaient mis d'accord sur l'heure. Il s'approcha de la grande fenêtre et contempla le palais de justice. Il tenta de se souvenir de la dernière fois qu'il avait demandé conseil à Walter Sullivan. À deux cents dollars l'heure, il comptait bien faire court.

Sa cimenterie appartenait à la famille depuis cinquante ans. Puisque la demande en béton demeurait modeste dans les bourgades rurales, la Clanton Redi-Mix n'avait guère de litiges juridiques à gérer. Sa société n'avait jamais poursuivi quiconque en justice, et la réciproque était vraie, sauf bien sûr lorsqu'un de ses camions toupie était impliqué dans un accident de la route. Walter Sullivan préparait des contrats eux aussi en béton et gérait le tout-venant juridique. La plupart des chefs d'entreprise en ville faisaient appel aux services du cabinet Sullivan, comme les banquiers, les assureurs, les dirigeants de chemins de fer, les grands propriétaires terriens – en résumé, les nantis de la région.

C'était précisément pour cette raison que Jake et les autres avocats en ville détestaient ce cabinet. Les Sullivan récupéraient tous les gros clients.

Une secrétaire vint chercher Herman. Il la suivit dans le grand bâtiment. Il accepta qu'on lui apporte un café, avec un sucre, et s'installa en face de Walter Sullivan, assis derrière son immense bureau.

— Je n'ai rien trouvé, annonça l'avocat. D'après Ozzie Walls, il n'y a pas de mandat de recherche. Le grand jury s'est réuni deux fois à l'époque, mais ils n'avaient rien pour l'inculper. (Il souleva une pile de papiers et poursuivit.) J'ai ici la copie du divorce et du jugement, et aussi la déclaration de faillite personnelle. Il n'y avait pas grand-chose.

— Évidemment ! grogna Herman. Le gars n'a jamais eu un dollar devant lui. Ils vivaient au jour le jour. Vous n'imaginez pas le nombre de fois où j'ai dû les dépanner !

— Comment va Lisa ?

— Pareil qu'hier soir quand vous m'avez posé la question.

Walter hocha la tête. Toujours aussi aimable le vieux Herman !

— Je suis désolé.

— Merci. Walter, tout le monde sait que Mack est parti avec de l'argent qui n'était pas le sien. C'est la seule explication. Comment aurait-il pu prendre la poudre d'escampette sinon ? Lisa a récupéré la maison, les voitures et les comptes en banque, mais tout était déjà hypothéqué. En revanche, il lui a fait un chèque de cinquante mille dollars. Or ce gars a toujours été fauché comme les blés. S'il lui a donné cette somme, c'est qu'il en avait encore un max sous le coude. Vous me suivez ?

— Absolument.

— Et s'il a vidé des comptes clients ou je ne sais quoi, le fric aurait dû être inclus dans ses biens au moment du divorce.

— Pareil pour la faillite personnelle. Ce qui est un délit plus grave encore. C'est carrément de la déclaration frauduleuse.

— Parfait. Comment peut-on le prouver ?

La secrétaire entra pour déposer les cafés et s'éclipsa. Herman but une gorgée.

— Jouons cartes sur table, lança Sullivan. Vous voulez attaquer Mack, c'est ça ?

— Je veux la peau de ce salopard. Pardon pour mon langage. Il a abandonné ma fille et mes petites-filles, et s'est sauvé comme un malpropre. C'était un mauvais mari, Walter, je vous ai déjà raconté. Il buvait trop, ne gagnait rien. Il n'était pas fainéant mais il n'a jamais été fichu de s'en sortir.

— Je connaissais bien Mack, et je l'aimais bien.

— Moi aussi, au début. Puis leur mariage est parti à vau-l'eau. Il vient du delta, Walter, ces gens-là ne sont pas comme nous.

— Je sais, je sais.

— Donc, je répète, comment peut-on prouver qu'il y a eu fraude ?

— À quoi bon ?

Cette remarque irrita Herman, qui resta silencieux, contenant sa colère. Il but une nouvelle gorgée de café et parvint à sourire.

— Parce que c'est un escroc. Un sale type. Parce que ma fille va mourir avant la fin de l'année, sans doute dès cet été, et qu'elle va laisser derrière elle deux ados qu'Honey et moi allons devoir élever. Nous sommes prêts, mais évidemment ce n'était pas prévu. Elles vont nous coûter cher, nous prendre tout notre temps, alors que nous comptions profiter de la retraite. Autant dire qu'on peut faire une croix dessus. Alors si Mack a de l'argent, il doit revenir à Lisa et aux filles.

— Combien êtes-vous prêt à dépenser pour trouver des preuves ?

— Donnez-moi déjà un prix.

— Je vais devoir engager un détective privé pour fouiner. Et du côté juridique, il y aura aussi des heures de travail.

— Combien, à la louche ?

— Dix mille.

Herman grimaça, comme s'il avait une crampe au ventre. Il bougea sur sa chaise en serrant les dents.

— Je pensais plus à cinq mille.

Walter était prêt à négocier. Mack avait peut-être lésé des gens ; il y aurait alors des plaintes à venir. Si le cabinet Sullivan jouait bien le coup et découvrait le pot aux roses, il représenterait tout ce petit monde. Il griffonna des notes dans son calepin, fit quelques calculs et fronça les sourcils. Il allait devoir y aller de sa poche.

— Ce n'est pas mon domaine, comme vous le savez, Herman. Je veux bien m'en charger, même si c'est vraiment pénible et fastidieux. Entendons-nous sur sept mille cinq cents.

— C'est encore trop, mais je ne veux pas jouer les marchands de tapis.

— Très bien, alors signez-moi le chèque.

— Je vous l'enverrai demain.

Herman consulta sa montre. L'entretien avait duré un quart d'heure – il lui devait donc cinquante dollars. Il comptait bien éplucher la prochaine facture de Sullivan pour s'assurer que l'avocat ne l'arnaquait pas.

Il le remercia pour le café et s'en alla.

* * *

De l'autre côté de la place, Jake farnientait à son bureau quand le téléphone sonna.

Il reconnut aussitôt la voix à l'autre bout du fil.

— Bonjour, Jake. C'est Walter.

Pourquoi l'appelait-il ? Aucun de ses dossiers ne pouvait intéresser le grand cabinet Sullivan. Aussitôt, il se méfia.

— Salut Walter. Que me vaut cet honneur ?

— Nous représentons Herman Bunning et sa cimenterie.

Évidemment ! Comme toutes les sociétés de la ville !

— Il sort de mon bureau. Comme tu l'imagines, la famille est plutôt secouée. Qu'est-ce que tu peux me dire sur Mack ?

— Je ne suis pas son avocat. Il faut voir ça avec Harry Rex.

— Et qu'est-ce que lui pourra me dire ?

— À mon avis, rien.

— C'est bien ce que je pensais. Tu sais où se trouve Mack ?

— Non. Pourquoi tu t'intéresses à lui ?

— Je veux juste le prévenir. Mieux vaut qu'il ne s'approche pas de Lisa ou de ses filles.

— Super. Dean Pettigrew m'a fait la même mise en garde. Le message est passé cinq sur cinq. Je l'ai transmis à Mack. Il est au courant. Franchement, il n'y a pas de quoi s'inquiéter. Mack n'est pas ici pour causer des problèmes.

— J'ai du mal à le croire.

— Encore une fois, je lui ai passé le message. Détends-toi, Walter.

— OK. À une prochaine.

Jake fut troublé par cet appel. Mack ne comptait pas faire de mal à ses enfants. C'était ridicule ! Ce coup de fil de Walter était de la pure intimidation, une manœuvre typique des Sullivan. Ils avaient l'argent et l'influence, n'hésitaient pas à s'en servir. Et surtout, ils n'avaient aucun scrupule.

Quelques années plus tôt, Harry Rex avait organisé une grande fête dans son chalet, avec au menu cochon à la broche. Il avait invité tous les avocats et les juges, même ceux qu'il détestait. Ozzie était de la partie, comme tous ses adjoints et la police de Clanton. La plupart des employés du palais de justice étaient là aussi, et les enquêteurs, les coursiers, les petites mains, et même les conducteurs de dépanneuses. Il y avait des fûts de bière à gogo et de quoi faire ripaille jusqu'à l'aube. Un orchestre de bluegrass enchaînait les morceaux sur la terrasse. Le timing était parfait, car ce jour-là c'était le calme plat à Clanton, et il y avait donc foule au barbecue d'Harry Rex. Il voulait une fête campagnarde, un rassemblement populaire, et ce fut le cas. Jake et Carla y avaient croisé Mack et Lisa et avaient tenté d'engager la conversation. À l'évidence, Lisa se sentait mal à l'aise au milieu de tous ces gens. On était loin de l'étiquette du country club. Plus tard, Jake l'avait vue assise toute seule derrière la maison, avec un soda light à la main. Il apprit par la suite qu'elle était rentrée sans le dire à son mari. Un ami avait dû raccompagner Mack chez lui.

Tout le monde en ville savait que leur mariage battait de l'aile, en particulier parce que Lisa avait de grandes exigences et que Mack ne pouvait pas les satisfaire. Alors que sa sœur Stephanie et son docteur s'élevaient socialement, s'offraient des maisons toujours plus grandes, toujours plus belles, les Stafford restaient au bas de l'échelle.

Le fil de ses pensées fut interrompu par un appel tout aussi inattendu. C'était Dumas Lee, du *Ford County Times*, une véritable sangsue.

— Dumas, quelle surprise !

— J'ai appris que Mack était de retour, lança le journaliste, comme si c'était un grand scoop.

— Mack ? Quel Mack ?

— Une source fiable m'a dit que vous avez rencontré Mack Stafford, que vous l'avez vu en personne.

Dumas prétendait n'avoir que des sources « fiables », qu'elles soient réelles ou imaginaires.

— Pas de commentaires.

— Allez, Jake, faites un effort.

— Pas de commentaires.

— D'accord. Juste une question alors, toute simple, à laquelle il suffit de répondre par « oui » ou « non » ; et si vous répétez « pas de commentaires », je considérerai que c'est « oui ». Alors voilà : avez-vous rencontré en personne Mack Stafford le mois dernier ?

— Pas de commentaires.

— Donc c'est le cas.

— Concluez ce que vous voulez, Dumas. Je ne vais pas entrer dans votre jeu. En quoi ça vous intéresse ? Mack est libre de ses mouvements. Il n'est pas recherché par la police.

— Enfin une info ! J'aime. Je peux m'en servir ?

— Bien sûr.

— Merci, Jake.

— Pas de soucis.

16.

La grande décision de Mack, celle qui allait bouleverser toute sa vie, fut la conséquence d'un seul et unique coup de fil – l'incident déclencheur qui avait tout précipité : fuir avec l'argent, demander le divorce, se déclarer en faillite, fermer le cabinet, tout laisser à Lisa, abandonner mère, femme et enfants, et s'évanouir dans la nature. Un jour, à midi, Marty Rosenberg, un avocat de New York, l'avait appelé et lui avait annoncé qu'il était prêt à payer en monnaie sonnante et trébuchante pour clore de vieux dossiers que Stafford avait quasiment oubliés. Mack avait décroché parce que Freda, sa secrétaire, était partie déjeuner. Si elle avait été au bureau et au courant de l'affaire, l'existence de Mack n'aurait sans doute pas emprunté ce dangereux chemin. Depuis cinq ans, Freda prenait tous les appels, s'occupait de la paperasse, de la comptabilité, des clients, elle était un roc comme le sont souvent les secrétaires dans un petit cabinet.

Mack avait mis Freda à la porte l'après-midi même et elle était partie très en colère. Après l'appel de Rosenberg, il était sorti, avait bu un peu trop de bières et était revenu au bureau très tard et passablement éméché. Elle lui avait reproché d'avoir raté deux rendez-vous. Sauf que cette fois, il s'en fichait. Patron et secrétaire s'étaient disputés, les mots avaient dépassé leurs pensées, et Mack lui avait donné une demi-heure pour débarrasser son bureau. Le soir, Mack était parti se saouler dans un bar. Quand il était rentré chez lui, Lisa l'attendait sur le perron en mode harpie. En sortant de sa voiture, il avait glissé sur une plaque de verglas, s'était ouvert le crâne et avait passé deux jours à l'hôpital. Pendant qu'il était coincé sur son lit, Freda était revenue au bureau et avait fouillé les registres, les dossiers. Elle ne s'attendait pas à trouver grand-chose, et ce fut le cas. Elle était la mémoire vivante du cabinet Stafford. Mack, comme la majorité des avocats en ville, chassait le client au palais de justice de Clanton et dans toutes les autres instances de l'État, et n'hésitait pas à leur demander de payer en liquide. Freda voulait voir si de nouvelles affaires étaient ainsi passées sous le manteau. En outre, elle s'intéressait à ses comptes en banque. Peut-être y en avait-il un ou deux secrets ? Peut-être existait-il de l'argent caché ? Freda gardait à jour un registre de tous les dossiers en cours et elle en fit une copie complète. Ils n'étaient pas si nombreux. Plus tard, quand Mack s'était enfui, elle avait entendu les rumeurs : l'avocat aurait volé des clients, détourné des fonds. À l'époque, Mack assurait trois tutelles, pour un total de vingt-deux mille dollars. En ce qui concerne les finances du cabinet, il y avait trois cent cinquante dollars en banque. Mack n'y avait pas touché.

Restaient quatre litiges qui pouvaient avoir du potentiel, des accidents avec des tronçonneuses – une affaire en or, répétait Mack à l'époque. Mais c'était si vieux. Ces cas étaient quasiment sortis de sa mémoire. Freda, toutefois, se souvenait des lettres incendiaires qu'elle avait dactylographiées à l'intention du fabricant. Puis l'enthousiasme de Mack était retombé et les dossiers s'étaient retrouvés aux oubliettes.

Pendant que Mack était à l'hôpital, Freda obtint les relevés téléphoniques et découvrit de mystérieux appels entre lui et un cabinet de New York. Un mois après la disparition de son patron, deux agents du FBI rendirent visite à Freda. Ils lui posèrent quelques questions, juste pour la forme. Malgré sa rancœur, elle ne leur révéla rien.

Freda quitta Clanton et s'installa finalement à Tupelo où elle trouva un emploi comme assistante juridique dans un gros cabinet. Le mardi après-midi, elle était à son bureau quand un détective privé se présenta. Une veste cintrée, une grosse cravate, et un pistolet à sa ceinture. Elle en avait vu défiler des légions comme lui au cours de sa carrière. Elle les repérait à cent mètres !

L'homme se présenta – Buddy Hockner – et lui tendit sa carte. Il menait une enquête pour un avocat de Clanton.

— Lequel ? s'enquit-elle.

Freda les connaissait tous.

— Walter Sullivan.

Il ne s'agissait donc pas d'une petite affaire de divorce ou d'une histoire de tôle froissée. Si le cabinet Sullivan était de la partie, c'est qu'il y avait un gros pactole à la clé. Voilà pourquoi Walter envoyait quelqu'un lui tirer les vers du nez.

— Oui, je me souviens de lui, dit-elle. Que puis-je pour vous ?

Sans demander la permission, Hockner se laissa tomber sur une chaise.

— Je vous en prie, asseyez-vous, ironisa Freda.

— Vous avez des contacts avec votre ancien patron ? Mack Stafford ?

Cette question l'amusa. Elle esquissa un sourire, son premier.

— Non, aucun. Rien depuis qu'il m'a mise à la porte. Cela fait près de trois ans. J'ai beaucoup de travail en ce moment, je préférerais que l'on parle de tout ça en dehors de mes heures de bureau.

— Entendu. Je peux vous offrir un verre ce soir ?

— Un seul. Je ne suis pas du genre bavarde.

Ils se retrouvèrent deux heures plus tard dans un bar en ville. Ils dénichèrent une table tranquille et commandèrent leurs boissons. Buddy annonça jouer cartes sur table. De temps en temps, il travaillait pour Walter Sullivan, qui représentait la famille de Lisa. Sullivan l'avait embauché pour fureter dans le passé de Mack. Ses clients suspectaient que de l'argent avait été volé et soigneusement dissimulé au moment du divorce et de la déclaration de faillite.

Freda fut triste d'apprendre que Lisa était malade. Les deux femmes n'avaient jamais été proches, mais s'entendaient bien – ce qui était en soi un petit exploit.

— Mack n'a jamais gagné d'argent. Il n'avait rien à voler.

Buddy sortit de sa poche une feuille de papier et la lui tendit. C'était la copie d'un chèque de cinquante mille dollars provenant d'une banque de Memphis à l'ordre de Lisa.

— Cela faisait partie du règlement du divorce, et c'est la seule chose de valeur qu'elle ait obtenue.

Freda secoua la tête.

— Mack n'a jamais eu autant d'argent. Au mieux, il y avait cinq mille sur le compte du cabinet. Il me payait trente mille dollars l'année et ne m'a jamais augmentée. Parfois, je gagnais carrément plus que lui.

— Vous connaissiez l'existence de ce compte à Memphis ?

— Non. Sa banque était à Clanton, même s'il détestait ça. Il ne supportait pas que quelqu'un là-bas sache à quel point il était fauché.

— Alors d'où vient cet argent ?

Mack était parti en abandonnant femme et enfants. Ça ne se faisait pas. Après le départ de Mack, les rumeurs au sujet de Freda étaient aussi allées bon train. On disait qu'elle était impliquée dans ses affaires louches, ce genre de choses. C'était pour cette raison qu'elle avait quitté la ville. Elle avait assez souffert comme ça à cause de Mack. Elle ne lui devait rien et il l'avait chassée comme une malpropre.

Elle but un trait de sa vodka soda.

— J'ai son relevé de téléphone. Ne me demandez pas comment. Le jour où il m'a renvoyée, il a reçu un appel d'un cabinet de New York. À midi dix, quand j'étais en pause déjeuner. Puis il a quitté son bureau et est allé s'enfiler des bières. Quand il est revenu vers 17 heures, c'est là qu'on s'est accrochés. Il avait raté deux rendez-vous – ce qui ne lui arrivait jamais, car il courait le client. Après, je ne l'ai jamais revu et c'est tant mieux.

Elle plongea la main dans son sac et en sortit un papier.

— Voici la copie des affaires qu'il avait en cours. J'en ai surligné quatre, des accidents avec des tronçonneuses. En haut, j'ai écrit un nom, Marty Rosenberg, avec son numéro de téléphone. C'est l'avocat de New York, celui qui a appelé quand j'étais absente. Je ne sais pas de quoi ils ont parlé, mais visiblement, après ça, Mack n'était plus lui-même. Rosenberg pourra sans doute vous éclairer.

17.

La semaine avait été tranquille à Clanton. Quand le *Ford County Times* sortit le mercredi matin, la première page était consacrée à Mack, avec en gros titre : « Mack Stafford fait son come-back ? » Dans l'article, à en croire Dumas Lee, plusieurs sources voulant garder l'anonymat confirmaient le retour de l'ancien avocat – même si personne ne l'avait encore vu, du moins personne officiellement. Dumas retraçait la vie de Mack : dix-sept années de travail au cabinet Stafford, puis le divorce, la faillite et sa disparition mystérieuse. Le shérif Walls était cité : « À ma connaissance, il ne fait l'objet d'aucune enquête. » Quand Dumas avait évoqué qu'un grand jury s'était réuni pour statuer sur son cas, Ozzie avait répondu : « Pas de commentaires. » Il y avait deux photos en noir et blanc, l'une de Mack en costume-cravate, provenant des archives du barreau, et l'autre de Jake Brigance quittant le palais de justice. En légende, Dumas reprenait les propres termes de Jake : « Il n'est pas recherché par la police. »

Jake, en buvant son café, se maudit. Pourquoi avait-il parlé à Dumas ? Il avait été stupide de lui donner le moindre grain à moudre. Dans l'article, le sous-entendu était limpide : Jake Brigance était impliqué dans l'affaire et était sans doute l'avocat de Mack Stafford.

Jake redoutait maintenant de se rendre au Coffee Shop. Mais faire le mort n'était jamais une solution. Il avait bien retenu la leçon : se cacher, c'était laisser enfler les ragots.

18.

Plus tard dans la matinée, Walter Sullivan appela les bureaux new-yorkais de Durban & Lang, un cabinet gigantesque comptant des milliers d'avocats et des antennes partout sur la planète. Il demanda à parler à Marty Rosenberg. L'une de ses secrétaires lui annonça que le grand homme n'était pas disponible – Walter s'y attendait, évidemment. Il répondit qu'il allait lui faxer une lettre qui justifierait sa demande : une conversation téléphonique qui ne durerait que quelques minutes. Après avoir raccroché, il envoya la lettre en question.

Cher confrère,

Je suis avocat à Clanton, Mississippi, et je cherche des informations concernant un recours en responsabilité civile datant d'environ trois ans. Je crois savoir que votre cabinet représente une société anonyme suisse, la Littleman AG, et que ladite société a une filiale aux Philippines, Tinzo Group. Tinzo produisait, entre autres, des tronçonneuses qui, semble-t-il, présentaient un défaut de fabrication.

Plusieurs plaignants sont allés trouver un avocat local, J. McKinley Stafford, appelé communément Mack, pour qu'il réclame des dommages et intérêts à l'entreprise. Mack a fermé son cabinet et a quitté la ville peu de temps après vous avoir parlé.

J'ai juste besoin de quelques minutes de votre temps précieux. Veuillez, s'il vous plaît, me rappeler à l'heure qu'il vous conviendra. Votre secrétaire a mon numéro.

Confraternellement.

Walter Sullivan

Le mercredi s'écoula sans nouvelle de New York. À 9 heures le lendemain matin, la secrétaire lui passa l'appel. Rosenberg se montra sympathique.

— Bonjour, cher confrère. Vous avez beau temps dans le Sud ?

— On ne se plaint pas. Merci de me rappeler, monsieur Rosenberg.

— Aucun problème. Ma femme vient d'Atlanta et on y descend de temps en temps.

— Une ville superbe ! confirma Walter.

De bien des manières, Atlanta était plus proche de New York que de Clanton !

— Bref, j'ai lu votre lettre et l'un de mes assistants a retrouvé le dossier. (Walter Sullivan imaginait le grand avocat, avec son armada de petites mains en file indienne dans le couloir, attendant leurs instructions.) Que puis-je pour vous ?

— Il semble que M. Stafford a négocié une sorte d'accord à l'amiable, puis a quitté la ville. Vous est-il possible de me confirmer qu'il y a bel et bien eu un accord financier ?

— Aïe ! lâcha Rosenberg comme si Sullivan touchait un point sensible. Nous représentons les intérêts de Littleman, et oui, ils ont acquis Tinzo voilà quelques années. À l'époque, Tinzo avait quelques plaintes concernant leurs produits, mais rien d'officiel. Aucune action en justice n'a été lancée. Les Suisses ne voulaient pas traîner ce genre de boulets. Ils se méfient de notre justice et de notre système de dommages et intérêts – et entre nous, je ne leur jette pas la pierre ! Alors ils nous ont demandé de faire le ménage. Avec des propositions pécuniaires. Je ne peux malheureusement vous en dire plus. Les accords sont confidentiels, comme vous l'imaginez, et mon client n'a reconnu officiellement aucun vice de fabrication.

— Je comprends. Est-il possible d'avoir copie des accords ?

— Aucune chance. Les Suisses sont des tombes dans ce genre de cas, comme tout le monde. Jamais ils n'accepteront de dévoiler le moindre détail. Même si c'est très vieux. Et c'était trois fois rien. Juste un petit caillou sur leur chemin. Littleman a fait quatorze milliards de chiffre d'affaires l'année dernière ! Mais ce sont des maniaques de la discrétion. Il n'y a rien eu d'illégal, n'est-ce pas ?

— Non. Pas de votre côté du moins. Votre client n'est pas en cause.

— J'en suis convaincu. Qui représentez-vous ?

— L'ex-femme de M. Stafford. Ils ont divorcé et, même si nous n'avons aucune preuve, il semble que le mari a caché de l'argent.

— Ce ne serait pas le premier ! lança Rosenberg en riant.

Walter l'imita, pour ne pas être en reste. Puis il reprit :

— Il n'y a donc aucun moyen que je puisse avoir des détails ?

— Impossible. À moins de venir avec un mandat.

— Je comprends très bien. Nous allons y travailler. Je vous remercie du temps que vous m'avez consacré.

— C'était un plaisir. Au revoir, cher confrère.

Rosenberg raccrocha. Son armée, au garde-à-vous, attendait ses ordres.

19.

Jake révisait un testament, un modeste document rédigé par un couple de vieilles personnes qui ne laissaient quasiment rien derrière lui, malgré une dure vie de labeur. Tous deux étaient membres de sa paroisse. Jake connaissait la famille depuis des lustres.

— Jake, j'ai une jeune femme en ligne, l'informa sa secrétaire. Elle ne veut pas dire son nom mais elle soutient que c'est très urgent.

Dites-lui que je suis occupé fut sa première pensée. Tous les petits avocats en ville étaient la cible de ce genre de coup de fil, et c'était toujours synonyme de problèmes. Toutefois, des années plus tôt, alors qu'il sortait tout juste de la fac de droit, il avait refusé un tel appel au secours et avait découvert plus tard que la femme était poursuivie par un mari violent. Le gars l'avait retrouvée et l'avait tabassée. Il était aujourd'hui en prison. Et longtemps, Jake avait été rongé par le remords.

— C'est bon. Passez-la-moi, lâcha-t-il en décrochant le combiné.

La voix était douce.

— Bonjour, monsieur Brigance. Je suis Margot Stafford. La fille aînée de Mack.

— Bonjour Margot.

Il ne l'avait jamais rencontrée, mais quelques années auparavant, Carla et lui avaient assisté à un match de basket avec des amis, et la jeune fille était dans l'équipe. Margot jouait bien et quelqu'un lui avait dit qu'il s'agissait de la fille de Mack.

— Que puis-je pour vous ? ajouta-t-il.

— Cela restera entre nous ?

— Bien sûr. Cette conversation est strictement confidentielle.

— Très bien. Je voudrais savoir si vous avez vu Mack.

Pas « mon père ». Juste Mack.

— Oui. Absolument.

— Il est donc vraiment revenu ?

— Oui.

Après un long silence, elle reprit :

— Je voudrais lui parler. C'est possible ? En privé, je veux dire. Ma mère ne sait pas que je vous appelle.

— Mack sera enchanté de vous revoir, Margot. Je peux vous arranger ça, si vous voulez.

— Je vous remercie. Où peut-on se retrouver ?

Jake réfléchit un moment. Aucun lieu ne paraissait sûr.

— Pourquoi pas au cabinet ? C'est sur la place.

— Je ne sais pas trop. On pourrait nous apercevoir.

— Non. Il y a une porte à l'arrière de l'immeuble.

Au fond de la cuisine, un accès donnait dans une ruelle. Il l'avait utilisé bien des fois pour des clients gênants. La ruelle en question menait à un dédale de passages où parfois il croisait des confrères qui fuyaient leur travail ou leurs secrétaires acariâtres.

Il donna ses instructions à Margot et ils convinrent d'un rendez-vous à 14 heures le vendredi.

20.

Les bureaux du procureur fédéral pour le district nord du Mississippi occupaient tout un étage du palais de justice d'Oxford. Judd Morrissette, son premier adjoint, était un bon ami du petit frère de Walter Sullivan. Le jeudi matin, Walter partit pour Oxford dans sa jolie Cadillac. C'est Harriet, sa secrétaire, qui conduisait. Quand il devait quitter la ville, Walter préférait avoir un chauffeur – cela lui laissait plus de temps pour travailler, lire ses dossiers, passer des coups de fil, réfléchir à de nouvelles stratégies –, mais la plupart du temps il dormait, bercé par les kilomètres et la radio qui diffusait de la country en sourdine.

Walter connaissait Judd depuis des années. Ils passèrent un quart d'heure à échanger des nouvelles, à évoquer des amis communs. Quand ils abordèrent enfin le sujet de Mack, Judd, contre toute attente, lui raconta une vieille anecdote. À l'époque, Judd poursuivait un bookmaker de Greenwood. Son avocat était Mack Stafford, qui était originaire de la ville. Judd connaissait donc Mack et, comme beaucoup de gens, il avait entendu parler de sa disparition.

Walter annonça qu'il était l'avocat de « la famille », et qu'il devait comprendre pourquoi Mack s'était enfui, et dans quelles conditions. Le beau-père de Mack, Herman Bunning, était un client de longue date et il était convaincu que son gendre avait caché de l'argent au moment du divorce avec sa fille. Et si tel était le cas, alors Mack avait aussi dissimulé cet argent à l'État quand il s'était déclaré en faillite.

En baissant d'un ton, ils évoquèrent l'état de santé de Lisa. La malheureuse n'allait pas bien, et cela n'allait pas s'arranger.

Par courtoisie et respect, Judd écouta Walter et prit quelques notes, mais cette affaire ne l'intéressait guère. Les procès pour fausses déclarations n'avaient rien d'excitant. La fraude, si tant est qu'il y en ait eu une, datait de trois ans. La victime se mourait. Morrissette préférait ne pas se mêler de ce psychodrame.

— On a retrouvé l'un des plaignants, dit Walter, un certain Odell Grove. Le pauvre bougre a eu l'œil crevé avec sa tronçonneuse. Il n'a pas voulu parler à mon enquêteur, mais il pourrait être plus loquace avec le FBI.

— Il s'est passé quoi, selon toi ?

— Mack a trouvé un arrangement à l'amiable, a donné un peu de fric aux plaignants – beaucoup moins que ce qu'il devait leur remettre –, a caché le gros du pactole le temps du divorce et de la mise en faillite, et s'est fait la belle.

— Il y en avait pour combien ?

— Je ne sais pas. Pas encore. J'ai parlé à un avocat de New York qui a négocié l'accord au nom du fabricant, une société suisse, mais il ne m'a pas dit grand-chose. Si tu envoies le FBI, il lâchera tout, comme les autres.

Judd rit de bon cœur.

— Oui, nos agents savent délier les langues.

— Une fois qu'on connaîtra le montant de l'accord, ça fera boule de neige. On saura combien il y avait sur la table, et combien Mack a gardé.

— Tu penses que ce serait aussi simple que ça ? s'enquit Judd, sa curiosité soudain en éveil. Essaie de retrouver les plaignants, tâche de savoir combien ils ont touché. Et en parallèle, on va récupérer les dossiers auprès du cabinet de New York. Je vais en toucher deux mots au FBI.

21.

Le seul endroit où Jake ne risquait pas de croiser le moindre avocat – radié ou encore en exercice –, c'était le Sawdust, un restaurant qui faisait aussi épicerie de campagne. Le rendez-vous des ouvriers et bûcherons du coin, tous blancs parce que les Noirs évitaient l'endroit depuis des lustres. Jake était venu à deux reprises seulement, une première fois avec Harry Rex pour rencontrer un témoin dans une affaire de divorce violent et une seconde avec le shérif Walls[1]. Mack Stafford n'y avait jamais mis les pieds. D'ailleurs, il ne passait que très rarement dans le secteur.

Les deux hommes se retrouvèrent sur le parking à 11 h 30, pour éviter le coup de feu de midi. Ils s'arrêtèrent pour regarder les deux ours enfermés dans une cage sur le perron. Un drapeau sudiste flottait au bout de son mât.

Jake observa la voiture de Mack, une vieille Volvo avec beaucoup de kilomètres au compteur.

— Un beau carrosse ! railla-t-il.

— Elle vient de Rent-A-Wreck. Louée pour six mois, avec assurance incluse. Et payée en liquide.

— Avec ça, tu passes sous les radars.

— Exactement.

— Avec des plaques du Tennessee ?

— J'habite Memphis en ce moment, dans un petit appart. Le truc introuvable. Payé aussi en liquide.

La porte d'entrée donnait dans la partie épicerie – un vieux plancher qui grinçait, des salaisons pendues au-dessus de la caisse, des poutres basses, et quelques fauteuils à bascule rassemblés autour d'un poêle à bois qui n'était jamais allumé. Ils saluèrent de la tête la vendeuse derrière son comptoir et s'avancèrent vers la salle à manger, une simple extension, avec un sol de guingois penchant inexorablement vers le fond de la pièce. Les murs étaient couverts de calendriers des championnats de football universitaires – Ole Miss, Mississippi

1. Voir *Le Droit au pardon*.

State, Southern Miss... – mais aussi ceux des lycées du coin. Les deux hommes s'installèrent à une table d'angle à l'écart, une serveuse les suivit.

— Bonjour, messieurs. Comment ça va aujourd'hui ?

— Très bien, mademoiselle. Nous sommes affamés !

— Le plat du jour, c'est ragoût de bœuf avec pain de maïs au jalapeño. Vous m'en direz des nouvelles !

Jake hocha la tête.

— Parfait pour moi. Avec du thé glacé. Sans sucre.

— Pareil, ajouta Mack.

Elle tourna les talons, sans même avoir sorti son calepin pour prendre la commande.

Comme d'habitude, Mack voulut s'asseoir en face de la porte. Il portait une casquette, avec une grande visière baissée sur le nez, et une nouvelle paire de lunettes de soleil. Il ne risquait pas plus d'être reconnu au Sawdust que dans la jungle du Costa Rica !

— Ça fait combien de temps que tu es rentré au pays ?

— C'est mon onzième jour.

— Comment s'est passé le retour ?

— Plutôt agité. Mais c'était cool de revoir ma mère. Je descends de temps en temps à Greenwood pour passer un moment avec elle. Elle a près de quatre-vingts ans, elle est en forme pour son âge et elle conduit toujours. Elle n'a vu ni Margot ni Helen depuis mon départ. C'est encore un de mes regrets. C'était vraiment crétin de ma part. M'enfuir comme ça. C'est vrai, je n'en pouvais plus, je voulais échapper à tout ça, à Lisa, aux ennuis au cabinet, à toute cette vie, mais on ne quitte pas les gens qu'on aime. J'aurais dû divorcer, fermer boutique, déménager à Memphis ou Jackson, trouver un boulot, agent immobilier, concessionnaire Chevrolet, peu importe, juste de quoi vivre. Je m'en serais tiré, bordel, j'aurais même tondu les pelouses pour arrondir les fins de mois !

Deux grands gobelets de thé arrivèrent sur la table.

— Le citron est à côté, indiqua la serveuse avant de repartir.

— Il n'est pas trop tard, insista Jake. Tu n'es pas manchot.

— On verra. Je suis encore en phase d'acclimatation. Parfois, je me dis que c'est trop lourd pour moi. Et puis il y a la peur, la peur qu'on frappe à la porte.

— C'est peu probable.

Mack but une gorgée de son thé.

— Je n'en reviens pas que Margot t'ait appelé. Qu'est-ce qu'elle veut ?

— Voir son père peut-être ? Sa mère est mourante. Son monde est sens dessus dessous. Vous étiez proches ?

— Une relation typique père-fille. Rien de spécial. Les gamines préféraient passer du temps avec leur mère, et ça arrangeait tout le monde. Pour être honnête, Jake, j'évitais le plus possible la maison. Notre mariage était une cata depuis le premier jour. Pour le sauver, on a décidé de faire des enfants. Erreur classique ! Tous les couples divorcés sont tombés dans le panneau. Tu en as eu combien, des clients qui ont fait ça ?

— Au moins cent.

— Et ça n'a pas marché. Quand ça ne va pas, il n'y a rien à faire.

— C'est terrible à dire, Mack, mais les choses iront peut-être mieux quand Lisa ne sera plus là.

— Ça peut aussi être pire. Les filles seront dévastées. Quand j'étais là, les gosses étaient proches de leur mère, mais l'adolescence commençait tout juste. Va savoir ce qui s'est passé depuis.

— Tu vas demander la garde ?

— C'est trop tôt. Je ne veux pas jeter de l'huile sur le feu. En plus, les filles sont assez grandes pour décider avec qui elles veulent vivre. Avec moi ou avec leurs grands-parents. Je sens qu'Herman va se battre pour les avoir. Je suis loin d'être un père exemplaire, non ? Si elles choisissent d'aller avec les Bunning, je resterai dans le coin et tenterai de rétablir la confiance entre elles et moi. Ce sera long, enfin il faut bien commencer par quelque chose.

Jake but son thé. Il ne savait que dire. Des fermiers en salopette firent une entrée bruyante et s'installèrent à une table qui semblait leur être réservée *ad vitam aeternam*.

— Tu reconnais quelqu'un ? murmura Mack.

— Non. Personne. C'est fou le nombre de gens que je n'ai jamais vus, alors que nous ne sommes que trente mille dans ce comté.

En dix secondes chrono, la serveuse vint prendre la commande des fermiers, mais déjà la tablée s'impatientait. Elle fila en cuisine. L'un d'eux parla du match des Cardinals de la veille, et la conversation dévia sur le foot.

Mack se mit à sourire.

— Je n'en reviens pas d'être là. Pendant la première année, rentrer ne m'a jamais traversé l'esprit. Je voulais oublier le passé, tirer un trait, mais au fil des mois, j'avais de plus en plus le mal du pays. Un jour, alors que j'organisais une excursion pêche au Belize, j'ai vu un gars avec une casquette de l'université d'Auburn. On était en octobre, et d'un seul coup voir jouer Ole Miss m'a manqué. Les barbecues sur le parking. Les fêtes d'avant et d'après match. Mes amis aussi, et ma mère. Alors j'ai commencé à lui écrire. Par sécurité, mon courrier passait par le Panama. C'était si bon d'avoir des nouvelles de la maison. Plus je lisais ses lettres, plus ça prenait corps en moi : il fallait que je rentre.

— Comment as-tu appris pour le cancer de Lisa ?

— Quelqu'un l'a dit à maman. Un ami de la famille qui fréquente Clanton. Les nouvelles vont vite là-bas.

La serveuse leur apporta deux assiettes très bien servies, accompagnées de fines tranches de pain de maïs luisantes de beurre. Ils oublièrent pour un temps leur conversation et attaquèrent leur plat. D'autres locaux s'installèrent à la table voisine. L'un d'eux regarda longuement Mack, puis passa à autre chose.

Quand Mack et Jake eurent fini, ils se levèrent pour aller payer à la caisse. Mack laissa sa Volvo sur le parking et Jake l'emmena à Clanton.

Alors que la grande place était en vue, Jake demanda :

— Dis-moi ce que tu ressens. Nostalgie ? Soulagement ? Ou juste l'excitation d'être de retour ?

— En tout cas, ça ne me rappelle pas de bons souvenirs. Je n'étais pas heureux ici. Je suis parti à quarante-deux ans, je n'en pouvais plus. Je ne me voyais pas continuer à travailler dans ces conditions jusqu'à soixante ou soixante-dix ans !

— J'ai les mêmes angoisses.

— Ça ne m'étonne pas. C'est pour tout le monde pareil. Ça paraît sans fin, parce qu'on ne peut pas prendre notre retraite. On n'en a pas les moyens.

— Tu veux voir ton ancien cabinet ?

— Non. C'est quoi maintenant ?

— Une boutique de yaourts glacés. Un genre de glace. C'est pas mauvais.

— Je préfère passer au large.

Jake se gara dans une petite rue. Ils s'enfoncèrent dans une venelle et en quelques secondes, ils atteignirent la porte arrière du cabinet Brigance qui menait à la cuisine. L'entrée principale était fermée à clé – ordre de Jake. Alicia les accueillit, toute souriante, et se présenta. Elle ne prononça pas le nom de Mack. Elle désigna du menton la porte de la salle de réunion.

Mack prit une grande inspiration et l'ouvrit.

22.

Margot se tenait derrière la fenêtre et regardait la place à travers les lattes du store. Elle ne se retourna pas à l'arrivée de son père. D'ailleurs, elle semblait ne pas l'avoir entendu.

Mack referma la porte et s'approcha. Il espérait une étreinte chaleureuse, puis un interrogatoire d'une heure, plein de questions pénibles. Il s'était préparé à des larmes, des reproches. Mais surtout, il s'attendait à un pardon – un début de pardon.

Margot avait beaucoup grandi, ses longs cheveux lui tombaient sur les épaules. Elle était mince. Lisa avait toujours veillé à sa ligne et elle était intransigeante avec l'alimentation des filles. Cette discipline avait payé, car Margot, du moins vue de profil, paraissait avoir bien plus que dix-sept ans.

Mack s'était préparé au choc. Il allait gérer ses émotions, repousser le flot des souvenirs, les images de ses petites avec des couettes, des robes pour Pâques, ou dans leurs tutus de danse. Et les histoires qu'il leur racontait au lit, leur premier jour à la maternelle, celui où elle s'était cassé le bras, l'arrivée du chien… Il avait tout refoulé depuis si longtemps, il pensait avoir tout enterré à jamais, mais quand il vit Margot, ses jambes se mirent à trembler. Sa bouche devint sèche, il serra les dents, tâchant de se montrer fort, de garder la main. Mais tout dépendait de la réaction de son aînée.

Finalement, elle se tourna vers lui. Ses yeux brillaient déjà.

— Pourquoi tu es revenu ?

— J'espérais un câlin.

Elle secoua lentement la tête.

— Pas de câlin, Mack, répondit-elle d'un ton implacable. Pas pour l'instant.

Cela lui ficha un coup de l'entendre l'appeler « Mack », mais il y aurait d'autres surprises. Ce n'était que le début.

Elle le regarda sans émotion, ses yeux avaient séché. Elle désigna une chaise, de l'autre côté de la table.

— Asseyons-nous. Toi là, et moi ici.

Sans un mot, Mack s'exécuta. Elle s'installa en face de lui. Il observa son visage et fut empli d'amour. Elle étudia le sien aussi, pas avec la même tendresse. Margot avait les yeux noisette de sa mère, des lèvres pleines, une peau de pêche. Des pommettes hautes, un menton rond. Comme elle n'avait pas encore souri, il ne pouvait se prononcer sur ses dents, mais Mack se rappelait très bien le montant de la facture de l'orthodontiste quand elle avait douze ans. Ses dents avaient intérêt à être parfaites !

— C'est quoi cette barbe ?

Visiblement, elle n'était pas fan.

— J'en avais assez de ma tête.

— C'est ton déguisement pour passer incognito ?

— Oui. Plus les lunettes.

— Tu as vieilli.

— Je pourrais te dire la même chose, mais en plus gentil. Comment va ta mère ?

— Qu'est-ce que ça peut te faire ?

— Il se trouve que j'étais marié avec elle. Et que ça m'intéresse.

Elle lâcha un grognement, détourna la tête.

— Elle est très malade. Elle pèse à peine trente-cinq kilos. Et non, je suis pas sûre que ça t'intéresse.

Il hocha la tête patiemment, admirant la force de sa fille. Il méritait tout le venin qu'elle lui cracherait au visage. Tout, sans exception.

— Et Helen, elle tient le choc ?

— Franchement, Mack, tu t'inquiètes pour nous maintenant ?

— « Papa » serait plus cool que « Mack ». On pourrait se mettre d'accord là-dessus, non ?

— Et pourquoi ? Tu veux de nouveau être notre père ? En nous abandonnant, tu as tiré un trait sur ce qui faisait de toi un père. C'est toi qui as choisi. Pas moi.

— C'est un peu rude. Je reste tout de même ton papa, biologiquement du moins. Ça, on ne peut pas l'effacer.

— Peut-être, mais pour le reste, c'est mort. Tu as baissé les bras quand tu es parti. Et maintenant, te revoilà, Mack. C'est quoi ton projet ? C'est quoi le plan ?

— Aucun plan. Je suis revenu parce que j'en avais assez de me sauver, parce que j'ai eu tort de fuir, et parce que je voulais t'entendre me dire que j'ai eu tort. J'ai fait une erreur, Margot. Une énorme erreur, et je te présente mes excuses. Je ne peux pas effacer ces trois années d'absence, mais je peux être là pour les trois suivantes, et pour les cinq et dix prochaines. Je suis revenu parce que j'ai appris que Lisa était malade et que je m'inquiète pour toi et ta sœur. Je ne m'attends pas à ce que vous m'accueilliez à bras ouverts avec des embrassades et des bisous, mais donne-moi juste du temps, donne-moi la possibilité de me racheter.

Les lèvres de la jeune fille se mirent à trembler, ses yeux recommencèrent à briller. Elle resta silencieuse un moment, le temps de refouler ses émotions.

— Tu reviens donc ? articula-t-elle finalement.

— Je n'en sais rien. Peut-être. En tout cas pas à Clanton.

— Et quand maman sera morte, on va aller où ? Dans une famille d'accueil ? En foyer ? Dans un orphelinat ?

Mack adorait cette enfant. Elle était vive d'esprit, dure, avait sans doute connu l'enfer à cause de lui, et pourtant elle s'en était sortie. Au lieu de retrouvailles larmoyantes, elle avait coincé Mack dans les cordes et ne retenait pas ses coups.

— Et les Bunning ? demanda-t-il.

Elle leva les yeux au ciel et secoua la tête.

— Oh c'est sûr qu'ils ont prévu un truc, un grand plan de bataille. Tu sais comment est Hermie, il veut toujours tout contrôler. Il se prend pour le maître suprême. Puisque nous n'avons nulle part où aller, c'est quasiment acté que nous emménagerons dans sa baraque et que nous allons devoir suivre ses lois.

— Tu l'appelles « Hermie » ? Comme Hermie la vilaine petite chenille ?

— Oui. Dans son dos, bien sûr. Helen n'ose pas encore. Elle est toujours aussi parfaite, elle l'appelle « papa » en roucoulant.

Mack resta silencieux, savourant ce surnom. Dommage qu'il n'ait pas eu l'insolence de sa fille en son temps.

— Je t'ai demandé des nouvelles d'Helen.

— Oh, ça va. Elle a seize ans, mais elle est aussi mature qu'une gamine de dix ans. Elle pleure tous les matins parce que sa petite maman est malade, et elle passe le reste de la journée à jouer les victimes. (Elle s'interrompit.) Ta voix a changé aussi.

— J'ai effacé l'accent. Une autre partie du déguisement.

— Ça sonne faux.

— Pour toi, peut-être.

Elle plongea la main dans son sac.

— Ça te dérange si je fume ?

Sans attendre sa réponse, elle sortit une cigarette, fine, très longue, et l'alluma. Ses gestes étaient gracieux et précis… à l'évidence, elle avait de la pratique en la matière.

— Quand as-tu commencé ?

— Il y a un an ou deux. Et toi ?

— À quinze ans. J'ai arrêté après la fac.

— J'arrêterai aussi, enfin pas pour l'instant, c'est trop bon. Je fume juste un paquet par jour.

— Ta mère meurt d'un cancer et tu fumes ?

— Quel rapport ? C'est un cancer du sein, pas des poumons. Et je bois de la bière aussi.

— Autre chose à m'annoncer ?

— Tu veux qu'on parle de ma vie sexuelle ?

— Non. Changeons de sujet.

Elle parut satisfaite d'avoir l'ascendant. Elle souffla une longue bouffée et demanda :

— Tu sais ce que ça fait à une gamine de quatorze ans d'être abandonnée par son père, un homme qu'elle admirait et aimait, quelqu'un qu'elle respectait parce qu'il était un grand avocat en ville ? Quelqu'un qui faisait partie de sa vie, qui était toujours là, à la maison, à l'église, à l'école, partout où un père est censé être ? Partout où sont tous les autres pères, tous sauf le sien ? Tu sais ce que ça fait, Mack ?

— Non. Je suis désolé de t'avoir infligé ça.

— C'est ça, tu es désolé. Mais c'est bien trop peu, bien trop facile. Pour ce que tu as fait, j'ai d'autres termes en stock.

— Vas-y, sors tout. Je suis prêt. Je peux aussi m'en aller si tu préfères.

— C'est ça, va-t'en. C'est ce que tu fais d'habitude, non ? Fuir. Partir quand ça tourne mal.

Elle était courageuse, solide comme un roc, mais une larme perla au coin de son œil. Elle resta à nouveau silencieuse, le temps de reprendre ses esprits.

C'était lui l'adulte. Il encaissa et reprit d'une voix calme :

— Non, je ne pars pas, Margot. Sauf si tu l'exiges. J'ai dit que j'étais désolé. C'est tout ce que j'ai à t'offrir : mes regrets. Je suis heureux de te voir et j'aimerais qu'on ait d'autres occasions de le faire. Helen aussi, je voudrais la revoir.

— J'ai une question, Mack. Quand tu es parti en pleine nuit, tu comptais tirer un trait sur Helen et moi ?

Il prit une grande inspiration, détourna la tête. Margot attendait sa réponse, avec sa fine cigarette coincée entre ses deux doigts, prête à prendre une nouvelle bouffée. Son regard le transperçait de part en part.

— Je ne sais pas ce que j'avais en tête à ce moment-là. Tu te souviens du soir où j'avais bu et où je me suis rétamé par terre et que j'ai fini à l'hôpital ?

— Je ne risque pas d'oublier. On était toutes les deux tellement fières de toi !

Quelle petite peste ! Mais il ne réagit pas. Sa remarque était plutôt drôle au fond, même s'il se garda bien de sourire.

— Ta mère vous a montées contre moi. Elle vous a fait croire que j'étais un ivrogne fini et un mauvais père.

— C'est pas l'impression que j'avais.

— Merci. Chez les Bunning, deux bières et tu es bon pour la cure de désintox ! Lisa voulait que vous preniez son parti et elle s'est assuré que toi et Helen sachiez que je buvais. Elle l'a dit aussi à ses parents et à tous ses amis.

— C'est vrai. C'était nul de sa part.

Merci ma chérie !

— Pour répondre à ta question, quand j'ai quitté la ville, je n'avais qu'une idée en tête : partir, très loin. Je savais que je te reverrais, mais ce n'était pas dans mes projets immédiats. Je voulais juste trouver un endroit tranquille et recommencer ma vie. Je n'avais pas de plan bien établi, à part quitter Lisa, mettre le plus de distance entre elle et moi.

— Tu l'as aimée ?

Mack ne s'attendait pas à cette question. Il détourna à nouveau les yeux.

— C'est ce que je croyais, à un moment, au tout début, mais le rêve a tourné court. Très vite, il n'est plus rien resté. Comme tu le sais, nous n'étions pas heureux ensemble.

— Pourquoi ? Qu'est-ce qui clochait ?

— Il y a plusieurs points de vue, au moins deux, et je suis sûr que Lisa t'a raconté le sien par le menu. Lisa me critiquait tout le temps. Elle n'était pas contente de notre niveau de vie. J'essayais de lancer le cabinet et, comme je l'ai découvert, ce n'est pas une mince affaire dans une petite ville. Regarde autour de la place, il y a tellement d'avocats ! Lisa voulait davantage. Elle a été élevée dans l'opulence, gâtée pourrie par ses parents. Stephanie a épousé un médecin et très vite, ils ont acheté une grande maison. Lisa voyait tout ce que sa sœur s'offrait, les voyages, les restaurants et j'en passe. Ses parents, forcément, avaient Stephanie et Dean à la bonne, et ne se gênaient pas pour faire des comparaisons, en particulier ta grand-mère. Je n'étais pas assez bien pour leur fille, j'étais un raté, un bon à rien, quoi que je fasse. Sans compter que ce sont des baptistes pur jus, et qu'ils voulaient qu'on aille à l'église trois fois par semaine !

— C'est toujours le cas.

— Je n'en doute pas. C'était trop pour moi. Je n'en pouvais plus de leur hypocrisie, de leur avidité, de leur racisme, tout ça au nom de leur Dieu. Je les évitais au maximum, et le fossé s'est creusé entre Lisa et moi. Comme nous avions choisi de ne pas nous disputer devant toi et Helen, notre vie est devenue un monde de faux-semblants, de mépris silencieux. Nous étions tous les deux très tristes de cette situation. La voilà, ma version de l'histoire. Notre mariage était mort et l'un comme l'autre, on voulait retrouver notre liberté. Quand une occasion s'est présentée, je l'ai saisie et je me suis enfui.

La jeune fille redressa la tête, prit une longue bouffée comme une star de cinéma dans un film noir, un geste sexy qu'elle avait dû travailler longtemps. Sortant légèrement sa lèvre inférieure charnue, elle souffla une colonne de fumée qui s'éleva vers le plafond. Elle n'avait toujours pas esquissé le moindre sourire.

— Helen, bien sûr, n'a rien vu. Mais moi, dès l'âge de dix ans, j'ai compris que ça n'allait pas entre vous. On ne peut rien cacher aux enfants.

— Mon départ a dû te compliquer la vie, te mettre dans l'embarras.

Elle leva les yeux au ciel comme pour lui dire : *Tu n'imagines pas à quel point !*

— C'est vrai. Ça n'a pas été facile, Mack, fit-elle en déposant sa cigarette dans le cendrier, mais tout n'est pas si noir. Et ça m'a ouvert les yeux, j'ai beaucoup appris sur les gens. Mes amis, tous ces fils et filles à papa, s'en donnaient à cœur joie dans mon dos, colportaient tout ce qui se disait, les critiques, les commentaires désobligeants, tout ce que leurs parents racontaient à table. Quant à mes camarades de la classe moyenne, ils voulaient rejoindre le club des riches, alors ils en rajoutaient une couche. Bien sûr, les pauvres avaient d'autres problèmes. Seuls les Noirs trouvaient cool que mon père ait fait un bras d'honneur au système et se soit fait la belle avec du fric. Ils savent ce que c'est d'être la cible de commérages haineux, alors ils s'abstiennent de juger qui que ce soit. Et franchement, ça fait du bien. C'était une vraie leçon sur le genre humain, et ce que j'ai vu n'était pas beau. D'une certaine manière, je devrais te remercier.

— Te gêne pas !

— T'es toujours aussi arrogant, à ce que je vois.

— Pardon.

— Arrête avec tes excuses. Je suis comme ça aussi. Maman dit toujours que je te ressemble.

— C'est bien la chose la plus gentille qu'elle ait dite sur moi depuis des années.

— Tu vois, tout arrive, répliqua-t-elle en souriant.

Un sourire, enfin. Le travail du dentiste était parfait !

Ils restèrent un moment silencieux. Ils avaient déjà couvert beaucoup de sujets pour une première rencontre.

Elle ramassa son sac.

— Il faut que j'y aille. J'ai dit à maman que j'allais faire des courses. Elle ne veut pas qu'on s'éloigne.

— Elle n'est pas au courant pour ce rendez-vous ?

— Non. Elle serait furieuse. Elle nous a interdit de te voir, et Hermie en a remis une couche bien sûr. On est censées les prévenir à la moindre tentative de contact.

— Je m'y attendais.

Au début, Mack craignait que cette rencontre soit une ruse de la famille pour confirmer les rumeurs : oui, Mack était bien de retour. Et maintenant qu'il était repéré, ils allaient pouvoir passer à l'attaque. Ses doutes s'étaient désormais envolés. Sa magnifique fille était franche et directe. Il pouvait lui faire confiance.

— Je pense à toi et Helen, à maman aussi. Les prochaines semaines vont être difficiles.

— Je sais. Il faut que je te dise, Mack, j'en ai assez de pleurer. J'aime maman et ça va être terrible quand elle va mourir, mais je survivrai et je reprendrai le cours de ma vie. Et ce ne sera pas ici.

— Où donc ? Tu as déjà une idée ?

Elle secoua la tête.

— Pas vraiment. On en reparlera une autre fois.

— Tu es prête à me revoir ?

— Bien sûr. (Elle se leva, et s'arrêta sur le seuil de la porte.) La prochaine fois, je serai peut-être OK pour un câlin.

— Je t'aime, Margot.

Sans répondre, elle s'en alla.

23.

Ils étaient quatre agents spéciaux au bureau du FBI d'Oxford. Le dernier arrivé était un bleu, Nick Lenzini, un type arrogant de Long Island, tout juste sorti de Quantico. Pour lui, le Mississippi était un ramassis de bouseux et la pire affectation qui soit. Mais c'était le parcours normal. Dès qu'il aurait fini ses cinq années ici, il pourrait prétendre à un poste plus important. Le dossier de Mack atterrit sur son bureau après être passé entre les mains de ses trois collègues. Bien sûr, ils lui refilaient les tâches les moins intéressantes. Les anciens avaient bien trop à faire à lutter contre le terrorisme, les extrémistes, le cybercrime et les cartels de drogue. Les faillites frauduleuses n'étaient pas leur priorité.

Lenzini étudia donc la banqueroute de Mack Stafford et fila à Clanton récupérer la copie du jugement de divorce au greffe de la chancellerie. À la bibliothèque municipale, il fouilla les archives du *Ford County Times* et trouva trois articles évoquant la disparition de Stafford. Lors de son passage dans la bourgade, Lenzini était vêtu comme M. Tout-le-Monde et se garda bien de dire qu'il était du FBI. Sage précaution : si on apprenait la présence des fédéraux en ville, les rumeurs iraient bon train et cela mettrait Mack en alerte, où qu'il se trouve.

Contre toute attente, le supérieur de Lenzini accepta qu'il parte à New York. La jeune recrue allait pouvoir rendre visite à sa famille, mais, plus important, collaborer avec les as du FBI à Manhattan.

Deux d'entre eux l'accompagnaient quand il entra dans le grand immeuble du Financial District. Ils prirent l'ascenseur jusqu'au soixante-dixième étage et pénétrèrent dans l'univers cossu de Durban & Lang – aujourd'hui le troisième plus gros cabinet d'avocats d'affaires du monde. Un assistant les attendait dans le hall de réception, et les conduisit dans une salle de réunion offrant une vue magnifique sur le port de New York. Marty Rosenberg les accueillit avec un grand sourire, et une secrétaire leur proposa aussitôt du café.

Une fois assis, Rosenberg prit les choses en main et se montra charmant.

— Je suis désolé pour tous ces tracas, les gars, mais je devais suivre les instructions de mon client. Littleman est une société honnête qui n'a rien à cacher, vous savez. Il s'agit d'un petit règlement à l'amiable, un dédommagement pour un supposé défaut de fabrication datant de Mathusalem. J'ai lu scrupuleusement votre mandat et tous les documents réclamés sont là.

Il désigna une pile de dossiers au milieu de la table.

— On vous a fait des copies. J'imagine que vous avez des questions ?

Lenzini s'éclaircit la gorge.

— Nous vous remercions, monsieur Rosenberg. Vous pourriez peut-être nous donner les grandes lignes du dossier avant qu'on étudie tout ça dans le détail ?

— Avec plaisir. Nous avons payé cent mille dollars par plaignant, plus cent mille pour les frais de justice. Au total un demi-million. J'ai effectué moi-même le versement à M. Stafford. Et tout s'est passé de façon très fluide. Il semblait impatient de récupérer l'argent.

— Vous lui avez fait un virement ?

— Oui, sur le compte d'une banque de Memphis. Je lui avais envoyé les papiers de l'accord. Les documents sont revenus signés par ses quatre clients. Plutôt vite d'ailleurs. Les signatures sont là, certifiées conformes. J'ai relu tout ça et j'ai ensuite lancé le paiement. Depuis, plus de nouvelles.

— Il y a une copie de ce transfert ?

— Bien sûr. Vous avez des photocopies du dossier complet. Tout est là. Y compris les premières demandes de M. Stafford, voilà des années.

— Nous vous remercions, monsieur Rosenberg. On va emporter tout ça.

— Je vous en prie. Ce dossier est à vous. Nous sommes toujours ravis de coopérer avec le FBI.

Le café arriva et les quatre hommes discutèrent un moment.

— Entre nous, lança Rosenberg, il paraît que M. Stafford a quitté la ville précipitamment après la conclusion de l'accord. C'est vrai ?

Les agents se raidirent. Le FBI n'aimait pas qu'on lui pose des questions. Et Rosenberg n'avait pas à connaître les détails de l'enquête.

Lenzini, prudent, haussa les épaules :

— Oui, apparemment. Et de votre côté, vous aviez des doutes ?

— Non, non. Aucunement. Ces accords étaient une formalité pour mon client. C'était juste une façon généreuse de clore des dossiers qui traînaient. Littleman n'était en rien obligé de dédommager ces gens, et d'ailleurs M. Stafford n'avait pas beaucoup insisté à l'époque.

— Vous avez eu d'autres plaintes concernant ce produit ? demanda Lenzini, pour faire durer l'entretien.

C'eût été dommage de quitter si vite cet écrin de confort et de raffinement.

Rosenberg se tapota les doigts, fouillant dans ses souvenirs.

— Oui, c'est bien possible. Je crois qu'il y a eu quelques dizaines de cas similaires dans le pays. Mais bon, c'est une tronçonneuse. Ce sont des outils dangereux, même entre des mains expertes. Je crois qu'il y a eu un procès dans l'Indiana. Le pauvre gars avait perdu une main et réclamait deux millions. Le jury quoique compatissant, s'est quand même prononcé en faveur de Littleman. Lorsqu'on manipule ce genre d'engin, il y a des risques.

Cela faisait une drôle d'impression d'être assis près des nuages, avec Wall Street en contrebas, et de boire un bon arabica dans des tasses de porcelaine tout en parlant tronçonneuses !

Rosenberg consulta sa montre. Les agents comprirent le message. Ils remercièrent l'avocat, récupérèrent le dossier, et un assistant les raccompagna à l'ascenseur.

24.

Pour tromper l'ennui, Mack trouva un emploi comme barman. Cinq dollars de l'heure, plus les pourboires. Tout en liquide et au noir. L'établissement – le Varsity Bar & Grill, près de l'université Memphis State – était évidemment fréquenté par les étudiants. Une population qui était par tradition près de ses sous et se fichait de savoir qui préparait les boissons. Ils avaient vingt-cinq ans de moins que Mack, ne cherchaient pas à savoir qui il était, ni d'où il venait. De toute façon, aucun d'entre eux n'avait jamais entendu parler de Clanton au Mississippi.

Les risques d'être reconnu étaient quasiment nuls. Pour tout le monde, patron comme collègues, il s'appelait Marco.

En quelques jours, Marco se rendit indispensable au bar, essentiellement parce qu'il arrivait à l'heure, mettait les bouchées doubles quand il y avait du monde, restait tard au besoin, et ne volait pas dans la caisse. Il sympathisa avec les autres serveurs (quasiment tous des étudiants) et aimait bien discuter avec les clients. Marco avait appris à concocter tous les cocktails quand il avait travaillé dans un bar au Costa Rica. Avec la permission du propriétaire, il ajouta à la carte des boissons tropicales aux couleurs chatoyantes, faites avec du rhum bon marché, qui eurent un grand succès auprès des étudiantes. Il étendit les happy hours, trouva des groupes de calypso et de reggae pour les soirs de week-end, améliora la carte en proposant des snacks épicés. Et le Varsity devint vite un incontournable du quartier.

Mack s'installa dans un deux-pièces au-dessus d'un garage, dans une vieille maison du centre-ville. Le patron connaissait la logeuse et se porta garant pour lui. C'était un trou à rats, mais à deux cents dollars le mois, charges comprises, Mack ne pouvait rêver mieux. De toute façon, c'était temporaire, et surtout non déclaré.

Tous les matins, il se levait tôt, quelle que soit l'heure à laquelle il rentrait la nuit après le service, et plusieurs fois par semaine, il roulait une heure et demie, cap au sud, jusqu'à Greenwood pour prendre le petit-déjeuner avec sa mère. Il avait tant de choses à raconter depuis ses trois ans d'absence, et petit à petit, il comblait les trous. Après avoir bavardé avec elle pendant une heure, il partait en balade dans la région pour voir d'anciens amis de la fac ou de l'époque où il pratiquait le droit. Il ne prévenait jamais de sa visite. Si ses camarades étaient pris, Mack partait sans laisser de nom. S'il tombait au bon moment, alors il prenait un café avec eux, répondait à leurs questions. Tous étaient ravis de le revoir, et tous reconnaissaient l'avoir envié. Pouvoir tout plaquer comme ça, c'était si tentant. Après de joyeuses retrouvailles et moult conversations (si leur emploi du temps le leur permettait), Mack s'en allait en promettant de rester en contact.

Vers midi, il était de retour au Varsity, passait les commandes de bières et alcools, remplissait les réfrigérateurs, mixait les jus de fruits, préparait le bar et faisait l'inventaire des tasses, verres et chopes, car il y avait toujours de la casse. Après deux semaines au Varsity, le propriétaire lui donna le feu vert pour revoir le menu.

Le chef cuisinier était sur un siège éjectable, même s'il n'en savait rien. Marco l'avait dans le collimateur. L'employé chapardait de la nourriture, et quand Marco aurait accumulé assez de preuves, il aurait une petite conversation avec le patron.

25.

Freda n'avait aucune envie de prendre un autre verre avec Buddy Hockner. La première fois, ça avait été plutôt désagréable, et de toute façon, elle lui avait dit tout ce dont elle se souvenait sur les derniers jours de Mack au Mississippi.

Hockner avait insisté et lui avait alors révélé que le FBI voulait lui parler. La plupart des citoyens, en particulier ceux qui respectent la loi, détestent ce genre de pression, et par principe se braquent immédiatement. Patiemment, Hockner lui avait expliqué les deux options : soit les fédéraux débarquaient au cabinet où elle travaillait, soit ils la jouaient avec discrétion, la retrouvaient dans un endroit tranquille et personne ne le saurait.

Nick Lenzini, toujours aussi précautionneux, était passé par Hockner pour organiser la rencontre. Le gars était du coin, et il connaissait déjà Freda. Si Lenzini avait commencé à brandir son badge et à parler avec son accent de Long Island, la secrétaire se serait refermée comme une huître.

Le rendez-vous eut donc lieu dans le bar d'un hôtel aux environs de Tupelo. Hockner et Freda commandèrent de l'alcool. Lenzini s'abstint puisqu'il était de service. Il se montra charmant et assura qu'en aucun cas le FBI ne la suspectait de quoi que ce soit.

Hockner était suspendu à ses lèvres, tout excité de collaborer avec un vrai agent du FBI et d'être partie prenante dans une enquête fédérale.

— Je me suis donc rendu à New York, expliqua Lenzini, pour parler aux avocats, un gros cabinet, en leur mettant sous le nez notre mandat. Ils se sont bougés et nous ont donné une copie complète de leur dossier. (Il tapota la pile de documents, épaisse de trois centimètres.) Vous voulez bien y jeter un coup d'œil ?

Freda haussa les épaules et but une gorgée. Buddy, pour l'encourager, lui lança un grand sourire.

Lenzini souleva la chemise contenant le premier accord financier.

— Celui-là, c'est pour Odell Grove, le plaignant numéro un. Il était censé toucher soixante mille dollars. Sur la dernière page, on trouve sa signature et la certification. Jetez-y un coup d'œil, s'il vous plaît.

Sans même accorder un regard au papier, Freda déclara :

— Ce n'est pas moi qui ai certifié conforme la signature de cette personne. Je n'ai jamais rencontré Odell Grove.

Ils poursuivirent avec les autres accords. Freda répéta que ce n'était pas elle qui avait contresigné. L'imitation était grossière, et oui, ce ne pouvait être que Mack. La certification avait été réalisée avec un vieux tampon et un sceau tout aussi vieux, et on avait contrefait sa signature.

— Quand il m'a mise à la porte, je suis partie avec mon tampon et mon sceau. D'ailleurs, je les ai toujours. Il en restait des anciens dans un tiroir, Mack a dû en utiliser un jeu. Et à New York, ils n'y ont vu que du feu.

— C'est vrai, j'ai dû prendre une loupe pour lire la date sur le sceau.

— On ne regarde jamais d'aussi près, déclara Freda. Quand on a une signature certifiée, c'est comme si c'était le notaire qui l'avait authentifiée. On ne va pas chercher midi à quatorze heures.

— C'est quoi la peine encourue pour fausse authentification ? s'enquit Hockner.

— Jusqu'à cinq ans de prison, répondit Lenzini. Et beaucoup plus s'il y a imitation de signature des plaignants. Mais il est trop tôt pour le dire. Rien n'est établi.

— Qui va poursuivre Mack en justice ? demanda Freda, soudain inquiète.

Lenzini écarta l'épais dossier.

— Je ne sais pas. Il faut attendre de voir où mène l'enquête. Je vais vous demander de signer une déclaration sur l'honneur reprenant tout ce que nous nous sommes dit.

Elle eut un moment d'hésitation.

— D'accord. Mais je ne tiens pas à aller au tribunal. Je ne veux pas témoigner contre Mack. Vous pensez réellement le mettre en prison ?

Lenzini fronça les sourcils, regarda autour de lui. Comment répondre à cette question ?

— Je l'ignore. Encore une fois, les investigations ne sont pas terminées. Je vous demande d'ailleurs de ne pas parler de cet entretien. Si Stafford est de retour au pays et apprend que le FBI s'intéresse à lui, il pourrait disparaître à nouveau.

Freda hocha la tête. Elle était à deux doigts de dire à ce blanc-bec de Long Island que les secrets sont une gageure à Clanton.

— Et vous êtes sûre de n'avoir jamais rencontré les quatre plaignants ? insista-t-il.

— Oui. Ces gens ne devaient pas venir en ville très souvent. Je me souviens avoir tapé leurs lettres au fabricant. Mais ça remonte à loin.

— Oui, je les ai ici. Les quatre sont datées du 17 avril 1984.

— Sept ans ? Cela me paraissait plus vieux que ça.

— Il ne s'est plus passé grand-chose après l'envoi de ces premiers courriers. Vous savez pourquoi Stafford a lâché l'affaire ?

— Pas vraiment. Mack n'avait pas les moyens de rivaliser avec un industriel. Il a essayé, je crois, de s'associer avec un cabinet plus gros, mais ça n'a pas marché. Au fil du temps, il a dû tirer un trait dessus. Et moi aussi.

— Vous n'avez jamais entendu parler de ces accords financiers ?

— Non. Et comme je vous l'ai dit, il m'a virée et j'ai dû quitter le cabinet sur-le-champ.

Nick Lenzini ferma son porte-documents et le posa sur ses genoux. La rencontre était terminée.

26.

Le FBI n'avait que peu d'affaires à gérer dans le comté de Ford et les fédéraux y venaient rarement. C'est la secrétaire d'Ozzie Walls qui prit l'appel de l'agent spécial Lenzini, puis le transmit au shérif. Lenzini avait beaucoup hésité avant de téléphoner. C'était son premier contact avec les autorités de Clanton. Il expliqua à Ozzie qu'il menait une enquête, une enquête de routine, néanmoins délicate. La discrétion était le maître mot.

Le shérif était intrigué et ne demandait qu'à se rendre utile. Collaborer avec le FBI le changeait de l'ordinaire. Quand il voulut en savoir plus sur l'affaire, Lenzini botta en touche.

— Un trafic de drogue potentiel. Je vous expliquerai tout ça demain.

Le lendemain matin, Ozzie et Marshall Prather, son adjoint, se rendirent à Karaway, l'autre ville du comté. Ils retrouvèrent l'agent fédéral dans un coffee-shop sur Main Street.

Ils choisirent un box, à l'écart. De toute façon, les clients qui buvaient un café en parlant politique étaient tous des vieux avec de gros problèmes d'audition. Ils ne risquaient pas d'entendre leur conversation.

Lenzini leur annonça qu'il enquêtait sur Mack Stafford et qu'il avait besoin de leur aide. Il s'était renseigné sur les plaignants. Jerrol Baker était en prison. Aucune trace de Travis Johnson, ni de Doug Jumper.

— Doug est mort, indiqua Prather. Un accident de voiture, il y a un an ou deux, dans les environs de Tupelo. Mon cousin connaissait la famille.

Lenzini consigna l'information.

— Reste Odell Grove. Vous savez où il peut être ?

— Bien sûr. Il vit à côté d'ici, indiqua encore Prather. Il fait du bûcheronnage avec ses fils.

Il fut décidé que l'adjoint irait rendre visite à Grove en fin d'après-midi, quand il serait rentré chez lui. Un agent du FBI en costume inspirerait trop de méfiance. Lors de ses deux élections, Ozzie avait fait un score honorable dans la circonscription de Karaway, mais en tant que Noir, il était toujours risqué d'aller toquer à la porte d'un Blanc habitant au fond des bois.

Sur le chemin du retour, Ozzie expliqua à Prather :

— Jake m'a justement posé des questions sur Mack. Il voulait savoir s'il y avait un avis de recherche le concernant. Je lui ai répondu qu'il n'y avait rien. Et il m'a demandé de le prévenir s'il y avait du nouveau.

— Vous allez lui en parler, chef ?

— Bien sûr que non. C'est une enquête fédérale. Je n'ai rien à lui révéler. En plus, il n'est même pas l'avocat de Mack.

— Quelqu'un a vu Mack ?

— Pas que je sache. Il y a beaucoup de rumeurs, mais rien de fiable. Si on commence à écouter tout ce qui se raconte ici, on n'est pas couché.

— N'empêche qu'il est dans la merde maintenant qu'il a le FBI aux fesses.

— C'est vrai. Faut croire que les ragots sur Mack étaient fondés. Il a pris de l'argent qui ne lui appartenait pas et s'est enfui. Jamais je n'aurais cru ça de lui.

— Moi, j'ai toujours pensé qu'il n'était pas franc du collier ce gars, comme presque tous les avocats en ville.

— Oui. Et c'est Harry Rex qui le défend. Jamais bon signe.

— Un jour ou l'autre, faudra bien coincer ce gros porc.

Les deux policiers s'esclaffèrent. Personne n'aimait Harry Rex.

* * *

En fin de journée, l'adjoint Prather se gara sur le bas-côté d'une petite route de gravillons et remonta à pied l'allée poussiéreuse qui menait à un mobile home qui avait connu des jours meilleurs. Dans un chenil de fortune, quatre ou cinq chiens de chasse aboyaient à qui mieux mieux. On devait les entendre à des kilomètres à la ronde. Des années plus tôt, un auvent avait été ajouté à la façade. Quand Prather arriva, Odell Grove l'attendait sur le seuil de la porte. Comme tous les hommes qui passaient leur vie dans les bois à abattre des arbres et débarder des grumes, Odell avait le torse et les épaules musclés, avec de gros bras poilus qui saillaient de son tee-shirt d'une blancheur immaculée. Il portait un cache-œil du côté gauche, souvenir d'une tronçonneuse Tinzo. Il s'avança sous l'auvent.

— Bonjour.

— Bonjour, monsieur Grove. Je suis Marshall Prather, l'adjoint du shérif.

— Je sais qui vous êtes.

Il siffla pour faire taire les chiens et serra la main du policier. Prather avait des papiers sous le bras.

— Qu'est-ce qui vous amène ? demanda-t-il d'un ton détaché.

— Mack Stafford. Vous vous souvenez de lui ?

— Évidemment. Qu'est-ce qu'il a fait, encore ?

— C'est pas très clair. Il s'est occupé de votre affaire voilà quelques années, n'est-ce pas ?

Grove montra son bandeau et esquissa un sourire.

— C'était mon avocat, il disait qu'il allait attaquer le fabricant mais ça n'a pas donné grand-chose.

— Il y a eu un dédommagement ? Vous avez reçu de l'argent ?

— Quelques billets. Il disait que c'était strictement confidentiel. Comment êtes-vous au courant ?

Prather ouvrit le document qu'il avait à la main – quatre feuilles agrafées –, consulta la dernière page et désigna le paraphe.

— C'est votre signature ?

Grove prit le document et observa attentivement le seing.

— Oui, c'est la mienne.

— Vous avez signé ces papiers devant une personne assermentée ?

— Une quoi ?

— Ici, sous votre signature, il y a un tampon et un sceau, et en dessous la signature de la personne assermentée. Il s'agit d'une femme. Elle était présente quand vous avez signé ça ?

— Non. Il y avait juste Mack et moi. On s'est retrouvés sur le parking du relais routier. Il est venu seul.

— Combien d'argent vous a-t-il donné ?

— Je n'ai rien fait de mal, pas vrai ?

— Absolument pas. Mais ce n'est peut-être pas le cas de Mack.

— Donc je suis pas obligé de répondre.

— Non. Du moins pas tout de suite. Si vous ne me dites rien, le FBI passera vous voir dans quelques jours avec un tas de questions. Ils peuvent aussi vous demander de venir à Clanton pour vous interroger.

Odell Grove sortit un cure-dents et se mit à farfouiller dans sa bouche, pesant le pour et le contre. Prather reprit les papiers et consulta la deuxième page.

— Et là, il y a le détail de l'accord. Vous l'avez lu ?

Il secoua la tête en mâchonnant son cure-dent.

— Il est écrit que vous acceptez de clore le litige contre cent mille dollars. Alors je répète : combien vous a donné Mack ?

— Vous me promettez que je n'ai rien fait d'illégal ?

— Promis. Le FBI pense que Mack ne vous a remis qu'une infime partie de la somme et qu'il a gardé le reste pour lui.

— Alors Mack serait un salopard ?

— C'est l'idée. Et il avait quatre cas comme le vôtre.

— Quand je pense que je lui ai envoyé un client ! Jerrol Baker, qui y a laissé une main.

— Nous sommes au courant. Baker est incarcéré à Parchman. Pour trafic de drogue.

— Oui, j'ai appris ça. (Grove secoua la tête en marmonnant :) Un putain d'escroc...

— Combien vous a-t-il donné ?

Odell Grove prit une grande inspiration.

— Vingt-cinq mille, en liquide. Il m'a dit que je ne devais en parler à personne. Que c'était un accord à l'arrache, et qu'il fallait dire oui ou non tout de suite. Et qu'on ne pourrait jamais avoir mieux. Quel fils de pute !

Prather lui rendit les papiers.

— Page deux, au paragraphe quatre, vous verrez qu'il est écrit cent mille dollars en toutes lettres.

— Où sont-ils passés ?

— Il faut poser la question à Mack. Vous voulez prendre un avocat pour gérer ça ?

— J'ai pas besoin d'avocat. J'ai une batte de baseball sous mon siège.

— Je vous le déconseille, monsieur Grove. Vous allez vous attirer un tas d'ennuis.

— Il est où, Mack ?

— On ne sait pas trop. Il paraît qu'il est revenu en ville.

— Vous allez le foutre en prison, pas vrai ?

— On sait pas encore. Pour l'instant, le FBI le cherche.

— Très bien. Vous me tiendrez au courant ?

— Promis.

Ils se serrèrent la main, puis Marshall Prather retourna à sa voiture.

27.

La deuxième rencontre entre Mack et Margot eut à nouveau lieu dans la petite salle de réunion au rez-de-chaussée du cabinet, et il n'y eut toujours pas d'embrassades. Quand sa fille entra dans la pièce, avec dix minutes de retard, Mack était déjà là. Ils échangèrent un sourire, sans plus. Ce jour-là, les cheveux bruns de la jeune fille étaient retenus en une queue-de-cheval et avec ses lunettes de marque, elle était encore plus jolie. Comme la fois précédente, elle s'assit en face de lui, de l'autre côté de la table.

— Je peux fumer ? demanda-t-elle pour briser la glace.

— Et si je disais non ?

Elle resta pensive un moment.

— Je fumerais quand même.

— Je m'en doutais. Vas-y. C'est tes poumons.

Elle sortit son paquet. C'étaient toujours les mêmes cigarettes, fines, longues, élégantes.

— Je peux te demander comment va ta mère ?

— Tu me demandes tout ce que tu veux, et pareil pour moi. Marché conclu ?

— Marché conclu.

— Eh bien, ça s'arrange pas. Elle ne nous dit pas ce que lui racontent ses médecins, mais j'en entends suffisamment. Ils ne veulent pas lui imposer une nouvelle chimio. Elle est trop faible.

— Comment tu tiens le coup ?

Elle tira une bouffée, essuya une larme. Sa voix chevrota :

— Ça va, Mack. Il faut que je sois forte pour Helen. Elle passe ses journées avec maman, dans sa chambre. Elle lui fait la lecture, elles prient, elles pleurent. Il faut que je change d'air. Je n'en peux plus de cette baraque.

— J'ai connu ça.

— Ah, ah, sauf que moi, je ne peux pas fuir mes problèmes. Et de ta part, c'était un choix merdique, Mack.

— Je suis d'accord et je t'ai déjà présenté mes excuses.

— C'est vrai. Mais quelques mots de regret ne suffisent pas à effacer ce que tu as fait.

— Comment me racheter ? Tu as une idée ?

— Pour l'instant, je veux continuer à te rentrer dedans. Ça me fait du bien.

— Je comprends.

Elle souffla un nuage de fumée vers le plafond. Mack vit les mains de Margot qui tremblaient, ses yeux bien trop brillants. Il s'en voulait tellement pour tout le mal qu'il leur avait causé. Elle renifla, et reprit d'une voix ferme :

— Tu ne t'es jamais entendu avec Hermie, n'est-ce pas ?

— Hermie, la chenille ! Entre nous, c'était le statu quo. Mais uniquement pour faire plaisir à ta mère. Au début de ma carrière, je voulais gagner plus d'argent qu'Herman. Tu sais à quel point ce genre de choses compte pour eux.

— Ne m'en parle pas ! Le fric, c'est leur dieu. Ils sont obnubilés par les gens qui ont de plus grosses maisons qu'eux. La semaine dernière, Honey était dans tous ses états parce que le mari d'une de ses amis lui a offert une Mercedes flambant neuve. Tu veux que je te dise un secret, Mack ?

Il lâcha un petit rire.

— Pardon, mais « Mack », je ne m'y fais toujours pas. Bien sûr, dis-moi un secret. Je suis tout ouïe.

— Ils sont fauchés.

Mack ne put cacher un sourire de satisfaction.

— Vraiment ? C'est quoi le souci ?

— Il y a deux ans, une entreprise de Tupelo a voulu racheter la boîte d'Hermie, et pour un prix pas dégueu. Bien sûr, il a dit non, en prétendant que c'était lui qui allait les racheter. Tu sais comme il est arrogant, cet idiot ! Mais il n'a pas trouvé le fric. La société de Tupelo a alors installé sa cimenterie au sud de la ville. Et pour la première fois, Hermie a eu de la concurrence.

— Je sais. Des dizaines d'années de monopole.

— Eh bien, c'est terminé ! La nouvelle cimenterie est moins chère. Et depuis, c'est la guerre ouverte. D'après Hermie, ceux de Tupelo vendent à perte, parce qu'ils veulent le ruiner et racheter son entreprise pour une bouchée de pain. Et c'est bien ce qui pourrait arriver. Il y a des signes qui ne trompent pas. Ils se serrent la ceinture. Hermie a vendu son chalet sur le lac et ils parlent maintenant de lâcher leur bungalow de plage à Destin. Hermie est carrément stressé ces jours-ci. Le pauvre va perdre sa fille chérie, et il est au bord de la faillite.

— Dis donc, tu es bien informée.

— Tu sais comment ça se passe les dimanches midi en famille. Tout le monde parle et oublie que nous, les gosses, on a des oreilles pour entendre. En plus, comme maman est malade, on est tout le temps fourrés chez les grands-parents. J'aime beaucoup Honey et on s'entend bien, mais Hermie est toujours là, et quand il parle au téléphone, il se croit seul au monde.

— Tu as entendu autre chose ?

— Ah, ah, on dirait de vraies commères ! On a eu une grosse dispute il y a deux jours, Hermie et moi. Enfin, je suis pas sûre que tu aies envie de savoir.

— Vas-y toujours.

— C'était l'un de ces moments horribles quand on se met à parler de ce qu'on va faire après la mort de maman. M'man était là, dans le salon, et elle demandait à Hermie de vendre la baraque pour que l'argent serve à payer nos études. Et j'ai dit que je voulais rester à la maison. Helen et moi, on peut se débrouiller toutes seules. Et bien sûr, je ne veux pas vivre avec les grands-parents. Comme tu l'imagines, ils ont tous poussé des hurlements. Deux ados abandonnées à elles-mêmes, pas question ! Qu'allait-on penser en ville ? Bref, cette discussion ne menait nulle part. Et comme d'habitude, le ton est monté. Donc rien à faire, la maison sera vendue.

— Je ne peux pas critiquer cette décision. Si j'avais eu voix au chapitre, je ne vous aurais pas laissées vivre seules non plus.

— Et pourquoi pas ? L'année prochaine, je pars à l'université. Je serai toute seule, non ? Et je ne risque pas de revenir.

— Qu'est-ce que tu comptes faire ?

— Trouver un stage, n'importe où, tant que ça m'éloigne d'ici. Je ne suis pas encore décidée pour la suite de mes études. Même si Hermie a bien précisé qu'il paierait pour Mississippi State ou Ole Miss, et rien d'autre. Il veut que ce soit dans le coin. On ne sait pas combien va se vendre la baraque, mais ce ne sera pas le jackpot. Il y a des hypothèques dessus, et elle a besoin d'un sacré coup de neuf. Les travaux, ça te dit quelque chose, Mack ?

— Absolument. Ce n'était jamais assez bien pour Lisa et je ne voulais pas mettre d'argent dans la maison. Je n'avais pas un dollar devant moi. Et non, je ne suis pas bricoleur !

— Je veux partir, Mack. Loin du Mississippi. Loin du Sud.

Elle écrasa sa cigarette dans le cendrier.

— Tu as une idée de l'endroit ?

— Sur la côte ouest. La Californie. Ou peut-être le Colorado. J'aimerais trouver une petite école d'art quelque part, à l'autre bout du pays. Quand maman sera morte, je vais devoir vivre avec Hermie et Honey pendant un temps, mais j'espère bien m'en aller, quitter le comté. Et ne jamais revenir. La pauvre Helen va rester derrière, mais elle n'est pas prête à prendre son envol. Moi je le suis.

— Une école d'art ?

— Exactement. Quelque chose de différent, Mack, de vraiment fou. Toutes les filles ici – mes « amies » autrefois, mais elles n'ont plus droit à ce statut ! – ne pensent qu'à rejoindre les sororités et à se trouver un mari. Et ensuite, elles reviendront à Clanton ou Tupelo et feront des gosses, traîneront au country club, en bonnes bourgeoises comme leur mère. Très peu pour moi ! Il faut que je me tire d'ici. Vite !

Touché par la rébellion de sa fille, Mack sourit.

— Je vais te proposer un accord : trouve ton école d'art à l'ouest, réussis le concours d'entrée, et je t'aide pour les frais de scolarité.

Margot plaqua la main sur sa bouche, ferma les yeux sous le choc. Soudain le rêve devenait réalité.

— Tu ferais vraiment ça ? souffla-t-elle.

— C'est la moindre des choses.

Cela lui semblait juste, effectivement.

— Je n'ai jamais vu la montagne.

Encore un souvenir douloureux. Quand les filles étaient petites, les vacances en famille se réduisaient à une semaine dans l'appartement des grands-parents en Floride. Lisa rêvait de visiter le vaste monde comme sa sœur, mais les comptes en banque de Mack ne pouvaient l'emmener aussi loin.

Maintenant, le père voulait offrir le monde entier à ses filles.

— Voilà le marché : prends à Hermie tout le fric que tu peux. Récupère le max sur la vente de la maison et j'ajouterai ensuite ce qu'il faut pour que ça puisse se faire.

— Et si Hermie bloque et refuse de cracher ?

— Margot, j'ai dit que j'ajouterai ce qui manque.

Le poids sur les épaules de la jeune fille s'allégea. Elle esquissa un sourire. Peut-être le retour de Mack serait-il son ticket pour s'en aller ?

— Je ne sais pas quoi dire.

— Y a pas grand-chose à dire. Tu es ma fille et j'ai une grosse dette envers toi.

Elle prit une autre cigarette et l'alluma sans le quitter des yeux.

— J'ai une idée. C'est l'été. Tu es censée chercher des universités, n'est-ce pas ?

— Oui.

— Alors samedi prochain, tu dis à Lisa que tu pars à Memphis pour visiter le Rhodes College. C'est une petite université privée, très jolie, en pleine ville. J'habite pas très loin. On pourrait se voir et déjeuner ensemble ?

— Ils vont flipper à l'idée que j'aille toute seule à Memphis.

— Tu as dix-sept ans, Margot. Tu entres en dernière année au lycée. À quinze ans, je conduisais déjà. Fais le forcing, bats-toi.

— Ça me tente, mais Hermie va péter un plomb s'il entend parler d'une école privée.

— C'est juste une ruse pour que tu puisses quitter la ville. Va savoir... Peut-être que tu vas bien aimer Rhodes ?

— Non, c'est trop près d'ici. Je veux vraiment partir loin, Mack.

— Alors, on fait comme ça ? On déjeune ensemble samedi ?

— Je vais essayer. (Elle regarda sa montre et ramassa son sac.) Il faut que j'y aille. Je dois faire des courses pour maman.

— Elle ne se doute toujours de rien ?

— Je ne crois pas. Quand ils ont parlé de toi dans le journal, ils ont tous paniqué, puis ça s'est tassé après. Et personne ne t'a repéré en ville.

— Tant mieux. Mais j'en ai assez de te retrouver ici. Cette ville me fiche le cafard.

— Pareil !

28.

Le nouveau procureur du vingt-deuxième district était Lowell Dyer, dont les bureaux se trouvaient au palais de justice de Gretna, une petite ville dans le comté de Tyler. Le FBI s'intéressait rarement aux affaires du comté de Ford, et encore moins à celles du comté de Tyler ! Dyer était donc tout fier d'accueillir les fédéraux. Au téléphone, l'agent spécial Nick Lenzini n'avait pas expliqué la raison de sa visite. Il arriva seul et Dyer l'invita à prendre place dans la salle de réunion où l'attendaient pâtisseries et café. Le procureur et son adjoint D.R. Musgrove étaient à son entière disposition.

Lenzini annonça qu'il enquêtait sur la disparition de Mack Stafford et qu'il voulait savoir ce que Dyer connaissait de l'affaire. Le procureur était surpris d'apprendre que le FBI recherchait Mack. Après tant d'années ? Dyer et Musgrove pensaient qu'il était parti pour de bon. À leur connaissance, il n'y avait jamais eu d'enquête ouverte sur Stafford. Ils n'avaient donc aucune information.

Lenzini accueillit la nouvelle avec une moue réprobatrice, comme si le procureur n'avait pas fait son boulot et avait laissé filer un grand criminel. Et maintenant le FBI devait reprendre toute l'affaire à zéro ! Lenzini leur parla alors des accidents avec les tronçonneuses Tinzo, des quatre plaintes que gérait Mack, de son désintérêt pour ses clients… L'agent précisa qu'il s'était rendu à New York et qu'avec ses collègues de Manhattan, il avait eu rendez-vous dans le cabinet qui avait proposé l'accord financier et récupéré tous les documents. Joignant le geste à la parole, il sortit plusieurs dossiers de sa sacoche.

Le premier contenait le document signé par Odell Grove. La signature était authentique, la certification était un faux. Le contrat que Grove avait signé avec son avocat donnait à Mack une commission de quarante pour cent. Grove avait reçu 25 000 dollars, au lieu des 60 000 prévus.

Le second accord concernait Jerrol Baker, aujourd'hui en détention. Lenzini lui avait rendu visite et pris sa déposition.

C'était bien la signature de Baker – du moins celle qu'il parvenait à griffonner depuis que la tronçonneuse lui avait arraché la moitié de la main –, mais, encore une fois, la certification de Freda Wilson était une contrefaçon. Jerrol avait reçu lui aussi vingt-cinq mille, et non soixante mille.

Le troisième était Travis Johnson. Disparu de la circulation. Signature fausse, comme la certification. Doug Jumper, le dernier, était décédé. Un graphologue du FBI avait examiné les signatures et il était certain que Mack avait imité tous les parafes des accords de Johnson et Jumper. Mack avait donc gardé pour lui les deux cent mille dollars.

En résumé, la fraude s'élevait à quatre cent mille dollars, alors qu'il ne devait toucher que quarante pour cent du demi-million de dollars versé par Marty Rosenberg, soit deux cent mille.

— Appelez ça comme vous voulez – détournement de fonds, escroquerie, vol qualifié, faux et usage de faux. Un avocat qui pique deux cent mille dollars dans la caisse, ce n'est pas un délit fédéral. En d'autres termes, l'affaire est à vous.

— Et vous ? Vous intervenez où ?

— C'est la faillite frauduleuse qui nous intéresse. De votre côté, les documents sont explicites, les preuves irréfutables. Tout est bouclé. Stafford ne pourra pas s'en sortir. Il a imité les signatures, grugé Odell Grove et Jerrol Baker.

Pendant que Dyer examinait les papiers, Musgrove demanda :

— Vous pensez qu'il est de retour au pays ?

— Pour tout dire, on ne l'a pas encore repéré. Vous avez des contacts à Clanton ?

— Pas vraiment. On entend juste les ragots. Je connais bien Jake Brigance, on s'est croisés la semaine dernière au tribunal, mais c'est une tombe.

Lenzini sortit une autre feuille et l'examina en fronçant les sourcils.

— On a vérifié tous les vols de toutes les compagnies. Aucun Mack Stafford n'est entré sur le territoire le mois dernier. Il utilise donc un faux nom. (Il but une gorgée de café, et poursuivit d'un ton solennel.) Inutile de vous dire que cette affaire est délicate. Quand vous convoquerez le grand jury, il…

— Vous voulez dire « si » nous le convoquons, l'interrompit Dyer.

— Il est pourtant évident que…

— C'est moi qui m'occupe du grand jury, monsieur Lenzini. Je décide quand et pour quelle raison je le réunis, sans avoir à en référer au FBI. Je suis certain que le procureur fédéral à Oxford n'apprécierait pas que je me mêle de la façon dont il gère son propre grand jury.

— Je comprends bien, monsieur Dyer, mais ces infractions sont graves, le dossier est accablant et sans faille.

— C'est ce qu'il semble, effectivement. Toutefois, nous mènerons notre enquête et déciderons de la conduite à tenir. Je ne doute pas que nous obtiendrons une inculpation, mais nous ferons ça à notre manière.

— Très bien. Pourtant j'insiste : c'est une affaire délicate. Nous sommes face à un homme qui sait disparaître.

— J'ai bien compris, répondit Dyer.

— Il faut être très prudent, faire attention à qui on parle.

— J'ai bien compris, monsieur Lenzini, répéta Dyer sans cacher son agacement.

Quand l'agent du FBI fut parti, Dyer et Musgrove examinèrent les pièces du dossier pendant une demi-heure. Effectivement, tout était là. Noir sur blanc. Ils connaissaient Mack depuis des années. Même s'ils n'étaient pas proches, ils rechignaient à engager des poursuites qui enverraient un confrère en prison. À l'évidence, les victimes ignoraient totalement que Mack les avait spoliées jusqu'à ce que le FBI leur révèle le pot aux roses.

Cependant, plus ils creusaient, plus cette affaire était tentante. Cela changeait de la routine : petits labos de meth, revendeurs de drogue, vols de voitures, femmes battues. Il était rare qu'ils aient à poursuivre un arnaqueur en col blanc, surtout quand on leur apportait l'affaire sur un plateau. Mack avait choisi de duper ses clients, et il était de leur devoir, en leur qualité de représentants de l'État du Mississippi, d'inculper le contrevenant et de veiller à ce que justice soit faite.

En revanche, pour la discrétion, ce n'était pas gagné.

29.

Le samedi midi, Mack travaillait au Varsity Bar & Grill et servait les quelques clients tout en surveillant le parking. À 13 heures précises, une voiture quitta Highland Street et se gara devant l'établissement.

C'était la Mercury Cougar de 1983 qu'il avait achetée deux ans avant de quitter le pays. Lisa, bien sûr, l'avait récupérée au moment du divorce, comme tout le reste, et elle revenait aujourd'hui à Margot. Sa fille en sortit d'un bond et parut tout excitée d'entrer dans un bar pour étudiants. Elle était déjà habillée pour la fac, avec un jean moulant, des nu-pieds à talons et un chemisier au décolleté carrément osé. Mack ne lui ferait aucune remarque. Il n'allait pas gâcher leur déjeuner.

Il l'accueillit à la porte et la conduisit au fond de la salle. Il fit signe à un serveur, un jeune qu'il n'appréciait guère et qui regarda un peu trop longuement sa fille. Il commanda des cheeseburgers et du thé glacé.

— Je peux prendre une bière ? demanda-t-elle en guise de première provocation.

— Tu as dix-sept ans, jeune fille. Pas avant vingt et un. C'est la loi. En plus, tu conduis.

— Sur ma carte d'identité, j'ai vingt-quatre ans. Tu veux la voir ?

— Sans façon. Dans une autre vie, je passais mon temps à authentifier des papiers d'identité. Où t'es-tu procuré ça ?

— Mystère et boule de gomme !

— Ben voyons !

— Tout le monde fait ça, Mack.

— Donc, je suis toujours Mack.

— Ça te va bien. Tu n'as jamais été très « papa » non plus.

— Comment va ta mère ?

Le sourire de la jeune fille s'évanouit. Ses yeux s'embuèrent. Le thé arriva dans de grands verres. Elle but une longue gorgée, détourna le regard.

— Rien de nouveau, sauf qu'elle ne mange plus, ou à peine. Elle est très faible. C'est une pauvre petite chose, maintenant.

Ses lèvres se mirent à trembler. Elle ferma les yeux, porta sa main à sa bouche. Mack lui tapota le bras.

— Je suis désolé.

Margot se reprit et sourit à nouveau. Elle était si courageuse, sa fille !

— Et bien sûr, je ne lui facilite pas l'existence. Hier, je lui ai demandé si je pouvais aller à Memphis, je lui ai dit que j'avais rendez-vous à Rhodes, pour l'admission et ce genre de truc. Ce qui n'est pas faux. Elle ne voulait pas que je fasse le trajet seule, c'était trop loin. On a dîné hier soir chez les grands-parents et elle a expliqué à Honey et Hermie que je voulais me rendre à Memphis en voiture. Ils ont flippé, évidemment. À les entendre, c'était comme si j'allais me balader à poil dans un ghetto. Bien sûr, le ton est monté. Je leur ai rappelé que j'avais mon permis depuis deux ans et que j'avais fait la route plein de fois jusqu'à Tupelo avec des amis. Hermie s'est mis à gueuler comme un putois, il disait que je ne serais pas fichue de trouver l'université toute seule. Je lui ai alors demandé si lui savait où c'était. Il a voulu fanfaronner. Et bien sûr, il s'est planté totalement. Alors moi, je lui ai dit ! Je lui ai même indiqué l'itinéraire complet : prendre la Highway 78 pour Memphis, à quatre-vingts kilomètres d'ici, rester sur la 78 jusqu'à ce qu'elle s'appelle Lamar Avenue, puis tourner à droite sur la South Parkway, et continuer vers le nord. Passer Union et Poplar Avenue, et prendre à gauche sur Summer. Cent mètres plus loin, quand on voit le zoo à gauche, Rhodes est juste à droite. J'ai vraiment assuré ! Même Helen a rigolé. Maman aussi, elle a souri. Bien sûr, je n'ai pas parlé du détour ici, au Varsity : à gauche sur Park Avenue, direction nord sur Highland, et c'est deux cents mètres plus loin, côté sud. Ça les aurait achevés !

— Je suis toujours *persona non grata* ?

— Pire que ça. De toute façon, Hermie n'a pas été impressionné par mes talents de pilote. Il a dit non, pas question que j'aille seule à Memphis. J'ai décidé de me battre parce qu'il doit apprendre à me respecter. Dans peu de temps, Helen et moi allons vivre sous sa coupe. Et franchement, c'est l'horreur. Il n'est pas mon père et il ne sera pas mon patron, hors de question !

Mack sourit malgré lui. *Bien joué ma fille !*

— Alors on s'est pris de bec.

— Qui a gagné ?

— Personne. Personne ne gagne jamais dans une dispute de famille, tu devrais le savoir. Il n'y a que des perdants. Je me suis levée tôt ce matin et j'ai pris la voiture en douce. Je me suis arrêtée sur la place pour appeler maman. Je lui ai dit que je partais pour Memphis. Elle m'a demandé d'être prudente et on s'est dit « Je t'aime ».

— Les grands-parents ne sont donc pas au courant ?

— Je suis sûre qu'ils le savent, maintenant ! Et ne te méprends pas, Mack : j'aime Honey et Hermie, seulement je ne me vois pas vivre sous leur toit. Chaque jour, je prie pour que maman tienne le coup quelques mois de plus. Je sais, c'est très égoïste, mais au fond on prie toujours pour soi, non ?

— Peut-être.

Deux grandes assiettes atterrirent devant eux, avec un cheeseburger et une montagne de frites. Le serveur se montra particulièrement attentionné avec Margot. Le père lui lança un regard noir, prêt à lui sauter à la gorge.

Une fois le jeune homme parti, Mack demanda :

— Tu es certaine que personne ne sait qu'on se voit ?

— Moi, je n'ai rien dit. De ton côté, je ne peux pas savoir.

— On ne t'a fait aucune allusion ? Aucun sous-entendu ?

— Non. Il y a un mois, on ne parlait que de toi, mais ils se sont lassés. L'autre soir, Hermie a dit à Honey que personne à Clanton ne t'avait vu. (Elle piocha une demi-frite, et la mâchonna comme une ado.) Tu habites donc à Memphis ?

— Pour le moment.

— C'est quoi tes projets ?

— Je sais pas trop. Je vais rester ici encore un peu. Le temps de m'assurer qu'il n'y a pas de danger.

— De danger ? Comment ça ?

— Je veux être certain que personne ne me surveille. J'ai quelques cadavres dans les placards, et j'ai pas envie qu'on les trouve.

— C'est bien ce que je pensais. Tu as piqué un tas de fric et tu t'es taillé, c'est ça ?

— En gros oui. Et je n'en suis pas fier.

— Mais tu as toujours l'argent, non ? Pourquoi tu ne le rends pas à ceux à qui tu l'as volé ?

— Ce n'est pas si simple.

— Avec toi, rien n'est jamais simple, Mack.

Pour éviter la pique, il mordit dans son burger et jeta un coup d'œil autour de lui. Deux étudiants au bar mataient sa fille.

— Je suis d'accord, Margot, j'ai le don de rendre tout très compliqué. Oublions le passé. Parlons plutôt de toi, de tes études. C'est bien plus intéressant.

— Tu me raconteras un jour ? Tu me diras toute la vérité ?

— Oui. Dès que tu seras majeure. Je viendrai te voir à l'université et au cours d'un long dîner entre père et fille, avec alcool à volonté, je t'expliquerai tout. Toutes les vilaines choses que j'ai faites. Ça te va ?

— D'accord. Mais à ce moment-là, ça n'aura plus grande importance.

— J'espère que non. Tu as choisi une école ?

— Je cherche. Rhodes, c'est sûrement pas mal, sauf que c'est trop près de la maison. Quand Hermie a piqué sa crise hier soir, il a bien fait savoir que « la famille » – c'est son mot maintenant, comme s'il était un parrain sicilien et pouvait prendre les décisions à notre place puisque maman a un pied dans la tombe ! –, bref, il a dit que « la famille » ne paierait pas une école privée. Il soutient mordicus qu'il y a plein de bonnes universités publiques au Mississippi. Enfin, je crois surtout que la vraie raison, c'est qu'il n'a plus un sou.

— C'est fou qu'il en soit là...

— Je t'assure, l'argent est de plus en plus rare. Et c'est carrément tendu chez les Bunning. Remarque, je les comprends : leur fille est mourante, ils se retrouvent avec deux gamines sur le dos, Hermie a d'un coup de la concurrence dans son boulot. Et au lieu de pouvoir tranquillement profiter de la retraite, ils ont devant eux des années difficiles. Ça ne leur plaît pas du tout.

— Et habiter chez votre tante ? C'est une option, non ?

Elle roula des yeux.

— Vivre chez les Pettigrew ? Je préfère encore être SDF ! Ces gens sont insupportables.

Elle prit une autre frite, et à nouveau ses yeux s'embuèrent de larmes. La pauvre petite était à bout de nerfs.

— Ça va pas ?

— Tout baigne, Mack. C'est tellement agréable de voir que t'es un boulet pour tout le monde. Quand maman sera morte, nous serons obligées de quitter notre maison, là où nous avons vécu toute notre vie, pour aller chez des gens où nous ne sommes pas les bienvenues. Et tu y es pour quelque chose !

— Je le sais. On en a déjà parlé.

Elle prit une grande inspiration, serra les dents et s'essuya les joues.

— C'est vrai. Pardon.

— Ne t'excuse pas, s'il te plaît.

— Tu ne peux pas revenir et nous sauver, je suppose ?

— Non. Pas tout de suite, en tout cas. Je ne peux pas vivre à Clanton, et c'est encore risqué de traîner dans le coin. Sans compter qu'Hermie embauchera une armée d'avocats pour m'empêcher de vous approcher.

— Ça a toujours été la guerre entre vous.

— Oui. Depuis le début.

Elle avait à peine touché à son cheeseburger, grignoté seulement deux ou trois frites et déjà elle n'avait plus faim. Elle repoussa son assiette, regarda autour d'elle et baissa la voix.

— Il faut que je te dise quelque chose. Comme tu sais, maman aime aller chez eux pour s'installer au frais sous l'auvent. C'est toujours moins déprimant que de rester chez nous. Alors je l'emmène souvent. Elle reste avec Helen et Honey tout l'après-midi sur la terrasse, à attendre la fin du compte à rebours. Pendant ce temps-là, Hermie vaque dans la maison, et deux fois cette semaine, je l'ai entendu évoquer le FBI. Je ne sais pas pourquoi.

Mack déglutit et inspecta les alentours.

— À qui il parlait ?

— Aucune idée. Il était au téléphone et ne savait pas que j'étais à l'intérieur. C'est bizarre, non ?

— Ça mérite attention, effectivement.

— Je vais essayer d'en savoir plus.

Mack resta de marbre, mais la nouvelle lui avait coupé l'appétit.

— Il faut que je file, déclara-t-elle en consultant sa montre. J'ai rendez-vous à 13 heures.

— Tu veux que je t'accompagne ?

— Comme un vrai père ? Le papa et sa fifille, qui font le tour des campus ?

— Quelque chose comme ça.

Elle sourit.

— D'accord. Avec plaisir.

— Tu conduis. Je veux voir comment tu te débrouilles en ville.

— En tout cas mieux que toi !

— Si tu le dis...

30.

Sept heures après son départ aux aurores, Margot était de retour à Clanton. Elle avait l'impression d'être partie depuis des jours. Elle ne s'attendait pas à ce qu'un simple aller-retour à Memphis puisse être aussi distrayant et libérateur. Quand elle entra dans le comté de Ford, elle réduisit sa vitesse à quatre-vingts kilomètres à l'heure, en ignorant les voitures qui s'impatientaient derrière elle. Une fois en ville, elle fit un détour par le fast-food où elle espérait apercevoir des amis. Mais aucun n'était en vue.

Elle veillait une morte depuis des mois et l'épreuve n'était pas terminée. Elle n'avait aucune envie, par ce beau samedi après-midi, de retourner dans leur maison sinistre pour attendre l'inévitable. La famille s'était fait une raison. L'état de Lisa ne s'améliorerait pas, les médecins avaient baissé les bras. L'attente était un calvaire : voir leur mère dépérir, devenir plus maigre, plus pâle, s'approcher chaque jour un peu plus de la tombe, savoir l'horreur qui les attendait – vivre sans elle. La fin avait son propre rythme, implacable : il y a un mois, Lisa conduisait, la semaine dernière encore, elle s'activait aux fourneaux pour faire des cookies, et hier, elle pouvait à peine sortir de son lit. Bientôt, une infirmière viendrait, une inconnue s'occuperait de leur mère pour ses derniers jours. Tout avait été organisé par les Bunning. Margot et Helen devaient appeler les grands-parents quand viendrait le moment.

Helen regardait un film dans le salon quand Margot arriva.

— Elle se repose, dit-elle à voix basse. La journée a été tranquille.

Margot s'assit sur le canapé à côté de sa sœur.

— Elle m'en veut ?

— Non. Elle n'a pas trop souffert aujourd'hui. On a passé la journée chez Honey, mais ça l'a épuisée.

— Et les grands-parents ? Ils sont fâchés ?

— Au début, oui. Maman les a fait taire, en leur disant que tu pouvais te débrouiller toute seule. Alors Rhodes, c'est comment ?

— Génial. Super beau. Et les gens sont gentils. Mais c'est tout petit.

— Je n'en reviens pas. Tu vas partir à l'université l'année prochaine.

— Moi aussi, je n'en reviens pas.

— Je ne peux pas venir avec toi ?

Elles rirent puis se figèrent quand elles entendirent la voix de Lisa. Elles allèrent voir leur mère dans sa chambre. Elle était assise dans le lit, avec un grand sourire. Margot la serra doucement dans ses bras. Elle retapa ses oreillers et les deux filles s'installèrent près d'elle. Lisa voulait savoir comment s'étaient passés sa visite au Rhodes College et son voyage à Memphis. Margot lui raconta tout, dans le moindre détail, sauf bien sûr son petit crochet par le Varsity. Elle sortit les jolies brochures de l'établissement et résuma son entretien avec un professeur. L'école privée était sur sa liste de favoris. Lisa lui dit de ne pas s'inquiéter pour l'argent. La famille trouverait une solution.

C'était agréable de voir leur mère se réjouir du départ de son aînée pour l'université, même si c'était aussi déchirant, parce qu'elle ne serait plus là pour partager avec elle cette grande aventure. Margot cita quelques établissements qu'elle comptait visiter dans les prochaines semaines, des écoles privées de plus en plus loin. Lisa abondait dans son sens. Elle était certaine que ses parents assureraient et feraient tout pour que leurs petites-filles puissent suivre les meilleures études, quel qu'en soit le coût. Et Margot avait la promesse de Mack, l'atout caché dans sa manche.

Lisa s'endormit et les filles quittèrent la chambre sur la pointe des pieds.

— Elle n'a quasiment rien mangé depuis cinq jours, déclara Helen, en larmes.

Fallait-il appeler les grands-parents ? Non, c'était trop tôt. La nuit fut longue. Lisa, à cause de la douleur, devint irritable. Les filles restèrent à son chevet, dormant à tour de rôle, uniquement lorsque leur mère était éveillée. À l'aube, Margot téléphona à Honey pour lui donner des nouvelles. Deux heures plus tard, l'infirmière arriva, avec son stock de morphine. Les Bunning s'arrêtèrent sur le chemin de l'église et parlèrent avec Lisa, qui semblait alerte et lucide. Ils n'allaient pas rater la messe du dimanche, même aujourd'hui, même si leur fille se mourait.

Bien sûr, ils demandèrent une prière commune à l'église et annoncèrent aux paroissiens que la fin de Lisa était proche. Rien n'enflammait plus les baptistes qu'un bon rituel funéraire, et vers 15 heures, la ronde des casseroles et des gâteaux commença. La plupart, par respect, se contentèrent de rester sur le pas de la porte, de donner leurs plats et de distribuer de grosses accolades larmoyantes, mais certains, plus audacieux, parvenaient à entrer jusque dans la cuisine, servaient leurs préparations dans des assiettes en carton tout en lorgnant du côté du couloir qui menait aux chambres. Les vieilles commères, présentes à toutes les funérailles, demandèrent à parler à Lisa. Tout ce qu'elles voulaient, c'était jeter un coup d'œil sur la moribonde afin de raconter à tout le monde que Lisa ressemblait à un cadavre. Honey refusa et dut finalement monter la garde dans le couloir pour repousser les curieuses.

Dans la chambre, Helen veillait sa mère. Margot, qui n'en pouvait plus de cette ambiance macabre, accueillit les visiteurs avec un grand sourire chargé de tristesse – pure posture, mais elle était la seule à le savoir. Elle assuma vite le rôle de maîtresse de maison, et Hermie, qui la veille encore la traitait de gamine et lui interdisait d'aller à Memphis, était très fier de sa petite-fille. Le défilé se poursuivit ainsi toute la journée, ragoûts, quiches et tourtes s'amoncelant dans la cuisine, puis la foule s'en alla un peu avant 18 heures. C'était le moment de retourner à l'église.

L'infirmière prit ses quartiers dans la chambre de Lisa. Les filles dormirent ensemble dans le lit de Margot et veillèrent tour à tour leur mère, en parlant à voix basse avec l'infirmière. Le lundi matin, Lisa ne réagissait plus et sa respiration ralentissait.

31.

Nick Lenzini quittait le bureau d'Oxford le mardi matin pour une courte visite à Clanton quand il apprit le décès de Lisa Stafford. Deux heures plus tard, il se gara à côté du palais de justice et gagna discrètement le cabinet Sullivan. Il avait rendez-vous avec Walter à 11 h 30.

Une fois le café servi, Lenzini déclara :

— Toutes mes condoléances pour Mme Stafford. Je sais que vous étiez proches.

— Je vous remercie. Une femme charmante. On se connaissait depuis toujours. Nous veillons aux intérêts de la famille depuis trente ans. Des gens très bien.

— Que va-t-il se passer pour les enfants ?

— Oh, les Bunning vont serrer les rangs, les protéger au mieux.

— Et Mack Stafford ? Des nouvelles ?

Sullivan poussa un grognement et but une gorgée.

— J'allais vous poser la même question.

— Vous avez parlé dernièrement à Morrissette ?

— Non. Pas depuis une quinzaine de jours.

— Il est prêt pour convoquer le grand jury. Notre enquête est quasiment bouclée. C'est un cas simplissime. Les preuves sont irréfutables. Reste à trouver Stafford. C'est pour cette raison que je suis là. J'imagine que vous ne savez pas où il peut se cacher ?

— C'est votre travail, non ?

— Certes. Nous le cherchons, mais nous n'avons pas encore lâché les chiens. Connaissant son inclination à s'évanouir dans la nature, le procureur fédéral aimerait qu'on le repère avant de prononcer son inculpation.

— C'est plus prudent, effectivement. Malheureusement, non, personne n'a vu Mack depuis qu'il a soi-disant refait surface. À l'évidence, il n'est pas à Clanton. Sa mère habite toujours à Greenwood, n'est-ce pas ?

— Exact, et nous surveillons sa maison. Les funérailles de Lisa Stafford sont organisées ?

— Oui. Samedi à 14 heures.

— Il y a peu de chances que Mack y assiste.

Sullivan lâcha un rire.

— À l'église baptiste ? C'est bien le dernier endroit où Mack se montrerait !

— Vous avez sans doute raison. Par sécurité, on aimerait bien être là. On pourrait s'installer au balcon. Ça pose un problème ?

— Les pécheurs sont toujours les bienvenus. La cérémonie est ouverte à tous.

32.

Le dimanche, le lendemain de l'enterrement de Lisa Stafford, Lucien Wilbanks entra dans le cabinet Brigance par la porte arrière. Il utilisait la même clé depuis des décennies. C'était le fief de Jake, mais uniquement sur le papier. Le cabinet Wilbanks & Wilbanks avait été fondé dans les années 1940 par le grand-père Wilbanks, et Lucien l'avait dirigé jusqu'en 1979, l'année de sa radiation du barreau, un an après avoir embauché le jeune Jake Brigance qui sortait tout juste de la fac de droit.

Lucien était toujours propriétaire des murs et il louait l'endroit à Jake pour une somme modique. En contrepartie, Lucien pouvait passer à sa guise. Il y avait d'ailleurs un bureau, une petite pièce aveugle au rez-de-chaussée, loin du domaine de Jake au premier étage. Il avait l'habitude de venir le dimanche pour lire les journaux du matin, une pipe à la bouche, en buvant son café-bourbon. Les dimanches étaient ses jours préférés : la place était vide, les boutiques fermées, les rues désertes et tout le monde était à l'église. Lucien avait tourné le dos à la religion – à toutes les religions quelles qu'elles soient – depuis l'âge de quatorze ans.

Il se trouvait dans la salle de réunion où Mack et Margot s'étaient vus quand, à exactement 9 h 14, il entendit un cliquetis. Il consulta sa montre, sachant très bien que Jake était à la messe et que personne ne risquait de débarquer au cabinet ce matin. Ayant quasiment grandi ici, il connaissait chaque fenêtre, chaque recoin, chaque cachette. Il entra dans la salle des photocopies et scruta la ruelle à travers les stores. À sa grande surprise, il vit deux hommes penchés sur la porte de derrière qui donnait dans la cuisine. Ils avaient des tenues de techniciens, avec écrit dans le dos « CUSTOM ELECTRIC ». Ils avaient aussi des gants et des surchaussures noires.

C'était bizarre. Premièrement, Lucien, pourtant natif de Clanton, n'avait jamais entendu parler de la Custom Electric. Deuxièmement, personne ne travaillait le dimanche matin. Troisièmement, si ces gars avaient été appelés par Jake, pourquoi passaient-ils par la porte de derrière ? Quatrièmement, les deux inconnus ne cessaient de regarder autour d'eux, comme s'ils avaient quelque chose à se reprocher. Cinquièmement, des gants en nitrile ? des surchaussures ? Aucun technicien à Clanton ne portait ce genre de protection.

Les hommes parvinrent à ouvrir la porte et pénétrèrent dans la cuisine. Lucien se cacha dans la pénombre et tendit l'oreille. Les intrus s'engagèrent dans le couloir. Ils ne virent pas Lucien qui se tenait entre deux rayonnages. Ils montèrent rapidement au premier, inspectant chaque pièce, puis redescendirent au rez-de-chaussée. Une fois devant le bureau de la réception, ils ouvrirent leurs mallettes et se mirent au travail. À côté de la salle des photocopieuses, il y avait un grand placard technique – thermostats, tableau électrique, fusibles, répartiteur des lignes téléphoniques, compteur.

Lucien resta caché et tendit l'oreille. Les types parlaient à voix basse de transmetteurs, de récepteurs, dans un jargon technique incompréhensible. Ils étaient rapides, efficaces ; à l'évidence, ils avaient de l'expérience. Et à 9 h 31, ils étaient repartis. Lucien les vit sortir par la porte arrière et la reverrouiller soigneusement. Il attendit quelques minutes, puis se rendit dans la cuisine pour inspecter la porte. La cafetière était posée sur le plan de travail, à demi cachée par un rouleau de Sopalin. Si les intrus avaient vu le café fumant, ils auraient su qu'il y avait quelqu'un dans les murs. Heureusement qu'ils n'avaient pas prêté attention à l'odeur d'arabica qui planait dans la pièce.

Lucien se servit une nouvelle tasse et retourna à son bureau. Qui étaient ces gens ? Les flics du coin n'avaient pas ce genre de compétences. La police d'État, certes, en avait les moyens, mais il n'y avait rien au cabinet Brigance qui puisse les intéresser. Lucien connaissait les dossiers, il faisait un point avec Jake toutes les semaines sur les affaires en cours. Jake tromperait-il Carla ? Ou inversement ? Ces deux hypothèses étaient hautement improbables. Ces deux-là s'adoraient. Il ne les imaginait pas aller fricoter ailleurs. Alors qui ? Un autre avocat peut-être, un rival suffisamment audacieux pour trafiquer les téléphones de Jake ? C'était quand même très osé. Le gars risquait la radiation du barreau – et c'était très désagréable. Lucien en savait quelque chose ! Du temps où il exerçait, et aujourd'hui en simple observateur, il n'avait jamais ouï dire qu'un cabinet en avait espionné un autre.

Restait une seule option : le FBI. Ses agents étaient sur la trace de Mack Stafford et pensaient que Jake savait où il se trouvait !

Finalement, Lucien se détendit. Cela promettait d'être drôle. Jake allait les mener par le bout du nez.

Lucien termina sa lecture des journaux, feuilleta de vieux manuels de droit, puis s'installa au balcon du grand bureau de Jake pour contempler la place et le palais de justice en savourant une bonne pipe. À midi, il se servit un Jack Daniel's bien tassé. Il somnola pendant une heure, puis, à 14 heures, il se mit en route vers la maison des Brigance. À cette heure-là, ils auraient fini de déjeuner. Carla l'invita à entrer, mais il préféra s'installer sous l'auvent, à l'ombre. Jake le rejoignit. Carla leur servit du thé glacé. Dès qu'elle eut fermé la porte, Lucien lui raconta ce qui s'était passé le matin.

Jake n'en revenait pas. Pourquoi le FBI ou qui que ce soit voudrait espionner ses conversations téléphoniques ? C'était le calme plat au cabinet, à tel point qu'il envisageait de demander à la banque une rallonge de crédit.

— C'est forcément pour Mack, déclara Lucien.

Jake était furieux de cette intrusion dans sa vie. Passé le premier moment de surprise, il voulut engager un détective pour vérifier ses lignes et confirmer le piratage. Lucien n'était pas très chaud. D'abord le piratage ne faisait aucun doute, et moins de gens seraient au courant, mieux ce serait. Il fallait la jouer discret, profiter de l'avantage. Il suffisait dorénavant de faire attention à ce qu'il disait au téléphone. Le FBI n'avait pas installé de microphones dans les bureaux, juste piraté les lignes.

— Par prudence, partons du principe que chez vous aussi le téléphone est sur écoute. Il faut le dire à Carla.

— Entendu.

C'était quand même une conversation pénible.

— Et préviens Harry Rex.

— Ils pirateraient les téléphones de son avocat ? C'est totalement illégal.

— Ils font ce qu'ils veulent. Le FBI est capable de tout. Tu dois te méfier d'eux comme de tout le monde. Il n'y a plus d'éthique !

— Et Mack ? Je lui dis ?

Lucien but une gorgée de thé et réfléchit un moment.

— À ta place, je ne prendrais pas le risque. Je passerais l'info à Harry Rex et je le laisserais se débrouiller.

— C'est toi qui vas avertir Harry Rex. Je ne peux pas me servir de mes téléphones. Demande-lui de me retrouver chez toi à 17 heures.

Dès le départ de Lucien, Carla rejoignit Jake.

— Qu'est-ce qui se passe ?

— Tu ne vas pas apprécier.

Il lui raconta tout et effectivement, elle n'apprécia pas. Quelqu'un écoutait ses conversations téléphoniques, dans sa propre maison ! Il fallait désormais faire attention, agir comme si de rien n'était, tout en évitant certains sujets. Et surtout jamais, au grand jamais, elle ne devait parler de Mack Stafford ni de personne de sa famille.

Carla était furieuse de cette violation de sa vie privée, elle voulait engager quelqu'un pour faire constater l'infraction. C'était illégal, anticonstitutionnel, et il fallait se défendre. Jake promit de s'en occuper, mais lui expliqua qu'il était encore trop tôt. En vérité, il était lui aussi sous le choc et n'avait pas encore les idées très claires. D'abord, il devait voir Harry Rex.

Pourtant, quand les deux amis se retrouvèrent chez Lucien, ils ne purent s'accorder sur la marche à suivre. Les lignes d'Harry Rex étaient sûrement piratées aussi et il était prêt à monter au combat. Ce genre de surveillance était interdite, et il voulait poursuivre l'État fédéral en justice. Lucien, au contraire, ne souhaitait pas faire de vagues et préférait profiter de cet avantage tactique, ne serait-ce que pour rigoler un peu.

33.

Lundi matin, Jake décrocha son téléphone – son premier appel où il se savait espionné – pour contacter le greffe de la cour de circuit, juste de l'autre côté de la place, une conversation de routine. Il téléphona à trois autres personnes encore, dans l'espoir de s'habituer à cette situation. Il fit attention à ce qu'il disait, en s'efforçant de garder un ton naturel. C'était tellement inconcevable ! Il descendit au rez-de-chaussée, alla se servir un café à la cuisine, ouvrit le placard et observa le fouillis de câbles et de boîtiers. Il ne savait même pas comment était branché son propre tableau électrique ! Pourtant, juste sous son nez, quelque part dans ce fatras de fils, se trouvait un mouchard. Sans toucher à rien, il battit en retraite et remonta dans son bureau. À 11 heures précises – l'heure convenue –, il appela Harry Rex et les deux hommes discutèrent d'un litige foncier qui traînait depuis trois mois. Comme d'habitude, Harry Rex usa de son vocabulaire fleuri, même s'ils n'étaient pas tout seuls sur la ligne.

Puis Jake déclara :

— Au fait, j'ai une nouvelle à t'annoncer. Tu es seul ? Je peux parler ?

— Bien sûr. Je suis dans mon bureau, la porte fermée à clé. On est lundi matin ! Mes clientes hystériques sont toutes en bas avec des flingues ou des couteaux. Qu'est-ce qu'il y a ?

— Il s'agit de Mack.

Il y eut un long silence au bout du fil, pendant lequel Jake et Harry Rex se retinrent de pouffer de rire. Un pauvre agent du FBI, écouteurs sur les oreilles, avait dû sursauter sur son siège en entendant le nom de Mack.

D'un ton de conspirateur, Harry Rex demanda :

— Où est-il ?

— Dans un appart dans le sud de Tupelo. Il veut qu'on se voie cet après-midi pour boire un verre.

— Où était-il passé tout ce temps ?

— Il ne m'a pas donné de détails, il m'a juste parlé d'un séjour en Floride. Il est de retour et il cherche un job.

— Pourquoi donc ? Je croyais qu'il s'était tiré avec de l'oseille ?

Harry Rex avait jugé plus crédible de faire allusion à la rumeur. Jake sourit. Les deux compères s'amusaient bien.

— On n'a pas abordé ce sujet, mais il est évident qu'il s'ennuie un max. Il veut postuler à un poste d'assistant juridique chez Jimmy Fuller.

— Fuller ? Il bosserait avec un escroc pareil ?

— Moi, j'aime bien Jimmy. Bref, il veut nous retrouver au Merigold à 18 heures.

— J'ai des montagnes de dossiers sur mon bureau, et demain matin, première heure, un divorce bien gore au tribunal.

— Depuis quand tu prépares tes procès ?

— Et je te parle pas de toutes ces gonzesses éplorées dans la salle d'attente qui veulent que je les console.

— Comme d'hab, non ? Allez, on ne peut pas refuser. Je passe te prendre à 16 h 30.

— OK, c'est bon !

Avec sa corpulence toujours en augmentation et son manque naturel de coordination, Harry Rex se laissa lourdement tomber sur le siège passager. La voiture, sous l'impact, oscilla comme une coquille de noix.

— Tu crois qu'il y a des micros dans ta caisse ? demanda-t-il dès qu'il eut claqué la portière.

— Ça m'étonnerait.

— Ça fait bizarre de parler au téléphone en sachant que le FBI écoute aux portes.

— Je suis bien d'accord.

— Il me faut une bière.

— Il est 16 h 30 !

— On dirait encore ma femme.

— Laquelle ?

— Tu comptes me casser les couilles durant tout le voyage ?

— Absolument. Tu as réfléchi à ce qu'on risque, au fait, à entraver une enquête fédérale ?

— Bien sûr. Et toi ?

— Pareil. Je me suis un peu renseigné. On ne gêne pas l'enquête à proprement parler, si tant est qu'il y en ait une. On joue juste au chat et à la souris avec le FBI.

— Ça me paraît sans danger, effectivement. Mais faut pas se faire choper.

— On va à Tupelo boire un verre avec notre ami Mack qui, officiellement, n'est pas recherché par les autorités. Nous n'avons pas vu le FBI et nous ignorons tout de leurs petites manigances. Donc rien de répréhensible de notre côté. Pour l'instant.

— Et pourquoi on fait ça ? (Il désigna une station-service.) Arrête-toi là. (Jake s'exécuta.) Tu en veux une ?

— Non. Je conduis.

— On peut conduire avec une bière dans la main, t'es pas manchot !

— Je préfère pas. Et pour te répondre, on fait ça pour en avoir le cœur net. Si des agents du FBI sont au bar, ce sera la preuve que c'est bien eux qui ont piraté nos lignes.

— Magnifique. Et comment on va les repérer, ces agents ? Tu vas leur demander leurs papiers ?

— J'ai pas réfléchi aussi loin. Et prends-moi un Coca light.

Harry Rex, non sans difficulté, s'extirpa de la voiture et se dirigea vers la boutique.

34.

Le Merigold Lounge était l'un des trois grands bars à l'ouest de Tupelo, dans le comté de Lee, où la vente d'alcool n'était pas interdite. À quatre-vingts kilomètres à la ronde, c'était toujours la prohibition. Les amateurs de boissons habitant les petites bourgades ou la campagne alentour n'avaient d'autre choix que de monter en ville pour boire un verre. De retour dans leurs comtés, les mêmes personnes continuaient bien sûr de soutenir l'interdiction d'alcool sur leurs terres.

À 18 heures, treize véhicules se trouvaient garés sur le parking. L'entrée du bar se situait sur le côté, ce qui offrait un surplus d'anonymat aux consommateurs. Jake compta six berlines, six pick-up et une camionnette blanche. À en juger par les numéros des plaques, les clients du jour venaient des quatre comtés voisins. Dans la camionnette, deux techniciens du FBI épiaient les alentours derrière les vitres teintées, l'un avec un Minolta XL équipé d'un téléobjectif, l'autre avec un caméscope Sony. Ils filmaient et photographiaient tous ceux qui entraient ou sortaient du Merigold.

Sur les flancs de la camionnette, il était écrit CUSTOM ELECTRIC, assorti d'un numéro de téléphone. Jake et Harry s'esclaffèrent. Pour la discrétion, c'était raté !

— Parfait. Nos amis sont déjà là, lança Jake.

— Ne souris pas aux caméras ! railla Harry Rex tandis qu'ils descendaient de voiture.

Ils trouvèrent une table avec quatre sièges dans un coin et s'installèrent face à la porte. Une serveuse vint prendre leur commande : des bières et une portion de frites. Un jukebox passait des airs de country à côté de la piste de danse. Le Merigold était un établissement tranquille et haut de gamme. Jake était déjà venu quelques fois. Harry Rex était quasiment un habitué. Ils ignorèrent les autres clients et se lancèrent dans une conversation qui pouvait paraître sérieuse pour un observateur extérieur. À 18 h 15, Jake consulta sa montre et jeta un regard circulaire dans la salle. Aucun électricien en vue ! La plupart des hommes portaient une cravate.

Nick Lenzini était assis seul à une table avec un soda et faisait mine de lire le journal. Il n'avait jamais vu Jake ou Harry Rex, mais ses collègues dans la camionnette lui avaient annoncé leur arrivée par radio. Il allait enfin pouvoir identifier Mack Stafford ! Il cachait son impatience en feignant de s'ennuyer ferme. Il était fier d'avoir obtenu le feu vert d'un procureur fédéral pour placer les écoutes téléphoniques.

Jake et Harry Rex sirotaient leurs bières, grignotaient leurs frites. Ils paraissaient de plus en plus agacés au fil des minutes. Aucun signe de Mack.

De nouveaux clients arrivaient. Bientôt le lounge fut noir de monde. À 18 h 30, Jake se rendit aux toilettes et passa à côté de la table de Lenzini. Leurs regards se croisèrent une seconde. *Ce gars pourrait bien être un agent,* se dit Jake – cheveux courts, costume sombre, pas de cravate –, il était seul et détonnait au milieu des autres clients. À son retour, il récupéra deux bières au bar et se rassit devant Harry Rex. Les deux avocats consultèrent leur montre. À l'évidence, celui qu'ils attendaient était en retard. À 19 heures, ils payèrent leurs consommations et quittèrent le Merigold, visiblement mécontents. La camionnette était toujours là. Jake démarra tandis qu'Harry Rex appelait la Custom Electric. Le numéro n'était pas attribué.

Ils prirent la route en éclatant de rire, tout contents d'avoir dupé le FBI sans rien faire d'illégal ! Quand ils retrouvèrent leur sérieux, ils parlèrent de la suite. Que faire ? Les fédéraux cherchaient Mack. Il n'y avait qu'une seule explication : des inculpations étaient dans les tuyaux.

35.

Le lendemain, Jake se rendit chez les Stafford pour apporter un gâteau au chocolat que Carla avait préparé, ainsi qu'un bouquet de fleurs. C'est Margot qui ouvrit. Elle l'invita à entrer dans le salon où se tenait Honey, la grand-mère. Jake lui transmit ses condoléances. La maison était aussi sombre et lugubre qu'une salle funéraire. Elles étaient contentes de sa visite et lui proposèrent du café et une part de gâteau. Il n'avait aucune envie de s'attarder, mais il devait parler à Margot. Elle le conduisit dans la cuisine et ils échangèrent un sourire quand il découvrit les monceaux de victuailles.

— Vous voulez emporter du poulet frit ? vingt, trente morceaux ? demanda Honey avec un petit sourire.

— Ou cinq six ragoûts ? renchérit Margot.

Helen passa dire bonjour. Jake répéta à quel point il était désolé. Les deux sœurs et la grand-mère semblaient avoir pleuré tout le week-end, et c'était sans doute le cas. Helen quitta rapidement la pièce.

— Elle est encore sous le choc, murmura Honey. Comme nous tous.

Jake, ne sachant que dire, mordit dans son gâteau. Le téléphone sonna et la grand-mère alla répondre. Jake tendit aussitôt une enveloppe à Margot.

— Lis ça plus tard quand tu seras seule. C'est confidentiel.

Elle acquiesça et rangea le courrier dans la poche de son jean.

Jake termina son gâteau, son café et annonça qu'il devait retourner au cabinet. Honey le remercia de sa visite et Margot le raccompagna à la porte.

Il lui fit un petit signe en repartant en voiture.

Dans la lettre, il lui indiquait d'éviter les téléphones. Si elle voulait parler, elle devait passer en personne au bureau ou appeler sa secrétaire chez elle. Et il lui donnait le numéro où joindre Mack.

36.

Le grand jury fédéral était réuni dans le palais de justice d'Oxford pour sa session mensuelle. Dix-huit jurés, tirés au sort dans onze comtés, devaient faire leur devoir de citoyen pendant six mois. Et tous étaient pressés d'en finir.

Le programme du jour commença par l'échantillon classique des affaires de drogue – fabrication, distribution et vente au détail. En une heure, quatorze inculpations avaient été prononcées. C'était déprimant comme travail. Les jurés n'en pouvaient plus des trafiquants et de leurs petites magouilles. Il y eut ensuite un cas un peu plus intéressant, celui d'une bande de voleurs de voitures qui sévissait dans la région. Cinq mises en accusation de plus.

L'affaire J. McKinley Stafford était la suivante. Judd Morrissette, le procureur fédéral adjoint, présenta les faits, qui étaient désormais établis. Stafford, en tant qu'avocat, avait spolié des clients à son profit, un délit qui relevait de la juridiction de l'État du Mississippi, mais le contrevenant s'était rendu coupable d'une déclaration de faillite frauduleuse, ce qui était un délit fédéral !

L'agent spécial Nick Lenzini prit le relais et distribua des copies des accords financiers, de la déclaration de faillite personnelle, des témoignages des clients trompés, Odell Grove et Jerrol Baker, et de celui de Freda Wilson, ainsi que la copie des transferts de fonds vers des comptes secrets.

Morrissette présenta les documents du fisc montrant que M. Stafford n'avait pas déclaré de revenus depuis quatre ans.

— Il s'agit de l'avocat de Clanton qui a volé de l'argent et qui a disparu ? s'enquit un juré.

— Exactement, répondit Morrissette.
— Vous savez où il est ?
— Pas encore. Mais cela ne saurait tarder.

En moins d'une demi-heure, Mack fut inculpé pour faillite frauduleuse, un délit passible de cinq ans de prison et de deux cent cinquante mille dollars d'amende. Zélé, le grand jury l'inculpa aussi pour quatre fraudes fiscales, punies de la même peine. À la demande de Morrissette, les jurés décidèrent que les mises en accusation resteraient sous scellés jusqu'à nouvel ordre, car M. Stafford risquait de s'enfuir.

37.

Jake se trouvait au tribunal de la chancellerie, en compagnie d'une dizaine de collègues, attendant que le juge Reuben Atlee s'installe dans son fauteuil et prononce ses injonctions de routine. Harry Rex avait posé son gros postérieur sur une table, et racontait une anecdote : sa cliente en instance de divorce venait de le virer pour la troisième fois ! Jake entendait cette histoire aussi pour la troisième fois. Quand l'huissier demanda le silence, Harry Rex murmura à Jake :

— Retrouve-moi dans la bibliothèque dès que possible.

La bibliothèque du palais de justice se situait au deuxième étage et était rarement fréquentée, au point que le conseil des superviseurs du comté envisageait de jeter à la benne tous ces vieux manuels de droit et de transformer l'endroit en lieu de stockage. Juges et avocats étaient farouchement opposés à cette mesure, ce qui engendrait une bataille d'ego comme il y en a tant dans les petites villes. Autrefois, Harry Rex avait repéré un conduit de ventilation par lequel il pouvait entendre les délibérations dans la salle des jurés. Malheureusement, des travaux de rénovation avaient bouché ce système d'écoute.

Quand les deux hommes furent seuls, Harry Rex annonça :

— Lowell convoque son grand jury demain. À Smithfield.
— Quoi ?

— Tu m'as très bien entendu. Le grand jury du comté de Ford va se tenir à Smithfield.

— Dans un autre comté ?

— C'est une première, je sais. J'ai consulté le règlement. C'est pas clair. Mais c'est écrit nulle part que c'est interdit.

— Pourquoi il fait ça ?

— Parce qu'il veut être discret. Il a dit aux jurés que la réunion était absolument confidentielle et qu'ils ne devaient en parler à personne.

— Tu penses qu'il s'agit de Mack ?

— À tous les coups ! Je ne vois pas quelle autre affaire pourrait les intéresser à ce point. Lowell ne se tape que des cas sans intérêt : cambriolages, bagarres dans des bars, petits vols. Là, c'est du pain béni !

Jake secoua la tête.

— C'est vrai. Les gens sont trop honnêtes ici ! Au cabinet, c'est la disette. On manque cruellement de crimes.

— Ce ne peut être que pour Mack. Lowell a peur qu'il se fasse à nouveau la belle. Alors il veut obtenir une inculpation loin de Clanton, puis il va attendre tranquillement que quelqu'un trouve Mack et l'arrête. Je suis certain qu'il suit les instructions du FBI.

Cette nouvelle était effectivement très inquiétante. Comment Harry Rex était-il au courant ? La question lui brûlait les lèvres, mais Jake savait qu'il n'aurait pas la réponse. Son meilleur ami avait ses voies mystérieuses et son réseau de renseignements. Parfois, il partageait ses infos – parfois seulement. En revanche, jamais il ne révélait ses sources.

— Tu crois que les fédéraux ont un coup d'avance ?

— En tout cas, ils ont une mise en accusation de leur côté et se la gardent sous le coude. Et ils ont donné le feu vert à Lowell. Ce qui est futé. Comme ça, il y a une inculpation au niveau fédéral et local, le grand jeu, quoi ! Et maintenant, tout le monde cherche Mack.

— Je te rappelle que tu es son avocat. Tu lui conseillerais quoi ?

— Tire-toi à nouveau !

38.

Deux semaines après l'enterrement de sa mère, et dix jours après avoir emménagé chez ses grands-parents, Margot se réveilla à 8 heures un samedi matin, autant dire à l'aube pour elle, se doucha rapidement et s'habilla. À la table du petit-déjeuner, elle se montra affable avec Hermie et Honey – parce qu'ils faisaient l'effort de l'être –, mais la tension était palpable. Les Bunning voulaient imposer leurs règles, et Margot était déterminée à n'en faire qu'à sa tête. L'une d'entre elles était le respect – le respect pour les grands-parents, des grands-parents nourriciers en l'occurrence. Elle l'acceptait sur le principe mais leur demandait en retour le même respect, qu'ils reconnaissent qu'à dix-sept ans, elle pouvait prendre ses décisions toute seule. Elle avait rendez-vous à 13 heures avec le responsable des admissions au Millsaps College de Jackson et elle se sentait parfaitement capable de s'y rendre en voiture. Son voyage au Rhodes College à Memphis s'était déroulé sans problème. Hermie et Honey étaient contre cette nouvelle expédition en solo et mirent leur veto – grosse erreur. Une discussion s'ensuivit et même si personne n'éleva le ton ni ne proféra de paroles malheureuses, deux évidences s'imposèrent : les Bunning n'étaient plus de taille à jouter verbalement avec leur petite-fille, et Margot n'avait aucune intention de passer l'année à leur obéir.

Elle prit donc la route à 10 heures, heureuse de pouvoir mettre la musique qu'elle voulait et d'avoir une journée de liberté totale.

Elle n'était jamais allée à Millsaps, ne connaissait personne là-bas, mais savait déjà que ce ne serait pas son premier choix. Comme Rhodes, l'établissement était bien trop près de la maison. Toutefois, elle allait le visiter, prendre leurs brochures et les laisserait bien en évidence sur la table de la cuisine. Elle déposerait sa candidature à l'automne, comme à Rhodes et à Ole Miss, et peut-être dans d'autres établissements de la région. Elle ferait mine de pencher pour Ole Miss, les frais de scolarité n'étaient pas trop élevés pour cette université publique, et cela rassurerait Hermie. Elle se dirait préoccupée devant la montagne de paperasse à remplir pour son inscription, jouerait l'inquiète, l'angoissée, et de temps en temps demanderait conseil à ses grands-parents pour les amadouer – sans bien sûr leur avouer qu'elle visait en fait deux écoles d'art très loin à l'ouest. Elle ne le révélerait pas non plus à Helen. Plus tard peut-être, quand elle aurait mûri, quand elle aurait fini de jouer la petite-fille modèle. Enfin, ce n'était pas pour demain.

La disparition de leur père et le divorce de leurs parents avaient forcé Margot à grandir vite, à se méfier des autres. Elle cachait ses émotions et ses sentiments, et offrait rarement son amitié. Elle avait pris la décision de quitter définitivement la maison et ne reviendrait qu'en cas de nécessité absolue. Elle allait rompre tout contact avec sa bande de copines, qu'elle connaissait depuis l'enfance. Et le plus tôt serait le mieux. Le vaste monde l'attendait. Vivement que sa petite sœur mûrisse à son tour, qu'elle échappe elle aussi à ce carcan ; mais Helen paraissait coincée dans l'âge prépubère, prise entre des désirs puérils et une apathie perpétuelle. Depuis la mort de Lisa, elle s'était encore plus rapprochée d'Honey. Elles passaient leur journée à pleurer et Margot n'en pouvait plus de ces lamentations.

Millsaps se situait dans le centre-ville de Jackson. Elle s'arrêta à la cafétéria pour avaler un sandwich. À 13 heures, elle avait rendez-vous avec un conseiller du service des admissions. Il lui débita le discours habituel : établissement à taille humaine, mille étudiants, une grande exigence sur les matières fondamentales, beaucoup d'activités périscolaires, du sport, des championnats et des clubs en pagaille pour tous les goûts. Tout était indiqué dans la brochure. Margot rejoignit ensuite un groupe de cinq autres lycéens comme elle, et un étudiant de troisième année leur fit visiter l'établissement. Il adorait cet endroit et n'aurait voulu être nulle part ailleurs. Ils s'installèrent sur des bancs sous un chêne vénérable et burent des sodas, tandis que le jeune guide répondait à toutes leurs questions.

Après deux heures passées sur un campus où elle ne remettrait jamais les pieds, Margot avait hâte de partir. Au moment où son groupe se dispersait, son père apparut entre deux bâtiments. Ils marchèrent un peu en silence pour être à l'écart des oreilles indiscrètes.

— Alors ? Millsaps ?

— C'est chouette. Je vais déposer ma candidature. Où tu étais ?

— Dans le coin. Je me promenais. (Il désigna le terrain de football.) Viens, ce n'est pas fermé à clé.

— Tu es là depuis combien de temps ? s'enquit-elle.

— Assez pour avoir repéré les lieux.

— Tu as peur d'être suivi, c'est ça ?

— Par les temps qui courent, on ne sait jamais.

Ils franchirent le portail, grimpèrent dans les tribunes et s'assirent côte à côte, en gardant néanmoins une certaine distance. De l'autre côté de la pelouse, un homme chargé de l'entretien passait la tondeuse.

— Comment ça va ? demanda-t-il doucement après un long silence.

Pendant un moment, elle ne répondit pas.

— On fait aller. C'est dur pour tout le monde.

— Je suis désolé pour ta mère.

— Dans ta bouche, ça sonne faux.

— Que veux-tu que je te dise ? Lisa ne me manque pas, pourtant sa mort m'attriste. Elle est morte bien trop jeune. J'essaie d'être attentionné, je veux juste te présenter mes condoléances.

— Message reçu. On survivra.

Encore un autre silence gêné.

— Et Helen ? Elle tient le coup ?

— Elle pleure beaucoup. Ça en devient pathétique.

— Tu lui as dit qu'on se voyait ?

— Toujours pas. Elle n'arrivera pas à gérer. Vu son état de nerfs, elle va flipper si je lui dis que tu es revenu et que tu veux reprendre ton rôle en douce.

— En douce ?

— C'est bien le cas, non ?

— Je veux rétablir un lien avec mes filles, en commençant par toi. Je t'ai présenté mes excuses, et si tu veux encore me reprocher d'être un lâche, un crétin et un escroc, vas-y.

— Les reproches aussi, j'en ai ma claque.

— Tu m'en vois ravi. J'aimerais juste être ton père à nouveau.

— C'est fait, non ?

— C'est gentil de me dire ça. Parce que j'ai de mauvaises nouvelles.

Elle haussa les épaules.

— Je suis tout ouïe.

— Je dois m'en aller à nouveau.

— Ben voyons ! C'est ce que tu fais toujours, Mack. Dès que ça se corse, tu te barres. C'est quoi le problème, cette fois ?

— Je crois que les flics se rapprochent. Il faut que je me fasse oublier un moment, le temps que les choses se tassent.

Elle soupira, resta silencieuse.

— Je suis désolé, Margot. Mon retour ne se passe pas exactement comme prévu.

— Que veux-tu que je réponde à ça ? Je ne sais rien de tes plans.

— C'est vrai. J'espère juste que tu me crois. Je ne veux pas partir. Je voudrais pouvoir rester, être à côté de toi et Helen, vivre une vie normale. Je suis fatigué de me cacher, Margot. Ce n'est pas une vie agréable, et vous me manquez tellement.

Lentement, la jeune fille s'essuya les yeux. Elle regarda longtemps le jardinier sur sa tondeuse qui bourdonnait au loin.

— Tu seras parti combien de temps ? articula-t-elle enfin.

— Je ne sais pas. Je vais être officiellement accusé de plusieurs délits. Ce sera dans les journaux. Encore une fois, je te présente mes excuses. Et je ne veux pas aller en prison, Margot. C'est pour ça que je dois partir. Mes avocats géreront tout ça et avec le temps, on trouvera le moyen de négocier.

— Négocier ?

— Avec de l'argent, pour effacer l'ardoise.

— Et t'acheter une nouvelle liberté ?

— Quelque chose comme ça. Ce n'est pas forcément juste pour ceux qui ont été spoliés, mais c'est comme ça que tourne le monde.

— Peu importe. Je n'y comprends rien et je ne veux pas savoir.

— Je ne te le reproche pas. Crois-moi, je n'ai pas le choix. Oui, je « me barre » comme tu dis.

— C'est toi qui vois.

— Cette fois, je veux rester en contact. Jake Brigance a une secrétaire. Elle s'appelle Alicia.

— Je la connais.

— Passe au cabinet et elle te donnera un jeu d'enveloppes timbrées avec une adresse au Panama. Et de mon côté, quand je t'écrirai, j'enverrai le courrier à Alicia. Appelle-la chez elle si tu as besoin de quoi que ce soit, mais surtout ne téléphone pas sur la ligne pro du cabinet.

— C'est illégal ?

— Non. Jamais je ne te demanderai de faire quelque chose de répréhensible. Je t'en prie, fais-moi confiance.

— Je commençais à peine à baisser la garde, et voilà que tu disparais à nouveau !

— Je suis désolé Margot, je n'ai vraiment pas le choix.

— Et pour l'école ?

— Je t'ai fait une promesse et je compte bien la tenir. Tu as choisi ?

— Oui. Le Rocky Mountain College of Art and Design, à Denver.

— C'est exotique !

— Je compte me lancer dans le design de mode. J'ai déjà eu les admissions au téléphone.

— C'est bien. Je vois que ça te plaît.

— J'ai tellement hâte, Mack. S'il te plaît, ne merde pas pour ça aussi.

— Promis. Je pourrai passer te voir ?

— Sérieux ?

— Bien sûr. Margot, je veux faire partie de ta vie.

— Tu es sûr que c'est une bonne chose pour moi ?

— Toujours aussi peste, jeune fille ! lâcha Mack, ne pouvant s'empêcher de sourire.

Elle lui sourit aussi et finalement ils s'esclaffèrent.

Il la raccompagna à sa voiture sans un mot.

Puis vint le temps des adieux.

— Il faut que je file, déclara Mack. Je t'en prie, restons en contact.

Ses yeux brillaient quand elle le regarda.

— Oui, on reste en contact, et fais attention à toi, Mack.

— J'y compte bien. (Il fit un pas vers elle.) Je serai toujours ton père et je t'aimerai toujours.

Elle l'entoura de ses bras et se serra contre lui.

Enfin !

— Je t'aime, papa.

39.

Mack prit l'I-20, cap à l'ouest. Il roula une heure jusqu'à Vicksburg et gagna le mémorial de la fameuse bataille de la guerre de Sécession, une de plus perdue par les sudistes. Il se gara devant l'accueil, marcha jusqu'au cimetière, et monta au sommet d'une petite colline où quelques tables de pique-nique étaient installées à proximité d'une batterie de canons. Au loin, les méandres du Mississippi miroitaient au soleil. L'endroit était désert. Une seule table était occupée - deux types, assis face à face, vidant consciencieusement un gros paquet de cacahuètes grillées. Pour faire passer le tout, l'un buvait une canette de bière XXL, l'autre juste de l'eau. Les deux étaient en jean, chemisette de golf et coiffés de casquettes.

— Tu as un quart d'heure de retard ! grogna Harry Rex en voyant Mack arriver.

— Salut les gars, répondit-il en piochant une poignée de cacahuètes.

— Alors Millsaps ? C'est comment ? demanda Jake.

— Chouette, mais trop proche de la maison. Elle veut mettre plus de distance.

— Elle n'a pas tort, lança Harry Rex en mâchonnant.

— Quelles nouvelles ? s'enquit Mack.

— Le grand jury du comté de Ford s'est prononcé. Je ne sais pas combien de chefs d'accusation tu as au cul, mais c'est déjà beaucoup trop. Et je suis sûr que les fédéraux ont fait la même chose.

— Herman est derrière tout ça, maugréa Mack. Quelqu'un a forcément poussé à la roue.

— Oui, c'est bien son genre, répondit Harry Rex.

— Il est furax parce que sa fille est morte et qu'il se retrouve avec deux ados sur les bras. J'ai sous-estimé son pouvoir de nuisance.

— Comme nous tous, concéda Jake.

— Quelle chance on a d'obtenir un accord ?

Harry Rex croqua une cacahuète, cracha la cosse par terre où s'amoncelait déjà un beau tas, et regarda Jake en coin.

— C'est toi le pénaliste.

— On t'écoute, Jake.

— En tant qu'ami, simple ami, je dirais laissons du temps au temps. L'affaire va suivre son cours, sortir dans la presse. Tu vas faire la une pendant un mois et si tu es arrêté...

— Je ne serai pas arrêté.

— Très bien, s'ils ne te trouvent pas, alors tôt ou tard, ils vont se désintéresser de ton cas. Fais-toi oublier quelques mois, peut-être une année, et on ira prendre la température, pour voir si on peut négocier un remboursement, une amende, et passer à autre chose.

— C'est bien ce que je me dis.

— Et moi, en tant qu'avocat, intervint Harry Rex, je te conseille d'assumer tes responsabilités, de répondre de tes actes devant la justice. Je ne peux pas te dire de fuir le pays.

— Jake ?

— Sauve-toi ! Rien de bon ne t'attend ici. Retourne au Costa Rica et profite de la vie.

Mack sourit et mangea une cacahuète. Il les regarda tour à tour.

— Merci les gars. Merci pour tout. On reste en contact.

Sur ce, il tourna les talons et s'éloigna.

Mack roula pendant six heures et fit halte dans un motel près de Waco. Il dormit tard le dimanche matin, mangea des scones et des œufs dans un relais routier, puis conduisit sept heures encore jusqu'à Laredo. Il laissa sa Volvo sur le parking d'un hôtel miteux, avec les clés sur le contact, et prit un taxi. Il avait dans son sac quelques vêtements, quarante mille dollars en liquide et quatre passeports.

Le soir, il traversa le pont qui emjambait le Rio Grande et à nouveau, il quitta le pays.

LA LUNE DES FRAISES

1.

Il fallut un recours auprès de la cour fédérale pour que Cody puisse avoir accès à sa collection de livres de poche – près de deux mille titres. Les ouvrages couvrant les trois murs de sa cellule étaient rangés, dans un ordre parfait, par nom d'auteur. Il les avait tous lus au moins deux fois, et pouvait retrouver un volume en un rien de temps. Il s'agissait presque exclusivement de romans. Cody ne s'intéressait guère aux sciences, à l'histoire, à la religion – des sujets rasoir, selon lui. La fiction le faisait voyager dans d'autres mondes, d'autres endroits, et il passait ses journées, ses nuits en solitaire, le nez plongé dans un bouquin.

Les livres étaient partout – uniquement des exemplaires de poche parce que des administrateurs avisés avaient décrété voilà des lustres que les ouvrages à couverture rigide pouvaient être utilisés comme des armes, du moins par les détenus. Le fichier fédéral ne recensait aucun cas de ce genre dans tout le pays – personne n'avait jamais été agressé avec une édition reliée, mais l'univers carcéral avait ses règles obscures. Dans le couloir de la mort, tout pouvait être dangereux. En outre, les livres d'occasion étaient des cadeaux d'une vieille dame, et sa maigre retraite ne lui permettait pas d'acheter et d'envoyer par la poste de gros livres cartonnés. Sans parler de la question de la place. La collection de Cody datait de douze ans à présent, et selon toute vraisemblance, elle ne grandirait plus. Même si Cody échappait à l'exécution – ce qui était peu probable –, sa cellule ne pouvait plus accueillir le moindre volume supplémentaire, et il était impossible de transférer le condamné dans une cellule plus grande – elles faisaient toutes la même taille : deux mètres cinquante sur trois.

Dans un coin étaient installés un lavabo et des toilettes en inox, avec au-dessus une petite télévision couleur accrochée au mur. C'était une Motorola, un don d'une association caritative. Quand elle était arrivée, voilà dix ans, Cody avait fondu en larmes, submergé par l'émotion. Cody et les quelques chanceux qui en avaient une pouvaient regarder le programme qu'ils voulaient de 8 heures à 22 heures, une plage arbitraire imposée par les mêmes administrateurs avisés, sans autre explication.

Son lit était une saillie de béton, couverte d'un fin matelas de mousse. Et après quatorze années de détention, il avait fini par s'y faire. Au-dessus se trouvait autrefois un lit superposé avec un sommier en fer, à une époque où il y avait deux hommes par cellule dans le couloir de la mort. Le règlement avait changé, et les lits avaient été remplacés. Alors Cody avait couvert de rayonnages le mur au-dessus de son matelas. Les dos des livres étaient de toutes les couleurs et égayaient son petit cube gris. Quand il arrêtait ses lectures, souvent il s'asseyait sur sa paillasse et contemplait les parois tapissées du sol au plafond d'un camaïeu d'histoires étourdissantes qui l'avaient transporté aux quatre coins de la planète. La plupart des hommes dans le couloir de la mort perdaient la raison. Un effet de l'enfermement en solitaire. Mais l'esprit de Cody avait tenu bon, un esprit vif, hyperactif, toujours curieux. Et tout ça grâce à ses livres.

Parfois, il prêtait un volume à un autre condamné à mort, mais uniquement à ceux qu'il aimait bien. Ils étaient peu nombreux. Si on ne le lui rendait pas, Cody piquait une crise et les surveillants devaient intervenir. Une fois par semaine, un détenu de confiance, avec son chariot, arrivait de la bibliothèque des quartiers ordinaires de la prison et lui apportait deux livres, jamais plus – bien sûr, tous en piteux état. Les livres de poche étaient déchirés, écornés, couverts de taches, et souvent la couverture avait disparu, quand ce n'étaient pas des feuillets entiers. Quel malade pouvait arracher une page ou deux juste pour gâcher le plaisir du prochain lecteur ? Mais la prison regorgeait de ce genre de pervers.

Cody n'avait jamais vu la collection de livres de la prison, mais il était certain que la sienne était mieux rangée et plus fournie.

Le quatrième mur disposait d'une grille, avec une porte au milieu équipée d'une fente pour passer les plateaux-repas. Juste en face se trouvait la cellule de Johnny Lane, un Noir qui avait tué sa femme et ses deux enfants d'un premier lit, dans un accès de rage dû à la drogue. Quand il était arrivé neuf ans plus tôt, il était quasiment analphabète. Cody lui avait appris à lire et lui avait prêté beaucoup de livres. Puis Johnny était tombé dans la religion et ne lisait plus que la Bible. Des années plus tôt, il s'était convaincu que Dieu l'appelait pour répandre la bonne parole, alors il scandait à tue-tête ses longs sermons. Les résidents du couloir s'étaient plaints et le calme était revenu. Quand Johnny comprit finalement que Dieu ne viendrait pas le sauver, il se recroquevilla au fond de sa cellule et occulta la grille avec ses draps et de vieux cartons pour s'isoler du reste du monde. Il refusait les deux douches hebdomadaires autorisées par l'administration pénitentiaire, ainsi que l'heure quotidienne de promenade. Il mangeait à peine, et ne s'était pas rasé depuis des lustres. Cody n'avait plus vu ni parlé à Johnny, qui pourtant dormait à six mètres de lui.

La prison était très stricte concernant les possessions des condamnés à mort. Dix livres par personne. Tel était le règlement jusqu'à ce que Cody lance un recours en justice. À l'époque, le directeur l'avait mal pris, surtout quand Cody avait eu gain de cause à la cour fédérale. En quatorze ans, le détenu, sans avocat ni aide d'aucune sorte, avait porté plainte cinq fois : livres, télévision, nourriture, exercices physiques ; et il avait gagné tous ses procès, sauf celui concernant la climatisation et le chauffage.

Mais aujourd'hui ses actions en justice s'arrêtaient là. Comme son existence. Il lui restait trois heures à vivre. Son dernier repas avait été commandé : une pizza pepperoni surgelée avec un milk-shake à la fraise.

2.

Le surveillant en chef s'appelait Marvin, un Afro-Américain qui veillait sur son fief depuis plus de dix ans. Il aimait bien son boulot parce que les détenus dans le couloir de la mort étaient isolés et causaient rarement de problèmes. Marvin s'efforçait de bien traiter ses pensionnaires et demandait à ses hommes d'en faire de même. La plupart suivaient ses consignes. Bien sûr, il y avait des brebis galeuses, et certains surveillants étaient carrément cruels. Mais Marvin ne pouvait être présent vingt-quatre heures sur vingt-quatre pour veiller au grain.

Un bourdonnement électrique retentit au bout du couloir et une grosse porte s'ouvre avec un bruit sourd. Quelques secondes plus tard, Marvin apparaît devant la cellule de Cody et se penche vers les barreaux.

— Comment ça va, Cody ?

Le couloir est silencieux – pour une fois –, hormis le son des télévisions mises en sourdine. Adieu, le vacarme ordinaire. C'est un grand soir, celui d'une exécution. Les condamnés se sont renfermés dans leur bulle car soudain la réalité de leur condition les frappe de plein fouet. C'est bien vrai. Ils seront les suivants.

Cody est assis sur son lit et regarde la télé. Il salue Marvin d'un signe de tête, se lève et pointe la télécommande vers l'écran. Le son de la présentatrice du JT s'amplifie :

« *L'exécution de Cody Wallace est toujours prévue pour aujourd'hui. Malgré les recours habituels de dernière minute, l'injection létale devrait être pratiquée dans trois heures, à 22 heures. Une demande de grâce a été déposée auprès du gouverneur, mais il n'a pas encore donné sa réponse.* »

Cody s'approche de l'appareil.

« *Depuis quatorze ans, Cody Wallace est dans le couloir de la mort, condamné pour le meurtre de Dorothy et Earl Baker au cours d'un cambriolage à leur domicile qui a mal tourné.* »

À l'écran, apparaissent les photos des deux victimes.

« *Le frère du meurtrier, Brian Wallace, est mort sur les lieux de l'attaque. Cody Wallace n'avait que quinze ans quand il a été condamné à la peine capitale, et si l'exécution a lieu, il sera le plus jeune condamné à mort de l'État. Les experts ne pensent pas qu'il y aura un autre ajournement.* »

Cody éteint la télévision et s'approche de la grille.

— On y est, Marvin. Si Channel 5 dit que c'est pour maintenant, c'est que je suis déjà mort.

— Je suis désolé, articule Marvin à voix basse.

Il ne veut pas que les autres détenus l'entendent.

— Ne le soyez pas, Marvin. On savait l'un et l'autre que ça devait arriver un jour. Il faut en passer par là.

— Je peux faire quelque chose pour toi ?

— Non, plus maintenant. Mais vous auriez pu m'aider à m'évader il y a quelques années. On a raté l'occase.

— Oui, c'est trop tard. Ton avocat est ici. Il veut te voir. Tu es d'accord ?

— Pas de problème. Et merci, Marvin. Merci pour tout.

Le surveillant s'éloigne et disparaît. La porte du couloir s'ouvre à nouveau et Jack Garber apparaît, avec une pile de dossiers dans les bras. Il a des cheveux longs retenus par une queue-de-cheval, un costume froissé – le cliché de l'avocat défendant des causes perdues.

— Comment ça va, fiston ? demande-t-il dans un murmure.

— Super. De bonnes nouvelles ?

— La Cour suprême n'arrive pas à se décider depuis ma demande, ces crétins tournent en rond ! Et rien côté gouverneur, mais il ne se prononcera pas avant que les vieux juges nous aient claqué la porte au nez. Ce n'est qu'à ce moment que le grand homme sortira de son palais pour faire sa déclaration.

— Il a déjà accordé sa grâce à la dernière minute ?

— Non. Bien sûr que non.

— Et durant sa campagne, il a promis encore plus de fermeté et d'exécutions, il me semble ?

— Je crois bien.

— Alors pourquoi perdre notre temps avec le gouverneur ?

— Tu as une meilleure idée ? Nous sommes à court de solutions, Cody. Ça commence à être chaud.

— Brûlant, tu veux dire ! s'esclaffe-t-il. (Il se reprend et baisse la voix.) Dans trois heures, je serai sanglé sur ce putain de brancard avec une aiguille dans le bras, alors oui, Jack, c'est chaud. Va savoir pourquoi, je ne me sens pas en sécurité !

Cody se rapproche de la grille. L'avocat et son client se regardent un moment sans un mot.

— C'est fini, n'est-ce pas ?

Jack secoue la tête.

— Non. Mais presque. J'en suis réduit à jeter des bouteilles à la mer.

— J'ai combien de chances ?

— Je ne sais pas, répond l'avocat en haussant les épaules. Une sur cent. On est vraiment au bout du bout.

Cody s'approche encore. Leurs nez se touchent presque.

— C'est fini et c'est tant mieux. J'en ai assez du psychodrame, assez d'attendre, assez de la nourriture. Je suis tellement fatigué, Jack. Je suis prêt à partir.

— Ne dis pas ça. Il ne faut pas baisser les bras.

— Je suis ici depuis quatorze ans. J'en ai ma claque.

— La Cour suprême déclarera un jour qu'il n'est pas décent de condamner des mineurs à la peine de mort, mais ça n'arrivera pas ce soir.

— J'avais quinze ans au moment du procès, avec un avocat complètement nul. Le jury nous a détestés, lui autant que moi. Je n'avais pas la moindre chance, Jack. Si seulement ça avait été toi, on n'en serait pas là.

— Je sais.

— À bien y réfléchir, je n'ai jamais eu de chance dans la vie. À aucun moment.

— Je suis désolé, Cody.

Le jeune homme recule d'un pas et sourit.

— Pardon pour l'auto-apitoiement.

— Aucune importance. Tu as bien le droit.

— À combien d'exécutions tu as assisté, Jack ?

— Trois.

— Ça te suffit ?

— Largement.

— Parfait, parce que je ne veux pas que tu me regardes mourir. Je ne veux aucun témoin. C'est d'accord ? Laissons les Baker prier, pleurer et applaudir tranquillement quand je lâcherai mon dernier souffle. Faut croire que je le mérite. Peut-être qu'ils se sentiront mieux après. Mais moi, je veux que personne ne me pleure.

— Tu es sûr ? Je peux être là, tu sais.

— Non. J'ai pris ma décision, Jack. Tu t'es battu comme un lion pour me garder en vie. Pas question que tu me voies mourir.

— Comme tu voudras. C'est toi qui décides.

— Exactement.

Jack paraît soulagé et consulte sa montre.

— Il faut que je file. Je vais appeler la Cour suprême. Je reviens dans une heure.

— C'est ça ! Va leur mettre la pression !

Jack sort. La porte au loin se referme dans un claquement métallique. Cody s'assied sur son lit, pensif. Le bourdonnement de la serrure électrique se fait entendre à nouveau au bout du couloir. C'est Marvin.

— Qu'est-ce qu'il y a encore ? demande le prisonnier en se levant.

— Le directeur est ici et il veut revoir avec toi la procédure.

— On l'a déjà fait hier, non ?

— Il veut recommencer. (Marvin se penche vers le jeune homme et chuchote.) Il est plutôt nerveux. C'est sa première exécution.

— Moi aussi.

— C'est vrai. Mais il a besoin de repasser tout en revue, le protocole, les procédures... Tu acceptes de jouer le jeu ? C'est mon patron.

— Pourquoi est-ce que je serais gentil avec le directeur ? Dans trois heures, je suis mort.

— Allez, Cody. Il va venir avec un toubib. S'il te plaît, ne pose pas de problème.

— Un médecin ?

— Oui. Ça fait partie du règlement. Ils veulent s'assurer que tu es en état de subir la piqûre.

Cody éclate de rire.

— C'est une blague ?

— Non, je t'assure. Personne n'a envie de plaisanter ce soir.

Cody recule d'un pas et se tord de rire, à la limite de l'hystérie. À ce moment-là, le directeur et le médecin en blouse blanche apparaissent derrière les barreaux. Le directeur de la prison a dans les mains un carnet avec ses notes. Et oui, il est tendu. Cody, finalement, revient vers la grille. Le médecin garde ses distances.

— Très bien. Wallace, comme je vous l'ai expliqué hier, nous avons un protocole à suivre. C'est comme ça, ce n'est pas moi qui fais les lois. C'était déjà écrit avant que je prenne mes fonctions. Je vous présente le Dr Paxton, le médecin en chef de la prison.

— Ravi de vous rencontrer, répond Cody.

À contrecœur, Paxton le salue d'un signe de tête.

— Nous devons procéder à un examen médical, poursuit le directeur. C'est la règle avant une exécution. Et la raison de la présence du Dr Paxton.

— C'est parfaitement sensé. Comme toutes vos règles, monsieur le directeur.

— Ce ne sont pas les miennes.

— C'est votre première exécution, à ce qu'il paraît ? Vous semblez un peu inquiet.

— Je sais parfaitement ce que je fais.

— Détendez-vous, monsieur le directeur. On va s'en sortir tous les deux.

— Vous voulez bien vous approcher et coopérer ?

Cody revient à la grille et passe son bras entre les barreaux. Paxton s'empresse d'enfiler une paire de gants et referme un brassard autour du bras de Cody. Avec un stéthoscope, il vérifie sa tension, puis l'ausculte ici et là. Un examen rapide.

Le directeur consulte son calepin.

— Vous n'avez toujours pas de témoins ? Pas un seul ?

— Monsieur le directeur, je suis ici depuis quatorze ans, deux mois et vingt-quatre jours, et je n'ai jamais eu le moindre visiteur, personne hormis mon avocat. Je n'ai pas de mère, pas de père, ni frères et sœurs, ni cousins, pas de famille. Pas d'amis, ni ici, ni dehors. Qui voulez-vous que j'invite à mon exécution ?

— Très bien. Et pour la suite ?

— La suite ? Vous voulez dire pour mon cadavre ? Brûlez-le. Au four ! Et balancez mes cendres dans les chiottes. Je veux qu'il ne reste rien de moi. C'est clair ?

— Parfaitement.

Paxton lâche son stéthoscope et ôte le brassard.

— 15-10. C'est un peu élevé.

Cody retire son bras.

— Un peu élevé ? On se demande bien pourquoi.

— Le pouls est à 95. Au-dessus de la normale.

— La normale ? Qu'est-ce qui est normal, quand on sait qu'il vous reste trois heures à vivre ? Je ne peux pas avoir un sédatif, un truc qui m'envoie dans les choux ?

— Vous avez droit à deux Valium, répond Paxton d'un ton clinique.

— Des Valium ? Ça ou rien, c'est pareil. Putain, vous allez m'assassiner ! Vous avez pas du crack ou de la bière, au moins ?

Le directeur intervient :

— Désolé, il y a un règlement.

— C'est ça. Et l'une de vos règles, c'est que je sois en bonne santé pour pouvoir me tuer.

— Exact. C'est écrit noir sur blanc.

Cody s'esclaffe à nouveau, en secouant la tête à la fois d'incrédulité et de dégoût. Le médecin et le directeur sont peut-être pressés d'en finir, mais pas lui :

— Il y a dix ans, bien avant que vous ne soyez ici, il y avait un gars, Andy Hachefeld, un vrai méchant celui-là. Tout le monde l'appelait Hache. Il avait tué un tas de gens, eh oui, la hache c'était son truc. Bref, la date de son injection a été finalement arrêtée et la veille d'y passer, Hache s'est bourré d'antidouleurs et de Valium qu'il avait conservés au fil des années. Il était bon pour une overdose. Les matons l'ont trouvé par terre dans sa cellule en train d'agoniser. Ils l'ont sorti dare-dare. Je parie qu'il y a une règle, elle aussi écrite noir sur blanc : interdiction de se tuer dans le couloir de la mort, et surtout pas avant le jour J ! Alors ils ont paniqué et ont conduit Hache à l'hosto, lui ont vidé l'estomac, l'ont ressuscité comme qui dirait, et l'ont ramené juste à temps pour sa piquouse.

— Vous avez terminé ? s'impatiente le directeur.

— Pour tout vous dire, je n'aimais pas ce salopard et j'étais bien content qu'il ne soit plus là.

— C'est bon, c'est fini ?

— Presque. Il me reste deux heures et quarante minutes.

Le Dr Paxton s'éclaircit la voix :

— J'aimerais bien achever mon examen.

Cody le fusille du regard.

— C'est vous qui allez constater ma mort ?

— Oui, c'est moi. Ça fait partie de mon métier.

— Votre métier ? C'est ça que vous rêviez de faire quand vous étiez en fac de médecine ?

— Ça suffit, Wallace, lance le directeur.

— Qu'est-ce qui s'est passé pour que vous ayez ce boulot de merde ? Vous êtes arrivé dernier de votre promo, pas vrai ?

— Assez ! s'agace le directeur.

— Vous avez déclaré la mort de combien d'hommes après l'injection ?

— Trois.

— Et ça vous a pas dérangé ?

— Pas vraiment.

Cody agrippe les barreaux sous le nez de Paxton.

— Dans ce cas, moi, Cody Wallace, sain de corps et d'esprit, me déclare en bonne santé pour être tué par notre État. L'examen médical est terminé. Maintenant, barrez-vous.

Paxton lui tend un petit flacon de plastique.

— Parfait. Tenez, voilà vos Valium.

Le médecin disparaît de sa vue et la porte claque au loin.

Le directeur reporte son attention sur son calepin.

— Passons maintenant à votre dernier repas. Il sera servi à 21 heures. Vous voulez vraiment une pizza surgelée ?

— Oui, c'est ce que j'ai commandé. Ça pose un problème ?

— Non, mais vous pourriez avoir mieux. Par exemple un bon steak avec des frites et un milk-shake chocolat. Quelque chose de plus festif.

— Vous comptez pinailler sur tout ce soir ? C'est ça le projet ? Qu'est-ce que ça peut vous faire ce que je mange ou pas ?

— D'accord, d'accord. Et pour l'aumônier ? Vous voulez le voir ?

— Pour quoi faire ?

— Je ne sais pas. Parler ?

— Et de quoi ?

— Allez savoir. En tout cas, il est habitué. Peut-être qu'il aura une idée de sujet de conversation ?

— Je doute qu'on ait beaucoup de choses à se dire. Je ne suis jamais allé à l'église, du moins pas pour la messe. Moi et Brian, on en a cambriolé quelques-unes dans les campagnes quand on avait trop faim. Il n'y avait que de la bouffe merdique. Du beurre de cacahuètes, des cookies de supermarché, des saloperies comme ça. C'était tellement mauvais qu'on a arrêté pour viser plutôt les maisons.

— Je vois. Pourtant, beaucoup de personnes, quand elles arrivent à ce stade et que la fin est proche, veulent être en paix avec Dieu, confesser leurs péchés, ce genre de choses.

— Confesser mes péchés ? Il y en a trop. Je ne me souviens pas de tous !

— Donc, pas d'aumônier ?

— Enfin, je m'en fiche. Si ça lui fait plaisir, qu'il passe. Il y a encore d'autres emmerdeurs prévus sur votre liste ? Des journalistes ? des politiciens ? d'autres vautours avides ?

Le directeur ignore la question et étudie ses notes.

— Et pour vos biens ?

— Mes quoi ?

— Vos possessions. Vos affaires.

Cody ricane et écarte les bras d'un geste théâtral.

— C'est tout ce que j'ai ! Regardez ! Une minuscule cellule, voilà mon monde depuis quatorze ans. Toutes mes possessions sont ici.

— Et les livres ?

— Comment ça ? (Cody recule d'un pas et admire sa collection.) Ma bibliothèque. Mille neuf cent quarante titres ! Tous envoyés par une gentille dame de North Platte au Nebraska. C'est mon trésor, le mien et il n'appartient à personne d'autre. Je vous dirais bien de les lui réexpédier, mais je n'ai pas l'argent pour les frais de port.

— Nous ne payons pas le transport des biens personnels des condamnés.

— Je m'en doutais. Alors donnez-les à la bibliothèque de la prison. Je suis sûr que j'ai plus de livres qu'eux !

— La bibliothèque ne peut accepter de dons provenant des détenus.

— Encore une super-règle ! C'est quoi la raison, cette fois ?

— Je n'en sais rien. Vraiment.

— Il n'y en a aucune. Comme dans tous vos points de règlement ! C'est bon, brûlez-les. Jetez-les au feu avec mon cadavre et vous aurez organisé le premier autodafé de livres de notre bel État.

— Et vos vêtements, vos dossiers, la télévision, les lettres, la radio, le ventilateur ?

— Au feu ! Jetez tout au feu ! Je m'en fous.

Le directeur consigne les réponses, baisse son calepin, s'éclaircit la voix et reprend :

— Et vos derniers mots ? Votre dernière déclaration ? Vous y avez réfléchi ?

— Oui, mais je n'ai encore rien décidé. Je vais trouver quelque chose.

— Certains paniquent, crient qu'ils ne sont pas coupables jusqu'à leur dernier souffle. D'autres se repentent, demandent pardon. D'autres pleurent, insultent tout le monde, d'autres encore citent les Évangiles.

— Je pensais que c'était votre première exécution.

— Je me suis renseigné. Et j'ai écouté quelques déclarations des condamnés. Vous savez que tout est enregistré, *in extenso*. Et conservé aux archives.

— Pourquoi c'est enregistré ?

— Aucune idée. Ça fait partie de la procédure.

— Ben voyons ! À combien de temps j'ai droit pour mes derniers mots ?

— Il n'y a pas de limite.

— Donc, selon le règlement, je pourrais faire de l'obstruction et parler pendant des jours ?

— Techniquement, c'est possible. Mais je risque de m'ennuyer et de lancer l'exécution pour que vous vous taisiez.

— Ce serait contraire au règlement.

— Et alors ? Qu'est-ce que vous pourriez y faire ? M'attaquer en justice ?

— J'aimerais bien, croyez-moi. J'ai gagné quatre de mes procès. Quatre sur cinq ! Mais je n'ai jamais eu l'occasion de vous poursuivre, vous, en justice.

— Et c'est trop tard.

— Qui sera le bourreau ?

— Son anonymat est garanti.

— C'est vrai ce qu'on dit ? Qu'il est assis dans une petite pièce dans le noir, juste à côté du brancard, qu'il regarde ce qui se passe à travers une vitre teintée et attend votre signal ? C'est vraiment comme ça que ça se passe ?

— Plus ou moins.

— Il arrive discretos à la prison, fait son job, touche ses mille dollars en liquide, et personne ne connaît son nom ?

— Personne, sauf moi.

— Je m'interroge, monsieur le directeur. Pourquoi tous ces secrets ? Si les Américains aiment tant que ça la peine de mort, pourquoi ne pas faire des exécutions publiques ? C'était la coutume avant. Il y en avait plein dans le temps. Les gens adoraient ça et parcouraient des kilomètres pour assister au spectacle. Une belle pendaison, la pétarade d'un peloton d'exécution, ça valait le détour ! La justice était rendue. Œil pour œil, dent pour dent. Pourquoi on a arrêté ça ?

— Ce n'est pas moi qui fais les lois.

— C'est parce que l'État a honte ?

— Possible.

— Et vous ? Vous avez honte, monsieur le directeur ?

— Non. Mais je n'apprécie pas cette partie du boulot.

— C'est difficile à croire. Je pensais au contraire que vous aimiez ça. Si vous avez choisi de faire carrière dans le monde pénitentiaire, c'est parce que vous croyez aux vertus du système punitif. Et la peine capitale est le stade ultime, le nirvana de ce système. C'est votre première exécution, ça fait de vous le héros du jour, non ? Vous avez eu combien de demandes d'interview ? À combien de journalistes avez-vous parlé aujourd'hui ?

— Je vais aller m'assurer qu'on a votre pizza, annonce le directeur sans répondre, en ayant terminé avec sa liste.

— Merci. Et j'ai dit pepperoni, pas de la vulgaire saucisse.

Après le départ du directeur et de Marvin, Cody contemple sa cellule.

— Mes biens ! marmonne-t-il.

Il s'assied sur sa couchette, sort de la boîte les deux cachets que lui a remis Paxton.

Et les jette à travers les barreaux.

3.

Au fil des minutes le couloir se fait plus silencieux. Cody essaie de lire mais il a du mal à se concentrer. Il s'assied par terre, en tailleur, respire lentement, tente de méditer.

La porte bourdonne à nouveau. Qui est-ce encore ?

Comme un spectre, sans le moindre bruit de pas, le *padre* apparaît derrière la grille. Comme de coutume, il a ses santiags qui surélèvent de quelques centimètres sa silhouette maigrichonne. Il porte un jean si usé que même un ado n'en voudrait pas. Et au-dessus de la ceinture, il est en tenue de travail : chemise noire et col romain blanc. On est en juin, c'est le premier jour de l'été, mais comme le fond de l'air est frais, il a enfilé une veste noire.

Le *padre* est un prêtre à la retraite. Il accompagne les détenus depuis dix ans. Sa tournée inclut le couloir de la mort, et souvent, il s'arrête derrière les grilles pour parler à ceux qui le veulent. Ils ne sont pas nombreux. La plupart des condamnés à mort ne croient plus en rien, et Dieu n'est plus dans leurs petits papiers.

Le règlement autorise l'aumônier à passer la dernière heure avec le détenu avant qu'il ne soit sanglé au chariot, si bien qu'en théorie, il est le dernier confident. La moitié des condamnés choisissent de se confesser, et demandent pardon avant le grand saut. D'autres veulent juste discuter un peu. Finalement, rares sont ceux qui refusent ce rituel.

— Comment allez-vous, Cody ? demande l'ecclésiastique avec douceur.

Le jeune homme se lève et sourit.

— Bonjour, *Padre*. Merci de passer me voir.

Père, Pasteur, Révérend... ils pouvaient l'appeler comme ils le voulaient, mais « *Padre* » était resté depuis l'ère Freddie Gomez. C'était un catholique fervent, malgré tous ses crimes, et il réclamait un prêtre à la moindre occasion pour une messe privée. Le *padre* et lui étaient très proches. Tout le monde aimait bien Freddie, et son exécution avait été un coup dur dans le couloir.

— Comment allez-vous, mon fils ?

— Plutôt bien, vu les circonstances. Mon avocat vient de me dire qu'on est à court de munitions.

— C'est bien triste, Cody. Personne ne mérite un tel sort.

— Je suis en paix, *Padre*. Vraiment. Si on me laissait le choix entre vivre encore quarante ans dans ce trou et avoir la piqûre, je choisirais la deuxième option. Faut croire qu'aujourd'hui, quelqu'un a choisi pour moi.

— Je comprends, Cody. Vous voulez que je reste avec vous dans la salle d'attente ?

— C'est inutile, *Padre*. Je préfère être seul.

— Comme vous voudrez.

Les deux hommes restent silencieux un moment, tête baissée.

— Juste par curiosité, questionne finalement Cody. Combien de condamnés vous demandent de prier avec eux au dernier moment ?

— La plupart ne croient plus aux prières.

— Pas de conversions sur le tard ?

— Non. Jamais. Les hommes ici ont eu tout le temps de raviver leur foi ou de la rejeter définitivement. Quand l'heure sonne, ils ont fait leur choix depuis longtemps. Donc non, pas de revirement de dernière minute, du moins pas depuis que je suis ici.

— Et ça ne se produira pas non plus ce soir.

— La décision vous appartient, Cody. Nous en avons souvent parlé, vous vous rappelez ?

— Oh oui. On a eu de sacrées discussions sur Dieu et tous ses mystères. Et on n'était pas d'accord sur grand-chose.

— C'est exact. Vous êtes formel : Dieu n'existe pas.

— Et je ne vais pas revenir là-dessus, *Padre*.

— C'est bien triste. Vous lisez encore la Bible ?

— Pas vraiment. Je l'ai lue du début à la fin, de la Genèse à l'Apocalypse, au moins trois fois. Et j'ai bien aimé, en particulier l'Ancien Testament. Mais il n'y a pas eu de « révélation », si vous voyez ce que je veux dire.

— Vous connaissez mieux la Bible que la plupart des prêtres.

— N'exagérons rien.

— Que va-t-il se passer pour vous ? Après votre mort ?

— Ils vont m'incinérer, avec mes affaires. Et balancer les cendres dans les toilettes. Je veux qu'il ne reste aucune trace de moi sur cette terre. Rien !

— Pas d'au-delà ? De paradis ou d'enfer ? Nulle part entre deux pour que votre âme repose en paix ?

— Non. Nous sommes des animaux, *Padre*, des mammifères, et quand nous mourons, c'est la fin. L'esprit quittant notre corps pour s'élever vers les cieux ou plonger dans les flammes, c'est de la foutaise. La mort, c'est le point final. Rien de nous ne survit.

— Vous n'espérez pas retrouver Brian ?

— Brian est mort il y a quinze ans. J'étais là. C'était horrible. Il n'y a pas eu de funérailles, juste un trou au fond d'un cimetière municipal. On ne m'a jamais autorisé à m'y rendre pour voir sa tombe. Il ne doit même pas y avoir une pierre ou une croix. Personne ne s'est rendu là-bas pour verser une larme. Nous étions des parias, *Padre*, des orphelins, des gamins pathétiques qui n'auraient jamais dû voir le jour. Et quand nous mourons, nous sommes enterrés, brûlés ou ce que vous voulez, et c'en est terminé. Non, je ne reverrai pas Brian, ni personne. Et ça me va très bien.

Le prêtre esquisse un sourire et hoche la tête, pétri d'empathie et de compassion. Aucune parole de Cody ne peut le mettre en colère. Il a tout entendu et a toutes les réponses, toutes attestées par les Évangiles, mais le temps leur est compté. Ce n'est plus l'heure de parler foi ou théologie.

— Je vois que vous n'avez pas changé de point de vue.

— Non, *Padre*. Vous avez dit que Dieu ne se trompait jamais. Ce n'est pas vrai. J'en suis l'exemple vivant. Ma mère vendait son corps. Mon père lui a laissé un peu de sperme et quelques billets. Il n'a jamais connu mon existence et ma mère était impatiente de se débarrasser de moi. Je suis l'erreur incarnée.

— Dieu vous aime, Cody.

— N'empêche qu'il a une drôle de façon de le montrer. Qu'est-ce que j'ai fait pour mériter ça ?

— Ses voies sont impénétrables. Et nous n'aurons jamais toutes les réponses.

— Pourquoi faut-il que ce soit si tordu et compliqué ? Alors qu'il y a une explication toute simple à ça, *Padre* : Dieu n'existe pas. C'est une invention de l'homme pour son propre profit. Pourquoi vous vous acharnez ? Où trouvez-vous encore la force d'argumenter ?

— Je vous demande pardon, Cody. Je passais juste vous dire bonjour, et adieu. Et m'assurer que vous n'aviez pas besoin de moi.

Cody prend une grande inspiration pour retrouver son calme.

— Merci, *Padre*. Vous avez toujours été un type bien. Vous êtes dans le camp des bons gars.

— Vous me manquerez, Cody. Je prierai pour vous.

— Si ça peut vous soulager, priez donc.

4.

À 20 heures, Cody allume la télévision et regarde les trois chaînes. Ne voyant rien d'intéressant, il éteint, s'étend sur son vieux matelas de mousse et ferme les yeux.

Il a un jour attaqué la prison en justice parce qu'elle lui refusait l'accès aux chaînes câblées, mais un recours identique avait été rejeté dans un autre État, au dire de Jack.

Autrefois, avec Brian, ils avaient volé de petites télévisions, mais ça ne posait que des problèmes. Les receleurs n'aimaient pas ce genre de marchandise parce que les flics surveillaient les dépôts-ventes et vérifiaient les numéros de série. Et l'entreposage n'était pas une partie de plaisir. Après avoir cambriolé une maison, Brian et Cody devaient attendre des jours, voire des semaines, avant de revendre leur butin. « Laissons-les se calmer », disait toujours Brian. Le temps que les flics fassent leur descente, les proprios, leur déclaration de vol aux assurances, et qu'ils rachètent de nouveaux flingues, télévisions, radios, chaînes hi-fi, et bijoux. Même les grille-pain et les mixeurs y passaient. Les garçons volaient tout ce qui pouvait se refourguer contre quelques dollars.

En attendant le bon moment pour vendre, ils cachaient les fruits de leurs rapines dans de vieilles granges et autres bâtiments désaffectés. Par sécurité, toutes les nuits, ils les changeaient de lieu. Les télévisions étaient si lourdes, si encombrantes !

Le plus rentable, c'étaient les armes. Ça se vendait comme des petits pains. Quand ils avaient de la chance, ils tombaient sur une armoire à fusils. Auquel cas, ils ne prenaient que ça et partaient rejoindre leur cachette dans les bois, tout joyeux. Le Beretta 686 Silver Pigeon fut leur plus beau trophée. Le propriétaire gardait une dizaine de fusils dans son armoire et, allez savoir pourquoi, elle n'était pas fermée à clé (même si ce n'est pas une serrure qui les aurait arrêtés !). Il y avait là des Browning, des Remington, mais quand Brian avait vu le Beretta, il avait poussé un sifflement d'admiration. Ils étaient partis avec quatre fusils chacun, ainsi que deux revolvers Smith & Wesson. Ils avaient surveillé la maison pendant les trois jours suivants et n'avaient vu aucune activité. Personne ne ramassait les journaux qui s'amoncelaient dans l'allée. La bâtisse n'avait pas de système d'alarme. Les gens parfois étaient si négligents !

Puisque leur larcin n'avait pas été découvert, ils retournèrent piller l'armoire de fond en comble. À l'évidence, les propriétaires étaient partis loin. On était en juillet, le mois des vacances. Brian décida de revendre vite leur butin avant que quelqu'un constate le vol. Ils enfourchèrent leurs bicyclettes (volées elles aussi) et foncèrent en ville où se trouvait leur dépôt-vente favori. Ils connaissaient bien le patron et le considéraient comme quelqu'un de confiance, du moins autant qu'on puisse l'être dans le secteur du recel. Il y avait toujours foule dans la boutique, les rayonnages croulaient sous les marchandises, des saxophones aux aspirateurs. Mais c'était dans la réserve que se traitaient les ventes d'armes. Le propriétaire leur donna 50 dollars pour chaque revolver. Quand Brian lui demanda s'il était intéressé par un 686 Silver Pigeon, il resta bouche bée.

— Nom de Dieu ! bredouilla-t-il. Où avez-vous trouvé ça ?

Mais il se reprit aussitôt. Ne jamais demander ce genre de chose à un voleur.

Brian éclata de rire et lui assura qu'il en avait bel et bien un en stock. Et qu'il était en parfait état.

— Je vais me renseigner, répondit le vendeur, visiblement aux anges.

Une semaine plus tard, les deux garçons revinrent avec le fusil à canons superposés et en tirèrent deux cents dollars, leur vente record ! Brian et Cody se rendirent dans un vieux motel à la périphérie de la ville et s'offrirent une chambre à trente dollars la nuit. Ils prirent une douche, lavèrent leurs vêtements, mangèrent des cheeseburgers au fast-food de l'autre côté de la rue et pendant deux jours, ils vécurent comme des rois.

Puis ils repartirent dans les bois et allèrent camper à des kilomètres de là. Ils avaient cambriolé assez de maisons dans le secteur, et les patrouilles de flics s'intensifiaient.

5.

Il est 20 h 30. Cody tourne en rond dans sa cellule, les yeux clos, touchant ses précieux rayonnages de livres, les barreaux de la grille… Comme un lion en cage. Il n'aurait pas dû jeter les Valium ! Son avocat va revenir pour sa dernière visite et lui annoncer la nouvelle que tout le monde connaît déjà.

D'ordinaire, c'est la frénésie, les avocats tentent d'ultimes recours, courent d'un tribunal à l'autre – mais pas toujours. L'an passé, les dernières heures de Lemoyne Rubley s'étaient écoulées dans le calme, sans la moindre effervescence. Lemoyne occupait une cellule voisine et il était devenu l'ami de Cody. Ils parlaient pendant des heures, même s'ils ne pouvaient se voir. La veille de son exécution, la justice mit fin à ses espoirs et ses avocats durent jeter l'éponge. Ce fut l'exécution la plus tranquille que Cody ait connue dans le couloir de la mort, la plus silencieuse en quatorze ans de détention.

Et maintenant que c'est son tour, il est content que quelqu'un dehors tente encore de lui sauver la peau, même s'il ne reste plus beaucoup de cartouches. Alors non, il n'est pas pressé de voir revenir Jack Garber.

Cody n'a jamais rien eu à payer pour son avocat. Jack, depuis dix ans, le défend avec une loyauté à toute épreuve. À plusieurs reprises, il a failli obtenir la révision de son procès (chaque fois, il lui a manqué une voix). Un jour, Cody a voulu savoir pourquoi l'avocat avait choisi de s'occuper des condamnés à mort. Évasif, Garber s'était contenté de professer des généralités contre la peine capitale. Cody lui avait demandé aussi qui le payait. Jack lui avait répondu qu'il travaillait pour une ONG. Elle défendait des gens comme Cody, tous détenus dans le couloir de la mort.

La serrure électronique bourdonne à nouveau au bout du couloir. Cody sursaute, reprenant pied dans la réalité. Il fait un pas vers les barreaux et attend. C'est Marvin. Encore.

— Cody, j'ai une bonne nouvelle, annonce-t-il avec un sourire.

— Ça m'étonnerait. Seul mon avocat pourrait faire ça.

— Non, non, pas ce genre de nouvelle. Tu as une visite. Et ce n'est ni ton avocat, ni l'aumônier, ni un journaliste. Une vraie visite.

— Je n'en ai jamais eu.

— Je sais.

— Qui est-ce ?

— Une vieille dame du Nebraska.

— Mme Iris ?

— Oui, Mme Iris Vanderkamp.

— C'est pas possible !
— Juré craché.
— Mais elle a quatre-vingts ans et elle est en fauteuil roulant !
— Faut croire qu'elle a réussi à venir. Le directeur dit que tu peux la voir un quart d'heure.
— Quel grand cœur ! Sérieux, je n'en reviens pas, Marvin. Mme Iris est venue !
— Elle est là, oui.

Marvin part un instant et revient en poussant Mme Vanderkamp dans son fauteuil. Il la place devant la grille et s'en va.

Cody est sous le choc. Il s'approche des barreaux et contemple le visage souriant de la vieille dame.

— Je n'arrive pas à le croire, articule-t-il finalement. Je ne sais pas quoi dire.
— Essaie quelque chose comme « Bonjour, je suis ravi de vous rencontrer après toutes ces années ».
— Bonjour, je suis ravi de vous rencontrer après toutes ces années.
— Moi aussi, je suis contente. Je suis venue le plus vite possible. Mais ça m'a pris douze ans.
— Je suis tellement heureux de vous voir, madame Iris. J'ai l'impression de rêver.

Le jeune homme passe le bras entre les barreaux. Elle lui serre la main avec chaleur, ses dix doigts maigres refermés sur sa paume.

— Moi non plus je n'arrive pas à le croire, Cody. Enfin ! Toi et moi, en chair et en os ! Est-ce que c'est vrai ?

Il acquiesce, retire lentement sa main et la regarde. Elle ne peut plus marcher, comme elle le lui a expliqué dans l'une de ses nombreuses lettres, parce qu'elle a des bursites aiguës aux genoux et dans d'autres articulations. Une fine couverture lui couvre les jambes et les pieds. Au-dessus, elle porte une jolie robe à fleurs et des tas de bijoux – des colliers, de gros bracelets. Cody les remarque aussitôt – plus jeune, il les aurait convoités. Elle a un visage rond et souriant, un long nez avec des lunettes rouges perchées à son extrémité, et des yeux d'un bleu perçant. Ses cheveux blancs sont épais et bouclés. Elle est très loin de les perdre.

Quant à Iris, elle découvre un garçon malingre avec des cheveux hirsutes. Il paraît si jeune. Personne ne se douterait qu'il a vingt-neuf ans.

Au fil de leur correspondance, ces douze dernières années, ils se sont raconté tous leurs secrets.

— Oui, madame Iris, c'est pour de vrai. Mon avocat, Jack, fait son baroud d'honneur, comme on dit. J'ai appris cette expression dans l'un de vos livres.

— Tu en utilises beaucoup trop.

— Je sais, je sais. Mais j'adore apprendre de nouvelles tournures ou des mots que je ne connais pas.

— Il vaut mieux les éviter, la plupart du temps.

— C'est fou ! C'est la fin pour moi, et vous voulez m'instruire encore.

— Non, Cody. Je suis là parce que je t'aime.

Ces mots manquent de lui faucher les jambes. Il se sent vaciller. Jamais on ne lui a dit ça. Il attrape les barreaux et plaque son visage contre le métal, au plus près de la vieille femme.

— Moi aussi, je vous aime, madame Iris. Ça me fait tellement plaisir que vous soyez là.

— Oui, je suis là. Et à l'évidence, je n'ai pas beaucoup de temps.

— Moi non plus.

— De quoi veux-tu parler ?

— Comment êtes-vous venue ?

— J'ai convaincu Charles de me conduire. C'est mon nouveau compagnon.

— Qu'est-ce qui est arrivé à Frank ?

— Il est mort. Je pensais te l'avoir dit.

— Je ne crois pas, mais pour tout vous avouer, mes souvenirs se mélangent un peu avec tous ces romans. Vous aimiez beaucoup Frank, autant que je me souvienne.

— Oh, je les aime tous, du moins au début.

— Il y en a eu pas mal.

— C'est vrai. Pour être honnête, j'en avais assez de Frank. Pour l'instant, Charles a plus de potentiel. Tu connais le dicton. Pour connaître quelqu'un, il faut partir en voyage avec lui. Nous en sommes à la moitié du trajet et pour l'instant, il s'en sort bien.

— Merci d'avoir fait tout ce chemin, madame Iris. Mille cinq cents kilomètres de route, c'est ça ?

— Mille quatre cent quatre-vingt-onze, d'après Charles, qui a la manie de la précision. C'est assez agaçant, enfin pour l'instant je ne dis rien.

— Quand avez-vous quitté le Nebraska ?

— Hier vers midi. On a dormi dans un motel, chacun sa chambre évidemment. Et on a roulé toute la journée. J'ai déjà fait le voyage, tu te souviens.

— Je ne risque pas de l'oublier. Ça date de huit ou dix ans. Vous êtes arrivée à la prison, mais ils n'ont jamais voulu vous laisser entrer.

— C'était horrible. C'est mon fils qui m'avait emmenée – depuis, il n'a plus voulu me conduire nulle part ! Ils nous ont fait attendre dans une petite pièce qui puait le moisi, sans air conditionné ni rien. On était en août, si je me souviens bien. Et puis ils nous ont dit de partir, comme ça, sans vergogne, à la limite de la politesse. Ils soutenaient que tu avais fait quelque chose de grave, que tu étais à l'isolement et que tu n'avais plus droit aux visites. C'était affreux.

— Et un mensonge. Je ne suis jamais allé au trou. Ils voulaient juste se venger ; ils m'en voulaient parce que j'avais déposé des recours à la cour fédérale et que j'avais gagné. À l'époque, le directeur était un vrai salopard et il nous détestait tous, ici. Il adorait nous rendre l'existence plus misérable encore.

Elle poussa un long soupir et regarda autour d'elle.

— Alors c'est ça, le « couloir de la mort » ?

— Vous êtes en plein dedans. Il y a vingt cellules dans cette aile. De l'autre côté, il y en a vingt de plus. Toutes occupées. L'hôtel est toujours complet ! Là-bas, c'est l'aile est, que les surveillants surnomment « le zoo », parce que c'est là que sont enfermés les types les plus pervers. Et dans l'angle, ils ont ajouté une petite construction : « la chambre à gaz ». C'est l'endroit où ils nous assassinent à l'abri des regards, pour que les braves gens qui aiment tant la peine de mort ne la voient pas en pleine action. C'est là que je serai dans moins de deux heures.

Elle continue d'observer les lieux.

— Comme on dit, c'est la première impression qui compte, et elle n'est pas bonne.

Cody lâche un rire.

— C'est fait exprès. C'est volontairement sinistre, madame Iris.

— Depuis combien de temps es-tu dans cette cellule ?

— Quatorze ans. J'avais quinze ans quand la sentence est tombée, et j'ai été arrêté à quatorze. À vingt-neuf ans, je vais être le condamné à mort le plus jeune du pays depuis l'époque du Far West, quand ils pendaient n'importe qui à tour de bras.

— Cet endroit est vraiment déprimant. Tu n'as pas demandé à être placé ailleurs ?

— Pour aller où ? Toutes les cellules sont pareilles. Trois mètres sur deux mètres cinquante. Mêmes règles, même nourriture, mêmes matons, même chaleur l'été, même froid l'hiver. Nous ne sommes qu'une bande de rats qui essayons de survivre dans un égout et qui mourons à petit feu.

— Tu n'étais qu'un bébé.

— Non. J'étais un enfant sauvage. J'ai vécu dans les bois pendant quatre ans. Je n'avais nulle part où aller, si ce n'est l'orphelinat ou une autre famille d'accueil. Brian m'a retrouvé, on s'est enfuis et on a mené une vie de rebelles pendant quelques années. Je n'étais pas un bébé, madame Iris, mais oui, j'étais trop jeune pour ça.

— Tu es en sécurité ici ?

— Bien sûr. Il n'y a pas plus sûr que le couloir de la mort, même si nous sommes tous des meurtriers. Nous sommes seulement un par cellule. Pas de bagarre. Jamais personne n'est blessé.

— Je sais. C'est ce que tu m'as écrit.

— Je vous ai tout raconté. Toute ma vie. Et de votre côté, vous ne m'avez pas caché grand-chose.

— C'est vrai.

— Si on s'est tout dit par courrier, de quoi va-t-on parler ? Il ne nous reste que quelques minutes.

— Tu as gardé mes lettres ?

— Bien sûr. (Cody s'agenouille et sort de sous son lit un grand carton plein d'enveloppes multicolores.) Elles sont toutes là, madame Iris. Et je les ai lues au moins dix fois chacune. Une lettre par semaine pendant douze ans, plus les cartes pour les anniversaires, Noël, Pâques et Thanksgiving. Six cent soixante-quatorze en tout. Vous êtes étonnante, madame Iris. On vous l'a déjà dit ?

— Tout le temps !

Cody sort une enveloppe avec précaution et récupère la lettre à l'intérieur.

— C'est la première. Le 22 avril 1978 : « Cher Cody, Je m'appelle Iris Vanderkamp et je vis à North Platte dans le Nebraska. Je suis membre de l'église évangélique St Timothée, et notre groupe d'étude biblique lance un nouveau projet. Nous contactons de jeunes personnes condamnées à mort. Nous sommes contre la peine capitale que nous voulons voir abolir. Cela peut vous paraître curieux, mais je me demande si je peux vous être utile en quoi que ce soit. Écrivez-moi et dites-moi ce que je peux faire pour vous. Sincèrement, Iris. »

— Je m'en souviens comme si c'était hier. On avait une réunion d'étude de la Bible à la maison, et Geraldine Fisher a raconté qu'une femme à Omaha était devenue la compagne épistolaire d'un détenu dans le couloir de la mort, un pauvre hère du Sud, et qu'ils s'étaient écrit pendant vingt ans. Ils allaient l'exécuter. Et c'est comme ça que tout a commencé. On a cherché des noms. Le tien est sorti tout de suite parce que tu n'avais que dix-sept ans à l'époque. Tu étais si jeune. Alors je t'ai écrit cette lettre et j'ai attendu. Longtemps.

— Quand je l'ai lue, je n'y croyais pas. Quelqu'un connaissait mon nom, quelqu'un savait que j'étais dans le couloir de la mort et voulait faire quelque chose de gentil pour moi. Comme vous le savez – j'ai bien dû vous le dire cent fois –, je n'avais aucune famille. Et aucun ami. Pas un seul avant que vous n'entriez dans ma vie. Jack est un ami, bien sûr, mais ça ne compte pas vraiment parce que c'est mon avocat.

— Et tu m'as répondu.

— J'étais si intimidé. Je n'avais jamais écrit de lettre, et je n'en avais jamais reçu. Mais j'étais bien décidé à vous répondre. Alors j'ai emprunté un dictionnaire à la bibliothèque et j'ai étudié tous les mots. J'ai écrit en lettres capitales, comme on me l'avait appris en CP.

— C'était une très jolie lettre. Pas la moindre faute d'orthographe. J'ai senti que tu y avais passé beaucoup de temps.

— Ça m'a pris des heures ! Mais bon, j'avais tout mon temps. Et ça m'occupait l'esprit, ça me donnait un but. Je voulais vous faire bonne impression.

— Tu m'as arraché des larmes. Et ce n'a pas été la seule fois.

— Quand je suis arrivé ici, je ne lisais pas bien. J'ai lâché l'école à dix ans. Et j'avais déjà beaucoup redoublé, eu tant d'instituteurs, dans tant d'écoles, que je ne cherchais plus à apprendre. Brian s'est échappé de son foyer pour mineurs et m'a retrouvé dans une famille d'accueil (une parmi d'autres) et nous nous sommes enfuis. C'est ce qui a marqué la fin de mon histoire avec l'école. J'arrivais à lire, enfin c'était plutôt du déchiffrage. Quand j'ai reçu votre lettre, je savais que je devais vous répondre. J'ai demandé du papier, un crayon, et un dictionnaire. Je voulais que chaque mot soit parfait.

— C'était fascinant de voir ton écriture s'améliorer au fil des ans. Au début, la graphie était enfantine.

— J'étais un enfant.

— Mais rapidement tu es passé aux cursives.

— C'est vous qui me l'avez demandé, vous vous souvenez ? Du moins, vous me l'avez fortement suggéré, parce que c'est comme ça qu'écrivent les adultes.

— Oui. Et je t'ai envoyé un manuel sur l'écriture manuscrite.

Cody range le courrier, observe un rayonnage et en un instant sort le livre.

— Le voilà. *L'Art de l'écriture cursive* de Abbott. J'ai passé des heures dessus. Vous m'avez envoyé de l'argent, j'ai pu acheter du papier et d'autres crayons. Et je me suis entraîné, pendant des heures et des heures.

Cody remet l'ouvrage à sa place et en prend un autre.

— Et ça, c'est mon premier dictionnaire. Le *Random House Webster's College Dictionary*. En poche bien sûr. Il ne faudrait pas que les détenus s'entretuent à coups de dictionnaires ! Je l'ai lu entièrement, de la première page à la dernière, et plus d'une fois.

— Je sais, Cody, je sais. Si tu te rappelles, je t'avais dit d'éviter les mots compliqués. Parfois, tu aimes faire ton intéressant.

Cody s'esclaffe et lance le dictionnaire sur son lit.

— Évidemment ! Mais je n'ai pas de public ! Quel mot vous a le plus agacée ?

— Il y en a plein. Je me souviens de « insubordonné ».

— Ah oui, j'adore ce mot. Rétif et rebelle. Il y en a d'autres contre lesquels vous m'avez mis en garde : dilection, égrégore, épreindre, rudéral.

— Ce que je veux dire, c'est qu'employer des grands mots ne transmet pas forcément de grandes émotions, et ce n'est pas le vocabulaire savant qui fait le bon écrivain.

— J'adore les mots. Plus ils sont compliqués, plus je les aime, déclare Cody en contemplant ses rayonnages.

— Cet endroit me donne la chair de poule, Cody. Mais ces livres lui apportent un peu de couleur.

— Ils m'ont sauvé la vie – jusqu'à présent du moins. Ils sont tous des cadeaux de vous, madame Iris. Vous n'imaginez pas ce qu'ils représentent pour moi.

— Le premier, c'était lequel ?

Cody esquisse un sourire et désigne un volume.

— *Sackett et son mustang* de Louis L'Amour, répond-il fièrement en ouvrant le livre. La première fois que je l'ai lu, ou plutôt que je l'ai terminé, devrais-je dire, c'était le 10 juin 1978. Il m'a fallu deux mois pour arriver au bout. Il y avait tant de mots. Tant que je ne comprenais pas. Chaque fois je devais m'arrêter, le noter, et aller chercher sa signification dans le dictionnaire. Quand je finissais un paragraphe et que j'avais compris tous les mots, je me levais, je marchais de long en large et je le relisais entièrement. Ça m'a pris un temps fou, des jours entiers, mais j'en ai savouré chaque instant. J'aimais les mots, j'aimais les connaître, les dompter – les longs comme les courts. Je me faisais une liste de ceux que je ne savais pas prononcer et je posais la question à Jack ou à l'aumônier, voire à Marvin. Je me suis entraîné, encore et encore, jusqu'à les connaître tous, madame Iris. Tous les mots du dictionnaire !

— Je sais, je sais. Il m'en a fallu un à moi aussi pour déchiffrer certaines de tes lettres.

— J'adore les mots, mais j'aime encore plus les histoires. Elles me font voyager, me transportent partout dans le monde, dans le temps : parfois, c'est ici et maintenant, parfois c'est cent ans dans le passé, parfois encore cent ans dans le futur. Elles nourrissent mon imagination, et c'est grâce à elles que je ne suis pas devenu fou, à l'inverse de tous mes compagnons ici.

Il remet le livre à sa place puis tourne lentement sur lui-même pour admirer sa collection.

— Et vous n'avez jamais cessé de m'en envoyer. Toutes les semaines un nouveau livre. Parfois deux ou trois. Et je les lisais tous. Et les relisais encore et encore. Je m'évade par la lecture dix ou douze heures par jour, et tout ça, c'est grâce à vous.

— Quel est ton écrivain préféré ?

Cette question le fait rire.

— Il y en a trop ! lance-t-il. Mais si je devais donner un nom, ce serait Louis L'Amour. (Il désigne une étagère.) J'ai lu quarante romans de lui. J'adore aussi Mickey Spillane, Ed McBain, Elmore Leonard, Raymond Chandler, John MacDonald.

— Tu as toujours été fan de policier et de suspense.

— Bah, je suis un criminel. J'ai des papiers pour le prouver.

— Non, tu n'es pas un criminel.

— Ah bon ? Qu'est-ce que je fais ici, alors ?

— C'est précisément la grande question. Et j'aimerais bien que quelqu'un me donne une réponse convaincante.

Cody contemple à nouveau sa collection.

— Où avez-vous trouvé tous ces livres, madame Iris ?

— Oh, j'ai dû te le raconter dans une lettre.

— Vous voulez bien me le redire ? J'ai plus le temps de chercher, j'ai plus que dalle, putain !

— Pas de gros mots !

— Pardon… J'aurais dû prendre les Valium.
— Comment ça ?
— Laissez tomber.
— Mes livres, je les ai achetés çà et là. Dans des vide-greniers, des brocantes, des ventes caritatives, chez des bouquinistes. Jamais plus de un dollar.
— Et vous les avez tous lus avant de me les faire parvenir ?
— Presque. Je n'aime pas quand c'est trop cru. Harold Robbins par exemple. C'est carrément bestial. Mais je te les ai envoyés quand même.
— Et je ne vous remercierai jamais assez. J'adore aussi quand c'est « cru ».
— Ce sont des obscénités.
— Je suis sûr que vous avez dû lire quelques chapitres.
— Oui. Peut-être. Le temps de me faire une idée.
— *La Vallée des poupées*, vous en pensez quoi ? Je l'ai dévoré cinq fois, et à chaque fois ça me réveille les sens !
— Changeons de sujet, s'il te plaît.
— Pourquoi ? Vous ne voulez pas parler de sexe ?
— Voilà.
— Madame Iris, je n'ai jamais eu de relations sexuelles. Vous vous rendez compte ? Ils m'ont mis en prison quand j'avais quatorze ans, et je me suis retrouvé dans ce couloir à quinze. Brian disait qu'il avait couché avec une fille à treize ans dans un orphelinat, mais il avait quatre ans de plus que moi et il mentait comme un arracheur de dents. Moi, je n'ai pas eu la chance de connaître ça. C'est pour cette raison que les livres cochons me plaisent tant.
— Vraiment, je préférerais parler d'autre chose.
— Non, madame Iris. Il me reste moins de deux heures à vivre. Alors je parle de ce que je veux.
— Quels sont tes trois romans préférés ?

Cette question le prend de court. Pendant un moment, il ne sait que répondre. Il observe ses étagères, se frotte les mains, pris d'une intense réflexion. Finalement, il tire un livre et le lui montre.

— *Les Raisins de la colère*, de Steinbeck. Ça raconte le périple des Joad et des autres fermiers de l'Oklahoma qui abandonnent leurs champs ravagés par les tempêtes de poussière et tentent de rejoindre la Californie. C'est une histoire bouleversante, et en même temps pleine d'espoir. (Il ouvre le livre et regarde à l'intérieur de la couverture.) Vous me l'avez envoyé en novembre 1984. Je l'ai lu sept fois.

Avec soin, il range le volume et en sort un autre.

— *De sang-froid*, de Truman Capote. Un chef-d'œuvre inspiré de faits réels. (Il lui montre la jaquette.) Vous l'avez lu ?

— Bien sûr. Je me rappelle quand la famille Clutter a été assassinée en 1959. Les quatre membres. Ça s'est passé au Kansas, du côté ouest, pas très loin de là où j'habite.

— Ils ont pendu les deux gars, Dick Hickock et Perry Smith. Et le comble... c'est que je suis content qu'on leur ait réglé leur compte.

— Moi aussi, ça m'a paru une bonne chose.

— C'est bizarre, non ? Je suis là, dans le couloir de la mort, je lis un livre sur l'attaque d'une maison. Les gens dorment paisiblement et deux sales types entrent et tuent tout le monde. Ça ne vous rappelle pas quelque chose ? Et moi, je me félicite que justice ait été rendue, qu'ils aient été arrêtés et exécutés.

— Oui, c'est bizarre.

— C'est ça le paradoxe avec la peine de mort. Parfois on la honnit parce qu'on trouve ça injuste, et parfois, à sa propre surprise, on applaudit des deux mains, parce qu'on juge que le salopard ne mérite que ça. Je suis ici depuis quatorze ans, et huit gars sont partis. Quatre avec du gaz, quatre par injection. L'un était sans doute innocent. Pas les sept autres. Pour ça non ! J'en ai regretté six, mais les deux autres, ils ont eu ce qu'ils méritaient.

— Je suis contre la peine de mort, quelle que soit la personne.

— Vous devriez rencontrer quelques-uns de mes voisins. Vous changeriez d'avis.

— Et eux, ils vont te regretter ?

— Comment savoir ? De toute façon, je m'en fiche. Je ne peux rien y faire, qu'ils soient tristes ou non.

Il range le livre et contemple à nouveau ses rayonnages.

— Et le troisième ? insiste la vieille dame.

Cody prend son temps et finalement fait son choix.

— Je pense que c'est le dernier que j'ai lu. Je l'ai terminé hier, pour la cinquième fois. Ça parle de la mort, de mourir jeune.

— *Le Choix de Sophie* ?

— Comment vous savez ?

— Tu m'en as parlé plusieurs fois dans tes lettres.

— J'ai connu l'enfer ici, mais ce n'est rien comparé à ce que ces gens ont enduré. Tout est relatif, n'est-ce pas ? Même la souffrance.

— Je suppose.

— Et il y a plein de scènes de sexe.

— Je n'ai jamais pu le finir.

— C'est pourtant magnifique. Une telle force. Un roman subtil et en même temps si réaliste. William Styron a remporté le prix Pulitzer.

— Non, c'est le National Book Award. Son Pulitzer, c'était pour *Les Confessions de Nat Turner*.

— Vous avez raison. Vous connaissez tous ces livres, n'est-ce pas ? C'est vrai que vous avez été professeur de littérature dans un lycée pendant quarante ans.

— Et j'ai adoré chaque minute.

Il range le livre et caresse le dos des centaines d'ouvrages du bout des doigts.

— Des favoris, j'en ai plein d'autres. *Lonesome Dove, La Conjuration des imbéciles, L'Attrape-cœurs, Catch 22*. Et ça aussi, ça fait partie de mes préférés : la série des Travis McGee de John D. MacDonald. Je ne me lasse pas des aventures de ce bon vieux Travis.

— Je sais, tu m'en parles tout le temps.

— Il y a vingt et un opus, et vous les avez tous trouvés ! Vous êtes incroyable, vous savez ?

— Encore une fois, c'est ce qu'on dit.

— La vérité, madame Iris, c'est que j'ai aimé tous ces livres, tous autant qu'ils sont. Regardez-les. Ils sont beaux, n'est-ce pas ? Regardez toutes ces couleurs. C'est un rayon de soleil ici. J'ai la plus belle cellule de tout le couloir.

— Qu'est-ce qui va leur arriver ?

Cody secoue la tête, dépité, puis soudain son visage s'éclaire.

— Attendez ! J'ai une idée. Vous allez les récupérer. Je veux que tout ce que j'ai vous revienne. Tout. Mes livres, mes lettres, les cartes de vœux comme mes recours en justice. Tout est à vous, madame Iris.

— Oh… je ne crois pas que…

— Il le faut, madame Iris. Sinon, ils vont tout jeter au feu. Il n'y a personne d'autre que vous.

— Au feu ? Ils ne peuvent pas faire ça.

— Oh si. Et ils ne vont pas se gêner. Tout dans le four avec moi, et ça les fera bien rire. Tout doit disparaître pour le prochain occupant.

— Mais je ne peux pas tout emporter.

— Bien sûr que non. J'ai dix-sept dollars sur mon compte, c'est de l'argent que vous m'avez envoyé pour que je puisse acheter du papier, des timbres, des choses comme ça. Prenez-les, ajoutez-en un peu et faites-vous livrer ça au Nebraska. Je vous en prie, madame Iris. Ça me ferait tellement plaisir que vous ayez mes livres et mes papiers. Tous ces beaux livres, et les cartes, les lettres, les dossiers. Je vous en prie, dites oui !

— Légalement, c'est possible ?

— Bien sûr, madame Iris ! Ces clowns seront ravis que vous vidiez tout, ça leur évitera de s'en occuper. S'il vous plaît…

— D'accord, Cody.

— Magnifique ! Vous êtes merveilleuse.

— Je vais m'en occuper. Promis.

— Merci infiniment, madame Iris. Et comme ça, vous pourrez réunir toute notre correspondance, n'est-ce pas ?

— Bien sûr. Je crois même savoir où je pourrai mettre ta collection. L'endroit idéal. J'ai un mur dans mon bureau que je peux libérer. Tes livres y seront rangés, pour toujours. Oui, ce sera parfait.

— C'est miraculeux. Je pensais faire table rase en quittant cette terre, mais maintenant, j'adore l'idée de laisser quelque chose derrière moi, une sorte de souvenir.

— Je ne t'oublierai jamais, Cody.

Il s'approche de la grille, passe à nouveau le bras entre les barreaux. Elle étreint sa main et ils restent silencieux un moment.

Marvin sort de l'ombre et chuchote :

— Le directeur annonce que c'est terminé. Je suis désolé.
Sans quitter Iris Vanderkamp des yeux, Cody lui murmure :
— Merci, madame Iris. Merci d'être venue me dire au revoir.
Elle essuie une larme sur sa joue.
— C'est horrible, Cody. Tellement injuste. Tu n'avais rien à faire là.
— Merci d'être venue, répète-t-il. Merci de vous être occupée de moi toutes ces années, merci d'être mon amie, merci pour tous les livres, pour les cartes de vœux, pour l'argent – de l'argent qui vous a peut-être fait défaut, d'ailleurs.
— C'était un honneur de te connaître, Cody. J'aurais voulu faire tellement plus.
— Vous en avez fait davantage que n'importe qui.
— Je suis si triste.
— Ne m'oubliez pas.
Elle tend la main et lui caresse le visage.
— Jamais, Cody. Jamais je ne t'oublierai.
Marvin saisit doucement les poignées du fauteuil et l'écarte de la grille. Puis il l'emmène. Cody presse sa tête contre les barreaux et la regarde s'éloigner dans le couloir. Il ne veut pas craquer. Pas maintenant. Mais quand la porte au loin claque, il retourne vers sa couchette, s'assoit et enfouit son visage dans ses mains.

6.

20 h 50. La serrure électrique bourdonne à nouveau. Cody se lève pour voir qui arrive. C'est Jack. Il marche lentement, les mains enfoncées dans les poches de son pantalon ; curieusement, il ne trimballe pas une pile de dossiers. Il s'arrête devant la grille.
— La Cour suprême a dit non, déclare-t-il, l'air abattu. Et le gouverneur vient d'en remettre une couche.
— Pas de grâce ?
Même s'il s'y attendait, Cody n'arrive pas à se tenir droit. Malgré lui, ses épaules s'affaissent, comme son menton.

— Je suis au bout, Cody. Je n'ai plus rien. J'ai tenté tous les recours, tous les stratagèmes.

— Alors, c'est fini ?

— Je suis désolé, Cody. J'ai forcément raté quelque chose.

— Eh Jack, ne commence pas à te reprocher des trucs. Tu te bats pour moi depuis dix ans. Comme un lion.

— C'est ça, je me suis battu et j'ai perdu. Si on se bat, c'est pour gagner. Tu ne mérites pas de mourir. Tu n'étais qu'un gosse. Tu n'as tué personne, tu n'as même pas tiré un coup de feu. Non, je n'ai pas été à la hauteur.

— Ne raconte pas n'importe quoi. Tu as été un guerrier, jusqu'au bout.

— Je m'en veux tellement.

— Ça va aller, Jack. Je suis en paix et prêt à partir.

— Tu as toujours été un battant, Cody. Je n'ai jamais eu un client aussi courageux.

— Tout va bien, Jack. Et s'il y a quelque chose après la vie, c'est sûr qu'on se retrouvera de l'autre côté.

Cody se rapproche, passe ses bras à travers les barreaux et enserre les épaules de son avocat. Les deux hommes s'étreignent malgré les barres de fer. Le moment dure, puis ils se séparent. Jack recule d'un pas, essuie ses joues mouillées. Il tourne les talons et s'en va. Cody le regarde disparaître, comme Mme Iris.

Le jeune homme ferme les yeux, prend une grande inspiration, puis se tourne vers la télévision. Il saisit la télécommande, allume l'appareil. Le gouverneur est à l'antenne. Il est sur le perron du palais, avec ses sbires derrière lui qui se tiennent en rang d'oignons, la mine sombre. Le pupitre est surmonté d'un buisson de micros. D'un ton solennel, il déclare :

— Je viens d'apprendre que la Cour suprême a refusé l'amnistie de Cody Wallace. J'ai bien étudié sa demande de grâce. Le jeune âge du condamné est effectivement déconcertant. Cependant, mon empathie va d'abord aux victimes de ce crime abject, la famille Baker, et à leur souffrance. Ils ont besoin de toutes nos prières en cet instant. La famille ne veut pas entendre parler de clémence. La population de notre État s'est maintes fois prononcée en faveur de la peine capitale, et il est de mon devoir d'élu de respecter la loi. C'est pourquoi je n'accorderai pas ma grâce. L'exécution aura lieu à l'heure prévue, c'est-à-dire à 22 heures ce soir même.

Le gouverneur incline la tête, comme s'il se mettait déjà à prier, et recule d'un pas. Les questions des journalistes fusent, mais le grand homme ne répond pas, car il a rendez-vous avec l'histoire.

Cody coupe le son, le regard vide. Brusquement l'image change. Jack est à l'écran, devant la prison, flanqué d'un surveillant. Cody monte aussitôt le volume.

— Cody avait quatorze ans ! lance Jack devant les caméras. C'était un orphelin, un pauvre gamin qui vivait dans les bois. Il n'a jamais tiré sur personne. C'est barbare de le traiter comme un adulte, et immoral de le condamner à mort. La société a failli tout au long de l'existence de Cody, et maintenant cette même société va mettre fin à ses jours. Bravo ! Bravo à tous ceux qui vivent dans la crainte de Dieu, aux amoureux des armes à feu, à tous ces défenseurs de la loi et de l'ordre de cet État misérable. Ceci est votre œuvre immonde.

Quand la présentatrice réapparaît à l'image, Cody éteint la télévision.

7.

Marvin arrive avec le chariot du repas. D'ordinaire, le dîner est servi à 17 heures, le déjeuner à 11 heures et le petit-déjeuner à 5 heures. La justice a déclaré voilà des années que les détenus ont droit à deux mille deux cents calories pour les hommes et mille huit cents pour les femmes. La nourriture est peut-être mangeable dans les autres secteurs de la prison, mais dans le couloir de la mort, elle est infâme : des sachets lyophilisés, des légumes pourris et des conserves avec une date limite de consommation très dépassée. L'administration pénitentiaire veillait à inclure cinq ou six tranches de pain de mie rance pour atteindre la barre magique des deux mille deux cents calories et s'éviter un autre procès. Celui intenté par Cody, dix ans plus tôt, avait néanmoins légèrement amélioré l'ordinaire. Certains prisonniers ne touchaient pas à leur plateau et ingéraient le strict minimum pour rester en vie. D'autres se gavaient de pain que les détenus se lançaient de cellule en cellule. Quelques-uns, rares, avaient la chance d'avoir un peu d'argent pour acheter des plats provenant de la cantine.

— Voici ton dernier repas, annonce Marvin en glissant la pizza pepperoni par la fente. (Cody la récupère. Le surveillant lui tend ensuite un grand gobelet en carton avec une paille.) Et ton milk-shake fraise.

Cody esquisse un sourire et s'assoit sur sa couchette. Il prend une part de pizza et croque dedans.

— C'est fini, Marvin ? Ils vont vraiment me tuer ?

— Oui, Cody. Je suis désolé.

Il avale un autre morceau, puis boit une gorgée à la paille.

— C'est une pizza congelée parfaitement insipide.

— Qu'est-ce que tu espérais ?

— Je ne sais pas. Mieux en tout cas.

— Tu as commandé une pizza surgelée. Je n'ai jamais vu ça pour le dernier repas d'un condamné.

— Faut croire que ça n'a aucune importance pour moi. Je n'ai pas vraiment faim. Vous voulez une part ?

— Non, merci.

Cody aspire une nouvelle goulée.

— Vous vous souvenez de Skunk Miller, il y a deux ans ?

— Bien sûr. Je l'aimais bien.

— C'était quoi son dernier repas ?

Marvin lâche un petit rire.

— Oh, c'était quelque chose ! Skunk a demandé la totale ! Une bavette d'aloyau, des frites, deux cheeseburgers, douze huîtres, des pommes de terre au four, des œufs au bacon, et un gâteau au chocolat. Et il n'en a pas laissé une miette.

— Et c'est vous qui lui avez apporté le plateau ?

— Oui. Et je l'ai regardé tout engloutir. Il n'arrêtait pas de me proposer de partager. C'était son dernier repas. Je ne trouvais pas juste de lui en prendre un morceau.

— Et il avait commandé une bouteille de vin.

— C'est vrai, mais il ne l'a pas eue. L'alcool est interdit, bien sûr.

Cody prend une petite bouchée. À l'évidence, il a la tête ailleurs.

— Il paraît que quelques minutes après la mort, tous les sphincters se relâchent. Ça doit pas être beau à voir. Ça a dû faire bien marrer Skunk.

— Je suis pas sûr qu'il riait.

— C'est vous qui avez dû nettoyer ?

— Non. C'est quelqu'un d'autre qui s'en charge, heureusement.

— Qu'est-ce qui va se passer après, quand ils auront arraché mes vêtements et tout passé au jet ?

— Je ne sais pas, Cody. Je n'ai pas été curieux à ce point.

— Vous n'avez jamais assisté à une exécution, Marvin ?

— Non. C'est ma limite.

— Dommage que vous ne vouliez pas un morceau de pizza. C'est pas bon, mais ça cale.

— Non. Sans façon.

— Vous n'aimez pas les pizzas surgelées, c'est ça ?

— T'as tout compris.

Cody s'esclaffe et tire à nouveau sur sa paille.

— C'est dingue, Marvin. Quand Brian et moi on cambriolait une maison, on cherchait toujours en premier les armes – les armes et les bijoux, des trucs de valeur faciles à transporter, faciles à refourguer. Après, on faisait un tour vite fait dans les pièces. Mon boulot, c'était d'aller voir ce qu'il y avait dans le frigo et le congélo. On avait toujours faim à l'époque. Quand on avait de la chance, on trouvait une pizza surgelée. On avait un petit poêle à charbon, volé aussi – comme tout ce qu'on avait, y compris les fringues. Bref, on réchauffait la pizza à minuit en regardant les étoiles. (Cody se lève et se tourne vers Marvin. Il ferme les yeux un long moment. Les rouvre en souriant.) C'était la belle vie, Marvin. Brian et moi, on était libres comme le vent, de vrais chasseurs-cueilleurs, si on peut dire. On dormait dans une tente, on se déplaçait tout le temps et personne jamais ne nous trouvait. Vous imaginez ça, Marvin ? Personne au monde ne savait où on était, et tous s'en fichaient. Et nous, on se contrefichait des autres. La liberté totale, la vie dans les bois. C'étaient nos plus beaux jours, et j'étais juste un gosse.

Marvin n'a rien à répondre. Une longue minute passe. Cody semble perdu dans ses pensées. Au bout du couloir, la porte bourdonne à nouveau, pourtant personne n'approche.

— Cody, dit finalement le surveillant, je ne veux pas jouer les rabat-joie, mais il faut que tu finisses de manger. Il va falloir y aller.

— Pourquoi je ne peux pas rester ici en attendant ?

— Je ne sais pas. Ce n'est pas moi qui fais le règlement.

— Je sais, je sais.

— Pardon.

— Au fait, j'ai été un peu dur avec le *padre* tout à l'heure. Il est toujours dans le coin ?

— Oui. Il est avec le directeur.

— Vous pouvez lui demander de rester avec moi dans la salle d'attente ?

— Bien sûr. Il sera ravi.

— Vous voulez assister à mon exécution ? J'ai plein d'invits !

— Non merci.

Cody regarde Marvin et lâche un petit rire.

— Dites donc, vous pourriez m'accorder une faveur ?

La question le fait rire aussi.

— Une « faveur » ? Dans le couloir de la mort ?

— Exactement. Et c'est dans vos cordes. Un petit service, mais qui voudra dire beaucoup.

— C'est quoi ?

Cody s'approche de la grille et répond à voix basse :

— Marvin, je n'ai pas vu la lune depuis quatorze ans. J'adorerais la voir une dernière fois.

— Cody, soyons sérieux…

— Je le suis, Marvin. Dans moins d'une heure, je serai mort. Qu'est-ce que ça peut bien faire que je mette le nez dehors pour prendre l'air ? Je vois pas où est le mal.

— C'est contraire au règlement.

— Le règlement, c'est vous qui le faites, Marvin. Vous êtes le chef ici. Personne n'en saura rien. On longe le couloir, tranquilles, et on sort par la petite porte qui donne dans la cour. Et c'est fait. Ce soir, c'est la pleine lune, la première de l'été. On peut la voir, elle est plein est.

— Non, c'est trop risqué.

Cody s'esclaffe.

— Enfin, Marvin. Revenez sur terre. Qu'est-ce que vous voulez que je fasse ? Vous assommer, sauter une dizaine de grillages, éviter un millier de balles, tromper les chiens qu'on lancera à ma poursuite ? Et pour aller où ? Tous les flics sont de sortie pour célébrer ma mort. Il y en a partout en ville, parce que cet État adore les exécutions. S'il vous plaît, Marvin. Faites un truc gentil pour moi. Je ne suis plus qu'un zombie ici.

Par réflexe, Marvin regarde autour de lui, hésitant.

— Je vais en parler au directeur.

— Surtout pas ! Ce serait une perte de temps. Ce crétin ne voudra rien entendre. Je vous en prie, laissez-moi prendre l'air. Personne ne le verra. Cinq minutes, pas plus. S'il vous plaît.

— Je ne peux pas faire ça.

— Bien sûr que si. Vous avez peur de quoi ?

— De me faire virer.

— Mais non ! Personne ne le saura.

— Non, Cody. Désolé.

— Juste cinq minutes.

— Deux minutes alors. Et on rentre.

8.

La cour est un petit espace, avec une table de pique-nique posée sur une dalle de béton entourée de quelques brins d'herbe. Un rectangle de sept mètres trente par six, pour être précis ; et tous les condamnés en connaissent les dimensions exactes à force de longer la clôture jour après jour. Avec le temps, une sente de terre pelée est apparue. Chaque détenu a droit à une heure de promenade quotidienne, seul, sans surveillance, pour prendre l'air, regarder au loin et rêvasser. Les détenus parcourent tout le périmètre au pied du grillage surmonté de barbelés, là où les distances sont maximales

– quelques pas dans un sens, puis virage à quatre-vingt-dix degrés, et encore quelques pas, sept ou huit, pas plus. Dans le temps, la cour était beaucoup plus vaste. Il y avait des haltères et un panier de basket. Quatre hommes étaient autorisés à sortir en même temps. Et la coutume était de faire des parties d'attaque-défense à deux contre deux. Mais il y avait eu une bagarre et un des détenus avait été tabassé avec un haltère.

La petite cour est collée au bâtiment trapu. Puisqu'elle n'est jamais utilisée la nuit, il n'y a pas de lampadaire. Le couloir de la mort s'étend d'est en ouest et la chambre à gaz se trouve tout au bout, une autre excroissance hideuse datant de plusieurs dizaines d'années, sinistre comme une tumeur.

Marvin ouvre la lourde porte de métal et Cody sort à l'air libre, sans chaînes ni menottes. Le surveillant chef, sans arme, le suit de près. Au loin, les projecteurs balaient le ciel, un hélicoptère vrombit quelque part, invisible. C'est l'heure de la mise à mort et le monde autour s'agite.

Cody s'avance sur le carré de ciment, contemple la pleine lune ; elle est si large qu'elle paraît à portée de main.

— Cette bonne vieille lune ! Elle n'a pas changé.

Marvin s'adosse contre la table de pique-nique.

— Ça te surprend ?

— Vous avez vu ? Elle semble plus proche.

— Si tu le dis. Comment savais-tu qu'elle serait pleine ?

— Parce qu'on est le 22 juin, le premier jour de l'été. On l'appelle « la lune des fraises ».

— Connais pas.

— Vous me faites marcher ?

— Pas du tout. Pourquoi *des fraises* ?

— Parce que c'est à cette période de l'année qu'il faut cueillir les fraises des bois et autres baies. Entre la fin du printemps et le début de l'été. C'est le nom que lui donnent les Indiens.

— Et qu'est-ce qu'elle a de particulier ?

— C'est le moment où la pleine lune paraît plus près de la Terre pendant quelques jours.

— Comment tu sais tout ça ?

— Oh, je connais toutes les étoiles et toutes les constellations. Brian et moi, on vivait dans la forêt. On dormait le jour et on chassait la nuit. Je vais vous raconter une petite histoire, vous voulez bien ? C'est ma préférée.

— D'accord. Mais fais court. Si le directeur nous voit, on va prendre cher.

— Je me fiche du directeur.

— Pas moi. C'est vraiment idiot ce qu'on fait.

— Brian et moi, on a cambriolé une maison une fois. On n'a trouvé ni armes, ni bijoux, rien qu'on puisse revendre. Putain, ils avaient même pas une pizza au congélo ! Mais le gars avait un joli télescope dans son salon, juste devant une grande fenêtre. Comme on était dégoûtés de n'avoir rien trouvé, on a emporté sa lunette, en se disant qu'on pourrait en tirer quand même quelques dollars. Cette nuit-là, on l'a installée dans un champ et on s'est amusés avec. Je n'oublierai jamais l'émotion que j'ai ressentie quand j'ai vu la surface craquelée de la Lune, avec ses cratères, ses montagnes, ses vallées. Une « magnifique désolation », comme a dit un astronaute. On l'a regardée pendant des heures, complètement éberlués. Une semaine ou deux plus tard, on a visité une autre maison et là, jackpot ! Armes, bijoux, radios, télévisions. La totale ! Et même des pizzas. On a tout revendu et on s'est fait plusieurs billets. On a alors loué une chambre dans un motel pas cher. Deux douches et une nuit avec la clim. Le grand luxe ! On faisait ça de temps en temps quand on avait un peu d'argent. Il y avait une bibliothèque pas très loin, une annexe de celle du centre-ville. On est allés là-bas. C'était la première fois que je mettais les pieds dans un endroit pareil ! Ça nous a vraiment surpris ; n'importe qui pouvait y entrer gratuitement et lire des journaux, des magazines. On a fait le tour des lieux, le rez-de-chaussée comme le premier, et on a trouvé un beau livre sur le système solaire, les constellations et les phases de la lune. On l'a volé et rapporté au camp. On a regardé cet ouvrage pendant des heures, de la première à la dernière page. À l'époque, je ne lisais pas très bien mais Brian avait terminé le collège. Et on a appris des tas de choses sur les étoiles. Alors quand la nuit était claire, on sortait le télescope. Rien qu'en regardant la lune à l'œil nu, on pouvait dire quel jour du mois on était. Et quand il n'y avait pas de lune, on arrivait à nommer toutes les constellations visibles. Orion, le Scorpion, les Gémeaux, le Cygne, le Taureau, la Grande Ourse, qu'on appelle aussi la Casserole. Mais avec le télescope, on voyait des étoiles et des systèmes dont on nous avait jamais parlé à l'école. On s'est disputés fort un jour parce que Brian jurait avoir repéré Pluton. Ça vous paraît possible, vous ?

— Je ne me prononcerai pas.

— On a gardé ce télescope, on ne l'a jamais revendu, pas même quand on avait vraiment les crocs.

— C'est une jolie histoire, à part la partie cambriolage.

— Qu'est-ce qu'on était censés faire, Marvin ? Mourir de faim ?

— C'est pas une raison.

— Peu importe. (Cody désigne le satellite.) Brian aimait les nuits noires pour voir la Voie lactée, les milliers d'étoiles ; moi, mon truc c'était la lune. Quand elle est pleine, comme ce soir, il est quasi impossible de distinguer les constellations. Mais je m'en fichais. J'adorais explorer sa surface et je me racontais que quelqu'un vivait là-haut. Vous voyez cette tache sombre un peu sur la droite ? C'est la mer de la Tranquillité, là où Apollo 11 s'est posé en juillet 1969. Vous vous souvenez de cette nuit-là ?

— Le monde entier s'en souvient. Tu n'étais qu'un gosse à l'époque.

— J'avais huit ans. J'habitais dans une famille d'accueil, les Conway. Il y en a eu tant. Ils faisaient de leur mieux, mais le problème quand vous êtes en famille d'accueil, c'est que vous êtes toujours une pièce rapportée – rapportée et temporaire. Bref, c'était un dimanche soir et M. Conway nous a tous rassemblés devant la télé pour regarder l'alunissage. Ça ne m'intéressait pas trop, pour être honnête. Et vous ?

— Je ne sais pas, Cody. C'est vieux. Et à l'époque, les petits garçons noirs ne rêvaient pas de devenir astronautes. C'était inaccessible.

— Moi, j'étais un petit Blanc et ce rêve n'était pas pour moi non plus. Mon seul rêve, c'était d'avoir un père et une mère et de vivre dans une jolie petite maison.

Cody s'appuie à la table à côté de Marvin. Ils observent les faisceaux des projecteurs qui s'agitent dans le ciel au loin.

— Et vous Marvin, c'était quoi votre rêve ?

— Je ne sais pas. Jouer au baseball. J'avais de bons parents – ils sont toujours en vie –, des frères et sœurs, des tas d'oncles et de cousins. On était une grande famille. En ce sens, j'ai eu beaucoup de chance.

— C'est sûr.

— Willie Mays était mon héros et je rêvais de jouer dans une grande équipe. Mon père jouait. Il a fait trois saisons en ligue mineure, enfin c'était avant que Jackie Robinson devienne une star. Il ne gagnait pas un sou, alors il a arrêté. Mais il m'a appris le baseball et j'adorais ça.

— Vous êtes allé jusqu'où ?

Marvin sourit.

— Pas loin. En 1965, les White Sox m'ont choisi au quarante-cinquième tour de la *draft*, autant dire quasiment en dernier, et ils m'ont proposé deux cents dollars.

— Vous avez signé ?

— Non. Mon père m'a dit de ne pas le faire. Il savait que je ne pourrais pas intégrer les ligues majeures, j'étais trop lent, et il ne voulait pas que je perde les cinq années suivantes à végéter dans les mineures. Il voulait que je fasse des études, mais on n'a pas eu assez d'argent.

— C'était un homme clairvoyant.

— Il l'est toujours. Je l'écoute encore, de temps en temps. Il ne peut pas s'empêcher de donner son avis.

— Et votre mère ?

— Toujours bon pied, bon œil. Ils sont mariés depuis cinquante ans. Elle aussi, elle y va encore de ses conseils.

Cody est trop tendu pour rester en place. Il se redresse, marche vers la clôture pour regarder à nouveau la lune.

— Un jour, je devais avoir douze ans, Brian et moi, on repérait des maisons que l'on pouvait cambrioler... C'était l'hiver, on avait vraiment faim et froid. Un soir, à la tombée de la nuit, on s'est approchés d'une baraque qui bordait les bois. Le lotissement était nouveau. On a grimpé dans un arbre pour avoir une meilleure vue sur les pièces. On était agiles comme des chats dans le noir. Il y avait une grande fenêtre dans la cuisine, et une famille modèle était attablée.

Le père, la mère, trois enfants, dont un garçon de mon âge. Ils mangeaient, discutaient, riaient, et derrière eux, il y avait un bon feu dans la cheminée. Pourquoi j'ai pas droit à ça ? je me suis dit. Qu'est-ce que je fais en haut de cet arbre, affamé et frigorifié ? Pourquoi ces gosses ont une belle vie et pas moi ? Qu'est-ce qui s'est passé, Marvin ?

— Je n'ai pas la réponse.

— Je sais bien. Contentez-vous de compatir, s'il vous plaît, l'horloge tourne. Et cette fois, c'est mon horloge vitale.

— D'ailleurs, on ferait bien d'y aller. Il reste trente-trois minutes. Le directeur risque de nous voir.

— Et qu'est-ce qu'il pourrait bien faire ? Me donner un blâme ? Me mettre à l'isolement ?

— Pour toi, je ne sais pas, mais moi, il peut me renvoyer dans le quartier des droits-communs, avec la racaille.

Cody s'esclaffe.

— C'est sûr que la vie est plus tranquille dans le couloir de la mort.

— Oui. C'est bien mieux ici.

— Merci, Marvin. Merci pour ça. (Il désigne la lune du doigt.) Merci d'avoir été si gentil avec moi. C'est pas le cas de tous les surveillants. Certains sont vraiment des salopards.

— Je t'ai toujours bien aimé, Cody. Et j'ai toujours pensé que tu ne méritais pas ça.

— Merci, Marvin. Ça fait plaisir à entendre, maintenant que c'est la fin.

Des véhicules apparaissent sur la route qui mène à la prison. Une sorte de convoi, avec une voiture de patrouille en tête, les gyrophares allumés, guidant trois minibus blancs. Une autre voiture de police ferme la colonne. Les véhicules s'engagent sur le parking près des portes d'entrée du bâtiment et s'arrêtent. Des gens descendent des vans et les policiers les conduisent à l'intérieur. Ils sont trop loin pour que Cody puisse entendre ce qu'ils se disent.

— Je suppose que ce sont les témoins, avance Cody quand le groupe a disparu de leur vue. C'est que mon heure est proche.

— Exact.

— Vous avez vu la liste ?

— Oui.
— Et donc qui est là pour le grand soir ?
— Je n'ai pas le droit de te le dire.
— Allez, Marvin. Je peux bien savoir qui va me regarder mourir.
— Des membres de la famille. Les Baker avaient trois enfants.
— Murray, Adam et Estelle. Dieu merci, ils n'étaient pas dans la maison ce soir-là. Je me souviens d'eux au procès. Je leur ai même écrit, mais ils n'ont jamais répondu. En même temps, je les comprends.
— Oui, ils sont là, avec deux procureurs et quelques flics, je suppose. Je ne reconnais aucun nom.
— Et personne de mon côté.
— C'est ce que tu voulais, non ?
— Certes. Vous voulez me regarder mourir, Marvin ?
— Toujours pas, non.
— Je m'en doutais. À votre avis, comment ils se sentiront quand je serai mort ? Soulagés ? Tristes, peut-être ? Heureux que je ne sois plus de ce monde ? Vous avez une idée ?
— Non. C'est sûr qu'ils veulent te voir mourir, sinon ils ne seraient pas là.
— On va leur en donner pour leur argent, moi et le directeur, pas vrai ? (Cody se met à marcher de long en large, en ne quittant pas des yeux la chambre à gaz.) Vous savez, j'ai de la peine pour eux. Ils ont perdu leurs parents, c'étaient de bonnes personnes et tout, mais je vous jure que je n'ai tué personne.
— Je le sais.
— J'ai même dit à Brian de lâcher son pistolet.
— Une fois, il y a longtemps, j'ai parlé à ton avocat, Jack. J'aime bien ce gars. Il m'a raconté ton histoire, il m'a dit que tu n'avais pas tué ces gens, que c'est ton frère qui a tiré.
— C'est vrai, sauf que j'étais sur place, donc complice, et selon la loi de notre grand État, je suis aussi coupable que mon frère.
— Ce n'est quand même pas juste.
— Si, c'est de ma faute. Tout est de ma faute.

9.

La maison se trouvait dans une sorte de lotissement, des parcelles d'un hectare en pleine campagne, sur une petite route raccordée à l'eau et au tout-à-l'égout, avec des voisins ni trop loin, ni trop près. Des habitations de deux cent cinquante mètres carrés avec chauffage et plein de place autour pour une piscine, un jardin, des chiens. Ce coin était une cible parfaite pour des petits voleurs qui se cachaient dans les bois et pouvaient frapper de nuit comme de jour. Pour l'heure, c'était une terre encore vierge pour le gang des Wallace. Il y avait quatorze maisons en tout, toutes datant de moins de vingt ans, par conséquent suffisamment récentes pour être équipées de systèmes d'alarme. La plupart d'ailleurs arboraient fièrement des panneaux « PROPRIÉTÉ PRIVÉE PROTÉGÉE PAR TÉLÉSURVEILLANCE ».

Brian et Cody épiaient la route depuis des semaines. C'était l'été, le temps des vacances, une période toujours faste pour les cambrioleurs. La nuit, ils sillonnaient le lotissement sur leurs vélos pour détecter quelles maisons étaient éteintes. En fin d'après-midi, ils se perchaient dans les arbres, avec des jumelles, et scrutaient les propriétés. Il s'agissait de repérer si les camping-cars étaient partis, si les journaux s'amoncelaient dans les allées, si les enfants ou les chiens jouaient ou non dans les jardins, si les rideaux étaient tirés le soir. C'était vraiment simple de savoir quand une habitation n'avait plus d'occupants.

Après quelques jours de repérage, il était évident qu'il n'y avait plus personne chez les Baker. Leur maison se trouvait du côté nord du lotissement, la zone de Cody. Brian se chargeait du côté sud.

Ils attendirent 2 heures du matin, l'heure idéale pour les effractions. Il y avait des capteurs à toutes les fenêtres et à toutes les portes, l'appel à la centrale de surveillance serait passé dans la minute, puis la sirène se mettrait à sonner dans la maison. Impossible de savoir si le système incluait une alarme extérieure qui allait réveiller les voisins. Si tout se passait comme prévu, les Wallace auraient vingt minutes devant eux avant que la police rapplique.

Et deux minutes leur suffiraient. Ils avaient chacun une lampe de poche car ils comptaient travailler dans l'obscurité. Il pouvait y avoir des insomniaques dans le quartier. Avec un diamant, Brian découpa une portion de la porte vitrée du côté jardin, passa le bras dans le trou et déverrouilla la serrure. Il l'avait fait tant de fois qu'il ouvrait une porte aussi vite que s'il avait la clé.

Quelques secondes plus tard, l'alarme se déclencha et se mit à sonner dans toute la maison. Les garçons avaient appris à rester calmes même sous les hurlements des sirènes et vaquèrent à leurs affaires. Ils n'avaient jamais cambriolé une maison avec des gens à l'intérieur. Pas besoin de s'affoler. Il n'y avait personne pour entendre les beuglements du haut-parleur.

Pourtant ce soir-là, le destin fut contre eux. Ils étaient dans le salon quand quelqu'un alluma la lumière au bout du couloir. Un homme cria : « Il y a quelqu'un ? »

— Merde ! souffla Brian.

Mais il avait quand même parlé trop fort, car une femme s'écria :

— Il y a quelqu'un, Carl. Je l'ai entendu !

Pendant quinze ans, Cody avait rejoué dans sa tête ces quelques secondes. Il ne saurait jamais pourquoi Brian avait parlé. Leur plan, répété des centaines de fois, était très clair : si ça tournait mal, ils devaient partir par là où ils étaient entrés, déguerpir comme des lapins. Pas un bruit. Juste fuir ! Se sauver ! Ils étaient vêtus de noir, jusqu'aux baskets, le visage peint, avec des gants de caoutchouc noirs aussi. Ils étaient adolescents, mais ils jouaient un jeu d'adultes et le prenaient très au sérieux. Et étaient très fiers de leur savoir-faire.

Et ce pistolet ? Pourquoi Brian avait-il ce pistolet ? Ils en avaient volé des centaines, avaient tiré des milliers de cartouches dans leur stand de tir improvisé dans les bois. Cody se débrouillait pas mal, Brian, lui, était carrément un crack ! C'était un sujet de discorde récurrent entre eux : Brian voulait prendre une arme. Cody n'était pas d'accord.

Une autre lumière s'alluma dans la maison. Cody battit en retraite vers la cuisine, et heurta un tabouret.

— J'ai un fusil ! cria l'homme.

Brian se cacha derrière un fauteuil dans le salon.

La fusillade ne dura que quelques instants, mais Cody, le seul survivant, y penserait pendant des années. La déflagration assourdissante du calibre 12, les tirs répétés du 9 mm. La femme qui hurle, le mari qui tire à nouveau.

Au procès, le rapport balistique établirait que Brian avait tiré cinq fois avant d'être abattu par le deuxième coup de fusil. La première balle avait touché Mme Baker juste sous l'œil gauche, la tuant sur le coup. Deux autres balles avaient atteint M. Baker à la poitrine, mais celui-ci était parvenu à presser la détente encore une fois.

Quand les tirs cessèrent, Cody trouva un interrupteur et resta bouche bée devant la scène de cauchemar. M. Baker était au sol, gémissant, et tentait encore de se relever. Mme Baker gisait au pied de la bibliothèque, se vidant de son sang. Et Brian était par terre, à côté de la télévision, la moitié de la tête arrachée. Cody poussa un hurlement en courant vers lui.

Quand la police arriva, ils trouvèrent Cody toujours assis par terre dans le salon, tenant son frère dans ses bras, couvert de sang et en larmes.

M. Baker décéda le lendemain. Cody, indemne, physiquement du moins, fut alors enfermé pour le restant de ses jours. Les photos de la scène de crime furent montrées aux jurés, les délibérations ne durèrent pas longtemps. Ils condamnèrent Cody à la peine de mort.

10.

— C'est de ma faute, Marvin. Je croyais que la maison était vide, que les Baker étaient partis en vacances. Une erreur, ma première, et le monde s'est écroulé. C'était horrible.

Cody revient à la table de pique-nique à côté de Marvin. Les deux hommes contemplent la lune. Les secondes s'écoulent.

— Il y avait tellement de sang. J'en étais couvert et je ne pouvais plus bouger. Les flics m'ont balancé à l'arrière de leur voiture, en m'insultant tout le long du trajet jusqu'à la prison. Mais je m'en foutais. Je n'arrêtais pas de pleurer. Brian était mort. La seule personne que j'aie aimée de ma vie, la seule qui m'ait aimé. Et il est mort depuis quinze ans.

— Je suis désolé, Cody.

Un gardien passe la tête à la porte.

— Le directeur arrive.

Marvin se retourne et se dirige vers la sortie. Il ouvre le battant et attend Cody qui semble figé sur place. Lentement, il essuie ses larmes et regarde la lune des fraises.

— Il faut y aller.

— Où ça, Marvin ?

— Je ne peux pas te répondre.

— Vous croyez que Brian sera là-bas ?

— Je ne sais pas.

Cody se redresse, s'essuie encore les joues, regarde une dernière fois la lune. Longtemps.

LES ADVERSAIRES

1.

Le cabinet Malloy & Malloy, dirigé par la troisième génération, paraissait toujours prospère malgré le scandale récent qui l'avait frappé. Depuis cinquante et un ans, le cabinet de Saint-Louis officiait à l'angle de Pine Street et de la 10e Street, dans un joli bâtiment Art déco du centre-ville qu'un ancien Malloy avait fait saisir à son profit.

Passé les portes, la situation était toutefois moins idyllique. Le patriarche, Bolton Malloy, était en prison depuis cinq ans après avoir plaidé coupable pour le meurtre de son épouse – une femme très déplaisante pour qui personne ne versa une larme. L'affaire avait fait les choux gras de la presse : l'un des avocats les plus connus et influents en ville avait tué sa femme et été radié du barreau. Il devait purger une peine de dix ans, mais Bolton Malloy se battait déjà pour obtenir une remise de peine.

Ses fils géraient le cabinet et, lentement mais sûrement, le conduisaient à la faillite. Ils étaient les seuls associés, à parts égales (même poste, mêmes responsabilités, mêmes gains). Malheureusement, ils se détestaient avec la même vigueur, et ne se parlaient qu'en cas d'extrême nécessité. Rusty, l'aîné de dix-sept mois, se considérait comme un ténor des prétoires, il aimait les salles de tribunal et rêvait d'obtenir de gros verdicts défrayant la chronique, des exploits qui lui attireraient un maximum de publicité et une cohorte de procès sensationnels. Son frère Kirk était plus réservé et affectionnait l'exercice plus tranquille du droit des affaires, le calme du bureau et les gros honoraires.

Tous les ans, Rusty prenait un abonnement pour la saison des Cardinals, au moins cinquante matchs. L'hiver, il suivait assidûment au hockey le parcours des Blues. Kirk n'aimait pas le sport, préférait de loin le théâtre, l'opéra, voire les ballets.

Rusty avait un faible pour les blondes et en avait épousé trois. Seule la seconde union lui avait donné une fille. Kirk vivait toujours avec sa première femme, une jolie brune, mais son couple partait à vau-l'eau. Ils avaient trois enfants. Ils leur avaient inculqué de bonnes valeurs, pourtant aujourd'hui, chacun à sa façon, s'engageait sur de mauvais chemins.

Bolton et feu son épouse avaient donné à leurs garçons une éducation catholique et Kirk continuait d'aller à la messe tous les dimanches. Rusty, quant à lui, avait quitté l'Église depuis le scandale des prêtres pédophiles et ne supportait plus d'entendre quiconque louer le pape. Il prétendait avoir rallié les anglicans, mais n'avait jamais assisté au moindre office.

En fiers Irlandais, les garçons rêvaient de faire leurs études à Notre-Dame-du-Lac. Étant l'aîné, Rusty partit en premier à South Bend en roulant des mécaniques. Déjà, à l'époque, la compétition était féroce entre les deux frères, à tel point que Kirk espérait que Rusty échoue aux admissions. Quand il apprit que Rusty avait été reçu, il décida de faire mieux que son aîné et tenta d'intégrer l'une des prestigieuses universités de l'Ivy League. Il se retrouva sur liste d'attente à Dartmouth et fut accepté *in extremis*.

Notre-Dame-du-Lac contre Dartmouth ! Les échanges furent sanglants à la maison. Puis, quand Rusty annonça qu'il comptait faire son droit à Yale, Kirk, fou de rage, décida d'entrer à Harvard. Ni l'un ni l'autre ne furent pris, malgré leurs bons dossiers. Le second choix de Rusty était Georgetown, celui de Kirk, Northwestern qui, à l'époque, était mieux notée que l'université de la côte est. Sur le papier donc, Kirk intégra une meilleure fac de droit, mais Rusty s'en fichait.

Les deux fils viendraient travailler dans le cabinet familial – puisque le père avait payé leurs études, leur avenir était tout tracé. Toutefois, pour qu'ils s'endurcissent, Bolton les envoya d'abord se faire les dents sur le terrain. Rusty choisit Milwaukee, au bureau de l'aide juridictionnelle. Kirk devint procureur adjoint à Kansas City.

Malloy & Malloy avait toujours trempé dans la politique, et Bolton arrosait les deux camps, politiciens comme juges, tous ceux qui avaient une chance d'être élus. Le patriarche se fichait du parti auquel appartenait un candidat. L'important était d'avoir ses entrées. Alors il signait des chèques à tour de bras. En ce domaine, les fils s'opposèrent à nouveau. Rusty était démocrate, il honnissait les grandes entreprises, les compagnies d'assurances, les lobbyistes qui voulaient plafonner le montant des dommages et intérêts pour les victimes. Ses amis étaient dans le camp d'en face, celui des empêcheurs de tourner en rond, des défenseurs de la veuve et de l'orphelin. Kirk avait choisi bien sûr le côté des nantis, déjeunait dans des restaurants avec vue panoramique, avait sa carte au country club. Il était fier de sa réussite et n'avait jamais voté pour un démocrate.

Le cabinet était divisé en deux factions irréconciliables, et géographiquement séparées. Après avoir traversé le hall cosy de Pine Street, une jolie standardiste recevait le visiteur derrière un bureau high-tech. Ceux qui cherchaient Kirk étaient dirigés vers l'aile droite. Pour Rusty, c'était l'aile gauche. Chacun avait ses équipes – partenaires, secrétaires, assistants juridiques et coursiers –, chacun son territoire. Et personne ne se mélangeait. Tout contact avec « ceux d'en face » était mal vu de la hiérarchie concernée.

Pour être honnête, il était rare qu'il faille communiquer entre les deux ailes. Les affaires de Rusty impliquaient toujours de graves dommages corporels et son équipe était spécialisée dans les reconstitutions d'accidents, les erreurs médicales, les tractations avant-procès, les accords à l'amiable et la préparation des audiences. Kirk, de son côté, travaillait à l'heure pour des gens aisés, avec ses experts en optimisation fiscale et en rédaction de testaments épais de trois centimètres.

Le cabinet n'avait pas fait de fête depuis cinq ans, depuis le départ de Bolton Malloy. À l'époque, le patron tenait à ce qu'un petit cocktail soit organisé tous les premiers vendredis du mois, à 17 heures précises, pour détendre le personnel, remonter le moral des troupes – et au pot de Noël, il encourageait tout le monde à boire plus que de raison. Mais ces sauteries avaient disparu avec Bolton. Dès que la sentence était tombée, les deux camps s'étaient repliés dans leur aile respective et avaient imposé un nouveau *modus vivendi*.

Pour éviter son frère, Rusty travaillait les lundis, mercredis et vendredis matin – sauf, bien sûr, quand il était au tribunal. Kirk se gardait bien de passer au bureau ces jours-là et venait le mardi, jeudi et de temps en temps le samedi matin. Il pouvait s'écouler des semaines sans que les deux frères se parlent ou se croisent.

Pour assurer un minimum de cohésion au milieu de cette guerre intestine, le cabinet comptait sur Diantha Bradshaw – elle était l'ancre du navire, la médiatrice, la troisième tête pensante de Malloy & Malloy. Son bureau se trouvait en zone neutre, juste derrière la réception, à égale distance des deux ailes. Quand Kirk avait quelque chose à demander à Rusty – ce qui était rarissime –, il passait par Diantha. Et pareil pour Rusty. Quand il fallait prendre une décision importante, elle consultait les deux parties, séparément, et optait pour ce qui lui paraissait le plus juste.

Dans un secteur d'activité où chaque semaine des cabinets explosaient en vol, les Malloy auraient dû se séparer et poursuivre leur carrière chacun de son côté, sans avoir sur les épaules ce psychodrame familial. Mais c'était impossible, et ce, pour deux raisons : d'abord, l'accord de partenariat que leur père leur avait fait signer avant de partir en prison. Les deux frères avaient accepté, avec quasiment un pistolet sur la tempe, de rester associés à parts égales pendant les quinze prochaines années. Au cas où l'un d'eux déciderait de partir, tous ses clients, dossiers et honoraires devaient rester au cabinet. Ni Rusty, ni Kirk n'avait les moyens de jeter l'éponge. Venait ensuite la question immobilière : l'immeuble appartenait à Bolton, qui le louait à l'année pour un dollar symbolique au cabinet. Aux yeux du père, c'était un bon investissement. Dans le quartier, au cours du marché actuel, le prix aurait été de quarante mille dollars. Si le cabinet fermait ses portes, tout le personnel serait mis dehors, les loyers passés seraient réclamés en intégralité, et la vie deviendrait très compliquée pour les deux frères.

Bolton avait toujours été un fin stratège, un manœuvrier obsédé par le pouvoir ; il voulait garder la main sur tout, sur ses fils comme sur son entreprise. Depuis son incarcération, il ne manquait à personne. Et l'éventualité d'une libération anticipée inquiétait tout le monde.

Malloy & Malloy, que ce soit l'aile gauche ou la droite, préférait que Bolton reste derrière les barreaux.

2.

Tôt le jeudi matin, Kirk se gara dans le parking souterrain à l'angle de la 10e Street, sous l'immeuble du cabinet Malloy. Il y avait déjà quelques véhicules appartenant à des membres de l'équipe de Rusty. Tous étaient arrivés avant 8 heures parce que le grand homme devait plaider au palais de justice ce jour-là. À côté de l'ascenseur, quatre places étaient réservées, et des pancartes indiquaient le nom des heureux élus. Le SUV Ford de Rusty était si gros qu'il dépassait de son emplacement. Sur le pare-chocs arrière, il avait mis un autocollant : HAL HODGE GOUVERNEUR ! VOTEZ DÉMOCRATE.

Kirk se gara en face du SUV, à côté de l'Audi rutilante de Diantha. Si elle était déjà au bureau, il n'y avait qu'une explication possible : elle surveillait de près l'évolution du procès.

Quand Rusty était au tribunal, le cabinet – toutes ailes confondues – retenait son souffle.

Kirk sortit de sa voiture, attrapa son porte-documents et se dirigea vers l'ascenseur. En chemin, il s'arrêta devant le sticker sur le pare-chocs du SUV et lâcha un grognement méprisant. À ses yeux, Hal Hodge était un vulgaire gratte-papier qui avait passé plus de vingt ans planqué au Parlement du Missouri. Kirk se tourna et admira son propre autocollant à l'arrière de sa BMW toute neuve. RÉÉLISEZ LE GOUVERNEUR STURGISS, UN VRAI RÉPUBLICAIN !

Kirk avait soutenu Sturgiss quatre ans plus tôt en organisant des collectes pour sa campagne. C'était un politicien pas trop détestable, dont les seuls atouts pour l'heure étaient d'avoir déjà occupé la fonction et d'être bien placé dans les sondages. Le Missouri avait toujours été un bastion républicain.

Dans l'ascenseur, Kirk rajusta sa cravate en soie et lissa son col de chemise. La tenue était un autre sujet de discorde. Quand Bolton était aux manettes, il dirigeait son cabinet d'une main de fer, jusqu'à la tenue vestimentaire des employés. Il exigeait veste et cravate au bureau, costume en salle d'audience, et tailleur strict pour les femmes, même s'il appréciait les jupes courtes. Dès qu'il fut en prison, le jour même de son incarcération, Rusty s'était empressé de lâcher la bride à sa jeune équipe. Aujourd'hui, tout le personnel portait des jeans, des pantalons de toile, et jamais de cravate, du moins au cabinet. Au tribunal, ou lors de réunions très importantes, ils se déguisaient en parfaits avocats. Kirk détestait ce laisser-aller et avait maintenu le dress code paternel dans son aile. Bien sûr, son équipe se sentait lésée et victime d'une grande injustice.

De toute façon, chez Malloy & Malloy, tout le monde se plaignait toujours de quelque chose.

Les portes de l'ascenseur s'ouvrirent dans le hall. Par réflexe, Kirk obliqua vers l'aile gauche pour voir comment se passait le procès de Rusty. Il s'engagea dans le couloir et comprit que toute l'équipe était en salle de réunion. Il tendit l'oreille, puis décida de les laisser tranquilles. Une visite impromptue pourrait agacer son frère et gêner les débats.

Diantha était avec eux. Elle lui ferait un topo plus tard. Selon elle, l'affaire se présentait mal.

3.

De l'autre côté de la porte, Rusty parlait en marchant de long en large. L'ambiance était tendue. Son équipe, habillée pour l'audience, semblait épuisée dès le matin, ce qui était compréhensible après plusieurs jours passés au tribunal. La longue table de marbre était parsemée de gobelets de café. Apparemment, personne n'avait touché aux viennoiseries.

— Donc Bancroft m'a appelé hier soir vers 22 heures. Après m'avoir sorti les conneries habituelles, il m'a dit que son client était prêt à lâcher un million pour clore l'affaire.

Diantha n'était pas assise à la table, mais dans un coin de la salle, comme si elle était là par pure conscience professionnelle, sans être partie prenante. Quand elle entendit le chiffre, elle ferma les yeux et se retint de sourire. Un accord financier, enfin !

— Bien sûr, j'ai refusé. On ne va pas se coucher maintenant ! Et sûrement pas pour un misérable million de dollars.

Diantha, les yeux toujours clos, fronça les sourcils et se retint de secouer la tête de dépit.

Rusty se tut et regarda son équipe, les mettant au défi de le contredire.

— On est tous d'accord ?

Carl Salter était consultant pour les jurys, par conséquent ni un avocat, ni un employé du cabinet – juste un vieil ami de Rusty. Les deux hommes avaient participé à de nombreux procès ensemble au fil des années et se parlaient sans détour.

— Prends l'argent, Rusty. Le jury n'est pas avec nous. Tu as peut-être les jurés un, trois et cinq, mais c'est trop juste. Accepte le fric.

— Je ne suis pas d'accord avec toi. Nous avons aussi la numéro deux. Je l'ai regardée toute la semaine. On l'a dans la poche. Elle a pleuré pendant le témoignage de Mme Brewster.

— Elle pleure tout le temps ! Je l'ai même vue chialer pendant la pause hier.

Rusty se tourna vers ses avocats.

— Ben ?

— Je ne sais pas. Elle pleure beaucoup, c'est vrai. Je pense qu'on a peut-être quatre jurés sur six, mais il nous en faut cinq. On n'a pas le nombre magique.

Ben Bush était le bras droit de Rusty depuis les huit dernières années. Dans la plupart des cabinets, il serait déjà passé associé, mais la promotion n'était pas dans les gènes des Malloy. Ils étaient généreux sur les salaires, les primes, pas avec leurs parts.

Rusty le regarda avec dédain comme s'il avait affaire à un pleutre, puis se tourna vers quelqu'un d'autre.

— Pauline ?

Elle savait que son tour viendrait et ne trembla pas. Pauline Vance était du genre calme. Elle faisait partie de l'équipe depuis onze ans et avait la réputation d'avoir la dent dure en affaires, et de préférer le combat à la conciliation.

— Je ne sais pas trop. On a bien argumenté et montré les responsabilités. Les dommages sont terribles. Je pense qu'on a encore la possibilité de l'emporter et de toucher le jackpot.

Rusty esquissa un sourire pour la première fois depuis le début de la matinée.

Carl rompit vite le charme.

— Je peux poser une question ? (Sans attendre la réponse, il poursuivit.) Cette offre de l'hôpital, tu en as parlé à tes clients ?

— Non. Il était tard. Je compte le leur dire ce matin.

— Mais c'est trop tard. Tu as déjà rejeté leur proposition, n'est-ce pas ?

— Nous n'acceptons pas, Carl. Point barre. Cette affaire vaut une fortune, et dans deux heures, je me tiendrai devant nos chers jurés pour leur demander trente millions en réparation.

Rusty ne s'était jamais laissé influencer par son équipe, ni par personne d'ailleurs. Il était téméraire, sans peur, comme un vieux briscard. Il détenait toujours le record du plus jeune avocat du Missouri ayant remporté un verdict de plus d'un million de dollars. À l'âge de vingt-neuf ans, il avait convaincu un jury de verser à son client deux millions de dollars dans un tribunal à Cap-Girardeau. Il s'était alors senti pousser des ailes et le chemin paraissait lumineux : attaquer tous azimuts, refuser les accords à l'amiable, participer à des actions collectives, faire de la publicité, être présent sur Internet, se vanter de ses victoires, mener la grande vie et dépenser sans compter. Comme une vraie star du barreau.

Sa carrière était effectivement bien partie jusqu'à ce que la série de victoires s'arrête.

Rusty baissa la voix et contempla son équipe. Toujours acteur dans l'âme, il annonça d'un ton solennel :

— On sait tous qu'il nous faut un grand verdict. Ça devient urgent. Alors on ne va pas laisser filer celui-là. Aux armes et allons tuer le dragon !

Tout le monde ramassa ses papiers et quitta la salle. À la porte, Diantha retint Rusty.

— Tu as une minute ?

— Juste une, répondit-il avec un petit sourire.

Ils étaient amis depuis longtemps et se confiaient beaucoup de secrets. Diantha était sans doute la seule personne dont Rusty acceptait de temps en temps de suivre les conseils.

Elle fit signe à Carl de rester aussi. Il ferma la porte et les rejoignit.

— On a un problème, déclara Diantha. Et un gros.

— Ah oui ? Lequel ? répliqua Rusty.

— Tu le sais très bien. Tu as eu une offre et tu n'en as pas informé ton client avant de la rejeter.

Carl secoua la tête pour montrer sa désapprobation. Rusty lui lança un regard noir et reprit :

— Ça n'a aucune importance. J'ai le jury avec moi.

— Carl n'est pas de cet avis, comme le reste de ton équipe. Ça se voit sur leurs visages.

— Mais tu n'es pas en salle d'audience.

— Moi, oui, intervint Carl. Prends l'argent, c'est mieux que rien.

Rusty prit une grande inspiration, apparemment ébranlé. Diantha en profita pour enfoncer le clou.

— Tu sais combien on a emprunté pour cette affaire ?

— Non, pas précisément...

— Plus de deux cent mille dollars.

— Il faut mettre les moyens quand on veut gagner.

— On est à cinquante/cinquante avec le client. Avec un million, on rembourse la banque et on partage le reste. Il restera quatre cent mille pour le cabinet, Rusty.

— Les Brewster méritent davantage. Il faut voir la tête des jurés quand ils regardent Trey. Ils vont donner une fortune à ce gamin !

— Certes, ils sont tous très compatissants, seulement ça s'arrêtera là, précisa Carl. On n'a pas prouvé la responsabilité de l'hôpital. Les dégâts sont énormes, mais notre dossier est mince. Bancroft va nous laminer.

D'ordinaire, Rusty aurait piqué une colère en entendant ce défaitisme, mais cette fois il continua à respirer lentement, attentif. Ses épaules s'affaissèrent, il regarda fixement Diantha. Ce qu'il vit dans ses yeux l'anéantit. Elle n'avait pas confiance en lui. Elle doutait de ses capacités. Et était persuadée qu'il allait perdre, encore une fois.

— Carl a souvent raison, poursuivit-elle. Prends le fric et tire-toi. On croule sous les dettes.

Rusty poussa un long soupir, esquissa un autre sourire contraint.

— C'est bon, c'est bon. Je n'ai pas envie de me disputer avec vous.

— Accepte l'argent, Rusty.

4.

Diantha les accompagna jusqu'à l'ascenseur et regarda la porte se refermer. Elle fila vers l'aile droite du bâtiment, salua un jeune avocat qui sortait ses dossiers, et toqua à la porte de Kirk. Sans attendre, elle entra. Kirk était debout derrière son bureau, comme s'il attendait sa visite.

— L'hôpital a proposé un million de dollars hier soir et Rusty est d'accord pour accepter leur offre.

— Merci ! Merci ! répondit Kirk en levant les bras au ciel.

— Il ne voulait pas, mais Carl lui a forcé la main.

— Alléluia !

— Il reste un souci quand même.

— Lequel ?

— Bancroft a appelé hier soir tard et Rusty l'a envoyé balader. Pas question ! il lui a dit. Et bien sûr, il n'a pas consulté son client. Ça ne lui est même pas venu à l'esprit !

— Si c'était le soir, Rusty devait avoir un coup dans le nez.

— C'est évident. Mais aujourd'hui il va accepter l'offre.

— Je suis sûr que l'hôpital sera très content de s'en sortir en ne lâchant qu'un petit million.

— On va voir.

— Combien on a avancé sur ce dossier ?

— Deux cent mille.

— Tant que ça ? Comment peut-il dépenser autant pour une seule affaire ?

— Il a toujours procédé comme ça, Kirk. Sauf que maintenant, il ne fait plus rentrer d'argent.

— Il a perdu les trois derniers procès, c'est ça ?

— Non, quatre. Et avec celui-ci, ce serait le cinquième. Carl et Ben ne sont pas optimistes.

— On ne peut pas se permettre de perdre encore. Il faut qu'il arrête de poursuivre tout le monde en justice.

— C'est toi qui vas le lui dire ?

— Non. Ça ne servirait à rien. Les tribunaux avec jury, huissiers et tout le décorum, c'est comme le sang pour un vampire. Il ne peut pas s'en passer. Il adore plaider en public.

— Et autrefois, le public l'appréciait.

— Sauf qu'il a perdu la main.

— Je te tiens au courant, dit-elle, prête à s'en aller.

— Tu vas à la salle d'audience ?

— Non, mais j'ai une taupe sur place.

— Ben ou Pauline ?

— Je ne te le dirai jamais.

— Toi et tes secrets !

— Ici, c'est une question de survie.

5.

Une secrétaire conduisit les visiteurs dans le bureau du juge Pollock et les fit asseoir. Son Honneur avait déjà enfilé sa robe et parlait avec Luther Bancroft, l'avocat de la défense. Ses assistants et adjoints se tenaient dans un coin de la pièce, du menu fretin qui ne saurait participer à la conversation des deux grands hommes. Quand Rusty arriva, avec sa démarche et son sourire de conquérant, tous les regards se tournèrent vers lui. Ben et Pauline marchaient derrière. Carl était resté à l'extérieur – n'étant pas avocat, il n'avait pas le droit d'assister à la réunion avec le juge.

Après des bonjours et des poignées de mains glacials, Pollock prit la parole.

— Bien, messieurs, je suppose que vous êtes prêts pour vos plaidoiries finales ?

Rusty sourit à nouveau.

— J'ai de bonnes nouvelles, monsieur le juge. Hier soir, Luther m'a téléphoné et il nous a fait une offre. Je l'ai d'abord déclinée, mais la nuit portant conseil, nous avons décidé d'accepter la somme qu'il propose, à savoir un million de dollars pour clore l'affaire.

Le juge Pollock regarda Bancroft.

— Vous ne m'en avez pas fait part.

— C'est exact, Votre Honneur, parce que M. Malloy a rejeté l'idée sur-le-champ. Et il n'en a pas parlé à son client. Et pour tout dire, sa réponse a été plutôt brutale, formulée dans un langage que vous ne toléreriez pas dans votre salle de tribunal.

— Je te présente mes plates excuses, Luther, répondit Rusty avec condescendance. J'ignorais que tu étais si sensible.

— C'est bon. De toute façon, quand j'ai donné ta réponse à mon client, il a aussitôt retiré son offre. Il veut aller au procès. Nous avons perdu assez de temps comme ça. Finissons-en.

Ben lança un regard désespéré à Pauline, qui resta de marbre. Rusty accusa le coup mais se reprit aussitôt. Il se frotta les mains, prêt à la bagarre.

— Magnifique ! Allons-y !

Le juge regarda les deux avocats en fronçant les sourcils.

— Un million paraissait pourtant une offre raisonnable.

Bancroft hocha la tête, l'air attristé.

— Je suis bien d'accord, monsieur le juge. Mais mon client est catégorique à présent. Pas d'accord. L'hôpital considère qu'il n'est en rien fautif.

— C'est ce qu'on va voir ! grogna Rusty.

— Très bien. Regagnez vos tables. Je vais demander à l'huissier de réunir le jury.

Tous les avocats quittèrent la pièce pour se rendre dans la salle d'audience. Ben Bush fila aux toilettes, s'enferma dans une cabine et envoya un message à Diantha : *L'offre ne tient plus après refus de R. Client pas au courant. C'est parti pour les plaidoiries. On est baisés !*

6.

Sous les regards de tous – avocats, spectateurs, huissiers, greffiers et juge –, les six jurés prirent place dans le box. Le septième (le suppléant) s'assit à côté. Les mines étaient graves. Tous auraient préféré être ailleurs.

La table du plaignant se trouvait près du jury, et durant tout le procès, les jurés avaient eu sous les yeux Trey Brewster. Rusty l'avait fait venir précisément pour cette raison. Trey avait vingt-trois ans, mais l'âge, au regard de son état, n'avait plus aucune importance. Ses anniversaires se déroulaient sans qu'il en ait conscience. Ses yeux restaient toujours clos, sa bouche ouverte, sa tête inclinée contre son épaule gauche selon un angle improbable. Un tube inséré dans son nez lui apportait de l'oxygène, un autre, dans sa bouche, le nourrissait. Trey était équipé d'une sonde gastrique branchée directement dans son estomac, mais Rusty voulait qu'il y ait un maximum de tuyaux visibles pour marquer les esprits. Malgré les dommages qu'il avait subis au cerveau, Trey pouvait respirer tout seul, et donc il n'y avait pas de compresseur bruyant qui aurait vite agacé les jurés. Le jeune homme pesait autrefois 54 kilos, mais en avait perdu 20 depuis son opération deux ans plus tôt. Il n'était plus qu'un squelette et selon les médecins, il n'y avait aucune chance que son état s'améliore.

Sa mère était assise à sa droite, sa main constamment posée sur le bras de son fils. Elle avait des cernes, paraissait épuisée de s'occuper d'un malade qui ne guérirait jamais. Son père, à sa gauche, regardait droit devant lui, les yeux dans le vague.

Le juge Pollock approcha son micro.

— Mesdames et messieurs les jurés, il est temps désormais de conclure ces audiences. Vous avez entendu tous les témoins, vu toutes les pièces à conviction, et savez ce que prévoit la loi en pareilles circonstances. Le procès a été long et nous en avons bientôt terminé. Encore une fois, je vous remercie pour votre temps et votre patience. Les parties vont vous présenter leurs plaidoiries finales, puis vous vous retirerez en salle de délibération. Pour le plaignant, nous vous écoutons, maître Malloy.

Rusty se leva et s'approcha du pupitre. Il observa tour à tour les six jurés avec un sourire tranquille. Trois le regardèrent. La numéro deux paraissait sur le point de pleurer. Il commença, sans regarder ses notes.

— Quand mon client, Trey Brewster, a été admis à l'hôpital GateLane pour une simple opération de l'appendicite, ni sa famille, ni l'équipe médicale - personne au monde, en fait - n'imaginait que Trey ne reprendrait jamais conscience, qu'il allait passer le reste de sa vie paralysé, le cerveau détruit, dans un fauteuil roulant, nourri par sonde, sa vessie drainée par un cathéter.

Rusty avait une voix chaude et profonde, une diction accomplie de tragédien. Il était seul en scène et il adorait ça. Son introduction était puissante, il tenait son auditoire.

Au troisième rang, Carl Salter faisait mine de regarder Rusty, mais en réalité il épiait les six visages, les six paires d'yeux dans le box des jurés.

Et il n'aimait pas ce qu'il voyait.

Durant le procès, Bancroft avait fait du bon travail pour disculper son client. Le véritable fautif n'était pas dans la salle de tribunal. À savoir l'anesthésiste, un homme fragile psychologiquement et croulant sous les dettes, qui avait eu la main lourde avec ses produits - et qui, pour couronner le tout, avait quitté le bloc pendant l'opération. Il avait administré trois fois la dose normale de kétamine, plongeant le gamin dans un semi-coma, puis avait abandonné son poste et n'avait pas surveillé les constantes pendant la demi-heure d'intervention. Une semaine auparavant, il avait cessé de payer l'assurance qui le couvrait en cas d'erreurs médicales. Quelques jours après le drame, il s'était déclaré en faillite personnelle et avait quitté la région. On pouvait certes reprocher à l'hôpital d'avoir engagé une telle personne, mais pendant les huit premières années, l'anesthésiste avait accompli un travail exemplaire. Un divorce terrible l'avait ruiné, et cela avait été la descente aux enfers. Problème : ce n'était pas lui qui se trouvait sur le banc des accusés, mais GateLane ; or l'hôpital n'avait rien fait de mal.

Carl savait que les jurés avaient de la compassion pour Trey – qui n'en aurait pas eu ? Pourtant le dossier de Rusty était mince. La responsabilité de l'hôpital n'était pas évidente.

7.

Pour la seconde fois en une heure, Diantha débarqua dans le bureau de Kirk sans frapper.

— L'hôpital a retiré son offre ! C'est parti pour les plaidoiries.

Comme de coutume, Kirk avait des tas de dossiers autour de lui. Il en repoussa quelques-uns et écarta les bras.

— Qu'est-ce qui s'est passé ?

— Comment veux-tu que je le sache ? J'ai juste reçu un SMS. Pas d'accord. Offre retirée. Le procès reprend.

Elle se laissa tomber dans un fauteuil et secoua la tête de dépit.

— Résumons, lâcha Kirk. GateLane a fait une offre tard hier soir et Rusty, saoul comme d'habitude, l'a rejetée. Il a dit non, et ce, sans consulter son client. Donc, s'il perd, les Brewster peuvent nous attaquer pour réclamer leur million. C'est bien ça ?

— Exactement.

Kirk poussa un long soupir et s'affaissa sur son siège.

— Peut-être qu'il va gagner, cette fois.

— Peut-être. Ce serait bien. Ça nous permettrait de rembourser une partie de ses dettes.

— Tu devrais aller au tribunal. C'est à côté.

Diantha lâcha un rire.

— Hors de question ! Pas pour tout l'or du monde !
— Je comprends. Tu penses qu'il va se faire démonter ?
— J'ai eu un mauvais pressentiment à la réunion ce matin. Le jury est contre lui.

8.

Les jurés regardaient Rusty. La moitié d'entre eux semblait convaincue, l'autre pas.

Rusty se tenait devant un grand tableau blanc, un feutre bleu à la main.

— Selon nos experts, Trey a une espérance de vie de quinze ans. C'est bien peu pour un jeune homme de vingt-trois ans qui faisait du moto-cross avant de passer les portes de l'hôpital GateLane. Très bien, donnons-lui encore quinze ans à vivre. Pour que Trey reçoive des soins adaptés, il faut le placer dans un centre de soins spécialisé avec une surveillance médicale nuit et jour. Ses parents ne peuvent plus s'occuper de lui. C'est aussi simple que ça. Jean Brewster vous l'a prouvé, n'est-ce pas ? Son témoignage a été édifiant. La pauvre femme est épuisée. Elle n'en peut plus. Donc plaçons Trey dans un tel établissement, avec infirmières, aides-soignants, femmes de ménage, techniciens, et tous les médicaments et solutions nutritives pour le maintenir en vie. Le prix moyen dans la région pour ce genre de soins est de quarante mille dollars par mois, soit cinq cent mille dollars par an, et ce, pendant quinze années.

Rusty écrivit la somme totale au tableau : sept millions cinq cent mille dollars. Mais il n'en avait pas terminé.

— En comptant un taux d'inflation de trois pour cent, on arrive à... (Il écrivit la nouvelle somme.) neuf millions de dollars.

Il marqua une pause et s'écarta du tableau pour que ce chiffre pénètre bien dans les esprits. Il but un peu d'eau dans son gobelet et revint vers les jurés.

— Neuf millions de dollars. Juste pour s'occuper de Trey.

La salle était silencieuse. Ce n'était que le début, tous le savaient.

9.

— Le vieux m'a appelé hier soir, annonça Kirk.
— Avec quel téléphone ? s'enquit Diantha.
— Le sien ! Il en a un nouveau.
— Je croyais qu'il était à l'isolement justement parce qu'il avait été surpris avec un portable ?
— Ils en ont déjà trouvé plusieurs dans sa cellule. Fournis par les gardes à qui il donne des bakchichs. Les téléphones, c'est un gros marché en prison.
— Il arrose tout le monde, tel que je le connais.
— C'est sûr. Un jour, il joue au poker avec le directeur, et le lendemain il se retrouve au trou.
— Qu'est-ce qu'il voulait ?
— Tu connais Bolton. Simplement fanfaronner, me montrer qu'il avait déjà un nouveau portable. Il attend ma visite demain. C'est mon tour. On a un peu parlé. De ça. De politique. Et de ses chances d'obtenir une libération conditionnelle.
— Il n'a fait que cinq ans.
— Je sais. Mais il ne pense qu'à ça.
— Je préfère le savoir en prison.
— Comme nous tous.
— C'est quoi son plan ?
— Il n'a pas voulu me le dire au téléphone. Mais c'est sûr que ça implique pots-de-vin et appuis politiques.

10.

Rusty dirigea son pointeur laser vers le tableau blanc et regarda les jurés.

— Ce n'est pas tout. Avant que Trey ne décide d'aller se faire opérer à GateLane, ce garçon travaillait. C'était un brillant concepteur de logiciels et il gagnait quatre-vingt mille dollars par an. Sa carrière est finie, bien sûr, son salaire, aux oubliettes. Tout est perdu. Tout, sauf ce que lui donnera la justice. Selon nos lois, il est en droit de récupérer ce manque à gagner. Quatre-vingt mille dollars pendant quinze ans, cela fait en gros un million deux cent mille. Avec l'inflation, cela nous amène à deux millions de dollars. En ajoutant le prix des soins, les souffrances endurées, nous obtenons dix-sept millions de dollars.

Il posa son pointeur, prit un feutre noir et écrivit l'addition : deux millions de dollars, plus neuf millions de dollars (pour les soins), plus six millions (pour les souffrances). La somme totale s'élevait à dix-sept millions de dollars.

Les six jurés regardèrent fixement le montant. C'était une somme astronomique, mais la voir écrite noir sur blanc lui donnait une sorte de normalité. Rusty démontrait que cet argent était justifié.

Il se dirigea vers sa table, saisit un rapport épais de trois centimètres et revint au pupitre en le feuilletant.

— À en croire les résultats financiers publiés par GateLane l'année dernière, entre les recettes et les dépenses, l'hôpital a dégagé une marge de six cents millions de dollars. Je ne me permettrai pas de parler de « profits » parce que GateLane tient à son statut d'organisation à but non lucratif. Et grâce à ce statut, l'hôpital ne paie aucun impôt, ni à l'État du Missouri ni au niveau fédéral. Autrement dit, en déduisant ses frais de fonctionnement dont les sept millions de dollars versés à son PDG, les cinq millions à son directeur général et les gros salaires de ses cadres, GateLane a, en banque, six cents millions de dollars de plus que l'année précédente. À quoi tout cet argent leur sert-il ? À acheter d'autres hôpitaux, pardi ! GateLane veut avoir le monopole pour pouvoir continuer à augmenter ses prix.

Luther Bancroft se leva.

— Objection, Votre Honneur ! À ma connaissance, nous ne sommes pas ici pour juger si mon client viole la loi antitrust.

— Objection retenue. Poursuivez, maître Malloy.

Rusty reprit sans accorder un regard au juge Pollock.

— La seule manière de rappeler à l'ordre une société telle que GateLane, c'est de taper au portefeuille et de lui imposer des dommages-intérêts punitifs.

Rusty marqua un silence théâtral et s'adossa au pupitre.

— Oui, des dommages-intérêts punitifs. Une sanction prévue par la loi s'appliquant à toute entreprise – qu'elle soit ou non caritative – en cas de négligence. De grave négligence. À votre avis, quelle somme faut-il demander pour attirer l'attention d'un géant tel que GateLane ? Un pour cent de ses profits ? Oh pardon, je retire ce terme. Ne parlons ni de profits, ni de bénéfices. Appelons ça « leur petit bas de laine ». Un pour cent, ça ferait six millions de dollars. C'est beaucoup d'argent, mais cela n'émouvra pas le PDG, il gagne plus que ça en une seule année. Deux pour cent donneraient douze millions, certes. Mais vous savez quoi ? Je pense que trois pour cent seraient plus appropriés. Dix-huit millions de dollars. Si on leur prend dix-huit millions, je pense qu'ils le sentiront passer, cette fois. Et qu'à l'avenir, ils feront plus attention à la gestion de leur personnel.

Lentement, Rusty ôta le bouchon de son feutre et ajouta dix-huit millions de dollars au total.

Le jury observa la somme finale. On leur demandait de verser à quelqu'un trente-cinq millions de dollars.

Rusty conclut :

— C'est beaucoup d'argent, mesdames et messieurs, j'en conviens. J'ai plaidé dans cette salle de tribunal bien des fois. Je me suis tenu, comme en ce moment, devant des centaines de bons citoyens comme vous. Et je n'ai jamais demandé un tel dédommagement.

Il posa la main sur l'épaule de Trey, le contempla avec émotion. Et ajouta d'une voix vibrante de sanglots.

— Mais mon ami Trey le mérite. Au centuple. (Ravalant ses larmes, il regarda un à un les jurés.) Je vous remercie pour lui.

11.

Diantha étudiait un dossier quand quelqu'un toqua doucement à la porte de son bureau. Kirk entra sans attendre sa réponse et referma aussitôt le battant derrière lui.

— Je n'arrive pas à travailler.

— Moi non plus, répondit-elle.

— Je déteste quand Rusty est au tribunal, lança-t-il en se laissant tomber dans un grand fauteuil en cuir.

— Quand il perd, c'est terrible. C'est bien quand il gagne, mais ça remonte à loin.

— Des nouvelles ?

— Non. Ma taupe n'a pas le droit d'avoir un téléphone dans la salle d'audience. Elle m'enverra un SMS sous peu.

— Comme tu sais, reprit-il après un silence, je dois aller voir le vieux demain. C'est mon tour. Mais j'ai un problème. Rusty y est allé le mois dernier, et de toute façon, il est coincé au tribunal.

Elle releva la tête vers lui.

— Qu'est-ce qui se passe ?

— J'ai rendez-vous avec mon avocat. Pour le divorce.

— Je suis désolée, Kirk. Je croyais que vous aviez trouvé un bon thérapeute pour votre couple.

— On a vu tous les psy possibles. Et c'est mort. C'est fini. Ou plutôt, ça ne fait que commencer. Ça va être un enfer.

— J'espérais que…

— Nous aussi. Mais on savait depuis longtemps qu'on allait dans le mur. C'était de pire en pire entre nous et on avait peur que ça perturbe les gosses.

— Je suis désolée pour toi, Kirk.

— Je sais. Merci. Chrissy compte déposer sa demande de divorce la semaine prochaine.

— Pour quels motifs ?

— Elle me déteste. Et je ne la supporte plus. Ça devrait suffire.

— Tout dépend de ton avocat. Qui c'est ?

— Bobby Laker. Cent mille, rien qu'en avance d'honoraires.

— Et de son côté, elle a pris qui ?

— Scarlett Ambrose.

— Houla ! Ça va être sanglant ! Vous avez choisi deux pitbulls. Il n'y a pas plus teigneux en ville. Je pourrai assister au procès ?

— Au train où ça va, on va peut-être vendre les places !

Il ferma les yeux, se pinça le nez. Un an plus tôt, il avait dit à Diantha que son mariage battait de l'aile. Il avait préféré la prévenir parce que cela risquait d'affecter le cabinet. À sa demande, elle en avait informé Rusty, qui avait déjà trois divorces au compteur et n'avait montré aucune compassion pour son frère.

Kirk passa nerveusement sa main dans ses cheveux et tenta de sourire.

— Tu ne voudrais pas aller voir le vieux à ma place ?

— Pourquoi moi ?

— Il n'y a personne d'autre. C'est mon tour et Rusty ne me rendrait jamais ce service, même si le procès était terminé. Je peux sans doute repousser d'une semaine, mais tu sais que Bolton est à cheval sur les visites. Il veut toujours tout diriger, même s'il est en prison.

Elle fronça les sourcils, regarda ailleurs.

— Je sais, c'est beaucoup te demander, ajouta-t-il. Je te revaudrai ça. Je paierai ma dette au centuple.

Elle secoua la tête de dépit.

— Tu as intérêt !

12.

Luther Bancroft boutonna sa veste de lin noire et s'approcha du box des jurés. Il ne chercha pas à les amadouer avec un sourire, ou en leur disant à quel point ils étaient des citoyens exemplaires. Il attaqua bille en tête.

— Maître Malloy vous prend donc pour un distributeur de billets. Il se tient devant vous, tout miel, avec des rêves plein les yeux, et se met à composer sur un clavier imaginaire des sommes délirantes. Il veut un million pour ceci, un million pour cela. Et il tapote sur ses touches, passe commande, rallonge l'addition. C'est tellement amusant ! De l'argent facile, à profusion. Combien pour les souffrances endurées ? Cinq millions ? Dix ? La souffrance de son client vaut bien ça ! Eh hop il entre ses chiffres. Et pour les frais médicaux ? Cinq ou dix de plus ? Ben voyons ! L'argent, ça pousse sur les arbres. Il suffit de le cueillir. Et, cerise sur le gâteau, les dommages-intérêts punitifs ! Aucune limite.

Visons la stratosphère. Dix-huit millions, ça sonne bien. Allez, tapons la somme sur le clavier. Au total, combien ça nous fait ? Combien le distributeur va-t-il donner au plaignant ? Tada ! Trente-cinq millions. C'est-y pas beau !

Les jurés écoutaient Bancroft. Trois d'entre eux avaient peine à cacher leur sourire.

L'avocat s'approcha de Trey et le regarda avec affliction. Il secoua la tête lentement, comme si lui aussi retenait ses larmes.

— Mesdames et messieurs, qui n'aurait pas une immense compassion pour le sort de ce jeune homme et de sa famille ? Leur calvaire ne fait que commencer et ça nous brise le cœur. Oui, les Brewster ont besoin d'un soutien financier, pour les soins, pour vivre, et pour toutes les choses énumérées par maître Malloy. Bien sûr que Trey a besoin d'argent, de beaucoup d'argent.

Il se tut et retourna au pupitre.

— Malheureusement, Trey Brewster est dans la même situation que son avocat. Ni l'un ni l'autre n'a un distributeur de billets à sa disposition. Aucun des deux ne peut demander à GateLane de leur donner cette fortune. Pourquoi, me direz-vous ?

Il laissa quelques secondes la question en suspens, puis il se dirigea vers la table de la défense et souleva avec gravité une grosse liasse de papiers qu'il montra aux jurés.

— Voici les instructions aux jurés. Ceci est la loi, adoptée par les deux parties et par le juge. Dans un moment, quand nous en aurons terminé, nous retournerons à nos places et le juge Pollock vous lira ces instructions. Vous ferez le serment de suivre la loi telle qu'elle est écrite. Et dans le cas qui nous occupe, la loi est limpide. Avant d'évaluer le montant des dommages, ou, pour filer la métaphore, avant de brancher le distributeur de billets, vous devrez déterminer les responsabilités. Décider si mon client, l'hôpital GateLane, a été négligent et n'a pas respecté la procédure médicale. Sans ce prérequis, on ne peut leur réclamer réparation du préjudice.

La salle était silencieuse. Bancroft avait capté son auditoire, y compris Rusty, même s'il feignait l'indifférence.

— Mesdames et messieurs les jurés, c'est une affaire tragique, avec des dommages terribles, mais – et pardonnez-moi d'être aussi direct, aussi froid et clinique – ce que dit la loi en pareil cas, c'est qu'aucun dédommagement n'est dû. Pour la simple raison que mon client n'est pas... *responsable*.

Il lâcha ses papiers sur la table, regarda une dernière fois le jury.

— Je vous remercie.

Carl observa les jurés un à un, chaque visage. Il ferma les yeux et secoua la tête.

13.

Une table était réservée pour quatre personnes à midi chez Tony, un italien chic du centre-ville. C'était déjà le restaurant préféré de Rusty quel que soit le jour de la semaine, mais aussi le passage obligé à la fin d'un long procès, quand l'équipe avait grand besoin de bons plats et de bons vins pour décompresser. Pendant les audiences, personne ne se nourrissait correctement : viennoiseries rassises le matin, sandwichs industriels le midi, et le soir, les nerfs étaient tellement à vif que l'appétit avait disparu. Quand le jury se retirait dans la salle des délibérations, Rusty emmenait tout le monde faire un bon repas. C'était la tradition.

Les quatre convives suivirent le maître d'hôtel en costume noir jusqu'à leur belle table. Dès qu'ils furent seuls et installés, Rusty demanda avec un grand sourire :

— Alors ? J'ai été bon, non ?

Ce n'était pas le moment de jouer la réserve car le patron voulait son quart d'heure de gloire. Pauline se lança en premier.

— Les six jurés étaient vraiment touchés et tu les as séchés net en leur sortant le montant des dommages.

— Trente-cinq millions, c'était trop ?

— Au début, ils étaient sur le cul, répondit Ben, mais tu leur as fait avaler la pilule. J'ai quand même vu le numéro quatre froncer les sourcils.

— Il fait ça depuis le début. Ce sera le dernier à se laisser convaincre. Je voulais le récuser celui-là, tu te souviens ? Mais je crois qu'on a notre chance avec les cinq autres.

Agacé, Carl lança à Ben un coup d'œil en coin.

Le serveur apparut.

— Bonjour, monsieur Malloy. C'est toujours un plaisir de vous recevoir.

Rusty lui retourna son sourire. Pendant ce temps, les trois autres échangèrent des regards maussades.

— Bonjour, Rocco. Comment vont votre femme et les enfants ?

— Très bien, monsieur. Merci. Désirez-vous un apéritif pour commencer ?

— Pour tout dire, nous sortons d'un gros procès et le jury délibère. On est affamés et assoiffés. Et si on prenait du champagne pour fêter ça ?

Tout joyeux, il lança un clin d'œil complice à Pauline et Ben. Comme s'ils pouvaient refuser !

— C'est peut-être prématuré, intervint Carl.

Rusty ignora la remarque.

— Du Veuve Clicquot. Deux bouteilles !

— Excellent choix, monsieur. Je vous apporte ça tout de suite.

Rusty se tourna vers Carl.

— Qu'est-ce que tu as ? Vas-y, vide ton sac.

— C'est ce satané jury. Je ne le sens pas. Contrairement à toi.

— Calmos. Tout va bien se passer.

14.

Une fois que juges, avocats, jurés, huissiers, défendeurs et demandeurs furent partis déjeuner, le grand couloir du palais de justice se retrouva quasiment désert. C'était un long passage austère, avec d'un côté les salles d'audience, et de l'autre une enfilade de hautes fenêtres. Aux murs, une succession de portraits d'illustres magistrats, tous blancs, tous des hommes, tous vieux et renfrognés. Aucun visage amical. Des bancs de bois antédiluviens étaient installés tout le long, entre les bustes de bronze des gouverneurs, sénateurs et autres figures politiques de l'État. Encore un monde de Blancs.

Sur un banc, tout au bout du couloir, presque cachés (et sans doute ne voulant pas être vus), les Brewster se préparaient à manger sur le pouce. Trey sommeillait, avec ses tubes toujours en évidence. Sa mère en choisit un et, avec une seringue, y injecta une dose de nutriments. Une fois le fils nourri, elle se rassit et rangea la seringue. Le père était installé à côté d'elle, les yeux rivés au sol, avec ce regard éteint de celui qui se sait déjà vaincu.

Mme Brewster sortit d'un sac de course deux petits sandwichs enveloppés dans du papier d'aluminium et deux bouteilles d'eau. Un déjeuner de petites gens.

À côté, un ascenseur tinta. Luther Bancroft et un adjoint sortirent de la cabine, avec de grosses sacoches de cuir à la main. Ils aperçurent les Brewster, regardèrent pendant une seconde la famille qui se sustentait, puis reprirent leur marche d'un pas rapide. Les Brewster ne semblèrent pas les remarquer.

Arrivé devant les portes donnant sur la rue, l'adjoint s'arrêta.

— Luther, il n'est pas trop tard pour proposer un accord financier, tu sais. On devrait appeler GateLane et les convaincre de leur donner un peu de fric.

— C'est ce qu'on a proposé hier, répliqua Bancroft. Et Malloy nous a fait un doigt d'honneur.

— Je sais bien. Mais ces pauvres gens vont être dévastés s'ils repartent sans rien.

— Tu sens donc la victoire ?

— Bien sûr. Malloy a été trop gourmand et s'est mis à dos le jury. Ça se voyait dans leurs yeux. (Il désigna la famille au bout du couloir.) Mais eux, ils n'y sont pour rien. On pourrait leur lâcher un million pour couvrir un peu leurs dépenses.

— Malloy leur prendra tout ! Et eux n'auront pas un dollar.

— Ce ne serait pourtant que justice, Luther.

— Voilà des paroles bien surprenantes de ta part. Depuis quand tu t'intéresses à ce qui est juste ou pas ? L'important, c'est qu'on va ridiculiser Malloy. C'est tout ce qui compte. Allez, haut les cœurs ! C'est un procès. Et il n'y a pas de place pour la pitié.

Bancroft repartit. L'adjoint lança un dernier regard à la famille et suivit son patron.

Les Brewster mangeaient toujours leurs sandwichs, n'ayant pas entendu la conversation entre les deux avocats.

15.

Rusty souleva la bouteille de champagne et proposa une nouvelle tournée. L'équipe refusa. Il remplit donc son verre une dernière fois.

Rocco s'arrêta à la table.

— Un dessert, monsieur Malloy ? Aujourd'hui, nous avons de la mousse au chocolat, votre préférée. Elle est délicieuse.

Ben attrapa son téléphone, lut le message et bredouilla :

— C'est le greffier. Le jury a un verdict.

Le dessert fut oublié dans l'instant. Tout le monde échangea un regard.

— Désolé, Rocco, annonça Rusty. Nous devons filer au tribunal. Le jury est prêt.

— Sans problème. Je vous prépare l'addition tout de suite.

Rusty s'adressa à son équipe :

— C'est rapide, non ?

Les mines sombres de ses collègues étaient éloquentes.

Une demi-heure plus tard, le groupe prenait place à la table des plaignants, à côté des Brewster. Une porte s'ouvrit et l'huissier conduisit les jurés dans leur box. Pendant qu'ils prenaient place, pas un n'osa regarder Trey Brewster et ses avocats.

Le juge Pollock approcha son micro.

— Mesdames et messieurs du jury, avez-vous rendu un verdict ?

Le président du jury se leva.

— Oui, monsieur le juge. Nous avons un verdict.

Il donna un papier à l'huissier qui, sans y jeter un coup d'œil, le remit au juge Pollock. Il lut le jugement en silence, sans la moindre expression, prenant tout son temps.

— Le verdict est recevable, déclara-t-il finalement. Il est unanime : « Le jury se prononce en faveur de l'accusé, l'hôpital GateLane. »

La salle d'audience demeura silencieuse quelques secondes, jusqu'à ce que Mme Brewster éclate en sanglots dans les bras de son mari. Rusty ferma les yeux, mesurant le désastre. Puis il fusilla les jurés du regard, prêt à les étriper.

— Les deux parties ont trente jours pour déposer leur requête. Encore une fois, mesdames et messieurs les jurés, je vous remercie pour votre temps. Vous êtes libérés de vos obligations. La séance est levée.

Il abattit son marteau et quitta la salle.

16.

Kirk se tenait à la fenêtre, les mains sur les hanches, le regard au loin, silencieux. Assise dans l'un des fauteuils de cuir, Diantha fixait des yeux son téléphone, comme s'il pouvait encore sonner et apporter une bonne nouvelle.

— Encore deux cent mille dollars perdus, marmonna-t-il enfin. On ne peut plus le financer.

— Il faut l'empêcher de mettre les pieds dans une salle de tribunal.

— Et dans ce cabinet. Tu as une idée ?

— Rien, à part le tuer.

— J'y ai songé !

Kirk revint vers son bureau et s'affala dans son siège de direction. Il la regarda, dépité.

— C'est quand son prochain procès ?

— Je ne sais pas trop. Il faut que je vérifie le planning. Avec un peu de chance, pas avant plusieurs années.

— Au rythme où il perd, plus personne ne lui fera une offre financière. Même pas un dollar symbolique !

— Je ne sais pas ce qu'il faut faire, Kirk. Vraiment. Nous sommes dans une spirale infernale.

— C'est vrai. Et quand tu verras le vieux demain, pas un mot.

— Bolton n'est pas stupide. J'y vais à ta place mais ce sera la seule et unique fois, Kirk. C'est à toi et Rusty de rendre visite à votre père en prison. Ce n'est pas juste que ça me retombe dessus.

— Je comprends.

— J'espère bien !

Elle se leva et s'en alla sans dire un mot. En remontant le couloir de l'aile droite, elle aperçut les membres de l'équipe de Kirk. Tout le monde était au courant du nouvel échec de Rusty. La nouvelle s'était propagée comme une traînée de poudre. Dans l'autre aile, l'ambiance devait être encore plus sinistre.

Diantha étouffait. Une montagne de paperasse l'attendait dans son bureau et son téléphone ne cessait de sonner. Pour décompresser, ne serait-ce que quelques minutes, elle monta dans l'ascenseur et appuya sur le bouton du sixième étage. Une petite cloche sonnait à chaque niveau. Du rez-de-chaussée au troisième, c'était le territoire des Malloy, le quatrième était occupé par une agence immobilière, le cinquième par un groupement d'architectes et de comptables. À mesure qu'elle s'éloignait de Malloy & Malloy, l'air semblait plus respirable. Elle commença à se détendre. Le sixième abritait un ensemble de bureaux loués par des ingénieurs, des assureurs et autres professionnels. Le turnover, au dernier étage, était important.

Stuart Broome, un comptable autodidacte qui tenait les registres de Malloy & Malloy, avait justement installé son antre tout là-haut, au bout d'un couloir. Le Vieux Stu, comme on le surnommait, préférait se tenir le plus loin possible du cabinet. Il n'était pas si vieux, en fait (soixante-deux ans seulement), mais se déplaçait déjà comme un papy. Et ses cheveux gris en bataille, ses sourcils blancs broussailleux et son front fripé n'arrangeaient rien. Grand, mais avec une bosse dans le dos, il travaillait debout sur un tapis de marche (toujours éteint). Quelqu'un aurait dû lui dire d'allumer cette satanée machine s'il voulait réellement brûler des calories. Si bien que chaque année, Stu prenait trois kilos, et ce, depuis des décennies. Avec sa bedaine et sa bosse derrière, Stu était un cas d'école d'anatomie et tentait de cacher sa difformité sous un blazer noir trop grand, une veste qu'il portait en toute saison, avec une chemise blanche, une cravate et un pantalon noirs, assortis de chaussures qui n'avaient pas vu une brosse depuis des lustres.

Trente ans plus tôt, quand Bolton Malloy avait gagné une fortune en poursuivant Honda pour un défaut de fabrication sur leurs *trikes*, il avait embauché le Vieux Stu pour faire de l'optimisation fiscale. Finalement, le danger ne serait pas l'administration des impôts, mais la femme de Bolton – Tilda, aujourd'hui morte et oubliée. À l'époque, à la recherche d'argent, elle terrorisait tout le cabinet. De connivence avec Bolton, Stu apprit à dissimuler au maximum les revenus du mari. Faire disparaître des honoraires était devenu une pratique courante chez M & M.

Pour œuvrer tranquille, le Vieux Stu travaillait seul dans son repaire en haut du bâtiment. Il avait mis à la porte tant de secrétaires et d'assistants au fil des ans que la simple pensée de devoir former un nouveau collaborateur l'épuisait d'avance. Il privilégiait la discrétion et l'autonomie dans son travail, sans la moindre supervision. Personne du cabinet ne venait le voir, d'autant plus qu'aucun n'était le bienvenu. À l'exception de Diantha. Il avait un faible pour elle, et ensemble, ils pouvaient parler de tout.

Aujourd'hui, le sujet brûlant était la survie de M & M.

Elle toqua à sa porte et entra, comme à son habitude sans attendre sa réponse. Il se tenait sur son tapis de marche, les yeux rivés sur l'écran d'un vieil ordinateur et pianotait sur son clavier, entrant des séries de chiffres. D'ordinaire, il recevait les visiteurs avec maussaderie, mais il avait toujours un sourire pour Diantha.

— Entre donc, lança-t-il, soudain chaleureux et accueillant.

Il descendit de sa machine et désigna un canapé poussiéreux.

— J'ai des mauvaises nouvelles, annonça-t-elle en s'asseyant.

— Rusty a encore perdu ?

— Oui. Il a demandé trente-cinq millions au jury. Et il a eu zéro. Aucune responsabilité du défendeur. Voilà ce qu'a déclaré le jury.

Stu poussa un soupir. Il se laissa tomber dans un fauteuil et la regarda, abattu.

— On plonge de deux cent dix-sept mille dollars, au dernier relevé, déclara-t-il. Et c'est sans compter la facture de Carl, qui est toujours salée.

— Et il y a pire. Rusty a eu l'occasion hier soir de récupérer un million de dollars mais il a refusé. Et il l'a dit trop vite, sans même en référer à son client. Un million aurait couvert nos dépenses et aurait aidé les Brewster. Ils vont nous poursuivre pour faute professionnelle, c'est couru.

— Encore un procès contre nous ! Ça fera combien de fois ?

— Bien trop. Rusty est ingérable. Je ne sais plus comment faire.

— C'est dans ses gènes, Diantha. Il n'y a pas si longtemps, il était l'avocat le plus redouté de l'État, du moins au civil.

— Je me souviens très bien. C'était la belle époque. Maintenant, il a perdu le coup de main. La magie ne fonctionne plus.

Ils restèrent un moment silencieux, les yeux baissés vers la table basse poussiéreuse.

— Et ce n'est pas tout, articula-t-elle finalement. Je dois aller voir Bolton demain.

— Pourquoi toi ?

— C'est à Kirk d'y aller ce mois-ci, mais il a rendez-vous avec son avocat dans la matinée. Son divorce s'annonce pénible. Ils vont regarder à la loupe tous tes comptes.

— Pas de problèmes. Lesquels je leur montre ?

Sa candeur fit sourire Diantha. Il était sérieux.

— Quand Kirk et Rusty vont rendre visite à Bolton, ils emportent les bilans comptables, n'est-ce pas ?

— Entre autres. Bolton veut les comptes du mois précédent et de l'année en cours. Il tient à savoir ce qui se passe dans *son* cabinet. Quand Rusty est passé le voir le mois dernier, Bolton n'était pas très content des chiffres. Les dépenses en hausse, les revenus en baisse.

— Qu'est-ce que ça peut lui faire ? Il ne reviendra pas ici. Il ne réintégrera jamais le barreau. Et il sera plein aux as.

Le Vieux Stu esquissa un sourire.

— Oui. L'argent du tabac.

17.

L'argent du tabac !

En 1998, les quatre plus grands fabricants de cigarettes des États-Unis avaient accepté de verser un dédommagement forfaitaire pour éviter tous les procès lancés par quarante-six États qui voulaient se faire rembourser les coûts des soins induits par la consommation de tabac. Le montant de la réparation s'élevait à trois cents milliards de dollars, à ce jour le plus gros accord financier au civil. Les cigarettiers avaient également accepté de payer huit milliards de dollars aux avocats qui avaient lancé les actions en justice et forcé l'industrie du tabac à s'asseoir à la table des négociations. Là aussi, c'était un record pour les avocats, du moins pour ceux qui avaient couru le risque d'engager les poursuites.

Un ami de Bolton l'avait convaincu que le jeu en valait la chandelle. Au début, les avocats menant les actions avaient eu cruellement besoin d'argent pour financer études et experts toujours plus nombreux. Alors ils firent la quête. Bolton signa un chèque de deux cent mille dollars, malgré les objections de ses deux fils et de tout le personnel du cabinet. Quatre ans plus tard, les compagnies de tabac, harcelées de toutes parts, voulurent conclure une trêve et se déclarèrent prêtes à payer.

Dans la frénésie qui suivit, certains avocats devinrent immensément riches. Ceux du haut de la pyramide, qui avaient eu mis gros dans la bataille, pris des risques pharaoniques, furent payés en premier. Un petit cabinet du Texas reçut ainsi cinq cents millions de dollars. L'argent ruissela à tous les niveaux, les rétributions se faisant au prorata des investissements. Les deux cent mille dollars de Bolton lui en rapportèrent finalement vingt et un millions, de l'argent qu'il comptait bien garder pour lui.

Comme toujours, sa femme n'était pas au fait des affaires internes du cabinet. Bolton la tenait volontairement dans le flou. Cette fois-là, personne non plus chez M & M ne sut à combien s'élevait l'accord signé avec les compagnies de tabac. Bolton refusait catégoriquement d'aborder le sujet, mais en privé, il ne se gênait pas pour rappeler à ses deux fils qu'ils lui avaient déconseillé de tenter ce coup de poker. Bolton voulait divorcer, seulement il n'avait pas le courage de se battre contre une armée de vautours qui allaient éplucher tous ses registres.

Investir dans cette action en justice avait été un coup de maître, son premier. Le second avait été de différer les paiements, et de placer cette manne dans des fonds d'investissement qui ne seraient rétribués qu'au bout de dix ans. Peut-être, dans l'intervalle, le divorce serait-il derrière lui ou, mieux encore, sa femme serait-elle décédée ? La pauvre avait une petite santé.

Finalement, elle était morte, dans des conditions mystérieuses avant que l'argent du tabac ne fasse surface, et Bolton avait été condamné pour meurtre. Il était en prison depuis un mois quand les premiers chèques tombèrent – trois millions par an pour au moins les douze années à venir. Le Vieux Stu mit en place un labyrinthe de sociétés off-shore où s'égareraient tous les agents du fisc, même les plus persévérants. Il laissa apparaître suffisamment de revenus sur les comptes pour amadouer les collecteurs d'impôts, mais le gros de l'argent du tabac fut caché dans des îles et autres paradis fiscaux n'ayant aucune inclination à respecter les accords de transparence bancaire avec les États-Unis.

Leur plan était simple : dès que Bolton sortirait de prison, il s'envolerait, de préférence avec une jolie blonde au bras, vers un lieu exotique où il pourrait profiter de son argent et le faire tranquillement fructifier. Pour sa peine, le Vieux Stu serait généreusement récompensé et pourrait prendre une retraite dorée.

Légalement, l'argent appartenait au cabinet. Tout l'argent ! Et éthiquement, il était interdit à des avocats, à savoir Rusty et Kirk, de partager leurs honoraires avec des membres non inscrits au barreau, à savoir Bolton. Mais l'éthique comme la loi seraient ignorées. De toute façon, les fils étaient incapables de s'unir pour s'opposer à leur père.

Pourtant, le combat s'annonçait inévitable.

18.

— Les garçons vont vouloir récupérer l'argent, annonça Diantha. Tôt ou tard.

— Oh c'est certain, répondit Stu avec un sourire. Sauf qu'ils ne le trouveront pas.

— Assure tes arrières, Stu, parce qu'ils vont se réveiller. Le cabinet est dans le rouge. Les deux ont des dettes par-dessus la tête. Et maintenant Kirk veut divorcer, ce qui signifie que d'autres emmerdeurs vont mettre le nez dans tes livres.

— Diantha, tout va bien. Il y a plein de trucs louches dans mes livres. Je l'ai fait à la demande de Bolton, bien sûr. Mais je n'irai pas en prison à cause de lui.

— C'est agréable à entendre. Tâche que ce soit le cas pour nous autres aussi.

19.

À 17 heures, le bar du Ritz-Carlton accueillait comme d'habitude une brochette d'hommes d'affaires en déplacement, tout heureux de payer vingt dollars leur verre et de pouvoir les faire passer sur les frais de leur société. Pour cette raison, de jeunes et jolies femmes travaillant dans le quartier se pressaient dans ce bar et ses salons douillets. Et comme l'établissement attirait le gratin des working-girls du coin, il drainait également les cadres des bureaux environnants en mal de distractions.

Rusty adorait l'endroit. Il y passait au moins une fois par semaine. D'ordinaire, il y retrouvait des avocats et des juges pour descendre quelques verres avant qu'ils ne filent vers leur banlieue chic. En célibataire, il s'attardait au Ritz-Carlton et se mettait en chasse d'une conquête. Son rituel du soir.

Mais ce jour-là, il était seul au bar, sirotant son troisième whisky, plein de rancœur contre le jury. Il avait été stupide de demander autant. Il connaissait pourtant Saint-Louis mieux que personne. C'était un milieu conservateur qui n'avait jamais accordé de gros dédommagements. D'autres villes étaient plus généreuses – Miami, Houston, Boston, et San Francisco, bien sûr. Pas Saint-Louis. Il aurait dû se réfréner et ne demander que dix millions. Il avait déjà décroché un verdict à cinq millions et un autre à six millions quatre cent mille. Réclamer dix millions n'aurait pas été délirant. Le problème, et il le reconnaissait en buvant son verre, c'était son ego. Toujours plus ! Il voulait faire entrer Saint-Louis dans l'ère moderne. Le grand Rusty Malloy serait le champion des gros verdicts en ville, et tous les autres avocats viendraient lui manger dans la main. Il serait le roi, il aurait l'embarras du choix.

Trois jeunes femmes firent une entrée bruyante au bar. Rusty leur jeta un coup d'œil. Il en connaissait une de vue, peut-être même lui avait-il offert un verre un jour. Elles avaient la trentaine, étaient sans doute mariées et voulaient s'amuser avant de rentrer chez elles. Minijupes, talons hauts, tops sans manches – bref beaucoup de chair à nu. Elles s'installèrent dans un coin et détaillèrent les hommes au bar. L'une regarda Rusty. Quand sa copine l'imita, Rusty fit signe à Jose, le barman, et désigna du menton les trois filles. Jose comprit aussitôt le message : « Laisse l'ardoise ouverte ! »

Elles lâchèrent de petits gloussements quand Rusty s'approcha.

— J'offre la première tournée ? Vous voulez quoi ?

Elles ne le rembarrèrent pas. C'est donc qu'elles n'attendaient ni leurs maris ni leurs petits copains. Les deux filles installées sur la banquette s'écartèrent et tapotèrent le coussin entre elles. Il prit place et jeta un coup d'œil à leurs jambes affriolantes. Un serveur apparut pour prendre les commandes.

Après trois mariages, Rusty avait compris que la vie de couple n'était pas pour lui. Il n'avait jamais eu confiance en la gent féminine, et il était trop tard pour changer, pas à quarante-six ans.

20.

Diantha quitta la ville à l'aube et savoura le trajet, du moins le début. Quel plaisir de rouler en sens inverse des bouchons, d'avoir la route pour elle seule ! Elle avait un café et la BBC pour lui tenir compagnie.

Le Saliba Correctional Center se trouvait à deux heures de voiture de Saint-Louis, loin des grands axes. Les routes étaient de plus en plus étroites à mesure qu'elle approchait de Kerrville, une bourgade désertée au cœur du Missouri rural. De gros panneaux indiquaient la prison. À l'évidence, l'établissement pénitentiaire faisait vivre toute la ville. Il n'y avait rien d'autre à Kerrville. La prison était conçue pour accueillir neuf cents détenus. D'après Internet, elle en entassait aujourd'hui le double dans ses cellules. Elle avait été construite dans les années 1980 au moment de la guerre contre la drogue lancée par le gouvernement fédéral, et les cinquante États s'étaient mis à construire des prisons à tour de bras. Pour garder les prisonniers les moins dangereux, une aile plus confortable avait été ajoutée à l'établissement en 1995, et quelque part au milieu de ces murs vivait l'ancien avocat N. Bolton Malloy.

Diantha se gara sur l'immense parking et inspecta son visage dans le rétroviseur. Pas de maquillage, pas de bijou, rien qui puisse attirer l'attention. Un pantalon, des chaussures plates, une veste, un col remonté jusqu'au cou. Elle avait suivi les consignes du site à la lettre ! Elle qui d'ordinaire s'apprêtait, aimait la mode et mettait des heures à se pomponner le matin fut surprise par son reflet. Elle avait devant elle une femme parfaitement quelconque.

À sa sortie de la faculté de droit, elle avait été la première avocate à entrer chez Malloy & Malloy et elle mettait un point d'honneur à se montrer élégante et à soigner son apparence. Les hommes appréciaient, en particulier Bolton qui aimait sa compagnie. Les secrétaires étaient toutes de jeunes femmes et Bolton les payait bien. Il était un patron exigeant qui imposait les costumes en lin, les cravates en soie, les boutons de manchettes et les chaussures italiennes. Le dress code chez Malloy & Malloy semblait dire : si vous voulez réussir, habillez-vous comme un gagnant.

Diantha laissa son téléphone et son porte-documents dans la voiture. Devant le bâtiment de l'administration, elle marqua une pause et contempla la plaque de bronze boulonnée dans le mur de parpaings, en hommage à un ancien directeur de prison décédé quarante ans auparavant : Winston Saliba.

Qui, en sortant du lycée, rêvait d'avoir son nom sur le mur d'un pénitencier ?

Passé les portes, elle se retrouva dans un hall sinistre, où deux gardiens étaient prêts à fondre sur le visiteur. Ils prirent son permis de conduire et la passèrent au détecteur de métaux. Après avoir rempli les formulaires, elle fut conduite dans une petite salle où on la fit patienter une demi-heure. Les chaises étaient en plastique, de diverses formes et couleurs. Les magazines dataient de trois ans. La pièce sentait l'antiseptique bon marché et le vieux chauffage au gaz. Quand ce fut son tour, un surveillant la conduisit dans un couloir, lui fit franchir une série de portes fermées à clé, jusqu'à une courette où était garée une voiturette de golf. Il désigna la banquette arrière et ils se mirent en route. L'homme ne desserra pas les dents de tout le trajet. De toute façon, elle n'avait rien à lui dire. Ils suivirent une petite allée goudronnée longeant un grillage de trois mètres de hauteur, chapeauté de barbelés. De l'autre côté des grilles, des dizaines de détenus la regardaient fixement.

Comment un gars tel que Bolton, c'est-à-dire un Blanc âgé, pouvait-il survivre dans cet environnement aussi lugubre ? Elle aperçut un panneau indiquant « Camp D ». Ils approchaient de leur destination. Cette mention figurait sur l'adresse des courriers qu'elle recevait.

Une fois qu'ils furent dans le bâtiment, le gardien la guida à travers un labyrinthe de couloirs et de passages jusqu'à la salle des visites, une grande pièce avec des tables en plastique, des chaises et des distributeurs de boissons et de snacks. Il n'y avait personne. Pour le commun des mortels, les visites n'étaient autorisées que les week-ends, mais les avocats pouvaient venir à leur guise. Le gardien désigna une rangée de quatre portes arborant des écriteaux RÉSERVÉ AUX AVOCATS. Il en ouvrit une, lui désigna un siège et annonça :

— Il sera là dans une minute. Vous avez quelque chose à lui remettre ?

— Non.

La petite pièce était coupée en deux par un muret d'un mètre de haut, surmonté d'une paroi de verre qui s'élevait jusqu'au plafond. Elle attendit, fulminant de colère. Comment Kirk et Rusty avaient-ils osé lui demander ça ? Bolton, c'était leur problème, pas le sien ! Elle ne l'avait pas vu depuis cinq ans, et ce n'était pas assez long.

De l'autre côté, la porte s'ouvrit. Un surveillant apparut, suivi de Bolton qui n'accorda pas un regard à Diantha pendant qu'on lui retirait les menottes. Le garde s'en alla et referma la porte derrière lui. Il s'assit sur la chaise et décrocha le combiné.

— Bonjour Diantha. Je ne m'attendais pas à te voir.

Ses premiers mots étaient déjà un mensonge. Kirk l'avait prévenu que Diantha le remplacerait.

— Bonjour Bolton. Comment vas-tu ?

— Super. Les jours et les semaines passent. Je serai dehors bientôt. Et toi, comment va la vie ? Je suis ravi que tu sois là. C'est une agréable surprise.

— Je vais bien. Phoebe grandit trop vite. Elle a quinze ans aujourd'hui et elle me fait tourner en bourrique.

Elle se força à sourire.

— Et Jonathan ?

Elle hocha la tête et décida de raconter à son tour des bobards.

— Tout baigne.

— Tu as l'air en pleine forme. L'âge te va bien. En même temps, ça n'a rien d'étonnant.

— Je vais prendre ça comme un compliment. Et toi, tu es presque séduisant dans ta tenue de prisonnier.

C'était vrai. Il était mince, musclé, et son pantalon et son tee-shirt kaki étaient immaculés et repassés. Les détenus qu'elle avait aperçus en chemin portaient des pantalons rayés de bandes bleues, et de simples tee-shirts blancs. À l'évidence, les résidents du Camp D avaient droit à des tenues plus seyantes s'ils avaient les moyens. Tous les mois, elle mettait mille dollars sur le compte de Bolton pour qu'il puisse s'acheter de la nourriture, des vêtements, des livres et bénéficier d'autres privilèges tels qu'une télévision couleur et un climatiseur. Rusty et Kirk auraient été d'accord pour en envoyer davantage, mais l'administration pénitentiaire avait fixé un plafond.

Ayant tout le temps de dormir, de se reposer et de faire de l'exercice en salle de musculation, Bolton paraissait avoir rajeuni de cinq ans – en tout cas, il avait meilleure mine que lorsqu'il avait été incarcéré. Avec ce régime, sans femmes, sans alcool, et sans dix-huit heures de travail au cabinet, la prison lui réussissait, du moins physiquement.

Et il ne se plaignait pas. D'après Kirk et Rusty, le vieux n'avait jamais reproché à personne ce qui lui arrivait. Pas plus qu'il n'avait montré le moindre remords pour la mort de sa femme. Il soutenait depuis le début qu'il n'avait pas tué son épouse, mais avait plaidé coupable pour obtenir une réduction de peine.

— Où est Kirk ?

Il le savait très bien, mais Diantha décida d'entrer dans son jeu.

— Il a un rendez-vous important avec son nouvel avocat. Ça tourne mal avec Chrissy.

— C'est pas étonnant. Et Rusty ?

— Il était au tribunal toute la semaine. Il est débordé.

— Comment ça s'est passé ?

— Il a encore perdu. Il a demandé au jury trente-cinq millions de dommages et intérêts, et il a récolté zéro. Ça fait mal au portefeuille.

Bolton secoua la tête, agacé.

— Je ne sais pas ce qui cloche chez lui. Il y a dix ans, il se mettait tous les jurys dans la poche. Et maintenant, il n'arrive à rien.

— Il va se reprendre. Comme tu le sais, au tribunal, il y a des hauts et des bas.

— Peut-être. Tu as apporté les comptes ?

— Non.

— Je peux savoir pourquoi ?

— Bien sûr. Il se trouve qu'on m'a forcé la main pour que je vienne. Je ne suis pas là pour écouter des ordres, surtout pas de ta part. Je ne travaille plus pour toi et c'est tant mieux. Tu as cru que je t'appartenais, autrefois, quand j'étais jeune, et je t'en veux encore.

— C'était toujours consenti, je te rappelle.

— J'avais vingt-cinq ans, je sortais tout juste de fac et tu étais mon patron. Ce qui s'est passé, ça n'avait rien d'une relation saine et sans contrainte. Tu m'as harcelée depuis le premier jour et tu m'as bien fait comprendre qu'un refus entraînerait la fin de mon contrat. Voilà ce dont je me rappelle !

Il esquissa un sourire.

— Oh là là ! Vénus et Mars ! Ce dont je me souviens, moi, c'est d'une fille hyper-sexy en minijupe qui croyait en la promotion canapé et espérait ainsi devenir plus vite associée. On a eu cette discussion il y a des années, quand on a fait la paix. De l'eau a coulé sous les ponts, non ?

— Sous le tien peut-être, Bolton. Pas sous le mien. Ça a duré trois ans et c'est moi, pas toi, qui ai mis un terme à cette relation toxique.

— C'est vrai. Mais on s'est parlé, tu as vidé ton sac et nous avons décidé de rester amis. J'ai toujours aimé ta compagnie, Diantha, et ta perspicacité. Tout va bien entre nous maintenant. Tout est réglé.

— Réglé ? Alors pourquoi je suis en thérapie depuis quinze ans ?

— Allons ! Tu ne peux pas me faire porter le chapeau pour tous tes problèmes.

Il était temps de sortir le drapeau blanc. L'un comme l'autre restèrent silencieux un moment.

— Pardon, Bolton, lâcha-t-elle finalement. Je ne voulais pas reparler de tout ça. Je ne suis pas venue te faire des reproches.

— Il y a beaucoup de colère en toi – de la colère et de la rancœur.

— C'est vrai. Et j'essaie de dépasser ça.

— Je te dirais bien que je suis désolé, mais je t'ai déjà présenté mes excuses. Et à l'évidence, ça n'a pas servi à grand-chose. J'ai de très bons souvenirs de toi et j'aimerais qu'on devienne amis.

— Je vais essayer. Tu es en prison, je suis censée t'apporter de la joie. Pas te plomber. Mes problèmes ne sont rien comparés aux tiens. Comment fais-tu pour endurer tout ça ?

— Les jours passent, puis les semaines, les mois, les années. Tu arrêtes de pleurer, tu t'endurcis. Tu t'aperçois que tu peux survivre, et surtout assurer ta sécurité. Moi, j'ai de la chance, j'ai un peu d'argent. Tout s'achète ici.

Il sourit, joignit ses mains derrière la tête et regarda le plafond.

— Tout, sauf bien sûr ce qui compte vraiment. La liberté, les voyages, les femmes, le golf, la bonne cuisine et les grands crus. Mais ça va, Diantha. Je tiens le coup. C'est presque fini, je serai bientôt tiré d'affaire. Sur le papier, j'ai encore vingt ans à vivre et je compte bien en profiter. Je vais quitter Saint-Louis et tous ces mauvais souvenirs. Partir dans un endroit sympa et tranquille et commencer une nouvelle vie.

— Avec plein d'argent.

— Exactement. Plein ! J'ai eu le nez creux avec les entreprises de tabac, alors que toi et les garçons, comme tout le monde au cabinet, poussiez des hauts cris. Le pari a été payant. Et j'ai eu la bonne idée, encore une fois, de ne pas en parler à Tilda. Paix à son âme ! Maintenant, je récupère le fric et je me tire. Tu veux venir avec moi ?

— Encore une proposition malsaine ?

— Non. C'est pour rire. Haut les cœurs, Diantha ! À t'entendre, tu as plus de problèmes que moi. Alors que je suis coincé dans ce trou à rats.

— C'est quoi l'astuce pour sortir d'ici ?

— Ah, ah, ça t'intéresse ? Disons simplement que j'ai un plan et que ça se met gentiment en place.

— Parlons d'autre chose. Je n'ai que quinze minutes.

— Rien ne presse, Diantha. Les entretiens avec les avocats ne sont pas limités. Et te voir éclaire ma journée.

— Je te fais un topo sur le cabinet ? Je suis sûre que tu veux des nouvelles.

— Bonne idée. Combien d'avocats avons-nous ?

— Vingt-deux. Onze de chaque côté. Si Rusty embauche une personne, alors Kirk l'imite. Et c'est pareil pour les secrétaires, les assistants juridiques, les techniciens, jusqu'aux femmes de ménage ! Et évidemment, les dépenses et bénéfices se doivent d'être identiques au cent près. Si l'un pense que l'autre a un avantage, alors c'est la crise.

— Je ne comprendrai jamais ces garçons. Qu'est-ce qu'ils ont ?

— Tu te poses cette question depuis toujours.

— C'est vrai. Ils ne se sont jamais entendus. Dès le berceau, c'était la guerre ouverte ! Ils vont faire couler le cabinet, n'est-ce pas ? J'ai vu les comptes. Je sais ce qu'il se passe. Bien trop de frais et trop peu de recettes. Tu te souviens, avec moi il n'y avait pas ce genre d'écart et je vérifiais la moindre dépense. J'avais engagé des gens compétents et je les payais bien. Ces deux gamins ne savent pas gérer une affaire.

— Tout n'est pas si noir, Bolton. Nous avons de bons éléments, des avocats que j'ai recrutés au fil des ans, et eux rapportent de l'argent. Et c'est moi qui tiens la barre, je suis bien obligée. Puisque Kirk et Rusty ne peuvent se parler, tout passe par mon bureau et je me retrouve à diriger la boîte. Et comme tu sais, les affaires, ça va, ça vient.

— Peut-être.

Agacé, il regarda de nouveau le plafond.

— Que disent les gens de moi ? demanda-t-il finalement.

— C'est une drôle de question. Tu n'as jamais été du genre à te soucier des autres, ni de leurs sentiments ni de leurs opinions.

— Tout le monde se demande, à un moment ou à un autre, ce qu'il va laisser sur terre.

— Pour être honnête, on me parle surtout de la mort de Tillie et de ton incarcération. C'est tout ce qui vient à l'esprit des gens.

— C'est normal. Au fond, je m'en fiche.

— Tant mieux.

— Le truc bizarre, c'est que je n'ai aucun regret. C'est une joie qu'elle soit morte. Une joie de chaque instant. Quand je pense à elle, ce que j'évite au maximum, l'idée de la savoir redevenue poussière me ravit. Bien sûr, je regrette d'avoir été

arrêté, j'ai commis des erreurs idiotes, mais être débarrassé de Tillie reste une grande satisfaction.
— Je te comprends. Elle ne manque à personne, pas même à ses fils.
— C'était une personne horrible et détestable. Point. Changeons de sujet.
— Tu ne m'as jamais raconté ce qui s'est passé.
Il secoua la tête en souriant.
— Non, et je ne te dirai rien. Pas maintenant. Les murs ont des oreilles. Il pourrait y avoir des fuites.
Diantha regarda autour d'elle.
— D'accord. Tu m'expliqueras plus tard, quand tu seras dehors.
— On sera donc amis ?
— Pourquoi pas. À condition que tu n'aies pas les mains baladeuses. Parce que c'est pathologique chez toi.
— C'était ! Je suis trop vieux pour ça aujourd'hui.
— Je ne crois pas. Tu es incorrigible.
— C'est vrai. J'ai déjà organisé ma première virée. Je vais à Vegas, je loue le penthouse d'un grand hôtel, et je passe mes journées à jouer au casino, à manger des T-bones et à boire de grands crus avec un tas de jolies filles. Et je me fiche du prix que ça me coûtera.
— C'est ce qu'on appelle revenir dans le droit chemin !

21.

La mort de Tilda Malloy avait été souhaitée, voire envisagée de nombreuses fois, et pas uniquement par son mari – même si le plan de Bolton était le plus avancé en la matière. Après dix ans d'un mariage tempétueux, sans aucune accalmie, l'idée avait forcément fait son chemin.

Phase 1 : se découvrir une soudaine passion pour la pêche à la truite dans les monts Ozarks, une occupation qui intéressait Bolton bien moins qu'il ne le laissait entendre. Plusieurs fois par an donc, il se rendait dans les montagnes (un voyage de trois heures), avec des amis, et plus tard avec ses fils, louait une cabane pour pêcher à la mouche et boire, comme des étudiants en goguette.

Phase 2 : acheter un chalet dans lesdites montagnes, en l'occurrence à côté de la rivière Jacks Fork, dans le sud du Missouri. Bolton feignait d'aimer ces week-ends au vert mais au fil des années, il se mit à les apprécier réellement, surtout quand Tillie n'était pas du voyage. Le plus souvent, elle refusait toute activité qui l'éloignait de son sacro-saint country club. Les Ozarks étaient pour elle un repaire de ploucs consanguins, et la pêche à la mouche un sport grotesque typiquement masculin, sans compter que l'endroit grouillait de bestioles et qu'il n'y avait aucun restaurant décent à des kilomètres à la ronde.

Quand on découvrit l'insuffisance coronarienne de Tillie à cinquante-sept ans, Bolton dut ravi, mais joua le bon Samaritain. À son grand regret, l'état de santé de son épouse s'améliora grâce à un régime végétarien assorti de deux heures de sport par jour. Quand peu à peu tous les voyants d'alerte repassèrent au vert, Bolton dut se rendre à l'évidence : sa femme ne les lâcherait pas de sitôt. Déprimé par ce coup du sort, Bolton revint à son projet initial : faire mourir sa femme prématurément.

La crise cardiaque de Tilda à soixante-deux ans donna un nouvel espoir à toute la famille. Même s'ils n'en parlaient jamais ouvertement, tous rêvaient de vivre sans Tillie – Bolton, ses fils, et en particulier ses belles-filles. Tillie était une teigne et elle semait la zizanie partout.

Les mois passèrent, puis les années – la sorcière s'accrochait à la vie. Pire, sa méchanceté redoubla de vigueur. Un deuxième infarctus, à soixante-quatre ans, la frappa sans la terrasser, au grand dam de toute la famille.

Sous la pression de Bolton, le médecin de Tilda lui ordonna de prendre du repos au bon air des montagnes pendant deux semaines – pas de téléphone, pas d'Internet, pas de télévision. Juste du repos, de la nourriture saine et beaucoup de sommeil. Tilda songeait à un séjour dans un spa luxueux dans les Rocheuses où allaient ses amies du golf, mais Bolton insista pour que ce soit dans son chalet au bord de l'eau.

Elle détestait l'endroit et passa les trois heures de trajet à râler, au point que Bolton eut envie de quitter la grand-route et de l'étrangler dans un fossé.

Au dîner, dans un calme courtois, ils mangèrent sur la petite table de bois de la cuisine. Du poisson surgelé, et un verre de vin pour lui. Rapidement, elle déclara ne pas se sentir bien – la fatigue du voyage – et voulut aller se coucher. Pendant qu'elle était dans la salle de bains, Bolton enfila une grosse paire de gants. Suant à grosses gouttes, l'esprit en ébullition, il sortit un serpent roi de sa caisse qu'il avait cachée dans un placard, un animal de deux mètres cinquante, et le glissa dans le lit, du côté de Tilda. Il avait répété cette scène des milliers de fois, mais il pouvait se passer n'importe quoi avec un serpent, même avec un spécimen apprivoisé (si tant est que cela signifie quelque chose), surtout quand on le place sur des draps de coton, une matière totalement inconnue pour lui, et qu'on le recouvre d'une couverture. Allait-il paniquer et se sauver sous le lit ? Cela forcerait Bolton à ramper par terre pour le récupérer. Ou allait-il rester tétanisé quelques secondes, le temps d'être découvert et de provoquer le drame escompté ?

Le reptile coopéra et resta tranquille. Bolton retira ses gants *in extremis* au moment où Tilda sortait de la salle de bains, en se plaignant que l'eau n'était pas assez chaude. Alors qu'elle soulevait les draps, Bolton tira d'un coup la couverture et poussa un cri en montrant le serpent noir tacheté lové sur leur belle literie blanche. Sous le choc, Tillie ne put articuler un mot, pas même un son. Elle recula, horrifiée, et s'évanouit. En tombant, sa tête heurta violemment le mur.

Pendant un moment, le temps sembla s'arrêter. Bolton regarda tour à tour l'animal et sa femme inerte. Le serpent leva la tête, observa Tilda, puis se tourna vers Bolton. Et d'un coup, comme s'il avait assez joué, il se laissa glisser hors du lit et fila sur le plancher. Voyant que Bolton lui courait après, l'animal accéléra l'allure. Il fallait récupérer cette bête ! La remettre dans sa boîte. Dans un geste désespéré, il attrapa le serpent par la queue avant qu'il ne disparaisse sous le canapé. Par réflexe, l'animal se retourna et le mordit. Des dents effilées comme des rasoirs plongèrent dans sa main gauche. Bien sûr le serpent n'était pas venimeux – Bolton n'était pas stupide – mais il pouvait mordre, et cela faisait un mal de chien ! Il recula en se tenant la main et vit qu'il saignait. Il fila dans la cuisine, en faisant attention où il mettait les pieds – cette satanée bête pouvait être n'importe où ! – et sortit de la glace. Il s'assit à la table, la main dans le bol de glaçons, tentant de reprendre ses esprits. Il avait le souffle court, était trempé de sueur. Que faire ? Il lui fallait réfléchir, réfléchir comme un meurtrier sur sa scène de crime – ce qui était finalement le cas.

Le sang cessa enfin de couler, mais sa main enflait à vue d'œil. Il noua autour d'elle un torchon et retourna dans la chambre pour voir comment se portait sa tendre moitié. Elle n'avait pas bougé ; il y avait un pouls, faible mais bel et bien là, à son grand regret. Les fins de scénarios où Tilda était « presque morte » avaient été envisagées dans le détail. Cependant aucune version ne prévoyait une morsure de serpent. Comment cacher ça ? Il aspergea d'eau froide le visage de Tilda : aucune réaction. Le pouls était filant, mais désespérément là. Bolton se déplaçait toujours avec précaution, craignant une nouvelle rencontre avec le reptile.

L'avenir de Bolton dépendait de ses prochains mouvements. Quelques décisions cruciales scelleraient son destin. Il n'avait pas le droit à l'erreur. 21 h 44. Tilda était inconsciente depuis dix minutes. L'animal était-il toujours sous le canapé, ou avait-il trouvé une autre cachette ?

Bolton, qui s'était bien renseigné, savait que les secours les plus proches (une brigade de pompiers bénévoles) se trouvaient à Eminence, le siège du comté, une bourgade de six cents âmes. Il leur faudrait un temps fou pour arriver sur place. En revanche, ne pas appeler le 911 paraîtrait suspect.

Même s'il avait grand besoin d'un bourbon, il tint bon. Mieux valait ne pas avoir une haleine chargée d'alcool quand il parlerait aux infirmières et aux médecins.

Le pouls de Tilda faiblissait encore.

Il ouvrit toutes les portes de la maison, alla chercher un balai et tenta de faire sortir l'animal de sous le canapé. Mais aucune trace du serpent. Il fallait pourtant absolument le retrouver !

À 23 heures, Bolton appela finalement le 911 et expliqua que sa femme avait du mal à respirer et se plaignait de douleurs à la cage thoracique. Il craignait qu'il ne s'agisse d'une crise cardiaque. La standardiste semblait arriver tout juste à son poste et prendre son premier appel de la soirée. Bolton donna son nom et l'adresse du chalet qui, comme la plupart des habitations dans le secteur, était difficile à trouver. Et il prit soin d'omettre un point crucial de l'itinéraire (*tourner à gauche au croisement)* pour être sûr que l'ambulance allait s'égarer.

Il chargea la caisse du serpent dans le coffre de sa voiture en comptant s'en débarrasser plus tard. Puis il saisit le bras de Tilda, la secoua. Elle resta inerte. Heureusement, avec toutes ses séances de gym, elle ne pesait que cinquante kilos. Il la hissa sur son épaule, descendit les marches du perron et la balança sur la banquette arrière. Elle n'eut encore une fois aucune réaction.

Poplar Bluff se trouvait à une heure de route et avait un charmant petit hôpital. Il allait arriver bien après minuit, et avec un peu de chance, les pontes auraient regagné leurs pénates. Il roula le plus lentement possible et se trompa volontairement de chemin – à plusieurs reprises. Toujours aucun son à l'arrière. Avant d'entrer dans la ville, Bolton s'arrêta dans une épicerie ouverte la nuit pour prendre un café. Puisqu'il n'y avait personne en vue, il ouvrit la portière arrière et vérifia le pouls de sa femme. Il poussa un soupir de soulagement.

Tilda Malloy, son épouse depuis quarante-sept ans, n'était plus – après de longues années misérables de querelles. Enfin !

Bolton fila à l'hôpital et se gara devant les urgences.

22.

Le serpent n'était pas sorti de la maison. Il s'était réfugié dans la cuisine et sommeillait sur le carrelage quand les pompiers arrivèrent. Le capitaine et son adjoint passèrent au large et fouillèrent le chalet. Pas d'autres reptiles en liberté. Curieusement, toutes les portes étaient ouvertes, toutes les lumières allumées.

Le registre du standard révélerait que l'appel de M. Malloy avait été passé à 23 h 02. Les secours étaient sur place à 23 h 55, après avoir longtemps tourné en rond. Ils avaient sécurisé la maison, refermé les portes et étaient repartis à 00 h 20.

Et ils avaient emporté le serpent avec eux. Le capitaine avait un faible pour les reptiles, il en avait des quantités chez lui et intervenait souvent quand on en trouvait un dans les écoles. Jamais il n'avait vu un serpent roi aussi beau et il n'eut aucun mal à le capturer. Ce n'était sans doute pas un animal de compagnie, mais le cas échéant, il le restituerait aux propriétaires. Bien sûr, personne ne le réclamerait.

Le registre des urgences de l'hôpital indiquait que M. Malloy était arrivé à 1 h 18, avec sa femme inconsciente à l'arrière de son véhicule. On l'avait emmenée sur un brancard en salle d'examen. Le décès avait aussitôt été constaté.

Une infirmière interrogea M. Malloy, lui posant les questions d'usage. Elle remarqua son bandage et sa main enflée. Il répondit que c'était sans importance, qu'il s'était blessé l'après-midi en bricolant. Un médecin insista pour l'examiner et fut surpris par la marque de morsure en demi-cercle. M. Malloy assura qu'il n'avait été mordu par personne, humain ou animal, et se montra peu coopératif. L'infirmière, repérant le sang sur la chemise de nuit de la défunte, l'interrogea à nouveau. Bien sûr que c'était son sang ! Sa main saignait et il avait été obligé de la porter jusqu'à sa voiture. Le médecin voulut faire des photos de sa blessure. Bolton refusa.

Sur ces entrefaites, deux policiers arrivèrent avec un conducteur en état d'ébriété, et leur présence enhardit le médecin. Il insista pour prendre des photos de la main de Bolton. Agacé par son refus, le médecin appela les policiers. Les deux flics s'approchèrent et observèrent la main de Bolton.

— On dirait une morsure de serpent, déclara l'un d'eux. Un serpent pas venimeux. Si c'était un crotale, il y aurait deux marques de crochets bien distinctes et vous seriez enflé de partout, comme un Bibendum.

L'autre policier renchérit :

— À voir cette rangée de petites dents, c'est un serpent constricteur. Soit un serpent des blés, soit un serpent roi.

Bolton botta en touche :

— S'il vous plaît, messieurs, je viens de perdre ma femme. Je peux avoir un peu de tranquillité ? Je ne sais pas de quoi vous parlez.

— Bien sûr. Désolé.

— Absolument. Désolé.

Ils s'éloignèrent et Bolton patienta dans le hall, attendant que quelqu'un lui dise quoi faire. L'hôpital n'était pourtant pas débordé. Pourquoi le faire attendre si longtemps ? Au bout d'une heure, le même médecin s'assit en face de lui et lui proposa un café. Il était près de 2 h 30. Une heure inhabituelle pour un excitant. Le médecin lui expliqua le *modus operandi*. Vers 8 heures le lendemain matin, le directeur des pompes funèbres arriverait à l'hôpital. On demanderait alors à Bolton d'identifier la défunte et d'exposer les antécédents médicaux de feu son épouse. Une fois satisfaits par les réponses, ils prépareraient le certificat de décès.

— Elle voulait être incinérée, annonça Bolton d'un ton solennel.

C'était entièrement faux. Tilda voulait un enterrement catholique en grande pompe. Mais elle ne se rendait pas compte que personne ne viendrait à la cérémonie.

— La loi au Missouri impose d'attendre vingt-quatre heures avant de pouvoir incinérer le corps d'un proche.

C'était parfaitement exact. Bolton était devenu un spécialiste du droit en la matière à force de concevoir tous ses scénarios.

— Allez donc vous reposer, proposa le médecin, conciliant. Et retrouvons-nous avec le directeur ici à 8 heures si ça vous convient.

— Entendu.

Il quitta Poplar Bluff et retourna au chalet. En moins de cinquante-cinq minutes, il était de retour. Il tenta de prévoir la suite des événements. Les pompiers avaient laissé un mot en donnant leur heure d'arrivée et de départ. Bolton entra sur la pointe des pieds, armé d'un balai. Le serpent avait très bien pu monter au grenier, mais Bolton n'avait aucune envie d'aller vérifier. Il verrouilla les portes et éteignit la plupart des lumières. Il récupéra les chaussures et les vêtements de Tillie et les fourra dans sa valise. Quant à ses autres affaires – pyjamas, peignoirs, sous-vêtements, articles de toilette et chaussures de randonnée qu'elle n'avait jamais portées –, il les rangea dans un carton et chargea le tout dans le coffre de sa voiture. Il voulait qu'il ne reste aucune trace d'elle.

Malgré son calme de surface, il bouillait intérieurement et avait grand besoin d'un bourbon. Il s'étendit sur le canapé du salon, sirota son verre un moment et faillit s'endormir, puis d'un coup, il se souvint du serpent. Il se redressa d'un bond, arpenta le chalet et finalement s'allongea sur le lit. Il sentit une odeur bizarre, une odeur d'huile ou de quelque fluide corporel laissé par le reptile. La maison était définitivement inhabitable. Il récupéra un plaid, s'installa dans un rocking-chair sous l'auvent et se servit un deuxième bourbon, et enfin il s'endormit dans l'air frais des montagnes.

À 6 heures, le cri d'un coyote le réveilla en sursaut. Il prit une douche, s'habilla, fit sa valise et s'en alla à 7 heures. On était dimanche matin. Tout le monde dormait encore. Près d'une épicerie de campagne, il jeta à la benne les affaires de Tillie, et aussi la boîte où le serpent avait vécu ces quatre derniers mois. Soulagé, Bolton reprit la route de Poplar Bluff. Durée du trajet : cinquante minutes pile.

À l'hôpital, il retrouva le médecin et l'infirmière en compagnie du directeur des pompes funèbres. Il leur montra son permis de conduire et jura sur la Bible être le mari de la défunte. Il leur sortit même leurs passeports (qu'il avait pris avec lui par sécurité). Une fois convaincus que Bolton était bel et bien le mari de Tilda, ils lui demandèrent les antécédents médicaux de cette dernière. Selon Bolton, sa femme avait été victime d'une crise cardiaque. Il leur résuma les problèmes de santé de son épouse. L'insuffisance coronarienne, les deux infarctus, la liste des spécialistes qui l'avaient traitée, les hospitalisations, les tonnes de médicaments. La précision de son récit était impressionnante et fit son effet. La seule invention fut d'annoncer qu'elle s'était plainte de douleurs à la poitrine et qu'il avait insisté pour l'emmener chez un médecin.

Mais elle avait refusé. Finalement, elle avait suffoqué et pressé ses mains sur son torse et s'était écroulée au sol. Il avait tenté de la ranimer au bouche-à-bouche mais cela n'avait pas fonctionné.

Bien sûr, du serpent il ne dit pas un mot.

Le médecin, l'infirmière et le responsable des pompes funèbres étaient tous d'accord. Il serait mentionné comme cause du décès : crise cardiaque.

Le corps fut placé dans un cercueil de métal, comme c'était l'usage, et emporté en corbillard. Bolton suivit le véhicule jusqu'aux pompes funèbres où Tilda fut mise dans la glace. Bolton n'avait aucune envie d'attendre une journée.

Les pompes funèbres avaient un après-midi chargé, ils avaient trois « clients » à présenter aux familles après la messe. Les trois corps avaient été embaumés et deux devaient être exposés cercueil ouvert. Bolton alla jeter un coup d'œil dans les salons funéraires. Le travail de thanatopraxie n'avait rien d'extraordinaire. Après avoir patienté une heure, Bolton réussit à coincer le directeur dans son bureau et lui déclara :

— Je sais ce que dit la loi, mais je suis pressé. Il faut que je rentre à Saint-Louis pour organiser les funérailles. Toute la famille attend mon retour. Les miens sont sous le choc. C'est cruel de prolonger le supplice. On pourrait procéder à la crémation tant que je suis là, non ?

— La loi exige un délai de vingt-quatre heures, monsieur Malloy.

— Il doit bien y avoir des failles, une façon de lancer une procédure d'urgence, par exemple quand il y a des risques sanitaires ou que la sécurité nationale est en jeu. Quelque chose de cet acabit.

— Non, je ne vois pas.

— Allez, personne ne s'en rendra compte. Procédez à la crémation et je file aussitôt. Personne au Missouri ne viendra éplucher vos registres. Je suis coincé ici, c'est idiot. Il faut que je rentre soutenir ma famille. Ils sont terrassés de chagrin.

— Ce n'est pas possible, monsieur Malloy.

Bolton sortit son portefeuille et l'ouvrit.

— Combien coûte une crémation au fait ?

L'homme esquissa un sourire.

— Tout dépend des options. Quel genre de programme désirez-vous ?

Bolton poussa un grognement et roula des yeux.

— Qu'est-ce que j'en sais ? Hormis la mettre dans le four et me donner ses cendres après.

— La formule de base, donc.

— Appelez ça comme vous voulez.

— Vous avez une urne ?

— Non, pas sur moi. Quel idiot je fais ! Bien sûr que je n'en ai pas ! Mais vous en vendez, n'est-ce pas ?

— Nous avons une sélection, certes.

— Parfait. Revenons-en à ma question. Combien ?

— Mille dollars pour une crémation simple.

— Et combien pour une compliquée ?

— Pardon ?

— Laissez tomber. (Bolton lui tendit sa carte American Express.) Allez-y, payez-vous. Et je prends l'urne la moins chère.

Pendant que le directeur récupérait la carte bancaire, Bolton sortit dix billets de cent dollars et les posa sur le bureau.

— Et voilà mille de plus si j'ai les cendres pour midi. Ça vous va ?

L'homme vérifia du regard que la porte de son bureau était fermée et empocha l'argent plus vite qu'un croupier au black jack.

— Revenez dans deux heures, annonça-t-il.

— Parfait.

Bolton se balada un moment en voiture et se rendit compte qu'il n'avait pas appelé ses fils pour leur annoncer la mort de leur mère. En apprenant la nouvelle, les deux garçons restèrent de marbre. Pas de pleurs, pas de regrets. Bolton trouva un fast-food ouvert et commanda des pancakes et des saucisses en lisant l'édition week-end du *Post-Dispatch*. Il prit tout son temps et but quatre tasses de café. Amusé, il parcourut la rubrique nécrologique et se demanda s'il allait y trouver le nom de sa femme.

Vers midi et demi, il reprit la route de Saint-Louis avec dans le coffre l'urne en plastique contenant les restes de

Tilda. Jamais il n'avait éprouvé un tel bonheur, être délivré – enfin ! Il avait accompli le crime parfait, et était débarrassé d'une femme qui n'aurait jamais dû croiser son chemin. Son avenir était radieux, ouvert à tous les possibles. Il n'avait que soixante-cinq ans, était en parfaite santé, et dans un an, l'argent du tabac tomberait – sa poule aux œufs d'or ! Après quarante ans de travail, il allait s'arrêter et pouvoir voyager à sa guise, de préférence avec une femme plus jeune. Il en avait deux en tête, deux jolies divorcées qu'il comptait inviter à dîner depuis longtemps déjà.

23.

Une semaine après les funérailles de Tilda, une cérémonie intime qui ne suscita guère l'intérêt, Bolton se mit en quête des cinq millions de dollars de leur assurance-vie. Avec sa femme, des années plus tôt, ils en avaient souscrit chacun une à parts égales – lui, parce qu'il était convaincu qu'elle ne vivrait pas longtemps, et elle, parce qu'il lui avait expliqué que statistiquement, il allait mourir avant elle. Voyant que l'assurance traînait des pieds, Bolton, avec ses vieux réflexes d'avocat, menaça de poursuivre la compagnie en justice pour mauvaise volonté et autres manquements à l'éthique. Ce fut une grosse erreur de sa part, l'une des rares qu'il eût commises de toute sa carrière.

L'assureur, agacé, décida d'enquêter sur la mort de son épouse et engagea une société privée connue pour ses méthodes d'investigation agressives. Ses détectives, d'anciens de la CIA ou du renseignement militaire, trouvèrent aussitôt suspects les agissements de Bolton en cette nuit funeste. Deux heures et seize minutes s'étaient écoulées entre le moment où il avait appelé le 911 et son arrivée aux urgences de Poplar Bluff. Plusieurs tests routiers établirent que le trajet durait en moyenne cinquante-deux minutes, et ce, en respectant toutes les limitations de vitesse. Il était évident que dans ces conditions de stress, une personne aurait eu tendance à appuyer sur le champignon. Tout portait à croire que Bolton avait pris tout son temps, bien qu'il eût, à l'arrière, son épouse agonisante.

À ce sujet, on lui demanderait des explications, mais plus tard.

D'autant que c'était un samedi, tard dans la nuit, au fin fond du Missouri. Et qu'à cette heure, les routes étaient désertes.

Le médecin de garde aux urgences, ainsi que l'infirmière, rapporta aux enquêteurs que Mme Malloy paraissait décédée depuis plus d'une heure au moment de sa prise en charge à l'hôpital. La *rigor mortis* commençait déjà à s'installer, les membres étaient difficiles à plier. Dans ses notes, l'infirmière expliquait que M. Malloy s'était montré peu coopératif, et le médecin indiqua qu'il ne paraissait guère ébranlé par la mort de sa femme. Ils évoquèrent tous les deux l'étrange blessure à la main gauche de M. Malloy. Il avait refusé qu'on lui dispense des soins et que les policiers présents prennent des photos. L'un des agents avait d'ailleurs déclaré qu'il s'agissait sans doute d'une morsure d'un serpent de type constricteur.

Le point de bascule arriva lors du Salon annuel du serpent des monts Ozarks, un petit événement à Joplin qui attirait les amateurs de reptiles de toutes les vallées alentour – fans, chasseurs, collectionneurs et charmeurs. Le capitaine des pompiers volontaires d'Eminence était un habitué, tout fier d'exposer ses bêtes – en particulier ses deux nouvelles acquisitions : un crotale d'un mètre cinquante de long (qu'il avait attrapé dans un ravin) et un splendide serpent roi de deux mètres cinquante (récupéré chez un particulier le mois précédent).

Un vendeur de Kansas City fut très intéressé par le serpent tacheté.

— J'ai l'impression de l'avoir déjà vu. Je peux savoir où vous l'avez eu ?

— Dans un chalet, au cours d'une intervention.

— Il ressemble comme deux gouttes d'eau à Thurman.

— Thurman ?

— C'est son nom. Un serpent roi que j'ai acheté dans une animalerie de Knoxville alors qu'il ne faisait pas plus de trente centimètres de long. Il n'a cessé de grandir, encore et encore.

Je n'avais jamais vu un spécimen atteindre les deux mètres cinquante. Et vous ?

— Moi non plus. Un mètre cinquante, c'est le max d'ordinaire. Combien de temps l'avez-vous gardé ? s'enquit le pompier.

— Trois ans. Je m'étais attaché à lui. Un gars est passé à la boutique l'année dernière et il a flashé sur Thurman. J'ai tenté le coup, je lui ai annoncé un prix salé, et le crétin a casqué. Six cents dollars.

— Six cents ? C'est un record.

— Le type était plein aux as. Il avait une grosse allemande comme bagnole. Je crois qu'il était de Saint-Louis.

— Vous vous souvenez de son nom ?

— Pas du tout. Vous dites que le serpent était dans un chalet ?

— Oui. Les portes étaient grandes ouvertes, et il n'y avait personne à l'intérieur. Le 911 avait reçu un appel et le temps qu'on arrive sur place, il n'y avait plus personne. Thurman était pelotonné dans la cuisine, tranquille, comme s'il était chez lui. Je l'ai récupéré et je m'en suis occupé.

— Vous ne voudriez pas me le vendre ?

— C'est un peu tôt. Dans un an, pourquoi pas, si le proprio ne le réclame pas.

— Il faut être fou pour abandonner une beauté comme Thurman !

— Je suis bien d'accord. Ce monde marche sur la tête.

Le gars de Kansas City s'en alla et le capitaine des sapeurs-pompiers passa à autre chose. Une demi-heure plus tard, l'homme était de retour.

— Dites, vous m'avez demandé le nom du type qui me l'a acheté. J'ai appelé la boutique et mon fils a consulté les livres. Le gars s'appelait Malloy. Ça vous dit quelque chose ?

— Oui, c'est bien le proprio du chalet au bord de la Jacks Fork.

Toujours zélés et minutieux, les enquêteurs de la compagnie d'assurances firent le voyage à Eminence pour éplucher les registres du 911 et écouter les enregistrements des appels. Par hasard, ils croisèrent le capitaine des pompiers qui leur parla alors de Thurman. Il les invita à venir dans sa ferme, où il gardait Thurman et ses autres serpents, mais les deux citadins refusèrent poliment. Des photos suffiraient !

Les deux détectives filèrent à Kansas City et retrouvèrent le marchand de reptiles. Celui-ci identifia formellement Bolton Malloy et leur fournit une copie de l'acte de vente du serpent.

Les avocats de la compagnie d'assurances rendirent alors visite au procureur du Missouri, un politicien qui avait, de longue date, une dent contre Bolton. Les représentants de l'assurance exposèrent leur point de vue : peut-être que Bolton Malloy n'avait pas tué sa femme, mais il avait participé activement à sa mort. L'assassinat était impossible à prouver, même s'il y avait matière à le poursuivre pour meurtre. Auquel cas, Bolton serait aussi inculpé pour fraude à l'assurance.

L'enquête préliminaire et les investigations du procureur restèrent secrètes. Bolton n'avait aucun moyen de savoir que l'étau de la machine judiciaire se refermait sur lui. L'assurance continua à jouer la montre, forçant ainsi Bolton à déposer plainte. C'est ainsi qu'il mordit à l'hameçon et se retrouva assailli de toutes parts, la justice ayant soudain un tas de questions à lui poser. Les avocats du défendeur avaient hâte de connaître ses réponses.

Toutefois, avant même d'être entendu par les autorités, Bolton fut arrêté tôt un matin dans le hall de son cabinet. Quand il sortit du bâtiment entre deux policiers, menottes aux poings, une nuée de journalistes armés d'appareils photos l'attendait. L'affaire défraya la chronique, et pendant des jours le microcosme du monde judiciaire ne parla que de cela. Articles à la une, journal télévisé, le grand jeu ! Bolton paya la caution et partit se réfugier dans son chalet, où il s'enferma avec un fusil en tentant en vain de dormir malgré ses cauchemars où un serpent venait se glisser dans son lit.

Ses avocats clamèrent son innocence, sans plus, et s'activèrent en coulisses. Les journaux à sensation reprirent l'histoire pendant des semaines, puis finalement tout le monde se lassa. Le ministère public allait réclamer vingt ans de prison, le maximum, mais Bolton voulait quand même un procès. Toutefois, un mois avant la tenue des audiences, ses avocats le convainquirent de plaider coupable pour réduire sa peine à dix ans. Sinon, il risquait de passer toute sa vie en prison.

Ils lui décrivirent la scène quand la photo de Thurman serait produite en public. Il fallait qu'il imagine l'effet sur le jury quand un manipulateur, voire le capitaine des pompiers en personne, sortirait le serpent roi de sa boîte. Les jurés seraient horrifiés. Voici le reptile que Bolton Malloy a acheté six cents dollars ! Un monstre qu'il a gardé quatre mois durant dans son chalet, en attendant le bon moment pour le montrer à sa femme pour qu'elle ait une crise cardiaque. Parce que Tilda avait la santé fragile, des problèmes coronariens, et une peur bleue des serpents !

Imaginez le tableau ! poursuivaient ses avocats. Le gros Thurman en couleurs à la une de tous les journaux du pays ! Sans compter que le juge pourrait autoriser la retransmission TV du procès ! Thurman deviendrait une superstar.

Alors Bolton accepta les dix ans d'incarcération.

Humilié, condamné, disgracié, Bolton se retrouva en prison comme un vulgaire criminel ! Deux mois après son incarcération, le premier versement de l'argent du tabac tomba sur un compte off-shore, géré par le Vieux Stu. Cette bonne nouvelle atténua un peu son malheur et lui donna de l'espoir, une nouvelle raison de vivre.

24.

Trois jours après sa visite à la prison, Diantha est installée dans un vieux fauteuil de cuir, les pieds confortablement posés sur un pouf moelleux. Le fauteuil et le pouf sont hors de prix, comme tout ce qu'il y a dans le bureau de Mimi. Mimi apprécie les belles choses, elle en a les moyens. Elle facture désormais deux cent cinquante dollars de l'heure, moins bien sûr que ce que Diantha réclame à ses clients, mais cela reste dans la fourchette haute pour une psy du Middle-West. Quand les deux femmes se sont rencontrées quinze ans plus tôt, elles entraient tout juste dans la vie active et leurs tarifs étaient beaucoup moins élevés. Elles ont prospéré ensemble, réussi ensemble, et auraient pu devenir amies si Mimi n'avait pas été la thérapeute de Diantha. Des années plus tôt, elles avaient décidé qu'il valait mieux se limiter à des échanges strictement professionnels, afin de préserver leur relation psy-cliente.

— Je n'aimais pas l'idée de cette visite à la prison, dit Mimi.

— Je sais. On en a parlé. Mais j'y suis allée.

Mimi est dans son fauteuil design qu'elle aime faire rouler sur le plancher. Quand la séance commence, elles se parlent doucement, posément, et évitent de se regarder.

— Et qu'as-tu ressenti quand tu l'as vu ? Quelle a été ta première pensée ?

— Il y en a eu plein.

— J'ai dit : la première. Il n'y a qu'une seule première pensée.

— Curieusement, je l'ai trouvé beau. C'est ce qui m'a marquée sur le coup. Il a soixante et onze ans, est enfermé depuis cinq ans, mais il est mince, musclé, bronzé à souhait. J'ai eu honte de le juger si séduisant.

— Il n'y a rien de mal à ça. Il t'attirait autrefois et l'attirance était mutuelle.

— Certes. Et juste après, je me suis demandé comment j'ai pu coucher avec ce vieux bonhomme pendant si longtemps. Il était marié, et tout le monde était au courant de notre liaison. Qu'est-ce qui m'a pris ?

— Ça fait quinze ans qu'on en parle, Diantha.

— C'est vrai, et je n'en reviens toujours pas.

— On ne peut pas revenir en arrière. Ce qui est fait est fait. Il faut aller de l'avant. C'est pour cette raison que j'étais contre cette visite. Voir Bolton risquait de raviver de vieux souvenirs, d'anciens traumas que tu avais surmontés. J'ai peur maintenant qu'il faille tout recommencer à zéro.

— Non, Mimi, tout va bien. Et j'avais de bonnes raisons d'aller là-bas. Pour rencontrer le grand homme derrière les barreaux, en tenue de prisonnier, avec menottes et tout le tralala. Je voulais le voir humilié, dépossédé de sa richesse, de sa superbe. Rien que pour ça, ça valait le coup d'y aller. Je ne recommencerai pas, mais je ne regrette pas le déplacement.

— Il n'est pas exactement fauché, à ce que tu m'as dit.

— Oh non ! Bolton commence même à toucher un paquet de fric, grâce à une vieille affaire. Ce qui soulève un nouveau problème.

— Lequel ?

— Je veux une compensation. Bolton me la doit après ce qu'il m'a fait. Il a profité de la naïveté de la jeune employée que j'étais. J'ai été piégée, je pensais que je ne pouvais pas refuser. Dans ces cas-là, il n'y a jamais de consentement réel.

— C'est un chemin dangereux, Diantha.

— Non, j'ai pris ma décision. Pendant le trajet du retour, ça s'est imposé. Bolton doit réparer ce qu'il m'a fait, et ça va lui coûter bonbon.

25.

Quand les deux frères avaient-ils pour la dernière fois accepté de se voir en privé ? Cela devait dater de Mathusalem. Kirk et Rusty déployaient tant d'efforts pour ne jamais se croiser ! Cette fois, la situation était trop grave pour repasser le bébé à Diantha – ce qu'ils faisaient pourtant d'habitude sans états d'âme, du moins en apparence. Parce que c'était la solution de facilité.

Convenir d'un lieu et d'un horaire prit une semaine. Bien sûr, la rencontre ne pouvait se tenir au cabinet, et passé cette constatation élémentaire, tout s'avéra compliqué. Kirk proposa un salon privé de son country club, mais Rusty honnissait ces endroits, tout comme les gens qui les fréquentaient.

« Qu'est-ce que tu veux ? Une boîte de strip-tease ? » avait rétorqué Kirk dans son e-mail.

Ils ne pouvaient se parler en direct, rien que d'entendre la voix de l'autre leur était insupportable – et de ce fait toute conversation téléphonique était également exclue.

« Pourquoi pas ? » répondit Rusty des heures plus tard dans un message.

Pour d'autres raisons, plus obscures encore, ils ne voulaient pas être vus ensemble.

Enfin, ils se mirent d'accord pour une suite dans un hôtel de Columbia, à deux heures de route. Bien sûr, ils viendraient chacun avec leur voiture et voyageraient seuls.

Puisque le moindre déplacement de Kirk serait examiné à la loupe par les avocats de sa femme, Rusty effectuerait la réservation à son nom car, pour l'heure, il était célibataire.

Ils se retrouvèrent le jeudi à 15 heures. Personne au cabinet ne savait où étaient passés les deux frères, ce qui n'était pas un mince exploit pour deux hommes d'ordinaire entourés d'une armée de collaborateurs. Rusty arriva le premier, passa à la réception, monta dans la chambre et prit un Coca light dans le minibar. Un quart d'heure plus tard, Kirk toqua à la porte. Ils échangèrent un « bonjour » poli et se serrèrent la main. Les deux hommes avaient décidé de rester calmes et courtois. Au moindre mot de travers, cela pouvait dégénérer.

Ils s'installèrent devant la table basse et burent leurs sodas.

— Tu as parlé au vieux, dernièrement ? s'enquit Kirk.

— Oui, la semaine dernière. Vite fait. Et toi ?

— Il m'a appelé hier soir. Fier comme un pape avec son nouveau téléphone. Il m'a dit de ne plus envoyer Diantha. Il veut que ce soit l'un d'entre nous. Comme tu le sais, je me suis fait remplacer.

— Oui. Désolé pour ton divorce et tout. Je suis passé par là, plusieurs fois. Ça n'a rien d'agréable. Aucune chance que ça s'arrange avec Chrissy ?

— Non. C'est allé trop loin.

— J'ai appris que son avocate est Scarlett Ambrose.

— Exact.

— Ça va être la guerre ouverte.

— C'est déjà le cas. Je déménage ce week-end.

— Désolé de l'apprendre. J'ai vécu trois divorces, et je ne m'en vante pas. Mais j'ai réussi à m'en sortir sans trop de casse.

— Je sais. Je sais. Bon, on n'est pas ici pour parler de nos déboires conjugaux. Le sujet aujourd'hui, ce sont les finances. Nous sommes tous les deux dans une situation délicate. Et avec mon divorce, ça va s'aggraver. Le cabinet perd de l'argent et l'avenir s'annonce mal. On est d'accord là-dessus, non ?

Rusty hocha la tête.

— Et pendant ce temps, le vieux se la coule douce et compte les jours avant sa libération. L'argent du tabac commence à tomber, et on ne peut pas y toucher. C'est ça ?

— Pas moyen. Stu veille au grain. C'est là que le bât blesse. Ce fric doit revenir au cabinet, pas à Bolton. Il a été radié du barreau, condamné et envoyé en prison. Il n'exercera plus jamais. C'est contraire à l'éthique. Le cabinet ne peut donner de l'argent à un citoyen lambda. Ça paraît évident. Le souci, c'est que Stu et lui ont caché le fric et dupé le fisc. Si la brigade financière débarque avec ses gros sabots et veut éplucher les comptes, qu'est-ce qu'on fait ? Et s'ils découvrent où est planqué le fric ? Devine qui va se retrouver en tôle ? Pas le vieux, même si je ne vais pas me gêner pour le charger à mort. C'est toi et moi qui allons payer les pots cassés.

— Je suis d'accord. Qu'est-ce que tu as en tête ?

— La même chose que toi depuis que ce deal avec les compagnies de tabac a été passé. Nous avons droit à notre part du gâteau. Nous étions associés dans ce cabinet quand l'affaire a été conclue. Donc on doit palper.

— Combien ?

— Je ne sais pas. Tu as une idée ?

Rusty se leva, alla ouvrir la mallette qu'il avait posée sur la desserte, et en sortit des papiers qu'il lâcha devant Kirk.

— J'ai étudié les chiffres hier soir, comme toi, j'en suis sûr. Au moment de l'accord à l'amiable, la cour a approuvé la somme de vingt et un millions de dollars pour Malloy. Le vieux renard a placé l'argent pour repousser de dix ans l'encaissement des honoraires, en espérant que d'ici là notre mère serait décédée. On connaît tous l'histoire. Pendant ces dix années, le fric a fait des petits, au rythme de cinq pour cent par an. Il y a cinq ans, la manne a commencé à tomber, trois millions annuels – évidemment versés sur les comptes off-shore de Stu. À ce moment-là, le pactole s'élevait à trente-cinq millions. En restant sur une rente de trois millions annuels, les versements vont durer pendant quatorze ans. Bolton a bientôt soixante-douze ans. Qu'est-ce qu'un vieux de quatre-vingts piges va bien pouvoir faire de tout ce fric ?

— Je sais tout ça, Rusty.

— Je n'en doute pas. Je le répète parce que je veux me convaincre qu'on a droit à notre part.

Kirk fronça les sourcils et tourna la tête vers la fenêtre.

— Et Stu ?

— On fera sa fortune. Donnons-lui des parts, de quoi lui rendre le sourire et laissons ce vieux schnock rentrer chez lui s'occuper de ses rosiers. Il n'y aura que nous quatre dans la confidence.

— Diantha est donc de la partie ?

— Évidemment.

Kirk se leva et fit les cent pas en se frottant le menton.

— J'ai eu une longue conversation avec elle hier soir. L'envoyer voir Bolton n'était pas une bonne idée. Ça a ravivé trop de mauvais souvenirs. Je pensais qu'ils avaient dépassé ça. Mais ce n'est pas le cas. En deux mots, Diantha veut une compensation financière. Elle considère que ce n'est que justice après toutes ces années.

— Ben voyons !

— Peu importe. Elle est déterminée et ne va rien lâcher.

— Génial ! Offrons-lui des parts. Reste à rallier Stu à notre camp.

— Selon elle, ce ne sera pas si difficile. Stu n'est pas très content de dissimuler tout ce fric. Il a même dit à Diantha qu'il n'irait pas en prison à cause des plans foireux de Bolton.

Rusty esquissa un sourire.

— Parfait. Elle veut combien ?

— On est à parts égales tous les deux. Alors divisons par quatre. On prend un million chacun pour commencer, qu'on place bien au chaud, off-shore. Et l'année prochaine, on récupère un demi-million tous les quatre et on laisse un million au taulard. Et pareil l'année suivante. Si tout se passe bien – et il n'y a pas de raison que ce ne soit pas le cas –, on partage comme ça les rentrées jusqu'à la fin des versements, ou jusqu'à ce qu'il sorte de prison. On peut ajuster la répartition comme on le souhaite. Le tout, c'est de rester unis.

— Comment on va faire avaler ça au vieux ?

— Il suffit que Stu trafique les comptes. Tant que Bolton est en cellule, il n'y verra que du feu. Quand il sera libre, il va pousser une gueulante, mais on aura déjà l'argent. Que veux-tu qu'il fasse ? Nous poursuivre en justice parce qu'on lui prélève des honoraires qui nous reviennent de droit ?

Rusty redevint soudain grave.

— Mais il va nous chasser de l'immeuble.

— Et alors ? On ira ailleurs, point barre. Ou il fermera la boutique. Ce qui n'est pas plus mal, au fond. Ça nous fera du bien de faire une pause.

— Et de profiter de notre fric...

Pour la première fois, les fils Malloy savourèrent un moment de joie ensemble. L'ombre du commandeur avait quitté la pièce. Ils allaient tenir tête à Bolton, récupérer sa fortune, et ils ne tremblaient pas. Sur le chemin du retour, Kirk avait le sourire aux lèvres en écoutant Bach. Il aurait la belle vie, loin de Chrissy, loin du cabinet.

Rusty décida de rester à l'hôtel. Il avait payé pour la nuit, inutile de se presser. Une maison vide l'attendait à Saint-Louis. À 17 heures, il descendit au bar, commanda un verre et surveilla la porte, prêt à fondre sur la première proie en vue.

26.

Mais le Vieux Stu ne voulut rien savoir.

Il écouta attentivement le laïus de Diantha, qui lui narrait son histoire douloureuse avec Bolton. Elle pensait l'avoir convaincu, pourtant son visage se ferma à double tour quand elle évoqua une compensation financière. Des réparations pour le harcèlement sexuel ? Sachant l'état déplorable des finances du cabinet, Stu comprit aussitôt qu'elle convoitait l'argent du tabac.

Elle plaida son cas. Les garçons étaient remontés comme des coucous et voulaient eux aussi leur part du gâteau. Stu resta de marbre.

Elle était tentée de lui rappeler qu'il n'était qu'un comptable sans assermentation et qu'elle pouvait le renvoyer séance tenante, avec ou sans motif ; elle préféra cependant garder cette carte pour plus tard. Elle allait voir ses partenaires et préparer la contre-attaque. Pour l'instant, on pouvait parler de désastre.

Elle quitta le bureau de Stu au sixième étage et prit l'ascenseur. Arrivée au rez-de-chaussée, elle demanda à sa secrétaire de ne lui passer aucun appel et s'enferma dans son antre. Elle retira ses escarpins, s'étendit sur le canapé. Dormir était impossible. Trop de stress. Elle avait échoué. Stu n'avait pas voulu se rallier à la mutinerie. Qui appeler en premier ? Kirk ou Rusty ?

La réponse était évidente. Kirk était un pur col blanc. Jamais il ne se salirait les mains. Rusty était un bonimenteur, qui savait charmer et négocier. Et si les gens ne l'écoutaient pas, il était toujours prêt à utiliser la manière forte. Seul Rusty Malloy aurait le cran d'affronter Bolton.

Tôt le matin, Stu leur avait envoyé (à Kirk, Rusty et elle) les comptes du mois. La situation était encore plus désastreuse qu'elle ne le supposait. Les banques allaient bientôt appeler, et cela promettait d'être tendu.

Elle s'assit, posa ses pieds sur son bureau et étudia le bilan comptable. Chaque année, Kirk et Rusty se versaient quatre cent quatre-vingt mille dollars en salaires, plus des primes, indexées sur les bénéfices du cabinet. Les bonus, toujours égaux (ordre de Bolton), étaient fixés au cours d'une réunion à huis clos tous les 30 décembre. C'était le pire jour de l'année. Les deux associés arrivaient avec des listes de chiffres qui n'en finissaient pas, et Diantha devait jouer les arbitres. Ces trois dernières années, Kirk s'était fâché, car l'aile droite du cabinet avait rapporté beaucoup plus d'argent que l'aile gauche. Rusty avait répliqué que sur des projections quinquennales ou décennales, ses procès étaient bien plus lucratifs. Il y a quatre ans encore, il avait engrangé pour M & M le double des profits de son adversaire.

Seulement ça, c'était avant – avant que Rusty ne commence à perdre ses procès, et beaucoup d'argent.

Des adversaires ? Pourquoi ne pas être des coéquipiers, puisqu'ils étaient dans le même bateau ? Bolton disait que les deux frères n'avaient jamais pu s'entendre. Résultat : le naufrage était imminent.

Si le cabinet continuait sur sa lancée, disons encore deux mois, il n'y aurait aucun bonus de fin d'année. L'écart entre les recettes et les dépenses était tel que Kirk et Rusty seraient obligés (comme le stipulait leur contrat d'associés) de mettre la main à la poche pour couvrir le déficit – une première dans toute l'histoire du cabinet !

Pour éviter la catastrophe, une seule solution : faire des coupes drastiques dans les dépenses, licencier du personnel – avocats comme petites mains –, réduire le salaire des deux associés, et convaincre Rusty de ne plus prendre d'affaires à l'issue incertaine. Mais aucun des deux n'accepterait.

Ces comptes étaient déprimants. Comment un grand cabinet comme M & M avait-il pu en arriver là ? Diantha s'apprêtait à quitter son bureau pour aller faire du shopping quand sa secrétaire toqua à sa porte. Un coursier l'attendait dans le hall, un gamin à capuche avec de grosses baskets.

— C'est vous Diana Bradshaw ? demanda-t-il à son arrivée.

— Diantha, rectifia-t-elle. Diantha Bradshaw.

Le gars regarda longuement ses papiers pour vérifier. Apparemment, il savait à peine lire.

— Oui. Et vous êtes la directrice de Malloy & Malloy, c'est ça ?

— Exact.

— Je suis envoyé par le cabinet Bonnie & Clyde. Voilà la copie du recours qui a été déposé au greffe tout à l'heure.

Il lui tendit une enveloppe kraft. Diantha la prit sans un mot. Le coursier s'en alla.

Bonnie & Clyde... ce qui signifiait des ennuis. C'était le cabinet le plus connu de Saint-Louis – bien sûr, pas à cause de leurs compétences ! Alors que le couple d'avocats vivotait dans leur petite structure à la périphérie de la ville, Clyde avait conclu un accord à l'amiable dans une affaire impliquant un semi-remorque et avait récupéré quelques billets. Son épouse s'était toujours appelée Bonita. Leur ado, qui regardait bien trop la télévision – en particulier les publicités de ces avocats appâtant le chaland avec des images sanguinolentes d'accidents –, eut soudain une idée : changer le prénom de sa mère et diffuser des pubs où son père et sa mère apparaîtraient déguisés comme Warren Beatty et Faye Dunaway, armés de mitraillettes et abattraient des assureurs véreux pour récupérer des montagnes d'argent pour leurs pauvres clients. Ainsi était né le cabinet Bonnie & Clyde.

Au début, le barreau, horrifié par ces publicités violentes, leur avait adressé une lettre de rappel à l'ordre, mais les films étaient déjà partout sur Internet et cela aurait été une atteinte à la liberté d'expression.

Les clients se pressèrent alors à leurs portes, et Bonnie & Clyde devinrent riches. Ils développèrent leur entreprise, embauchèrent des avocats et s'offrirent des quatre par trois dans toute la ville.

B & C représentait Trey Brewster et poursuivait Rusty pour faute professionnelle. Ils réclamaient dix millions en compensation du préjudice, assortis de deux millions en dommages-intérêts punitifs.

Diantha lut le recours, un document sommaire, pas même documenté.

— J'aurais bien aimé avoir cette affaire ! marmonna-t-elle. Au moins, celle-là est gagnée d'avance.

27.

Pour accomplir les besognes inavouables (et elles étaient légion dans le domaine des procès en dommages et intérêts), Rusty avait plusieurs hommes de main. Le plus expérimenté était Walt Kemp, un ancien flic qui avait ouvert son propre bureau d'enquêtes. Il traquait les accidents de la route, filait les ambulances, allait trouver les victimes jusque dans leur chambre d'hôpital, recherchait des témoins, enquêtait sur leur vie privée et autres activités plus ou moins légales. Kemp connaissait bien la rue et avait ses entrées dans de nombreux lieux mal famés, jusque dans les prisons.

Rusty et Kemp se retrouvèrent chez un traiteur russe à Dutchtown, un vieux quartier de Saint-Louis, pour manger des sandwichs œufs-sprats. Le bureau de Walt Kemp se trouvait au coin de la rue, où les loyers étaient abordables.

— J'ai un truc un peu bizarre à te demander, annonça Rusty en baissant la voix.

— Ce ne serait pas la première fois ! répondit Kemp en essuyant la mousse de bière sur sa moustache.

— Tu connais quelqu'un à la prison de Saliba ?

— Ton père, par exemple ?

Rusty étouffa un petit rire nerveux.

— Oui, le vieux est là-bas. Pas lui, quelqu'un d'autre.

— Un détenu ? Un maton ?

— Non, pas un détenu. Plutôt un gars ayant du pouvoir là-bas.

— Faut voir. C'est pour quoi ?

— Il s'agit de Bolton. Il est là-bas depuis cinq ans, et de temps en temps il réussit à avoir un téléphone.

— Ce qui n'a rien d'inhabituel. En prison, ce genre de trucs circulent beaucoup au marché noir. Ça, les drogues et tout ce qu'on veut.

— Il se trouve que Bolton en a un en ce moment. Et pour être honnête, il nous fait vivre un enfer. Il se mêle de tout.

— Qu'est-ce que tu veux au juste ?

— Pour l'instant, passe un appel anonyme à la sécurité, et dis-leur que le détenu 2-4-8-8-1-3 a un téléphone dans sa cellule. Les gardiens le trouveront et Bolton ira à l'isolement pour un mois. Il y est déjà allé.

— Tu veux envoyer ton père au trou ?

— Juste pour un mois. Il nous pourrit l'existence et nous cause beaucoup trop de problèmes.

Kemp mordit dans son sandwich et lâcha un gloussement.

— C'est énorme ! J'adore.

— Je peux compter sur toi ?

— Bien sûr. Qui paie la note ? Le cabinet ?

— Oui. Mais trouve un autre intitulé. Tu as toujours été inventif sur tes factures.

— À force de bosser avec des avocats, on prend le pli.

— Très bien. Fais ça le plus vite possible.

— C'est parti, patron.

28.

Si on veut réussir un putsch, il faut d'abord couper toutes les communications. Une fois que la faction eut confirmation que Bolton était de nouveau à l'isolement, l'étape suivante consistait à neutraliser les alliés du tyran sur place. Et cette tâche fut dévolue une fois encore à Rusty.

Il débarqua dans le bureau de Stuart Broome au sixième étage, prêt au combat. Le Vieux Stu fut pris de court. Rusty n'était pas monté le voir depuis des mois.

— Il faut qu'on parle, lança-t-il.

— Euh, bonjour Rusty. Quel bon vent t'amène ? dit Stu en descendant de son tapis de marche – éteint comme d'habitude.

— Je vais te le dire : il est temps que le cabinet ait sa part du trésor, à savoir l'argent du tabac que toi et Bolton planquez off-shore. Les honoraires doivent être versés à Malloy & Malloy, et notre cher père n'en est plus un associé. Tu as deux solutions, Stu, alors écoute-moi bien. Un, tu peux dire non. Nous ne pouvons pas avoir accès au fric parce que tu es loyal envers Bolton et pas envers nous. Auquel cas, je te vire sur-le-champ et je te fais sortir du bâtiment sous escorte. J'ai deux vigiles armés dans le hall qui attendent mon signal. Et si je te fiche dehors, tu pars en laissant tout sur ton bureau.

Le Vieux Stu pâlit, manquant de s'étrangler. Quand il prit la parole, sa voix était rauque, tremblante.

— Des gardes armés ? On en est là ?

Il se laissa tomber sur son vieux canapé.

— Absolument, Stu. Des gardes armés. Ton contrat s'arrête là sans dédommagement ni indemnité, et si tu veux nous poursuivre, alors rendez-vous au tribunal. À condition que tu puisses tenir financièrement plusieurs années parce qu'on va faire traîner et que tes avocats vont te coûter un max.

— Et la deuxième option ?

— Tu rejoins l'équipe et tu deviens riche. Nous lançons la mutinerie et on se fait des couilles en or, tous les quatre.

— Tous les quatre ?

— Toi, moi, Kirk et Diantha. À parts égales. On prend notre com sur l'argent du tabac, maintenant et sur tous les autres versements.

— Bolton va me tuer. Comme vous trois, d'ailleurs.

— Le vieux est à l'isolement en ce moment. Et quand il en sortira, il lui restera encore cinq années à purger. Il s'imagine avoir droit à une libération conditionnelle, ce qui n'arrivera pas. Il n'arrête pas de se faire coincer pour contrebande et il a graissé la patte à un tas de surveillants. Sacré Bolton, les pots-de-vin, c'est son truc ! Pour l'instant, donc, il ne peut rien contre nous. Et nous ne faisons pas une razzia totale, il restera riche.

— Combien on prend ?

— Un million chacun pour commencer. Et puis cinq cent mille chaque année. L'argent restera off-shore pour que personne ne soit au courant.

Stu se frotta les joues, vaincu, comme s'il était sur le point de pleurer. Il n'osait regarder Rusty, resta tête baissée, les yeux rivés sur ses chaussures.

— Je n'ai jamais eu l'intention de voler de l'argent.

— Voler ? s'exclama Rusty. Tu plaisantes ! Ce fric a été honnêtement gagné par le cabinet, un cabinet que Bolton a dû quitter parce qu'il a été condamné par la justice, radié du barreau et envoyé en cellule. Jusqu'à présent, Bolton est parvenu à nous intimider et à nous tenir loin du magot, mais c'est terminé. Il ne peut pas garder tout pour lui. Et nous non plus. Ce que nous proposons est une redistribution équitable, ni plus ni moins.

— Mais je ne suis pas avocat. Je ne peux pas percevoir des honoraires.

— C'est vrai. Enfin, tu peux toucher des primes, non ?

Stu commença à aimer le projet et songea au premier versement. Il se leva, tenta de s'étirer – manœuvre impossible entre sa bosse dans le dos et son ventre proéminent. Une image pathétique, s'il n'y avait eu ce sourire sur son visage, un sourire si rare.

— En revanche, si tu me fiches à la porte, tu ne verras jamais l'argent, déclara-t-il d'un ton plus léger.

Rusty avait vu venir le coup, et répliqua aussitôt :

— Tu me prends pour un imbécile ? On connaît un cabinet comptable auquel le FBI fait souvent appel. Ils remonteront à la source – les cigarettiers et leurs assurances – et suivront la piste. Pareil pour le fisc. Ils savent s'y prendre.

— C'est bon, c'est bon, répondit Stu en levant les mains en l'air. Je marche.

— Bravo, Stu. Sage décision.

— Je n'en reviens pas. Je vais trahir Bolton, lui planter un coup de couteau dans le dos. Je ne pourrai plus jamais le regarder en face.

— Tu ne le reverras certainement pas. Il peut purger sa peine, prendre son fric – ce qui lui restera – et se barrer direct au soleil. Il n'a aucune attache ici, tu le sais.

— Je pensais être son ami.

— Il s'est servi de toi, comme il le fait avec tout le monde. Ne verse pas une larme pour le vieux. Tout ira bien pour lui. Comme pour nous.

— Je l'espère.

29.

Durant la semaine suivante, Stu rencontra un à un chaque conspirateur et leur expliqua le labyrinthe inextricable de comptes off-shore et de sociétés-écrans qu'il avait échafaudé, à la demande de Bolton, pour cacher l'argent du tabac. Ils furent impressionnés, quasiment stupéfaits, par l'ingéniosité du montage financier. Ni le fisc, ni personne n'aurait pu retrouver le pactole. Comme s'ils avaient répété leur texte, tous annoncèrent qu'ils voulaient déplacer « leur argent » dans des banques à l'étranger pour l'utiliser à leur guise, et sans intermédiaire. Stu fut choqué par leur impatience à vouloir dépenser le trésor de Bolton.

Rusty fut le premier à récupérer sa part. Pour impressionner sa petite amie du moment, il réserva un jet privé à destination des îles Vierges britanniques, où ils passèrent une semaine dans une villa à se prélasser au bord de la piscine. Quand la demoiselle voulut se rendre au spa, Rusty rencontra ses nouveaux banquiers pour s'assurer que les fonds étaient bien à sa disposition. Il y aurait d'autres versements, leur assura-t-il, et ils passèrent un moment agréable à parler stratégie et placements financiers. Quand on avait un million sur un compte et cinq cent mille dollars de rentes annuelle, investir dans de bonnes affaires étaient un jeu d'enfant.

Un soir, alors que Rusty contemplait l'océan indigo en sirotant un punch sur la terrasse, il se demanda s'il n'allait pas quitter le cabinet, définitivement. Il en avait assez de la pression, des heures interminables et des bisbilles avec son frère. Et surtout, il n'en pouvait plus des tribunaux. Il avait quarante-six ans. Ses heures de gloire en tant qu'avocat étaient peut-être derrière lui. En tout cas, il ne savait plus se mettre un jury dans la poche. Et les compagnies d'assurances ne craignaient plus de se retrouver en procès contre lui.

Pourquoi ne pas profiter de sa nouvelle fortune et couler des jours heureux sur une plage ?

Diantha et son mari, Jonathan, n'habitaient plus ensemble, mais l'idée d'un voyage en Europe semblait l'occasion d'un nouveau départ. Comme les trois premiers jours se passaient à merveille, Diantha lui annonça la bonne nouvelle concernant la redistribution des honoraires. Jonathan fut impressionné et parut plus que jamais décidé à sauver leur mariage. Ils prirent rendez-vous dans diverses banques pour voir comment gérer au mieux cet argent. Après quelques jours à Zurich, ils s'envolèrent pour Paris et se promenèrent dans « la ville de l'amour » bras dessus, bras dessous.

Kirk ne put profiter de cette nouvelle manne parce que les avocats de sa femme risquaient de lui faire les poches et de lui prendre jusqu'au dernier cent. Le moindre voyage, la moindre dépense éveilleraient leurs soupçons. Ne voulant laisser aucune trace – ni message vocal, ni SMS, ni e-mail –, il contacta un banquier à Londres par messagerie cryptée. Une fois leurs communications sécurisées, Kirk déplaça les fonds dans une banque britannique aux îles Caïmans. Là-bas, l'argent serait à l'abri, même si Chrissy engageait une armée de juristes.

Maintenant qu'il était riche, Kirk voulu la jouer fair-play pour le divorce, et proposa de laisser tous ses biens à sa femme, plus une pension confortable. Cette décision allait lui coûter une fortune, mais il y avait ses enfants aussi, et il avait à cœur de jouer son rôle de père. Malheureusement, l'infâme Scarlett Ambrose voulait du sang et un autre trophée de chasse. Elle cherchait la guerre, un procès, et du battage médiatique pour assouvir son ego démesuré. Chrissy, totalement sous l'emprise de sa teigne d'avocate, refusa l'offre de Kirk et un accord à l'amiable. Les deux époux se séparaient parce qu'ils ne se supportaient plus, mais il n'y avait eu aucun comportement répréhensible de l'un envers l'autre. Scarlett espérait du sordide, alors elle lâcha les chiens, une bande de limiers pour éplucher les comptes de Kirk.

Qu'ils reniflent et fouillent ! se disait-il. *J'ai de l'argent frais enterré sous le sable des tropiques !*

30.

Rusty était en route pour sa visite mensuelle à la prison, c'était son tour. Il avait fait ce maudit voyage plus de trente fois au cours des cinq années précédentes, et chaque kilomètre était une souffrance. Plus il approchait de sa destination, plus sa rancune grandissait. Il avait tenté de compatir au sort de son père – être enfermé, affublé d'une salopette orange comme un vulgaire voleur, travailler pour cinquante cents de l'heure à la bibliothèque, et manger de la nourriture infâme. Mais en vain. Il méprisait cet homme. Toute sa vie, son père avait manipulé son entourage, en particulier ses deux fils. Rusty lui en voulait encore de leur avoir imposé cet accord indigne pour le cabinet, forçant les deux frères à travailler ensemble sans échappatoire possible. Et par-dessus tout, il détestait Bolton à cause de son avidité, de son entêtement à garder pour lui tout l'argent du tabac, juste pour s'assurer une retraite dorée.

Curieusement, il ne lui avait jamais reproché la mort de sa mère – ni lui, ni quiconque. Les deux frères le blâmaient surtout de s'être fait attraper ; à cause de ses maladresses, Bolton avait été radié du barreau, avait mis toute la famille dans l'embarras, et le cabinet en péril. Mais personne ne regrettait Tillie. Pas une seconde.

Aujourd'hui, toutefois, le voyage était bien différent. Le ressentiment s'était envolé parce que la fortune de Bolton avait été redistribuée aux personnes qui le méritaient, et tout cela à son insu. Cette fois, Rusty était presque impatient de voir Bolton, pour qu'il puisse rire sous cape du mauvais coup qu'il avait fait à ce vieux grippe-sou. Pour la première fois de sa vie, Rusty avait pris l'ascendant sur son père.

Lorsqu'il arriva dans la salle des visites, le surveillant lui posa la question rituelle :

— Vous avez quelque chose à remettre au prisonnier ?

Rusty lui tendit une enveloppe kraft.

— Le bilan financier du mois.

Le garde sortit les cinq pages noircies de chiffres et les parcourut du regard comme s'il comprenait ce qu'il avait dans les mains, puis les remit dans l'enveloppe. Ce contrôle amusait Rusty. Personne ne pouvait décrypter les comptes que le Vieux Stu avait concoctés pour Bolton !

Rusty entra dans l'une des petites pièces réservées aux entretiens avec les avocats et s'assit sur la chaise. Dix minutes s'écoulèrent avant que Bolton apparaisse de l'autre côté de la paroi vitrée, avec l'enveloppe à la main. Malgré sa fatigue évidente, le père lui fit un sourire. Ils se dirent bonjour, puis Rusty lui annonça que sa fille (son enfant unique) s'en sortait bien au pensionnat. Sa mère, la seconde épouse de Rusty, l'avait rapatriée en Angleterre depuis longtemps.

— J'ai cru comprendre que Kirk et Chrissy se séparent, intervint Bolton. Comment le prennent les gamins ?

Rusty n'en avait aucune idée. Il n'avait jamais vu les rejetons de Kirk. Et avant d'être en cellule, Bolton ne les avait jamais vus non plus. Il posait la question par pure politesse. Les Malloy n'étaient pas du genre à se réunir au coin du feu pour Noël et à échanger des cadeaux. À cause de Tillie, bien sûr. Désagréable, froide et dure, elle n'avait jamais de temps à consacrer à ses petits-enfants et détestait ses belles-filles.

Les deux hommes parlèrent du cabinet et de quelques affaires qui s'annonçaient prometteuses. Rusty ressemblait à son père sur ce point. Autrefois, Bolton aimait parader en salle d'audience, et il gagnait beaucoup de procès. Il méprisait les gratte-papier comme Kirk qui se cachaient dans leur bureau et n'allaient jamais au tribunal.

— C'est le quatrième procès que tu perds d'affilée, dit Bolton avec un froncement de sourcils.

Rusty haussa les épaules.

— C'est le jeu, papa. Tu le sais bien.

Cependant la pique avait fait mouche. Pour éviter tout reproche, il contre-attaqua :

— Comment c'était l'isolement, cette fois ?

Bolton ouvrit l'enveloppe et sortit les papiers.

— Ces connards peuvent me faire tout ce qu'ils veulent. Je ne craquerai pas.

— J'en suis certain. Mais ce serait bien d'arrêter d'avoir ces téléphones. C'est la troisième ou quatrième fois que tu te fais choper. Avec ces bêtises, tu peux oublier la conditionnelle.

— Ne t'occupe pas de ça. Dis donc, vous vous en êtes pas mal sortis le mois dernier ! Recettes en hausse, dépenses contenues.

— Oui. Tout est une question de management.

Bolton exigeait de consulter les comptes mensuels du cabinet alors qu'il n'était pas associé – et qu'il ne le serait plus jamais ! Parfois Rusty avait l'impression que le vieux voulait revenir aux affaires et reprendre les rênes du cabinet. D'autres fois, il était persuadé que Bolton allait empocher son argent et partir aux Caraïbes. Il était radié du barreau à vie, mais les habitudes avaient la vie dure. Depuis quarante ans, Bolton veillait à la santé financière de Malloy & Malloy.

Les bons résultats de M & M n'étaient qu'une illusion, un tour de passe-passe de Stu qui avait retourné sa veste et falsifiait cette fois les bilans en faveur des associés. Le Vieux Stu était désormais membre de la conspiration et les chiffres étaient aussi faux qu'une déclaration de revenus d'un chef mafieux.

Bolton posa le document et déclara :

— Rusty, j'ai besoin que tu me rendes un service.

— Lequel ? répondit ce dernier en se raidissant.

— Je veux que tu finances Sturgiss pour sa réélection.

— C'est un républicain !

— Je suis au courant.

— Doublé d'un crétin.

— Il se trouve que c'est le gouverneur et qu'il va sans doute être réélu.

— Je n'ai jamais voté républicain. Je laisse ça à Kirk et sa clique.

— Il va gagner, Rusty. Hal Hodge n'est pas de taille.

— Il n'empêche que c'est un démocrate. Pourquoi soutenir Sturgiss ?

— Vous ne comprendrez jamais rien à la politique, les enfants. Vous vous souciez tellement de savoir qui est démocrate, qui est républicain, que vous perdez toute vue d'ensemble. Il s'agit de gagner ! Il faut toujours choisir d'aider les vainqueurs. D'où qu'ils viennent.

— Tu me l'as déjà dit. J'ai entendu ça mille fois.

— Eh bien maintenant, il ne faut plus entendre, il faut écouter. Sturgiss va l'emporter de dix points.

Le vieux avait souvent raison, et il avait le flair non seulement pour choisir les gagnants mais pour leur apporter son soutien juste avant le vote, quand les caisses de campagne étaient vides et que Bolton arrivait comme le sauveur.

Rusty comprit ce que manigançait son père.

— Tu es convaincu que Sturgiss est ton billet de sortie.

— En tout cas, Hodge ne l'est pas. Je peux parler à Sturgiss. Comme tu le sais, le gouverneur a une grande influence à la commission qui statue sur les libérations conditionnelles. Faisons-le réélire et je déposerai ensuite ma demande.

Mon pauvre père, si tu savais… Tu n'as pas idée du nombre de personnes – en premier lieu les membres de ta propre famille – qui veulent que tu restes en prison, que tu purges tes dix ans jusqu'au bout !

— Je vais y réfléchir, répondit Rusty pour tranquilliser Bolton.

Oh oui, il allait y réfléchir ! Très sérieusement. Et trouver le moyen pour que son père ne sorte pas de prison.

Ils passèrent l'heure suivante à parler du bon vieux temps. Bolton voulait savoir ce qu'étaient devenus certains magistrats, en particulier les juges qu'il avait connus pendant qu'il exerçait. Seuls deux lui écrivaient de temps en temps et les visites étaient rares. Et il avait été totalement lâché par le barreau, alors qu'il en était autrefois le vice-président !

Mais l'apitoiement n'était pas dans sa nature. Il était coriace, et il endurerait sa peine comme un brave. Le tout, c'était de rester en bonne santé et de pouvoir profiter des dix ou quinze années qui lui resteraient à vivre. Il allait voyager, voir le monde et dépenser sans compter.

31.

Le dîner coûtait vingt-cinq mille dollars et le menu était concocté par une grande cheffe espagnole que Kirk avait fait venir spécialement pour l'occasion. Les tables étaient installées dans le hall de Malloy & Malloy, décorées avec une débauche de fleurs. On se serait cru à l'enterrement d'un narcotrafiquant. La plus grande agence événementielle de la ville avait été réquisitionnée et elle n'avait pas lésiné sur l'argenterie, la porcelaine et les nappes de lin brodées. Deux bars proposaient les meilleurs alcools et du grand champagne. Des serveurs en costume passaient parmi les convives avec des plateaux d'huîtres et de caviar. Un quatuor jouait dans un coin tandis que les invités arrivaient.

Kirk avait promis de lever un million de dollars pour le gouverneur Sturgiss. Il avait rameuté tout le monde, fait le tour de son carnet d'adresses, forcé la main à quelques-uns. Finalement, c'était un succès. Kirk avait vendu cinquante-six places aux plus grands donateurs républicains de Saint-Louis, et la soirée allait rapporter trente pour cent de plus que prévu.

Le staff de campagne de Sturgiss était ravi. La course s'avérait plus serrée, et la compétition bien plus âpre que quatre ans auparavant. La collecte de fonds était difficile, même si Hal Hodge se trouvait loin derrière côté finances. Ce million de dollars était le bienvenu et encore une fois Kirk Malloy s'était montré à la hauteur de l'enjeu.

Il était le héros du jour, seul sans sa femme – car il ne cherchait plus à sauver les apparences. Son équipe accueillait les invités, discutait avec eux, riait quand il le fallait. Ce soir, ils pouvaient accéder au bar à volonté mais ils disparaîtraient quand le dîner serait servi, les prix étant bien trop élevés pour leur portefeuille.

Rusty ne se montrerait pas. Jamais on ne le verrait à un dîner de campagne des républicains ! Et comme d'habitude, Kirk avait dû tout organiser. Diantha, bien sûr, était présente en tant que pilier du cabinet et aussi parce qu'elle espionnait pour Rusty – rien d'extraordinaire, Kirk lui demandait la même chose quand son frère préparait ses sauteries pour les démocrates.

Une coupe de champagne à la main, elle s'efforçait d'éviter l'individu le plus répugnant de l'assemblée, Jack Grimlow, surnommé le Chacal. Elle avait vu les gouverneurs se succéder et tous avaient dans leur garde rapprochée un type comme Grimlow. Le Chacal était le collecteur de fonds de Sturgiss, son fixeur, son agent et confident, son conseiller personnel, et parfois son homme de main quand il fallait casser quelques nez. Diantha le détestait. C'était un type répugnant, et particulièrement insistant avec les femmes. Il gagnait bien trop d'argent, avait bien trop de pouvoir – c'était un prédateur dans l'âme. Finalement, le Chacal la coinça au bar, mais Diantha parvint à garder une distance de sécurité. Comme c'était prévisible, il lui parla de la campagne, longuement. Elle n'en pouvait déjà plus. Et soudain, à brûle-pourpoint, il lui demanda si elle avait vu Bolton récemment.

Elle mentit, lui répondit par la négative. Par malice, elle répliqua :

— Il paraît que le gouverneur lui parle de temps en temps.

Bien sûr, c'était pure invention de sa part.

Le Chacal lâcha un rire. (Ce genre de type avait le rire facile en présence de femmes.)

— C'est vrai. Ils ont échangé quelques fois. Je ne sais pas comment, mais Bolton a réussi à se dégotter un téléphone !

— Du Bolton tout craché.

— Effectivement.

Le maître d'hôtel tapota un verre avec une cuillère d'argent pour rameuter l'assemblée. Kirk s'avança, fier comme Artaban, et souhaita la bienvenue aux convives. Il les remercia pour leur générosité, leur promit un repas délicieux et quelques petits discours plaisants, puis les invita à rejoindre leurs tables.

Le dîner des élites était servi.

32.

Le mardi suivant, Rusty, comme à son habitude, travaillait chez lui pour ne pas croiser Kirk au cabinet. Malgré leur nouvelle fortune, les deux frères ne pouvaient effacer le passé. Hier comme aujourd'hui, les cicatrices demeuraient.

Walt Kemp l'appela et lui proposa de déjeuner avec lui. Kemp ne donna aucune explication. Les deux hommes avaient rarement mangé ensemble – seulement trois fois en dix ans. C'était donc forcément important. Rusty se rendit chez le même traiteur russe et trouva Walt Kemp assis à la même table. Ils commandèrent encore des sandwichs œufs-sprats accompagnés de pils tchèques. Au milieu du repas, Kemp entra dans le vif du sujet.

— On vient d'embaucher un gars pour filer un mari coureur. Un gros divorce. Un type nommé Jack Grimlow. Ça te dit quelque chose ?

— Absolument, répondit Rusty avec un petit sourire. C'est un proche conseiller du gouverneur. On le surnomme le Chacal.

— Je me doutais bien que tu le connaissais. Il drague tout ce qui passe et sa femme n'en peut plus. Il ne le sait pas encore, mais elle a lancé une procédure de divorce et ses avocats sont des furieux. Ils surveillent le moindre de ses mouvements. Ils nous ont appelés et leur prix nous a plu, et nous voilà donc dans le même bateau. Grimlow a au moins deux maîtresses régulières, sans compter ses coups d'un soir. Il n'arrête pas. Sa femme va lui faire sa fête et il n'aura rien vu venir.

— Très intéressant. Le Chacal n'a que ce qu'il mérite, mais pourquoi tu me racontes tout ça ?

— Patience. Comme on voulait connaître ses échanges sur Internet ou avec ses téléphones, on a demandé à des hackers de jeter un coup d'œil.

— Le piratage informatique est illégal dans cinquante États.

— Je sais bien, et on a pris nos précautions, qu'est-ce que tu crois ! Lesdits pirates ne sont pas des citoyens américains. Ils vivent en Europe de l'Est, bien planqués. Et ce sont des bons. Il y a cinq ans, ils ont failli se faire choper quand ils sont entrés dans le système de la CIA, un système soi-disant inviolable ! Tu te souviens de l'affaire ?

— Non. Et franchement, abrège !

— On y est presque ! Et je t'assure que ça vaut son pesant d'or. Bref, on espionne les e-mails de Grimlow et on le suit partout où il va sauter des gonzesses pendant qu'il est en déplacement avec le gouverneur. Et Sturgiss n'est pas en reste, c'est moi qui te le dis ! Heureusement pour lui, Grimlow est là pour le couvrir.

— Sturgiss, un chaud lapin ?

— J'en ai la preuve, enfin passons. Ce ne sont pas ses e-mails galants qui nous importent en ce moment, plutôt ceux où on parle de rétribution en échange de ses grâces.

— Sturgiss monnayerait son droit de grâce ?

— Ne fais pas l'étonné. Ça s'est produit dans plein d'États, certes pas récemment, ni très souvent, mais ça arrive. Le gouverneur peut annuler une peine et faire libérer n'importe quel détenu ayant été condamné pour un crime relevant de la juridiction de l'État. Et ça vaut de l'argent. (Kemp vida sa bière et essuya sa moustache.) Comme tu l'imagines, les gars en prison ont rarement des sous, ils viennent le plus souvent de familles pauvres, donc le « marché des grâces » n'est pas très gros.

— C'est évident.

— Mais pour quelqu'un qui comprend la politique et dont la famille peut rassembler des fonds, ça peut se faire.

— Je vois.

— Comme tu le sais, Sturgiss ne roule pas sur l'or. Et il va devoir laisser son fauteuil – dans quelques jours ou au mieux dans quatre ans – et partir avec pas grand-chose de côté. Alors quand il peut toucher quelques billets en échange de sa signature, il ne se gêne pas. D'autant plus que Grimlow est là pour planquer le fric.

— C'est bon, n'en dis pas plus.

Kemp regarda son assiette vide, puis celle de Rusty.

— Tu as terminé ?

— Oui. Ça m'a coupé l'appétit.

Kemp observa la salle pour s'assurer qu'il n'y avait pas d'oreilles indiscrètes et reprit à voix basse, presque dans un murmure :

— Parfait. Allons parler dans mon bureau. Je vais te montrer un e-mail qui va t'intéresser.

— Avec joie.

Kemp officiait dans un ancien magasin, comme il y en avait tant dans la rue. Le local avait été réaménagé de fond en comble. Avec son parquet de vieux pin, ses murs de briques, ses hauts plafonds, l'endroit était charmant. Ils se rendirent dans la salle de réunion, une pièce tout en longueur avec des écrans aux deux extrémités. Walt Kemp alluma un ordinateur, fit défiler les menus, trouva le fichier et l'afficha sur l'un des écrans.

— Il s'agit d'un e-mail de Grimlow, reçu sur l'un de ses comptes secrets, MoRam7878@yahoo.com. L'expéditeur est RxDung22steele@windmail.com. Aucune idée de son identité.

Rusty resta bouche bée en lisant le message : « *Contact avec BM à Saliba. Confirmation pour deux millions, une traite, versée après janvier.* »

Rusty garda le silence le temps d'assimiler l'information.

— Il y a mille huit cents détenus à Saliba, déclara finalement Kemp. Je ne sais pas combien il y a de BM, mais à mon avis ils ne doivent être nombreux. De toute évidence, l'expéditeur a vu Bolton et a passé un accord : la grâce du gouverneur, en janvier, contre deux millions de dollars.

— En janvier, ce sera après l'investiture de Sturgiss, s'il est réélu. Il y a des réponses à ce mail ?

— Non. Du moins pas à notre connaissance. Grimlow est futé et prudent, il évite le plus possible les mails et les SMS. Il a toujours trois téléphones sur lui, dont un constamment collé à l'oreille, mais il évite de laisser des traces.

Rusty secoua la tête et se mit à marcher de long en large.

— Quelqu'un d'autre est au courant ?

— Comment ça ?

— Le FBI, par exemple.

— Non, personne. Appelons ça un simple dommage collatéral. On cherche des affaires de sexe, je te rappelle. C'est pour ça qu'on nous paie. On est tombés là-dessus par hasard.

— Qu'est-ce que tu vas faire de cette info, Walt ?

— Rien du tout. On ne se mêle pas de ça. Je t'ai montré cet e-mail parce que c'est ton paternel et que tu es mon client. En plus, si on s'avise de raconter ça aux fédéraux, ils vont nous coller un procès pour piratage. Donc non, on ne sait rien.

Rusty s'approcha tout près de Kemp et leva le doigt sous son nez.

— Walt, en ce qui me concerne, je n'ai jamais vu ce mail. Jamais.

— D'accord.

Kemp appuya sur la télécommande et l'écran redevint noir.

33.

En ce moment, seule la moitié du sixième étage était occupée. Les autres pièces attendaient d'être louées, ou étaient en travaux aux frais des nouveaux locataires. Rusty dénicha un bureau vide, autrefois le fief d'un courtier d'assurances. La plupart des meubles étaient partis mais il restait l'essentiel. Il tira une table, approcha quelques chaises pliantes. Personne ne les trouverait ici. Le Vieux Stu était au fond du couloir et il ne sortait que rarement de son antre.

Diantha était inquiète. Cette réunion ne lui disait rien qui vaille. Tout était bizarre. D'abord parce que Kirk et Rusty ne se supportaient pas. Deuxièmement, jamais à sa connaissance aucun conciliabule n'avait été organisé au sixième étage. Et pour finir, au téléphone Rusty s'était montré pour le moins évasif sur l'objet de cette réunion. Et il avait éludé toutes ses questions.

Les deux frères étaient déjà là à son arrivée. Au premier regard, elle sut qu'il y avait un gros problème. Les frères Malloy avaient grandi dans l'opulence, l'argent et le pouvoir, et n'avaient jamais douté de grand-chose. Parfois, souvent même, ils étaient arrogants, condescendants. Ils se croyaient au-dessus de tout le monde, invincibles et – héritage paternel oblige – leur témérité insolente les transformait parfois en tyrans.

Mais cette fois, elle voyait dans leurs yeux de l'inquiétude, peut-être même de la peur. Elle ne les avait jamais vus dans cet état. Ils ne la saluèrent même pas. Elle s'assit et prit une autre chaise pour poser son sac à main. Elle sortit son téléphone, le mit en mode silencieux et le laissa sur son sac. Ni Rusty ni Kirk, de leur place, ne pouvaient voir son téléphone. D'ailleurs, ils n'y prêtèrent aucune attention.

Prise d'une impulsion subite – un geste qu'elle ne s'expliquerait jamais –, elle saisit son téléphone, fit mine de consulter ses messages, ouvrit l'appli « dictaphone » et lança l'enregistrement. Après avoir reposé son appareil, elle releva les yeux vers Rusty qui, lui, avait placé son portable sur la table devant lui.

Cette manœuvre, sans aucune préméditation, allait avoir de grandes conséquences sur l'avenir de Diantha, et sur celui de beaucoup de gens.

Kirk se tourna vers elle.

— Nous sommes ici parce que le gouverneur vend ses grâces au plus offrant, et il se trouve que Bolton compte acheter sa sortie pour deux millions de dollars.

La bouche de Diantha s'ouvrit sous le choc. Elle se redressa comme si elle avait reçu un coup de couteau dans le dos et répéta en bredouillant ce qu'elle venait d'entendre. Elle regarda Kirk mais celui-ci détourna la tête. Quant à Rusty, il se rongeait un ongle.

— La tractation est organisée par le Chacal, expliqua-t-il. L'une de mes connaissances, un enquêteur privé, s'est procuré ses e-mails. Et celui que j'ai vu confirme le pot-de-vin. Deux millions en échange de sa libération conditionnelle en janvier. Tout porte à croire que le marché est conclu.

Diantha prit de longues inspirations pour s'éclaircir l'esprit.

— Les autorités sont au courant ? s'enquit-elle.

— Non, je ne crois pas. Mon contact n'en a parlé à personne et il n'y a aucune raison que ça change. Il ne veut pas être mêlé à ça, et surtout, il n'a aucune envie d'attirer l'attention des fédéraux.

— C'est quand même surprenant de la part de Sturgiss. Je le pensais au-dessus de ça.

— Il est fauché, répondit Kirk. Et il lui faut du fric pour sa campagne.

— Sans compter qu'il écoute les conseils du Chacal, qui volerait père et mère. Bolton a bien joué son coup. Il sera dehors en un rien de temps.

Ils poussèrent en chœur un long soupir, atterrés par ce scénario sinistre. Diantha jeta un coup d'œil à son téléphone. Une minute et cinquante-deux secondes d'enregistrement, et ce qui s'était dit pouvait créer un scandale d'État sans précédent au Missouri. Et pour elle, quelles seraient les conséquences ? Que faire ? Arrêter le dictaphone ? Quitter la pièce ? Les pensées se bousculaient dans sa tête.

Kirk s'éclaircit la voix.

— Nous savons ce qui est en jeu. Si Bolton sort, il va savoir tout de suite qu'on lui a pris une part de son magot. On va devoir avouer notre faute, parce qu'on n'a aucun moyen de la lui cacher. Il va péter un plomb, nous chasser de son immeuble. Malloy & Malloy sera alors fichu. Il va lancer un bataillon d'avocats à nos basques pour récupérer son pactole. Et il gagnera sans doute en justice. Et connaissant Bolton, qui est un adepte de la terre brûlée, il ira sans doute voir le procureur pour exiger un procès au pénal.

— C'est tout ? demanda Diantha, un nœud au ventre gros comme un melon.

— Pour l'instant, oui. Mais je dois oublier des trucs, c'est sûr.

Rusty fronça les sourcils.

— Nous poursuivre au pénal ? Je ne pense pas qu'il aille si loin. Mais c'est vrai qu'il est capable de tout.

— Il chasserait le cabinet ? insista-t-elle.

— C'est dans le bail, répondit Kirk. Je l'ai relu tout à l'heure. L'immeuble lui appartient et il peut expulser le cabinet en dix jours. Les autres locataires ont droit à un préavis d'un mois, il lui faudra alors avancer une bonne raison. Mais pas pour nous.

— D'abord l'expulsion. Puis la poursuite en justice. Et il sera impossible de passer sous les radars. Ça va faire la une de tous les journaux.

— Je vois déjà les gros titres : « Les fils Malloy dépouillent le cabinet pendant que leur père est en prison ! »

— Je ne comprends pas, intervint Diantha. Quand on a décidé de récupérer une part de l'argent, on pensait que c'était légal et légitime. Il s'agissait d'honoraires qui revenaient de droit à Malloy & Malloy, n'est-ce pas ? Parce que Bolton ne fait plus partie du cabinet.

Kirk secoua la tête.

— En théorie, oui, mais en fait, cet argent a été gagné exclusivement par le vieux. On était tous opposés à ce qu'il investisse dans le recours contre les cigarettiers – il ne s'est pas gêné pour nous le rappeler ! –, et une fois que le vent a tourné en la faveur des plaignants, il a gardé le dossier pour lui. Il ne nous en a jamais parlé, parce qu'il voulait que Tillie ne sache rien.

Rusty renchérit :

— Et il ne faut pas oublier cet accord de partenariat qu'il nous a forcés à signer. La veille d'aller en prison. On s'est engagés à ne pas toucher à l'argent du tabac. Pas certain que cette clause soit à toute épreuve légalement, mais il va s'en servir pour tirer à boulets rouges contre nous, c'est évident.

Il y eut un long silence tandis que le trio envisageait les implications cauchemardesques de cette situation.

— Je ne suis pas si sûre qu'il se batte pour récupérer cet argent, avança Diantha. Il lui en reste plein, et il va encore en tomber. Un gros procès attirerait bien trop l'attention et on pourrait découvrir l'existence de ses comptes off-shore. Vous imaginez la cata. Bolton serait arrêté pour fraude fiscale et ça le conduirait dans un pénitencier fédéral où les pots-de-vin ne fonctionnent pas.

— C'est pas faux, concéda Kirk.

Rusty secoua à nouveau la tête.

— Sauf qu'on ne peut pas prévoir les conséquences. Il y a trop d'inconnues. On ignore ce que va faire Bolton ; il est imprévisible. Moi, je pense qu'il va se battre. Il ne va pas nous laisser nous en sortir.

— C'est vrai, répondit Kirk. Il va dégainer la sulfateuse et tirer tous azimuts.

— D'accord, intervint Diantha. Il s'agit pourtant d'une affaire de corruption entre Bolton et Sturgiss, non ? Je ne vois pas en quoi ça nous concerne. Pourquoi ne pas endosser le rôle des gentils et informer le FBI ? Ce serait énorme, un tsunami, d'accord, mais nous, nous ne risquerions rien. Sturgiss tombera, ce qui ne serait que justice. Bolton prendra dix ans de plus et mourra en prison. Et l'argent sera à nous.

Rusty restait renfrogné.

— Sur le papier, ça se tient, mais la moindre enquête sur Bolton mènera à la découverte des fonds off-shore. Et là, on sera tous dans la merde.

Kirk et Diantha échangèrent un regard étonné, comme pour dire : *Il est plus futé que nous. Heureusement qu'il est dans notre camp !*

Rusty fit craquer ses doigts et se passa la main dans les cheveux. Les deux autres l'entendaient presque penser. Finalement, il déclara :

— J'ai une idée qui pourrait nous sauver la mise. Un truc discret dont personne n'aura vent. Et cerise sur le gâteau, Bolton restera en prison ! Contactons le Chacal pour lui annoncer qu'on est au courant de la magouille de Bolton. Puisque Sturgiss ne crache pas sur les dessous-de-table, on peut lui arranger le coup. On lui propose deux millions et demi pour laisser Bolton purger toute sa peine. Dans l'affaire, Sturgiss ne perd rien, il se fait même un petit bonus au passage. Et on évite de se prendre le retour de manivelle. Quand Bolton découvrira que l'accord est à l'eau, il croira tout simplement que Sturgiss s'est dégonflé.

— Tu veux acheter le gouverneur pour qu'il laisse Bolton en prison ? bredouilla Kirk.

— Tu as très bien compris, du moins je l'espère. Et toi Diantha, tu as suivi ou il faut que je réexplique ?

— Reçu cinq sur cinq. Et je suis sans voix.

— Pourquoi ça ne marcherait pas ? lança Rusty avec un sourire malicieux.

Les deux autres étaient interloqués. Kirk se laissa aller contre le dossier de sa chaise et contempla le plafond, comme s'il cherchait une réponse dans l'entrelacs de fissures. Diantha se pinça le nez, une migraine montait de sa nuque au sommet de son crâne. Elle se souvint de son téléphone. L'enregistrement en était à vingt-deux minutes et quarante-six secondes. L'appareil avait capté des propos qui pouvaient les envoyer tous en prison !

Il fallait qu'elle sauve sa peau.

— Ton plan, ça me dit trop rien, annonça-t-elle.

— Allons ! Il est magnifique ! répliqua Rusty. Plus ça va, plus je me dis que c'est la seule solution. Cinq ans de plus pour Bolton en cellule et on récupère l'argent du tabac.

— Et si le Chacal refuse ? insista-t-elle.

— On lui dit dans ce cas qu'on va aller trouver le FBI. Il va céder. T'inquiète, je peux gérer ce clown.

Kirk lâcha un petit gloussement, puis éclata de rire.

— Ça va marcher ! Le Chacal va mordre à l'hameçon, d'abord parce que Sturgiss empochera plus d'argent, et – c'est le plus important – parce qu'il n'y aura rien d'illégal. Réfléchis, Diantha ! Vendre son droit de grâce est un délit, évidemment. Mais accepter un pot-de-vin pour… pour ne pas commettre un délit, c'est du jamais vu. C'est imparable !

Rusty y croyait dur comme fer et reprit :

— Tu ne trouveras nulle part écrit qu'il est interdit de ne pas vendre son droit de grâce. C'est un petit bijou du genre !

Diantha regarda le chrono : vingt-quatre minutes et dix-neuf secondes. Plus les secondes s'écoulaient, plus les frères Malloy s'enfonçaient.

— Je ne marche pas, les gars, annonça-t-elle avec fermeté. Je n'aime pas ça et je ne suis pas d'accord. Je suis sûre que c'est illégal.

— Mais enfin, Diantha, répondit Kirk. On est tous dans le même bateau !

— En aucun cas ! Nous avons partagé l'argent du tabac parce que nous avions droit, en toute légitimité, à notre part. Là, c'est différent. Je vous laisse seuls sur ce coup.

Elle attrapa son téléphone, le fourra dans son sac, se leva et quitta la pièce avec des airs de tragédienne. Sitôt dans le couloir, elle se mit à courir, craignant qu'ils ne la rappellent. Elle s'engouffra dans l'escalier et s'arrêta entre le cinquième et le quatrième, hors d'haleine. Elle saisit son téléphone et éteignit le dictaphone. Temps d'enregistrement : vingt-six minutes, vingt-sept secondes.

Et maintenant ?

34.

Mimi s'approche de la grande fenêtre et contemple la circulation dans la rue en contrebas. La séance a été longue, près d'une heure et demie. Jamais elle n'a vu sa cliente dans un tel état de stress. Mimi croise les bras et parle face aux vitres, sans se retourner :

— Tu n'as donc pas confiance en eux ?

Diantha répond avec fermeté :

— Non.

— Et avant, tu avais confiance ?

— Je crois, oui. On travaille ensemble depuis dix-huit ans. Les débuts ont été rudes, puis, avec le temps, on a appris à se respecter mutuellement. En revanche, là, ils partent en vrille, ils sont bien trop sous pression. Leurs problèmes, ils se les sont créés tout seuls, mais c'est le cas de tout le monde, n'est-ce pas ?

— Et ça leur est déjà arrivé de se lancer dans des actions carrément borderline ?

— Non. Pas à ma connaissance. Certes, ils ont pu bidouiller des comptes de campagne pour éviter de se faire taper sur les doigts, leur père était un spécialiste en ce domaine, mais je n'en ai pas la preuve. Comme je l'ai dit, ils pensent ne rien commettre de répréhensible.

— Toi, tu es avocate. Tu en penses quoi ?

— C'est une tentative de subornation, ni plus ni moins ! Et ils ne s'en rendent pas compte, c'est fou ! Ils sont intelligents pourtant !

Mimi se retourne, s'adosse contre la fenêtre, les bras toujours croisés, et contemple Diantha étendue sur le canapé, pieds nus, les yeux clos.

— La situation paraît dangereuse. Tu as peur ?

— Je suis terrifiée. Il y a bien trop de planches pourries dans l'affaire et ça peut vite mal tourner. Et quand ça arrivera, la vague emportera tout le monde.

— Tu dois assurer tes arrières. Te méfier de tous.

— Pas un n'est fiable de toute façon !

35.

Beaucoup de magistrats travaillaient au service du procureur général du district est du Missouri, mais Diantha n'en connaissait qu'un. Une femme : Adrian Reece. Comme Diantha, elle avait été membre des Women in Law. Magistrate tenace, elle traquait sans relâche les marchands de sexe et d'êtres humains. Les deux femmes étaient restées en contact et déjeunaient souvent ensemble. Des moments joyeux où elles pouvaient se moquer sans vergogne de leurs collègues masculins.

Diantha l'appela et Adrian la prit aussitôt au téléphone. Diantha voulait la voir au plus vite, aujourd'hui même.

Adrian modifia son emploi du temps et les deux femmes se retrouvèrent l'après-midi dans un centre commercial, chez un grand glacier où un groupe fêtait un anniversaire. Le brouhaha leur offrait une intimité parfaite.

Devant un café réchauffé, Diantha lui tendit une lettre, adressée à M. Houston Doyle, procureur fédéral, district est du Missouri.

— Tu veux bien lire ça, s'il te plaît ? Et me dire ce que tu en penses ? demanda-t-elle, soudain grave.

Passé le moment de surprise, Adrian chaussa ses lunettes.

Cher monsieur Doyle,

Je suis en possession d'un enregistrement réalisé pendant une réunion il y a deux jours. Le sujet était le droit de grâce du gouverneur Sturgiss. J'ai de bonnes raisons de penser qu'un accord financier a été passé entre des hommes du gouverneur et un détenu ayant de l'argent.

Vous trouverez ci-joint ma demande d'immunité. Dans ce document, je vous propose mon entière coopération s'il n'y a aucune poursuite contre moi. Je n'ai commis ni délit, ni crime. Mon identité devra rester cachée en toutes circonstances. Quand ma demande sera signée de votre main, je vous confierai cet enregistrement, une pièce dont l'existence devra également rester secrète.

Très cordialement.

Diantha Bradshaw

Directrice générale du cabinet Malloy & Malloy

Adrian regarda autour d'elle puis demanda :

— C'est vrai ?

— Évidemment. Quand peux-tu remettre cette lettre à Doyle ?

Elle consulta sa montre, même si elle savait très bien l'heure qu'il était.

— Je l'ai vu ce matin. C'est donc qu'il est en ville. Quel est le degré d'urgence ?

— Hyper-urgent. Les élections approchent.

Adrian resta songeuse un moment.

— Vendre son droit de grâce ? C'est d'un autre âge ! Carrément vieillot...

— Et ce n'est rien. Attends la suite...

36.

Dans un service qui gérait tout le panel moderne des crimes et délits – cybercrime, terrorisme, labo de meth, narcotrafic, pédopornographie, groupe de haine, délit d'initiés, fraude à la carte bancaire, *phishing*, piratage, attaque informatique russe, pour ne citer que quelques exemples –, voir un gouverneur monnayer son droit de grâce semblait effectivement très suranné. Une méthode si simple, si basique rendait presque nostalgique. Houston Doyle laissa tomber tous ses dossiers et rendez-vous du jour pour recevoir Diantha Bradshaw dans son immense bureau du palais de justice Thomas F. Eagleton, qui se dressait à cinq cents mètres du cabinet Malloy & Malloy.

Doyle avait été nommé par un gouvernement démocrate et Sturgiss était républicain. En même temps, ce n'était pas si important en la matière. Attraper un gouverneur la main dans le sac, qu'il soit de l'un ou l'autre bord, restait une perspective délicieuse. Doyle était sur un petit nuage. L'impact médiatique serait énorme. Sa plus belle affaire, passée ou à venir.

Diantha et Adrian s'installèrent d'un côté de la longue table de réunion en acajou, payée par les contribuables. Doyle s'assit en face, avec Foley, un agent du FBI. Ils expédièrent les politesses d'usage.

— Qui est Stuart Broome ? s'enquit Doyle en soulevant la demande d'immunité.

— Le comptable de Malloy & Malloy. Il a la confiance de Bolton ; il n'a pas son pareil pour maquiller les comptes et connaît tous les paradis fiscaux où on peut dissimuler de l'argent. Il peut énumérer plus d'endroits exotiques qu'une agence de voyages !

— Pourquoi exigez-vous l'immunité pour lui ?

— Il n'est qu'un employé du cabinet. Il n'a fait que suivre les ordres de son patron. Et aussi parce qu'il est mon ami. Ce n'est pas lui le coupable. Même s'il a commis des actes répréhensibles, c'était sur ordre de Bolton. S'il n'a pas l'immunité, il n'y a pas d'accord.

Diantha se savait en position de force. Doyle était prêt à tout pour avoir la peau d'un gouverneur.

— Très bien. J'ai étudié votre demande et tout est en ordre.

Doyle signa le document qu'elle parapha à son tour.

Le procureur avait du mal à cacher son excitation.

— Parfait, maintenant écoutons cet enregistrement ! déclara-t-il avec un grand sourire.

Diantha sortit son téléphone, le posa au milieu de la table et lança le fichier audio. Les trois voix étaient parfaitement distinctes.

Diantha avait déjà écouté l'enregistrement deux fois, elle le connaissait par cœur, mais le dévoiler à un procureur fédéral et à un agent du FBI restait une épreuve. Elle s'était convaincue – ou presque convaincue – qu'elle ne plantait pas un couteau dans le dos de ses anciens amis, que son geste était sensé et parfaitement justifié vu la tournure des événements. Elle devait se protéger, non ? Elle comme Stu. Les conséquences étaient imprévisibles. Mais la réalité la ramena sur terre quand elle entendit les voix de Kirk et Rusty. Elle les avait bel et bien trahis et leur vie allait être changée à jamais. Comme la sienne. Elle se sentit coupable et dut rassembler toute sa volonté pour ne pas tout arrêter.

Les yeux clos, Doyle écoutait les propos, savourant chaque mot comme autant de bonbons. Foley tentait de prendre des notes mais n'arrivait pas à tenir le rythme, et finalement il abandonna.

Sur l'enregistrement, Diantha s'était bien débrouillée pour montrer son refus et ainsi se disculper. Quand elle arrêta la lecture, le procureur demanda :

— Vous savez si l'argent a déjà changé de mains ?

— Il n'y a eu aucun échange. Stu le saurait.

— Et vous pensez que c'est sérieux, que les frères Malloy sont prêts à soudoyer le gouverneur pour qu'il n'accorde pas sa grâce à leur père ?

— Absolument. Comme je suis certaine que Bolton a tenté de faire de même pour sortir de prison. Ça me surprend un peu de la part de Kirk et Rusty, mais ils ont une telle pression ! Cet argent les sortirait du gouffre.

— Vous savez à combien s'élève la somme ?

— Oui. En gros. Trois millions de dollars par an, et ça a commencé à tomber il y a cinq ans. Une petite portion de cette manne est arrivée au cabinet et a été déclarée, pour ne pas éveiller les soupçons, mais la plus grande partie de l'argent est dissimulée dans des comptes off-shore. Seul M. Broome connaît les détails.

L'agent Foley tenta de participer à la conversation :

— Trois millions par an. Et pendant combien de temps encore ?

— Tout dépend des retours sur investissement. Mais je dirais dix ou douze ans. Voire davantage.

— Et ce genre de somme n'est pas exceptionnelle dans votre domaine ?

— Je n'ai pas dit ça. L'argent du tabac a été un gros coup pour les avocats. Ce n'est toutefois pas le seul accord financier de cette ampleur. Bolton a juste eu de la chance et s'est engagé au bon moment.

Doyle reprit la main.

— On s'occupera de ça plus tard. L'urgence, c'est d'avoir le feu vert de Washington. Il faut agir vite. Les Malloy vont rencontrer Jack Grimlow sous peu.

— C'est probable, confirma Diantha. Vous me tiendrez au courant ?

— Nous ne pouvons pas vous révéler l'avancée de l'enquête, mais vous pouvez m'appeler quand vous le désirez. Moi ou Adrian. Je la mets dans la boucle. Je vous suggère de retourner au cabinet et de faire comme si de rien n'était.

— Faites attention à ce que vous dites, précisa Foley, parce que nous entendrons tout.

— Compris.

37.

L'idée de coincer un gouverneur corrompu, républicain qui plus est, enchanta les pontes de Washington. Des réunions d'urgence furent organisées au ministère de la Justice et au

QG du FBI dans le bâtiment Hoover sur Pennsylvania Avenue. Le ministre de la Justice et le directeur du FBI donnèrent leur accord et leurs instructions au Missouri. Des agents en costume noir furent envoyés en jet privé à Saint-Louis. À 22 heures, les mandats étaient signés et la surveillance se mit en place.

Les trois téléphones du Chacal furent placés sur écoute, comme ceux de Kirk et Rusty. Des micros furent installés chez Malloy & Malloy comme au QG de campagne de Sturgiss. Le FBI put espionner tous les e-mails des protagonistes. En quatre heures, ses experts informatiques avaient récupéré toutes les adresses secrètes du Chacal. Une fois le dispositif en place, il ne leur restait plus qu'à se montrer patients.

L'attente fut de courte durée. Comme le prévoyait Diantha, Kirk prit contact avec le Chacal. Rusty resta à l'écart. Pas question qu'il parle à un républicain et à ses valets ! L'appel fut émis du portable de Kirk. Puisque les deux hommes avaient la même compagnie de téléphonie, l'écoute fut d'une simplicité enfantine. Évidemment, ils calèrent un déjeuner pour le lendemain dans un country club d'une banlieue huppée, loin du centre-ville. Kirk connaissait quasiment tout le monde là-bas, qu'il s'agisse des passionnés de golf attendant d'attaquer leur parcours ou des oisifs venant profiter d'un bon repas. Il était en terrain connu, et si un étranger pointait son nez, il le repérerait aussitôt. Sans compter qu'il était bon pour sa réputation de se montrer en compagnie d'un proche conseiller du gouverneur.

Après que le FBI a eu présenté son mandat au directeur du country club et à son avocat, les agents investirent l'endroit. Il y avait trois restaurants. Le préféré de M. Malloy était le Mens Grille, près de la boutique – un établissement interdit aux femmes. Il y avait aussi la Banquet Room, plus cossu. Le FBI demanda que cette salle soit fermée toute la journée du lendemain. Le country club prétexterait une panne des fours. Au début, le manager refusa, mais il rentra vite dans le rang quand son avocat lui dit que le country club était légalement obligé de coopérer. Le troisième restaurant s'appelait Le Patio. M. Malloy y mangeait de temps en temps, c'était plutôt le fief de son épouse.

À 9 heures le lendemain matin, la secrétaire de Kirk réserva une table pour deux au Mens Grille. Le restaurant ouvrit ses portes une heure plus tard que d'habitude, officiellement à cause d'un problème de plomberie (en réalité pour laisser le temps aux techniciens de placer des mouchards aux deux tables qu'appréciait M. Malloy). Quand Kirk arriva à midi sur le parking, huit agents du FBI surveillaient et filmaient le moindre de ses mouvements. Pareil pour Jack Grimlow, alias le Chacal, qui se gara cinq minutes après. Quand le maître d'hôtel les accompagna à leur table, deux caméras les épiaient et ne perdaient pas une miette de leurs échanges chaleureux.

Sur les dix tables du Grille, huit étaient occupées. Le personnel avait été prévenu. Il devait se comporter exactement comme d'habitude.

Un grand jury fédéral entendrait bientôt toute leur conversation. La partie répréhensible serait celle-ci :

KIRK MALLOY : Nous savons que vous comptez faire sortir mon père en janvier, en échange d'argent.

JACK GRIMLOW, *rires* : Ah oui ? Je ne sais pas de quoi vous parlez.

KIRK MALLOY : Allons, Jack. On est au parfum. Deux millions pour une grâce totale du gouverneur et libération immédiate.

JACK GRIMLOW, *après un long silence* : Pour tout dire, je suis surpris. Bolton vous a donc mis dans la confidence ?

KIRK MALLOY : Pas du tout. Bolton n'est pas au courant. On a eu nos infos par une autre source, le tout confirmé par un e-mail émanant d'un de vos comptes secrets qui, soit dit en passant, ne sont pas si secrets. À votre place, je ferais plus attention. Nous connaissons le montant de l'accord et savons que Bolton prévoit de sortir libre en janvier. Je ne sais pas d'où proviennent ces deux millions mais ça ne nous regarde pas. Donc arrêtons les conneries et jouons cartes sur table.

JACK GRIMLOW : L'accord vous pose problème ?

KIRK MALLOY : Oui. Un gros problème. Nos vies sont bien plus confortables quand Bolton ne se mêle pas des affaires du cabinet. Il n'a écopé que de dix ans, une sentence plutôt légère pour avoir fait mourir notre mère. Il en méritait vingt. Le truc, Jack, c'est qu'il a fait cinq ans et que la grâce de Sturgiss va foutre une telle merde que votre gouverneur ne va pas s'en remettre.

JACK GRIMLOW, *un grognement, un rire faux* : Sturgiss s'en contrefichera une fois réélu. C'est son dernier mandat. Peu importe ce que pourront dire ces chiens de journalistes.

KIRK MALLOY : Bien sûr. De toute façon, nous ne sommes pas là pour parler politique. Ce que je veux dire, c'est que nous sommes opposés à cette grâce.

JACK GRIMLOW, *un autre rire* : Arrêtez-moi si je me trompe… vous voulez que votre père reste en prison, c'est ça ?

KIRK MALLOY : Exactement. Et nous sommes prêts à payer.

JACK GRIMLOW, *encore des rires, puis un long silence* : Celle-là, c'est la meilleure ! Moi qui pensais avoir tout vu. *(Un autre silence.)* Donc nous nous retrouvons dans une guerre d'enchères au sein du clan Malloy ? Et combien êtes-vous prêts à mettre sur la table ?

KIRK MALLOY : Deux millions et demi.

JACK GRIMLOW, *un sifflement admiratif* : Vous êtes sacrément motivés ! Deux millions et demi pour oublier la grâce et laisser votre vieux derrière les barreaux.

KIRK MALLOY : Voilà. Et, cerise sur le gâteau, le gouverneur n'enfreindra pas la loi. Ne pas accorder sa grâce est son droit le plus strict.

JACK GRIMLOW : Le gouverneur n'a rien à voir là-dedans, Kirk.

KIRK MALLOY : Ça va sans dire.

JACK GRIMLOW : Je vais en discuter avec le comité, et je reviendrai vers vous. Le timing est crucial. Si je passe au cabinet demain, ça vous va ?

KIRK MALLOY : Parfait. Je serai là.

Le lendemain, le FBI fila Jack Grimlow alors qu'il se dirigeait vers Malloy & Malloy, dans un SUV noir de l'équipe de campagne de Sturgiss. Il descendit de voiture, et sans surveiller ses arrières, il poussa les portes du cabinet. Un escroc lambda aurait jeté au moins un coup d'œil autour de lui, mais pas le Chacal, il avait bien trop d'expérience pour laisser paraître la moindre inquiétude.

Il n'y avait aucun agent du FBI dans les murs. C'eût été bien trop risqué. Mais le bureau de Kirk, comme les trois salles de réunion, renfermait plus de micros qu'une scène de concert des Rolling Stones. Deux vans abritant des techniciens et tout l'équipement électronique étaient garés à proximité.

Six jours plus tard, le grand jury entendrait cette deuxième conversation.

Encore une fois, voici l'extrait constitutif du délit.

KIRK MALLOY : Asseyez-vous.

JACK GRIMLOW : Non merci. J'en ai pour une seconde. Le comité a étudié hier soir votre offre et l'a jugée un peu basse. Notre prix est de trois millions. La moitié maintenant, payable sur le compte de campagne, en toute transparence. L'autre moitié sera à payer en janvier et versée dans une banque off-shore.

KIRK MALLOY, *grognements* : Le pire, c'est que ça ne me surprend même pas ! Vous marchandez comme ça toutes vos grâces ?

JACK GRIMLOW : Ce n'est pas une grâce. C'est même l'opposé. Alors, c'est oui ou non ?

KIRK MALLOY, *un long silence* : D'accord, d'accord. Va pour trois millions.

JACK GRIMLOW : Plus ma commission de négociateur. Deux cent cinquante mille, à régler immédiatement.

KIRK MALLOY : Ben voyons. C'est tout ?

JACK GRIMLOW : Voici les instructions pour le transfert. Gardez-les sur vous. Pas de traces écrites. Pas d'e-mails, de SMS, d'appels téléphoniques. Tout peut être espionné.

KIRK MALLOY : C'est ce qu'on dit.

Le Chacal repartit au QG de campagne. Une heure plus tard, Kirk appela Rusty chez lui et lui narra sa conversation. Ils maudirent la cupidité de Sturgiss et de Grimlow. Les deux frères n'avaient aucune envie de céder, mais ils voulaient encore moins voir Bolton sortir de prison. Ils n'avaient pas le choix. Kirk ferait un saut au sixième, pour parler au Vieux Stu. Il lui donnerait les instructions pour le transfert et *alea jacta est*.

Cette conversation téléphonique fut également enregistrée. Quand Kirk entra dans le bureau de Stu, les mouchards, une fois encore, ne perdirent pas une miette de leur échange. Stu joua le jeu, prit les instructions (il en ferait une copie pour le FBI) et promit d'effectuer les deux virements : un de un million et demi au comité de campagne de Sturgiss et un autre de deux cent cinquante mille dollars sur un compte en Suisse.

Qui au comité de campagne savait que le Chacal prenait sa com à chaque tractation financière ? Sans doute personne, pas même Sturgiss.

Kirk quitta le cabinet à l'heure du déjeuner et se rendit à l'hôtel où il avait loué une petite suite pour le mois. Il l'occupait depuis deux semaines et se sentait déjà à l'étroit. Mais c'était un tel soulagement d'être loin de la maison et de Chrissy !

Il prit une douche, resta longtemps sous le jet d'eau chaude, comme pour se laver de ces immondes manigances politiques.

38.

Diantha retrouva Adrian Reece dans un bar à vins près de l'université Washington. Elles commandèrent une demi-bouteille de riesling et trouvèrent une table tranquille dans un coin. Diantha n'avait pas appelé Doyle pour avoir des infos. C'était un homme très occupé et il ne lui aurait pas dit grand-chose.

Adrian fut plus loquace même si elle restait bien sûr prudente. La surveillance avait porté ses fruits. Les trois conspirateurs en avaient bien trop dit et leur inculpation était scellée. Le grand jury allait se réunir trois jours plus tard et les mises en accusation tomberaient. Sturgiss ferait l'objet d'une enquête après l'élection. En haut lieu, on ne voulait pas que le gouverneur soit inculpé tant que le décompte des voix n'était pas officiellement terminé. Quand Sturgiss serait mis en examen (s'il l'était), il serait présumé innocent jusqu'à la tenue d'un procès équitable. Lancer une inculpation juste avant les élections provoquerait un ramdam politique, et le ministre de la Justice avait mis son veto.

Très tôt le lendemain matin, Diantha appela ses deux partenaires et demanda à les voir pour une réunion au sommet. Kirk refusa parce qu'on était mardi, le jour où il se tenait loin du cabinet pour ne pas avoir à croiser son frère. Elle le savait très bien et resta toutefois intraitable. C'était une affaire importante, pour ne pas dire urgente. Rendez-vous à midi dans son bureau.

Selon toute vraisemblance, le bureau de Diantha, comme son téléphone et ordinateur, devait être sur écoute, mais cela ne lui posait aucun problème. Ce qu'elle avait à dire était sans rapport avec le plan des deux frères. Elle n'avait que trop longtemps repoussé le moment ; il était grand temps de passer à l'attaque.

Quand Rusty et Kirk arrivèrent, la mine renfrognée, prêts à sortir les griffes, elle les accueillit tout sourire.

— Il s'agit d'un sujet qui traîne depuis des années, et si vous refusez d'accéder à ma requête, je pars. J'ai déjà préparé ma lettre de démission. Et comme vous le savez, j'emporterai avec moi tout un tas d'infos sensibles.

Les deux frères furent pris de court. Aussitôt, elle leur mit sous le nez un document.

— C'est le contrat pour l'entrée d'un nouvel associé chez Malloy & Malloy. À effet immédiat. Avec une redistribution des pourcentages. Je deviens une associée à parts égales et avec le même statut que vous deux.

— Tu veux un tiers des parts et un tiers des bénéfices ? bredouilla Kirk.

— Voilà.

Rusty était perdu.

— D'accord, mais pour avoir le même statut que nous, il faut que tu investisses dans la boîte. Si tu veux posséder un tiers du cabinet, il faut acheter ta part.

— Je le sais, Rusty. Et je t'annonce que c'est déjà fait et au prix fort, parce que cela fait des années que j'aurais dû passer associée. Pendant tout ce temps où je n'étais qu'une salariée, j'ai été spoliée de mes dividendes, sans compter que j'ai assez payé de ma personne quand j'ai été harcelée et abusée sexuellement par le patron. Et j'ajoute qu'à cause de votre incapacité à collaborer tous les deux, je suis *ipso facto* l'associée-directrice de M & M depuis des années, et dans n'importe quel cabinet, celui ou celle qui a cette fonction est intéressé aux bénéfices.

Les deux frères restèrent bouche bée, comme s'ils avaient reçu une gifle, trop stupéfaits pour articuler un mot. Finalement, Rusty fut le premier à reprendre ses esprits.

— Un tiers, c'est énorme.

— Ah oui ? répliqua-t-elle. (Elle s'attendait à cette remarque.) Pour l'heure, c'est un tiers de pas grand-chose. On croule sous les dettes, les recettes descendent en flèche, et tes défaites en salle d'audience, Rusty, nous coûtent un bras. Autrement dit Malloy & Malloy n'a rien d'un bon investissement.

— Mais on va se refaire, insista Rusty, touché dans son amour-propre.

— Possible. Et quand l'argent rentrera à nouveau, je veux un tiers des bénefs.

— Et en ce qui concerne l'argent du tabac ? s'inquiéta Kirk.

— On a déjà un accord là-dessus. Tous les quatre. Ce contrat aujourd'hui concerne exclusivement la propriété de M & M. J'aurais dû passer associée depuis des lustres. C'est à prendre ou à laisser, les garçons. Il n'y a rien à négocier.

— On peut au moins le lire, ce contrat ? demanda Rusty.

— Bien sûr.

Elle leur tendit à chacun un exemplaire. Et évidemment une petite course s'engagea entre les deux frères, c'était à qui finirait de le lire en premier.

— Je vois que tu as ôté la clause qui nous interdit de toucher à l'argent du tabac.

— Oui, je me suis dit que ça vous ferait plaisir. Cet accord, c'est pour l'avenir du cabinet sans Bolton Malloy.

Rusty lâcha le document.

— C'est bon. Je suis d'accord.

Les deux hommes signèrent et embrassèrent Diantha pour sceller l'accord.

Si vous saviez ce qui vous attend..., songea-t-elle quand ils quittèrent son bureau.

39.

Le grand jury fut troublé par les chefs d'accusation énoncés par le procureur et débattit de l'affaire pendant deux heures. Les jurés avaient du mal à croire que les deux frères étaient prêts à dépenser une fortune pour laisser leur père moisir en prison. Houston Doyle se chargea de présenter lui-même le dossier : le cabinet et ses associés étaient riches et Malloy père avait tenté lui-même de soudoyer Sturgiss afin d'obtenir sa grâce. Pour étayer sa thèse, le procureur, faisant fi de la vérité, raconta que les enfants regrettaient leur mère et qu'ils en voulaient beaucoup à leur père.

La majorité des jurés étaient outrés que leur gouverneur puisse être corrompu et voulaient tout de suite l'inculper sans attendre les élections. Doyle leur assura qu'une enquête était en cours et que le FBI le surveillait de près. Bientôt, Sturgiss devrait répondre de ses actes.

Finalement le jury vota les mises en examen de Kirk, Rusty et Jack Grimlow, pour tentative de corruption d'un représentant de l'État, un délit de classe E passible de quatre ans de prison et d'une amende de dix mille dollars.

Adrian Reece appela Diantha le soir même pour lui annoncer la nouvelle et lui conseilla de ne pas s'approcher du cabinet. « Reste chez toi demain, ne réponds pas au téléphone, et regarde les infos. »

À 3 h 10, le téléphone de Rusty sonna sur sa table de nuit. Il décrocha. Une voix vaguement familière lui annonça : « Rusty, je voulais te prévenir. Le FBI a un mandat arrêt contre toi et ils vont débarquer au cabinet ce matin. Une histoire de pots-de-vin à ce qu'il paraît. » Avant qu'il ait le temps d'en savoir plus, l'interlocuteur avait raccroché.

Rusty s'assit dans l'obscurité, incapable d'avoir les idées claires. Il enfila un jogging, des baskets, fourra dans un sac du dentifrice, tout son argent en liquide, et sortit de son domicile sans allumer les lumières. Il monta dans son SUV et quitta discrètement le quartier.

Le FBI avait entendu l'appel et avait installé un traceur GPS sous le châssis. Ses agents suivaient les déplacements de Rusty sur leurs moniteurs. Quand il approcha d'un grand axe, une nuée de gyrophares fondit sur lui.

Quant à Kirk, à cause de son frère il ne mettait jamais les pieds au cabinet le vendredi matin. Il comptait travailler dans sa chambre d'hôtel quelques heures puis aller voir son avocat pour le divorce – encore une visite pénible. Mais par rapport à ce qui allait lui arriver, cela aurait été une sinécure.

À 7 heures sonnantes, on frappa à la porte. Des coups bien trop appuyés pour que ce puisse être la femme de ménage, et sûrement pas à cette heure indue. Kirk s'approcha.

— Qui est-ce ?

La réponse lui scia les jambes.

— FBI ! Ouvrez !

Le Chacal était à Kansas City avec le gouverneur pour le dernier meeting de campagne. Les élections étaient dans quelques jours. Grimlow fut appréhendé dans sa chambre d'hôtel avant l'aube et dut traverser le hall sous escorte policière. Heureusement, il était désert. Un assistant prévint aussitôt Sturgiss.

Vers 9 heures, la presse apprit les arrestations, et une meute de journalistes se regroupa devant Malloy & Malloy ainsi que devant la prison. Quand la nouvelle se propagea sur Internet une demi-heure plus tard, Diantha attendait, assise sur son canapé, et surveillait son ordinateur. À 10 heures, l'info était non seulement confirmée mais faisait le buzz sur la toile. Une télévision locale lança un flash spécial, et les premières photos des suspects furent publiées, du moins de deux d'entre eux : les clichés d'identification des frères Malloy. Le téléphone de Diantha, bien sûr, ne cessait de sonner.

À 11 heures, elle demanda à sa secrétaire de dire à tous les employés du cabinet de rentrer chez eux et de n'ouvrir à personne. Elle ne viendrait pas au bureau de la journée. Elle appela le Vieux Stu pour prendre des nouvelles. Il était tout content d'être au sixième, d'avoir évité la panique du rez-de-chaussée et pu étudier tranquillement les dernières dispositions fiscales concernant les amortissements différés.

À midi, Houston Doyle tint une conférence de presse. Les journalistes l'assaillirent de questions sur le gouverneur. Même s'il n'était pas accusé, le lien était évident puisque Jack Grimlow était le conseiller spécial de Sturgiss. Doyle ne lâcha rien, se retranchant derrière la confidentialité des enquêtes en cours, et n'impliqua à aucun moment Sturgiss. À plusieurs reprises toutefois, il laissa entendre que d'autres investigations étaient en cours, et que de nouvelles inculpations allaient tomber. Ce qui eut le don d'exciter la meute.

À 14 heures, loin de la mêlée des journalistes, Rusty et Kirk comparurent, en visio, devant un juge fédéral. Malgré tous leurs efforts, ils n'avaient pas pu parler à leurs avocats. Ils furent placés dans des cellules séparées pour qu'ils ne puissent ni échanger aucune note ni adopter de stratégies de défense. Rusty demanda à être libéré sous caution, ce que le ministère public refusa, prétextant qu'il avait encore des questions à lui poser. Le procureur fédéral adjoint soutenait que les deux frères avaient des fonds et des maisons à l'étranger et qu'ils avaient donc les moyens de quitter le pays. D'ailleurs, trois semaines plus tôt, Rusty Malloy avait loué un jet privé pour partir dans les Caraïbes.

Rusty fut surpris que les autorités soient au courant de son petit voyage. Il n'y avait qu'une explication possible : le FBI devait les surveiller depuis un certain temps déjà.

Le juge, que Rusty connaissait bien et appelait par son prénom, ne croyait pas réellement que les deux frères risquaient de se soustraire à la justice, mais il refusa quand même de les libérer sous caution. Il les entendrait à 9 heures le lundi matin.

Sans avocat pour négocier, les frères Malloy allaient passer le week-end en cellule.

40.

Le meilleur avocat en ville était F. Ray Zalinski, un spécialiste de la criminalité en col blanc. Rusty le connaissait depuis des années. F. Ray avait commencé sa journée à la cour fédérale de Columbia, mais en apprenant la nouvelle, il avait foncé à Saint-Louis. À 14 h 45, il fut enfin autorisé à entrer dans la prison et conduit dans la salle des visites où on le fit lanterner encore une demi-heure. Rusty arriva menotté et affublé d'une vieille combinaison orange. Quand les gardiens lui ôtèrent ses liens et refermèrent la porte, les deux hommes s'assirent de part et d'autre de la paroi vitrée, mal à l'aise.

— Merci d'être venu, déclara Rusty d'une voix éraillée.

F. Ray esquissa un sourire.

— Tu veux que j'assure ta défense, j'imagine ?

— Exactement. J'ai essayé de t'appeler.

— Comment ça va ?

— À ton avis ? Pas bien. Je suis abasourdi. C'est un cauchemar, je n'arrive pas à y croire. À chaque minute, j'ai l'impression que je vais oublier de respirer et crever.

— J'ai eu Doyle au téléphone et on a parlé de la caution. Tu vas sans doute devoir rester en cellule ce week-end. Tu sortiras lundi.

Rusty haussa les épaules.

— Peu importe. Ce n'est pas si grave. Ici, je suis à l'abri. En tout cas, bien plus que dehors. Tu as vu les infos ?

— Pas encore.

— C'est horrible. Tout est horrible.

— Tu veux me parler des chefs d'accusation ?

Rusty secoua la tête. Et se gratta le menton. Une minute s'écoula.

— Quand j'ai terminé mon droit, mon père a voulu que je travaille à l'aide juridictionnelle, comme avocat commis d'office. Selon lui, il fallait que je mette les mains dans le cambouis, que je sache ce qu'est la rue. J'avais un tas de clients, tous pauvres, tous coupables, ou quasiment, et j'ai appris qu'il ne fallait jamais demander à son client s'il était coupable, s'il avait vraiment fait ce qu'on lui reprochait. Pourquoi ? D'abord, parce qu'il ne te dira jamais la vérité. Et puis parce qu'il vaut mieux ne pas savoir.

— Moi, je suis prêt à l'entendre, Rusty. Ça me facilitera la tâche.

— D'accord. La vérité, c'est que Bolton a passé un accord avec Sturgiss : deux millions de dollars en échange de sa grâce. On a découvert le pot aux roses. On est allé voir le Chacal et on a monté les enchères pour que Bolton ne soit pas gracié. Pour tout un tas de raisons, le vieux mérite de rester en prison, crois-moi.

— Vous avez proposé combien ?

— Le Chacal est revenu en disant que ce serait trois millions, plus un extra pour lui. On a accepté le marché.

— Qui a prévenu les fédéraux ?

— Aucune idée.

— Puisque le FBI est dans le coup, pars du principe qu'ils écoutent tout, qu'ils voient tout. Ne parle pas à ton frère, ni à quelqu'un du cabinet. En fait, ne parle pas du tout… À personne. Fais le mort. Si tu sors lundi, on te trouvera un endroit tranquille. Tu tiendras le coup jusque-là ?

— Si mon père a tenu cinq ans, je dois pouvoir m'en sortir.

— Parfait. Avant que je parte, il faut que tu réfléchisses à un truc. Il y a beaucoup d'accusés, mais tous ne seront pas logés à la même enseigne. Il n'est jamais trop tôt pour aller voir Doyle et négocier.

— Je ne sais pas trop…

— Il s'agit de coopérer, Rusty. Mon boulot est de te sortir de là libre comme l'air, toutefois si ça ne marche pas, il faudra trouver le meilleur compromis. Il s'agit de sauver ta peau, et les autres ne vont pas se gêner.

— Collaborer avec l'accusation ?

— Exactement. Dénonce-les pour décrocher un bon accord. Joue le jeu avec Doyle, facilite-lui la tâche et ta peine sera sérieusement allégée. Reste la grande question : est-ce que tu es prêt à charger le Chacal ?

— Sans problème.

— Et ton frère ?

— Pareil.

— Vas-y, présente-moi ta défense.

— D'accord. Kirk a négocié directement avec le Chacal. Je n'étais pas dans la pièce. Ce sont eux qui ont conclu l'accord. Pas moi. J'ai toujours cru que payer Sturgiss pour laisser moisir papa en prison était une blague. Une mauvaise farce. Jamais je n'ai imaginé qu'ils étaient sérieux. Pas une seconde.

— Pas mal. Ça peut marcher.

41.

Trois portes plus loin, Kirk avait rendez-vous avec son nouvel avocat – deux en fait, plus un assistant juridique. Sa combinaison de détenu était plus à sa taille et en bien meilleur état que celle de son frère.

Le chef de l'équipe – Nick Dalmore – menait la conversation tandis que son collègue et l'assistant prenaient des notes. Kirk était bien moins loquace que son frère.

— Qui a eu l'idée de faire cette contre-proposition à Jack Grimlow ?

— C'est Rusty, répondit Kirk. Je me suis dit qu'il était fou – d'ailleurs il l'est ! Quelqu'un, je ne sais pas qui, l'a renseigné. Rusty prétendait avoir vu un mail prouvant que papa essayait de soudoyer Sturgiss. Il a pété un plomb et s'est mis dans la tête que notre père devait rester en prison et purger sa peine jusqu'au bout. C'est comme ça que Rusty a eu l'idée de l'arroseur arrosé. Renchérir sur la mise de papa. C'était dingue !

— Pourtant c'est vous qui avez vu Jack Grimlow.

— C'est vrai. Je l'ai même rencontré deux fois. La première au country club. La seconde dans mon bureau.

— Pourquoi avoir accepté si vous n'aviez pas confiance en lui ?

— Tout le monde se méfie du Chacal, mais c'est un gros bonnet qui bosse main dans la main avec le gouverneur. Or le gouverneur est un ami. Rusty ne voulait pas rencontrer Grimlow parce qu'il le déteste – lui comme tous les républicains. Alors j'ai dû m'y coller. Pourtant, sur le coup, j'étais convaincu que c'était de l'esbroufe, que Rusty n'irait pas jusqu'au bout.

— Cette entente secrète, c'est donc bien le plan de votre frère ?

— Absolument. Dans les moindres détails !

Dalmore lança un sourire à son assistant, puis reprit :

— Ça va être une question de survie, et pour ça, il va vous falloir témoigner contre votre frère. Ça vous pose un problème ?

— Aucun.

— Vous vous sentez la force de le faire ?

— Absolument.

— Parfait. J'aime bien votre version. On peut en tirer quelque chose.

42.

Diantha parvint à dormir sept heures grâce aux deux martinis préparés d'une main experte par Jonathan, qui était de retour à la maison et bien décidé à être aux petits soins pour son épouse. Elle se réveilla à l'aube ; une nouvelle journée en enfer l'attendait.

Jonathan, qui avait sa propre chambre à coucher, était déjà dans la cuisine d'où montait une bonne odeur de café.

— Comment ça s'annonce ? demanda-t-elle en entrant dans la pièce.

— Mal, répondit-il, en posant une tasse pleine à côté de l'édition du *Post-Dispatch*.

En première page, le gros titre était immanquable : « Les frères Malloy arrêtés : ils voulaient acheter la grâce du gouverneur ! » Juste dessous, il y avait trois photographies en noir et blanc. Kirk et Rusty, plus celle de Bolton entre les deux. Dans la colonne de droite figurait un cliché de Jack Grimlow ; la légende le présentait comme le conseiller spécial du gouverneur Dan Sturgiss.

— Oh la vache ! marmonna-t-elle en prenant sa tasse.

Elle lut un premier article, puis un deuxième. Houston Doyle ne lâchait quasiment rien, de même que les accusés et leurs avocats. Les informations étaient rares et maigres, offrant peu de matière aux affabulations des journalistes.

Mais le sous-texte était fascinant. Pour la presse, les trois Malloy avaient conspiré pour acheter la grâce du gouverneur contre « plusieurs millions de dollars ».

Diantha regarda Jonathan qui pianotait sur son ordinateur portable.

— Et en ligne ? Qu'est-ce qu'il y a ?

— Tout et rien. Ils ne font que se répéter les uns les autres.

Elle consulta son téléphone. Elle avait des centaines d'appels. Sa boîte mail était pleine et c'était très bien ainsi.

— La plupart des articles veillent à ne pas accuser directement Sturgiss, pour le moment du moins. Mais quelques têtes brûlées ne se gênent pas pour tirer des conclusions. Certains veulent que Sturgiss soit mis en examen immédiatement, sans attendre les élections dans trois jours. Bref, dehors, c'est bien la merde.

— Tant que cela reste dehors...

— Le *New York Times*, le *Wall Street Journal*, le *Tribune*, plus cinq ou six journaux entrent dans la danse. Ils flairent la corruption à plein nez. Alors tout le monde se lâche. Tu connais *Wacker* ?

— Non.

— C'est un journal en ligne, comme il y en a tant. Mais eux, ils ont sorti un historique des affaires où on a acheté des droits de grâce. C'est plutôt bien documenté. Il y a eu plusieurs cas. D'ordinaire, ce sont des membres du comité qui sont soudoyés. La dernière occurrence date des années 1970 au Tennessee. Le gouverneur, Ray Blanton, a été accusé de monnayer ses droits de grâce, et aussi des licences de vente d'alcool et autres privilèges liés à sa fonction.

— Charmant.

— Désolé. Je m'égare. C'est mon troisième café. Sturgiss est vraiment mouillé ?

Elle lui lança un regard et, levant l'index, lui fit signe de se taire.

— Je n'en sais rien, répondit-elle pour les micros.

Elle lui avait pourtant répété de faire attention à ce qu'il disait ; la maison était peut-être sur écoute ! Il était certes peu probable que le FBI soit venu installer chez eux des mouchards, mais il valait mieux être prudent. En revanche, son téléphone, comme toutes les pièces du cabinet, était espionné.

Alors que le soleil se levait, Diantha regarda les nouvelles sur Internet pendant que Jonathan préparait des œufs brouillés et des toasts. Phoebe, leur fille, était une ado. Autant dire que les samedis matin, elle ne sortait pas du lit avant midi.

La sonnette tinta à 7 h 05. Jonathan lança à Diantha un regard inquiet. Il se dirigea vers la porte d'entrée, l'entrouvrit, et découvrit un journaliste avec un petit magnétophone dans la main. Jonathan lui annonça qu'il avait trente secondes pour sortir de sa propriété ou il appelait la police. Il claqua la porte et surveilla le départ de l'importun à travers les fentes du store.

Au cabinet, Ben Bush était le chouchou de Diantha. Il travaillait dans l'équipe de Rusty depuis des lustres. Elle fit défiler son historique des appels et en repéra quatre de Ben, tous datant du vendredi après-midi. Elle lui téléphona, le prit au saut du lit, et lui demanda de passer chez elle le plus tôt possible.

À 8 heures, elle envoya un e-mail aux vingt-deux avocats de M & M, aux dix-sept assistants juridiques, aux vingt-huit secrétaires, et à la dizaine d'autres employés, pour les informer que le cabinet serait temporairement fermé. Elle les encouragea à poursuivre le travail à distance et à rester connectés. Ceux qui avaient des audiences au tribunal la semaine suivante s'y rendraient. La presse était *persona non grata*. Black-out total sur les affaires en cours.

Ben Bush arriva à 9 heures et fut accueilli par Jonathan.

— Inutile d'ôter votre manteau, lui dit-il en le conduisant dans la cuisine.

Diantha était en jean et avait passé un imper. Elle lui serra la main.

— J'ai quelque chose à te montrer, déclara-t-elle.

Elle lui fit signe de la suivre dans le patio.

— Tu as eu mon mail ? demanda-t-elle en l'entraînant vers le fond du jardin.

— Oui. Merci. Tout le monde panique.

— Et ils ont raison. Le cabinet va rester fermé pendant une semaine. Voire davantage. Peut-être même pour toujours.

— C'est rassurant.

— Non. Ce n'est pas rassurant. Et il n'y a aucune raison d'être optimiste. Je voudrais que tu ailles voir Kirk et Rusty à la prison. Dis-leur d'arrêter de m'appeler. Ils m'ont harcelée toute la nuit. Le FBI nous a tous mis sur écoute. Mon téléphone, les leurs, le tien, et va savoir qui encore. Ces deux imbéciles doivent lâcher leurs téléphones. C'est bien clair ?

— Absolument. Le FBI m'écoute aussi ?

— Probablement. Ils ont eu leurs mandats la semaine dernière déjà. Alors oui, mieux vaut partir du principe qu'il y a des mouchards partout.

— Putain ! C'est pour ça qu'on se parle dehors alors qu'il fait un froid de canard ?

— Tout juste.

— Kirk et Rusty vont sortir lundi, non ?

— C'est le plan. Mais ils ne sont pas près de remettre les pieds au cabinet. Fais-leur comprendre ça. Ils doivent rester planqués. La presse est partout.

— Des journalistes m'ont appelé hier soir.

— Lundi matin, je veux que tu passes voir la société de gardiennage. Tu y vas en personne. Pas de coup de fil. Et tu leur demandes de changer les codes d'accès et les badges. Pour tout le cabinet.

— Tu veux empêcher Kirk et Rusty d'entrer ?

Elle esquissa un petit sourire en vrillant ses yeux dans les siens.

— Écoute-moi bien : ils ne reviendront jamais. Le FBI les a chopés en train de passer un accord avec Grimlow pour soudoyer Sturgiss. Ils sont morts. Ils vont être condamnés et bien sûr, ça va entraîner aussitôt leur radiation du barreau. Voilà l'avenir du cabinet. Malloy & Malloy n'existera bientôt plus. Qui viendrait faire appel à nos services après ça ?

Malgré sa stupeur, Ben brûlait de demander : « Comment tu sais tout ça ? », et aussi : « Qui a renseigné le FBI ? », mais il ravala ses questions.

— On se retrouve donc tous sur le carreau ? articula-t-il en détournant les yeux.

— Je le crains. Combien de bonnes affaires Rusty a-t-il sur le feu ? J'en ai compté huit, pour ma part.

— Qu'est-ce que tu entends par « bonnes » ?

— Celles où il y a une possibilité de conclure un accord dépassant cinq cent mille dollars.

Il ferma les paupières et tenta de calculer.

— Je dirais plutôt cinq ou six.

— Et si tu claquais la porte en prenant ces affaires avec toi ? Je vais demander au cabinet de te remettre ces dossiers.

Il sourit, hocha la tête. Il ne savait que dire.

— Tu es là depuis près de dix ans, Ben. Ça fait un bail. Et personne ne t'a proposé de passer associé. C'est pour ça que Malloy & Malloy a un gros turnover.

— On a déjà eu cette conversation. J'ai souvent pensé à m'en aller et à tenter ma chance ailleurs. Comme nous tous !

— Le moment est arrivé.

— Les gens paraissaient à deux doigts de se jeter par la fenêtre. L'ambiance était déjà très toxique, et maintenant ça ? Personne n'ira se vanter d'avoir bossé pour Malloy & Malloy.

— C'est bien triste. Ce cabinet était autrefois la crème de la crème.

— Je n'en reviens pas qu'ils soient en prison, Diantha. Comment est-ce possible ? Ils ne méritent quand même pas ça.

— Sans doute, pourtant on n'y peut rien. Ils sont comme leur père. De braves gars au fond, mais de la caste des privilégiés qui se croient au-dessus des lois.

— Et Bolton, que va-t-il lui arriver ?

— Rien de bon. On en parlera plus tard. Va voir Kirk et Rusty et reviens me faire un topo. Ce matin, si possible. On a un tas de trucs à gérer.

— Pas de problème.

— Et ne touche pas à ton téléphone.

43.

Pour le milieu carcéral, les bibliothèques étaient loin d'être une priorité. Une vieille décision de la Cour suprême se contentait de décréter que chaque centre de détention devait en proposer une, avec des livres récents et des périodiques, pour que les détenus puissent avoir accès à des informations susceptibles de les aider dans leurs démarches juridiques. Bien sûr, pour ceux qui avaient intenté des appels, la bibliothèque était leur refuge, et les prisonniers ex-avocats, leurs sauveurs. Ils étaient trois à Saliba, chacun ayant un tas d'anecdotes à raconter sur leurs hauts faits et leurs échecs.

En cinq ans, Bolton était devenu un bon défenseur de détenus, avec deux libérations à son actif – deux croix sur sa crosse de fusil. Il s'était aménagé un coin tranquille, avait placé des étagères de livres de façon à assurer l'intimité de ses clients et avait même un bureau qui était toujours parfaitement rangé.

Le samedi matin, il s'installa à sa table de travail avec devant lui la dernière édition du *Post-Dispatch*. C'est alors qu'il se vit en première page. Que s'était-il passé ? Il avait conclu un accord !

Il regarda les photos de ses deux fils qui encadraient la sienne. Comment ces crétins avaient-ils pu tout foutre en l'air ?

44.

Quand l'audience en visio commença le lundi matin, le travail de fourmi avait déjà été effectué par les avocats et leurs clients étaient prêts à sortir. Le juge réclama une caution d'un million de dollars chacun et leur demanda de restituer leur passeport. Il n'ordonna pas de pose de bracelet électronique mais leur interdit de quitter le Missouri.

L'appartement de Rusty était estimé à deux millions cent mille, et hypothéqué à hauteur de un million trois cent mille. Contre la remise de son titre de propriété, Rusty fut libéré sans avoir à verser d'argent liquide. F. Ray Zalinski sortit par les grandes portes, là où l'attendait la presse, tandis qu'un collègue quittait le parking souterrain avec leur client couché sur la banquette arrière. Une fois hors de la ville, ils firent halte dans une cafétéria et prirent un bon petit-déjeuner. Leur destination était encore à deux heures de route, une clinique où

Rusty Malloy suivrait une cure de désintoxication d'un mois. Rusty n'avait pas touché à la drogue depuis l'université et n'avait aucun problème d'alcool. Au dire de F. Ray, ce stratagème faisait toujours son petit effet. Les juges appréciaient qu'un justiciable fasse une cure de désintox et se présente devant la cour débarrassé de toutes ses addictions. Cela incitait les magistrats à la clémence. Sans compter que les crimes et délits commis pouvaient alors être considérés comme des coups de folie perpétrés sous l'empire de la drogue ou de l'alcool.

Du côté de Kirk, la matinée se déroula moins bien. La valeur de sa jolie maison dans un endroit huppé et surveillé pouvait sans problème satisfaire le juge. Mais voilà, elle appartenait pour moitié à Chrissy, et son épouse n'avait aucune raison de mettre en péril sa part. Elle refusa donc de signer et dit à Dalmore, l'avocat de Kirk, qu'elle se fichait du sort de son mari. Il pouvait bien moisir en prison jusqu'à la fin de ses jours. Dalmore alla donc trouver Diantha, qui demanda au Vieux Stu de bidouiller un « prêt » de cent mille dollars nécessaire pour l'organisme de cautionnement.

La caution de Jack Grimlow n'était que de deux cent cinquante mille dollars. Il versa dix pour cent à une autre société de cautionnement et sortit libre à midi – alors que Kirk était encore en cellule. Grimlow parvint lui aussi à éviter les journalistes. Les élections étaient pour le lendemain et il ne voulait pas être vu.

45.

Les Malloy auraient continué de défrayer la chronique, mais c'était jour de vote ! Le mardi, les électeurs ne se pressèrent pas aux urnes. Hal Hodge, le challenger, n'était pas parvenu à élargir sa base. Dan Sturgiss avait commencé la course en tête, avec une avance considérable même s'il avait accumulé les bourdes. Et l'affaire de la vente de son droit de grâce n'arrangeait rien. Toutefois, à 22 heures, il avait encore deux cent mille voix d'avance sur Hodge sur les trois millions de suffrages déjà comptabilisés. Il était donc évident qu'il allait être réélu. Quand il s'adressa à ses partisans dans une salle de réception d'un grand hôtel, il consacra quelques minutes à clamer son innocence et jura n'avoir aucun lien avec cette tentative de corruption. D'une voix chevrotante, au bord des larmes, il se déclara horrifié qu'on puisse imaginer qu'il soit capable de telles ignominies. Et qu' il se battrait jusqu'au bout pour « laver son honneur ».

Confortablement installé dans son salon avec sa femme, Houston Doyle suivit les élections à la télévision et écouta le discours de Sturgiss.

— Tu le crois ? s'enquit-elle.

— Non. Mais c'est un bon comédien.

— Il va être inculpé ?

— Tu sais que je ne peux pas te parler des affaires en cours.

— Tu dis ça tout le temps, et à chaque fois tu craques.

— Tout dépend de Grimlow. S'il prend tout sur lui, on ne pourra pas coincer Sturgiss. Car l'argent n'a pas changé de mains.

— Certes. Et pour les Malloy ? Tu vas t'y prendre comment ?

— On a les enregistrements où ils préparent leur coup. Malheureusement, on n'entend pas Sturgiss. Il n'était pas présent.

— Alors il va passer entre les gouttes ?

— Pour l'instant, je dirais que c'est cinquante/cinquante.

46.

Le jeudi, les élections étaient déjà de l'histoire ancienne, et en fin d'après-midi, le barreau du Missouri annonça que Kirk et Rusty Malloy étaient suspendus le temps de l'enquête.

Kirk apprit la nouvelle par Nick Dalmore, son avocat, dans la salle de réunion du cabinet de ce dernier. Cette suspension lui interdisait de remettre les pieds chez Malloy & Malloy – qui était fermé de toute façon – et de prendre contact avec ses clients. Après avoir vu Dalmore, Kirk se rendit chez Bobby Laker, l'avocat pour son divorce. Scarlett Ambrose, le pitbull de Chrissy, lui réclamait toutes sortes de documents.

Puis il rentra à son hôtel et se saoula.

Rusty n'avait pas accès à l'alcool et il aurait vendu père et mère pour boire un verre. Il était toujours coincé dans son centre de désintoxication, alors qu'il n'avait aucune addiction ! À son arrivée, on lui avait confisqué son ordinateur, mais il avait réussi à le récupérer. Et maintenant, il voyait en temps réel son monde s'écrouler.

Le vendredi matin, une semaine après les arrestations, son avocat F. Ray rencontra Houston Doyle dans son grand bureau du palais de justice fédéral. F. Ray avait dix ans de plus que Doyle. Les deux hommes se connaissaient depuis longtemps et avaient appris à se respecter au fil des années. D'ordinaire, Houston montrait une certaine déférence envers son aîné et se serait déplacé jusqu'au cabinet de Zalinski qui avait de magnifiques locaux au quarantième étage, avec une vue imprenable sur Saint-Louis. Mais aujourd'hui, Houston était le grand procureur fédéral du Missouri et toutes les réunions étaient organisées à sa convenance. Et puisque, à l'évidence, F. Ray avait une faveur à lui demander, Doyle voulait le voir à genoux au pied de son trône.

Après une tasse de café et quelques mots sur les élections, F. Ray passa aux choses sérieuses.

— Je sais que c'est prématuré, mais je veux pourtant semer ma petite graine pour qu'elle ait le temps de germer. J'aimerais que tu considères l'option d'une collaboration entière et complète de la part de mon client. S'il te la propose, accepter te simplifierait grandement l'affaire.

— Merci, Ray. J'apprécie que tu veuilles me faciliter la tâche. Et que pourrait bien m'offrir Rusty Malloy ?

— Sa collaboration, comme je l'ai suggéré.

— Tu veux dire qu'il serait prêt à enfoncer son frère ?

— Ça n'a jamais été le grand amour entre eux. Depuis leur plus jeune âge, ces deux-là sont en guerre.

— Et c'est quoi sa version des faits ?

— Bolton a acheté la grâce de Sturgiss pour deux millions. Kirk voulait que son père reste en cellule, alors il est allé voir Grimlow en renchérissant. Rusty n'y croyait pas un instant. Acheter le gouverneur pour laisser quelqu'un en prison ! Ce n'était pas sérieux.

— Ah, ah, la bonne blague…, lâcha Doyle. (Il se leva et se dirigea vers la grande table en acajou. À une extrémité était installé un petit appareil audio branché à une enceinte. Il désigna un siège.) Viens me rejoindre.

Malgré son étonnement, F. Ray s'exécuta.

— Il y a trois enregistrements, expliqua Doyle. Le premier a été réalisé par un témoin que je ne nommerai pas. Le second et le troisième proviennent des écoutes du FBI. Ça va t'intéresser, j'en suis certain. (Il appuya sur un bouton et lança le premier fichier audio.) Il s'agit de Kirk et Rusty. La voix de la femme a été modifiée pour préserver son anonymat.

Une demi-heure plus tard, à la fin de la lecture du troisième fichier, Doyle éteignit l'appareil.

— Ton client te ment depuis le début, Ray.

Zalinski secoua la tête, abattu.

— C'est un classique.

— Alors, non. Il n'y a pas de coopération possible. Et je n'en ai pas besoin. Avec ces enregistrements, je les tiens tous les deux par les couilles. Tu veux que je fasse écouter ça au jury ?

F. Ray secoua la tête de plus belle.

— Qu'est-ce que tu réclames au juste ? demanda-t-il.

— Trente mois, dix mille dollars d'amende, et cinq ans d'interdiction de repasser l'examen du barreau.

— Houla.

— Ça peut être pire. Si tu préfères, on va au procès et je balance ces enregistrements. Dans la même situation, Bolton, lui, s'est couché. Il ne voulait pas que les jurés voient le gros serpent dont il s'était servi pour tuer sa femme. Parfois il faut se rendre à l'évidence : les preuves sont bien trop dévastatrices.

47.

En fin de matinée, Diantha envoya un e-mail crypté aux avocats de M & M et à tous les autres employés. Kirk et Rusty étant pour l'instant radiés du barreau, elle était contrainte de garder le cabinet fermé, et ce, pour une durée indéterminée.

Elle pensait que les affaires pourraient reprendre l'année suivante. La situation demeurait toutefois délicate et rien n'était garanti. Son message se terminait ainsi : « *Malgré toutes ces mauvaises nouvelles, je vous souhaite de joyeuses fêtes. Diantha Bradshaw, directrice-associée.* »

Pour tous, Diantha était simplement la directrice de M & M. Ce nouveau titre signifiait-il qu'elle était désormais l'unique associée du cabinet encore en exercice ?

À 14 heures, le vendredi après-midi, elle retrouva Stuart Broome dans le hall de l'impressionnant Robert A. Young Building, le siège de l'administration fédérale à Saint-Louis. Stu avait pris un nouveau coup de vieux et marchait désormais avec une canne. Ils empruntèrent l'ascenseur jusqu'aux bureaux des services fiscaux et furent conduits dans une petite salle de réunion. Ils avaient rendez-vous à 14 h 15, avec Mme Mozeby, la perceptrice des impôts pour l'État du Missouri. Elle arriva avec cinq minutes de retard, flanquée de deux adjoints. On ne leur proposa pas de café.

Pour décrocher cette entrevue, Diantha avait dû passer un nombre incalculable de barrages avant de trouver quelqu'un qui comprenne enfin l'importance de la situation. Et cette personne, dont elle avait oublié le nom, était parvenue à convaincre Mme Mozeby de les recevoir. Pour gagner du temps, Diantha avait envoyé par e-mail un document de deux pages indiquant les grandes lignes de l'affaire. Au moins, ils ne devraient pas tout reprendre à zéro, ni avoir à gérer la stupeur des fonctionnaires du fisc.

Diantha entra aussitôt dans le vif du sujet.

— En préambule, je voudrais vous montrer un accord d'immunité signé par le procureur fédéral du district est. Il protège à la fois M. Broome ici présent et moi-même.

— J'ai parlé à M. Doyle et je suis au courant de cette immunité, répondit Mme Mozeby d'un ton glacial.

Diantha hocha la tête et poursuivit :

— La fraude fiscale est avérée, et avec M. Broome, au nom du cabinet Malloy & Malloy, nous voulons assainir la situation et payer ce que nous devons à l'administration fiscale.

— À ce jour, combien Bolton Malloy a-t-il reçu en honoraires, à la suite de cet accord financier avec les compagnies de tabac ?

— Quinze millions de dollars. À raison de trois millions par an depuis cinq ans.

Mme Mozeby encaissa le coup et lança un regard à l'assistant assis à sa droite.

— Et combien a-t-il déclaré au fisc ?

Diantha se tourna vers le Vieux Stu.

— Environ dix pour cent, par l'intermédiaire du cabinet, répondit-il. Le reste a été effacé des livres de comptes et caché dans des paradis fiscaux.

— Et qui connaît les cachettes ?

— Moi, répondit Stu. C'est moi qui ai placé les fonds là-bas, sur ordre de mon employeur, Bolton Malloy. Il voulait un système le plus opaque possible.

— Et pendant combien de temps ces virements vont continuer ?

— Si on se base sur un rendement annuel de quatre pour cent, indiqua Diantha, l'argent va tomber encore pendant onze ans. Peut-être plus.

— Et à qui ces versements seront-ils effectués ?

— À Malloy & Malloy. Comme il se doit. Une fois que nous aurons réglé le chaos actuel, nous déclarerons ces revenus et paierons les impôts dus.

— Très bien. Mais le cabinet connaît des problèmes en ce moment – de gros problèmes. Je viens de lire les journaux. Alors je me demande combien de temps il va pouvoir tenir.

— Votre interrogation est parfaitement légitime. Je vous fais le serment que Malloy & Malloy survivra jusqu'à ce que tout l'argent du tabac soit versé.

— Onze années ?

— Voire douze, treize. Peu importe. Nous tiendrons.

— Et vous reconnaissez être au courant de cette fraude fiscale ?

— Je ne connaissais pas les détails et n'ai jamais vu cet argent, jusqu'à cette année. Je vous rappelle que nous sommes protégés par cet accord d'immunité.

— Oui, oui. (Mme Mozeby prit une longue inspiration et se força à sourire. Elle regarda ses deux collègues puis poursuivit.) Très bien. Quand pourrons-nous voir les pièces comptables ?

Le Vieux Stu lui tendit une clé USB.

— Tout est là. Je peux rester avec vous pour éplucher tout ça. Il y en a bien pour une heure.

— Parfait. Mettons-nous au travail.

48.

Les semaines suivantes furent un cauchemar pour Diantha. Elle passait seize heures par jour dans son bureau, au sous-sol de sa maison. Elle devait parachever l'implosion d'un cabinet vieux de soixante ans. Personne n'était préparé à ce choc. Il n'existait aucun manuel expliquant comment gérer les clients mécontents, les collaborateurs désespérés, les juges qui s'impatientaient, les deadlines qui n'étaient pas respectées, les revenus qui fondaient comme neige au soleil, le manque de liquidités, le harcèlement des banquiers, les secrétaires et assistants juridiques paniqués, sans compter la haine sur les réseaux sociaux, la presse avide excitée par l'odeur du sang, et la nuée d'avocats qui l'assaillait, tous ces vautours pressés de se repaître de la carcasse ! Et au milieu de tout ce chaos, elle était constamment dérangée par les enquêteurs du FBI et les inspecteurs des impôts. Par sécurité, elle ne sortait pas de chez elle. Elle ne voulait pas être suivie par Rusty, Kirk, ou leurs avocats. F. Ray Zalinski et Nick Dalmore cherchaient à tout prix à lui parler et n'hésitaient pas à envoyer leurs hommes de main chez elle pour lui mettre la pression. Jonathan avait donc engagé un vigile pour les tenir au large.

Diantha, de son côté, était déjà en relation avec beaucoup d'avocats et autres représentants de la justice. Houston Doyle l'appelait tous les deux jours pour faire le point. Kirk et Rusty se défendaient bien et il se passerait des semaines, voire des mois, avant qu'une date de procès soit fixée. Doyle ne pensait pas qu'on en arriverait là. Les accusés finiraient par négocier, mais pas avant quelques mois, le temps que leurs avocats s'en mettent plein les poches. Diantha était terrifiée à l'idée de se trouver en salle d'audience et de devoir témoigner contre ses anciens collègues. Doyle la rassurait, sûr de son coup : à la fin, Kirk et Rusty accepteraient de faire trente mois de détention dans un confortable pénitencier fédéral.

Si seulement cela pouvait être vrai ! Plus longtemps les deux frères seraient exclus du barreau, plus le cabinet engrangerait l'argent du tabac.

Et Diantha Bradshaw était désormais la seule propriétaire de Malloy & Malloy.

Les avocats du ministère de la Justice, qui représentaient l'administration fiscale, la tenaient informée. L'enquête progressait vite. Grâce aux dossiers méticuleux de Stu, l'argent fut facile à retrouver. Début décembre, on annonça à Diantha que Bolton allait être inculpé pour quatre fraudes fiscales. C'était une bonne nouvelle.

Elle s'entretenait aussi avec des avocats ayant des affaires en cours avec M & M, et les suppliait de se montrer patients. Elle parlait tellement tout au long de la journée qu'elle ne supportait plus d'entendre sa propre voix !

Elle avait du mal à dormir, les nuits étaient toujours trop courtes. Elle perdit l'appétit, malgré les efforts culinaires de Jonathan. Phoebe, sa fille, la forçait à faire du yoga et du vélo d'appartement.

Diantha n'en pouvait plus. Il fallait qu'elle fasse un break. Quand les vacances scolaires arrivèrent, toute la famille partit pour New York, puis pour Paris où ils passèrent Noël dans leur hôtel favori. Puis ce fut Zurich, recouverte d'un tapis de neige immaculé. Diantha rencontra quelques banquiers. À Saint-Louis, le Vieux Stu procéda à d'autres transferts de fonds. Avec l'aide d'un banquier, elle ouvrit une annexe de M & M en Suisse, en plein cœur du centre financier de Zurich.

La famille prit un autre train en direction des Alpes, dénicha un hôtel à Zermatt, et profita des joies du ski pendant une semaine. Quand ils en eurent assez des remonte-pentes, ils revinrent à Zurich. Personne n'avait envie de rentrer au pays. Alors les Bradshaw prirent la décision de rester en Europe.

Ils trouvèrent un bel appartement au quatrième étage d'un nouvel immeuble sur les berges de la Limmat, qu'ils louèrent pour un an. Diantha inscrivit Phoebe dans une école internationale.

Leur petit balcon offrait une jolie vue sur le fleuve. La tour scintillante de la Föderation Swiss Bank se dressait juste en face, sur l'autre rive – le nouvel écrin pour son argent du tabac.

Il était là, tout près. Diantha ne voulait pas le quitter des yeux.

Cet ouvrage a été composé par Nord Compo
pour le compte des Éditions J.-C. LATTÈS
17, rue Jacob – 75006 Paris

Imprimé en France par
CPI BRODARD & TAUPIN (72200 La Flèche)
en septembre 2024

PAPIER À BASE DE FIBRES CERTIFIÉES

JC Lattès s'engage pour l'environnement en réduisant l'empreinte carbone de ses livres. Celle de cet exemplaire est de :
500 g éq. CO_2
Rendez-vous sur www.jclattes-durable.fr

N° d'édition : 01 – N° d'impression : 3058090
Dépôt légal : septembre 2024
Imprimé en France